An deiner Seite

Ellen Sussman

An deiner Seite

Roman

Aus dem Amerikanischen von
Caroline Einhäupl

HEYNE

Die Originalausgabe erschien unter dem Titel
On a Night Like This
bei Warner Books, New York

*Der Wilhelm Heyne Verlag ist ein Verlag der
Ullstein Heyne List GmbH & Co. KG, München*

Gesetzt aus der Berling und Diskus bei
Franzis print & media GmbH, München
Druck und Bindung: Ebner & Spiegel, Ulm
Printed in Germany

ISBN 3-453-87924-4

www.heyne.de

Dieses Buch ist Neal und meinen beiden Töchtern,
Gillian und Sophie, gewidmet.

In Liebe.

Kapitel 1

Blair befreite sich aus dem Arm des Mannes und schlüpfte aus dem Bett. Sie stopfte ein Kissen an die jetzt leere Stelle, das er wie selbstverständlich umarmte. Sie musste lächeln. Männer. Sie sammelte ihre Kleider vom Boden auf, klemmte sie unter den Arm und nahm ihre Schuhe. An der Tür blieb sie stehen und schaute noch einmal zurück auf den Mann, seinen langen, schlanken Körper, der mit dem Rücken zu ihr zusammengerollt dalag, die Haare verstrubbelt, das Gesicht halb vergraben im Kissen. Ich könnte wieder ins Bett kriechen und noch eine Weile bleiben, dachte sie. Aber dann zog sie die Tür leise hinter sich zu.

Der Flur seiner Wohnung war dunkel, und sie tastete sich mit der Hand an der Wand entlang, bis sie einen Schalter fand, knipste das Licht an und blinzelte in der plötzlichen Helligkeit. Sie hatte nicht auf die Uhr geschaut. Wie lange hatte sie geschlafen? Die ganze Nacht oder nur ein paar Stunden?

Sie lief den Flur hinunter und ließ vor Müdigkeit einen Schuh fallen. Polternd schlug er auf dem Dielenboden auf. Plötzlich öffnete sich eine Tür, und eine

Frau im Pyjama kam schlaftrunken auf sie zu. Blair angelte nach ihrem Schuh, richtete sich auf und zuckte nur mit den Schultern, nackt, viel zu verschlafen, um sich schnell bedecken zu können.

»Sind Sie eine Mitbewohnerin oder eine Ehefrau?«, fragte Blair.

Die Frau blinzelte Blair an. Brillenträgerin. »Mitbewohnerin«, murmelte sie.

»Gut«, sagte Blair. »Schlafen Sie weiter, ich verschwinde sofort.«

»Wo ist Perry?«

Perry. So hieß er also.

»Er schläft. Tut mir Leid, dass ich Sie geweckt habe.«

Die Frau verschwand wieder in die Dunkelheit ihres Zimmers. Blair ging weiter den Flur hinunter.

Sie fand die Küche, ließ ihre Kleider und die Schuhe auf den alten Tisch aus Kiefernholz fallen, suchte sich ein Glas, ließ Wasser aus dem Hahn hineinlaufen und trank. Dann öffnete sie den Kühlschrank. Füllte das Glas mit Weißwein, nippte daran und nahm es mit an den Küchentisch. Die Uhr an der Mikrowelle zeigte Viertel vor zwölf. Sie hatte kaum geschlafen. Amanda würde noch wach sein, vielleicht auf sie warten. Sie fand ein Telefon, hockte sich auf einen Küchenstuhl, wählte und trank.

»Hallo«, sagte Amanda ins Telefon.

»Tut mir Leid«, erklärte Blair, »ich bin spät dran.«

»Wie man's nimmt«, erwiderte Amanda. »Ich dachte, du kommst vielleicht irgendwann morgen früh angekrochen.«

»Ich krieche nicht, Amanda.«

»Dann eben im Tangoschritt. Wer ist der Typ?«

»Vielleicht bin ich ja in der Bibliothek und bereite mich auf meinen Abschluss in Quantenmechanik vor.«

»Kommst du nach Hause?«

»Hast du dir Sorgen gemacht? Tut mir Leid, ich hätte anrufen sollen.«

»Ich habe mir keine Sorgen gemacht. Ich bin kein Baby mehr.«

»Was hast du zu Abend gegessen?«

»Den Rest von der Lasagne.«

»Wie gemein von dir. Ich habe mich so darauf gefreut.«

»Ich mache dir ein paar Eier.«

»Du gehst ins Bett.«

»Ich bin nicht müde.«

Blair lächelte. »Na gut, dann möchte ich am liebsten ein Omelett mit Pilzen. Und Käse. Jede Menge Käse.«

Sie legte auf, nahm einen letzten Schluck Wein und rappelte sich hoch. Als sie ihren Pullover über den Kopf streifte und sich halb umwandte, sah sie jemanden in der Tür stehen und fuhr zusammen.

»Du hast mich erschreckt«, sagte sie. Es war Perry. Nackt stand er da und beobachtete sie. Sie griff nach ihrer Jeans und zog sie an. Stopfte BH und Unterhose in ihren Rucksack.

»Wer war das? Dein Freund?«

Blair lächelte kopfschüttelnd. »Meine Tochter«, sagte sie. »Sechzehn Jahre alt. Sie wartet darauf, dass ihre Mutter nach Hause kommt und sie zudeckt.«

»Du bist die Mutter von einem Teenager?«

»Genau.« Sie schlüpfte in ihre Schuhe und wandte sich zu ihm um.

»Kannst du nicht hier bleiben?«, fragte er.

»Ich bleibe nicht«, sagte sie. »Etwas, das du über mich wissen solltest.« Blair tätschelte seine Brust. »Aber es war sehr schön.«

»Zu schade«, sagte er und legte seine Hand auf ihre.

»Sag mir lieber, wo ich hier bin und wie ich nach Hause komme.«

Sie hatten sich in einer Bar kennen gelernt und waren mit seinem Auto zu ihm gefahren. Sie hatte nur auf seine tiefe Stimme geachtet, seine Hand auf ihrem Schenkel, das weiche, verschwommene Licht der Straßenlaternen nach zu viel Tequila.

»Ich fahre dich.«

»Nein«, widersprach sie. »Ich suche mir ein Taxi. Geh wieder schlafen.«

»Dann war's das also?«, fragte er.

»Dachtest du etwa, wir wären jetzt offiziell verlobt?«

Er lächelte. »Ich meine, ob sich das eventuell wiederholen ließe?«

»Vielleicht. Gib mir deine Telefonnummer.«

»Du gibst mir deine nicht?«

»Cleverer Bursche.«

Er ging zum Küchentresen, zog eine Schublade auf, wühlte darin, bis er eine Visitenkarte fand, die er ihr reichte. Er bewegte sich trotz seiner Nacktheit völlig ungezwungen – ein schöner Anblick.

»Ich rufe dich an«, sagte sie.

»Vielleicht«, sagte er lächelnd.

Sie warf ihren Rucksack über die Schulter und ging auf die Tür zu. Von dort sah sie sich noch einmal nach ihm um und spitzte die Lippen zu einem angedeuteten Kuss. Er beobachtete sie.

»Machst du das immer so?«, fragte er.

Sie blieb stehen und lehnte sich an die Tür, plötzlich müde. Sie wartete.

»Ich meine, machen das normalerweise die Männer so? Und du setzt noch einen drauf?«

»Nein«, antwortete sie.
»Gebranntes Kind?«
»Nein«, wiederholte sie.
»Ich gebe auf.«
»Ich werde sterben«, erklärte sie ihm. »So ist es leichter.«

Einen Augenblick lang schwiegen sie beide. Sie hatte es zum ersten Mal ausgesprochen. Etwas in ihrer Brust zog sich zusammen. Blair beugte sich vor und legte seine Visitenkarte auf den kleinen Tisch neben der Haustür.

»Aids?«, fragte er. Sie konnte förmlich sehen, wie es in seinem Kopf arbeitete: Kondom, wir haben ein Kondom benutzt, ein Halleluja auf Kondome.

Sie schüttelte den Kopf.

»Das würde ich dir nicht antun«, sagte sie. »Nur Krebs. Nichts, wovor man Angst haben muss.«

»Es sei denn vor einer Beziehung«, versetzte er.

»Genau«, sagte sie. »Jeder ist heutzutage Therapeut. Ich muss los. War toll mit dir.«

Sie ging hinaus und zog die Tür hinter sich zu.

Blair erwischte den letzten Bus nach Haight, lief ein paar Blocks und bog in ihre Straße ein. Sie lag am Rand von Haight, grenzte an einen Park und war ziemlich heruntergekommen. Sie wohnte zur Miete in einem Cottage hinter einem verfallenen Herrenhaus unter lauter exquisit restaurierten viktorianischen Villen, die in den zartesten Pastellfarben gestrichen waren und aus denen ihres in einem schreienden Pink herausstach. Die Nachbarn hassten es. Natürlich. Was ganz in Caseys Sinn war.

Casey saß auf den Stufen zum Haus und rauchte. Ihr Vermieter hatte eine Menge Geld und das Haus geerbt; er genoss das Leben, Frauen, Drogen. Sie ertrug ihn nur, weil sie ihr Cottage liebte.

»Komm, leiste mir Gesellschaft«, rief er ihr zu, ehe sie in den Weg zu ihrem sicheren Hafen einbiegen konnte.

»Keine Zeit. Amanda wartet.«

»Nimm eine Zigarette, dann schläfst du besser.«

Dagegen war nichts einzuwenden. Blair ging den Weg zum Vorgarten hinunter und setzte sich neben ihn.

»Wo warst du?«, fragte er und reichte ihr die Schachtel.

»Das geht dich nichts an«, erwiderte sie und ließ sich Feuer geben.

»Sex«, sagte er. »Das rieche ich.«

»Du bist ekelhaft.« Sie trat die Zigarette aus.

Blair sah durch die Dunkelheit zu ihrem Cottage hinüber, in dem ihre Tochter ein Omelett für sie zubereitete. Sie stand auf. »Ich muss gehen. Amanda macht ein Omelett für mich.«

»Kann ich mitkommen? Ich steuere den Wein bei.«

»Nein.« Sie machte sich über den ruinierten Rasen des Vorgartens auf den Weg.

»Bist du krank?«, rief Casey ihr nach.

Blair blieb stehen und drehte sich um.

»Wie kommst du darauf?«

»Ich weiß es nicht. Eine Ahnung. Vielleicht ist es deine Art.«

»Für einen reichen Jungen bist du ganz schön klug.«

»Was ist los, Blair?«

»Ich werde sterben«, sagte sie. Diesmal kam es irgendwie als Frage heraus. Wie antwortete man darauf? Casey sah sie entsetzt an. Blair schüttelte nur den Kopf – es klang, als hätte jemand anders die Worte gesprochen.

Sie wandte sich um und ging auf ihr Häuschen zu, einer weißen Weihnachtslichterkette folgend, die sie dazu benutzte, den Weg von der Einfahrt bis zu ihrem Cottage zu beleuchten. Eigentlich war das Cottage nicht mehr als ein Zwei-Zimmer-Apartment, das auf eine Garage gebaut war, aber es stammte aus dem Jahr 1910, alles in Kiefer – die Wände, die Böden, die Decken –, und es wurde von einem riesigen, alten Baum eingerahmt, sodass es eher wie ein Baumhaus aussah.

»Ich bin krank«, murmelte sie, in dem Versuch, es anders auszudrücken. Nein. Das brachte es nicht auf den Punkt. Ich werde sterben, das traf es. Ich werde sterben war das, was sie ihrer Tochter sagen musste. Als sie die Holztreppe zu ihrem Häuschen hinaufging, stieg ihr der stechende Geruch nach gebratenen Zwiebeln und Knoblauch in die Nase. Sie sah Amandas schlanken Schatten hinter dem weißen Vorhang in der winzigen Küche, hörte die CD mit den afrikanischen Rhythmen, die Amanda abends bei schummrigem Licht gern auflegte, und hielt einen Moment inne, ehe sie den Türknauf drehte. Noch nicht, dachte sie. Nicht heute Abend.

Sie stieß die Tür auf, atmete tief ein und lächelte. Unter der Decke des kleinen, holzgetäfelten Wohnzimmers bauschte sich lila gefärbter Musselin – Blair hatte jedes Mal das Gefühl, als betrete sie ihren eigenen exotischen Harem.

»Amanda, meine Süße!«, rief sie.

Strahlend, in Boxershorts, einem Baumwollhemd und mit wilden roten Locken erschien Amanda in der Tür. »Wehe, du hast keinen Hunger.«

»Und ob ich den habe.«

Blair ließ ihre Tasche auf den Boden fallen und ging

schnurstracks auf ihre Tochter zu. Sie zauste ihr die Haare und küsste sie aufs Ohr.

»Du bist gewachsen«, sagte sie und blickte ihrer Tochter direkt in die Augen.

»Seit heute Morgen?«

»Ja. Ich glaube, du hast mich eingeholt. Endlich.«

»Dreh dich um.«

Sie stellten sich Rücken an Rücken, Po an Po, Kopf an Kopf. Exakt gleich groß. Aber Amanda war hellhäutig und ihre Mutter eher dunkel, und Amanda war schmaler, hatte irgendwie schärfere Konturen. Sie sah aus, als wäre sie gerade im Begriff, eine Frau zu werden, als hätte sie ihren Kinderkörper erst vor Sekunden abgestreift.

»Überholt hast du mich jedenfalls nicht«, sagte Blair und strich über ihrer beider Köpfe.

»Noch nicht.«

Sie gingen zum Tisch, einem alten hölzernen Lehrertisch, der mitten in dem winzigen Zimmer stand, das ihnen als Esszimmer diente. Erschöpft sank Blair auf einen der Holzstühle.

»Ich hole das Essen«, sagte Amanda. In der Küche war kaum Platz für sie beide.

Blair beobachtete ihre Tochter. Irgendwie hatte sie das Gefühl, Amanda in all ihren verschiedenen Entwicklungsstadien zu sehen – die fröhliche Fünfjährige, die starrköpfige Achtjährige, den säuerlichen Teenager, und jetzt diese hübsche, junge Frau –, während eines Lidschlags zogen die Bilder an ihr vorbei. Selbst jetzt, mit ihrem Tattoo, das über dem Ausschnitt ihres Tops hervorblitzte, war sie noch immer Blairs Baby. Vor ein paar Monaten war Amanda damit nach Hause gekommen, plötzlich stand ROVE auf der Haut knapp unter dem Schlüsselbein.

Blair hatte immer gedacht, sie würde ihre Tochter in- und auswendig kennen, jeden Ausdruck, jede Geste. Aber was, zum Teufel, bedeutete dieses Wort? War es der Name einer Band, irgendeiner Bewegung, die sie nicht kannte? War es Amandas erstes kleines Geheimnis?

»Mein Chef hat gesagt, wenn ich will, kann ich noch einen Abend im Café arbeiten«, sagte Amanda.

»Willst du denn mehr arbeiten?«, fragte Blair. »Warum?«

»Ich will das Geld.«

»Du brauchst das Geld nicht. Wann hast du dir das letzte Mal was Neues zum Anziehen gekauft?«

Amanda besaß zwei Jeans – eine rote und eine limonengrüne – und eine merkwürdige Sammlung von weiten Hemden. Hawaiihemden, Frackhemden – was sie gerade in dem Secondhandladen ein Stück weiter die Straße hinunter fand. Sie sah aus wie ein Kind, das Verkleiden spielt, in diesen Klamotten, die ihr immer zu groß waren und die sie mit Strassgürteln in der Taille zusammenraffte. Kein anderes Kind in der Schule sah so aus, und genau deswegen war Blair stolz auf sie.

»Ich kaufe mir CDs«, erklärte Amanda.

Und gibst etwas zur Miete dazu, dachte Blair. Sie griff nach der Hand ihrer Tochter, als Amanda an ihr vorbeiging, und zog sie an sich.

»Du bist zu erwachsen, meine Kleine«, sagte Blair.

»Ich arbeite gerne dort«, sagte Amanda. »Und wenn nichts los ist, kann ich Hausaufgaben machen.«

»Und was ist mit Partys, Freunden, Ausgehen?«, fragte Blair, während Amanda den Tisch deckte.

»Ach das«, sagte Amanda.

»Ist es meine Schuld?«, fragte Blair. »Würdest du ausgehen und Spaß haben, wenn ich dich nicht so sehr lieben würde?«

Amanda beugte sich hinunter und legte ihrer Mutter einen Finger auf die Lippen. »Hör auf, dir um mich Sorgen zu machen«, sagte sie bestimmt.

»Holst du mir bitte ein Glas Wein, Liebes?«

Und schon reichte Amanda ihr ein Glas. Es hatte bereits eingeschenkt für Blair bereitgestanden. Blair nahm es ihr aus der Hand, und ihre Tochter grinste. Als Amanda sich wieder zur Küche wandte, schloss Blair die Augen und kniff sie fest zu. In ihrem Kopf war es viel zu laut.

»Bist du in der Schule beim Lunch allein?«, fragte Blair.

»Warum?«

»Ich bin eben neugierig. Ich habe die Mittagspause gehasst. Das war immer die schlimmste Zeit für mich in der Schule.«

»Ich lese ein Buch«, sagte Amanda ruhig. »Es macht nichts.«

»Und ob es was macht«, erklärte Blair ihr. »Du musst mit jemandem reden.«

»Ich rede mit dir.«

Blair beobachtete Amanda in der Küche, wie sie sich auf dem winzigen Raum zwischen Pfanne, Spülbecken, Besteckschublade und Herd zu schaffen machte, die Hände immer in Bewegung, jede Geste so graziös, als tanze sie.

»Und du bist nicht einsam?«, fragte Blair leise.

»Nein, Mom, es geht mir gut. Ich hasse die Schule, okay? Aber ich mag meine Arbeit, und dann komme ich nach Hause.«

»Ich weiß«, sagte Blair.

»Das Essen ist fertig«, verkündete Amanda und präsentierte die Pfanne mit einem gekonnten Schwung. Ein perfektes Omelett.

»Bravo«, lobte Blair. Sie war Köchin, und ihre Tochter hatte gut aufgepasst. Sie teilten die Vorliebe für gutes Essen.

Amanda ließ das Omelett geschickt auf den Teller gleiten.

»Hast du schon gegessen?«, fragte Blair.

»Lasagne«, antwortete sie. »Das habe ich dir doch erzählt.«

»Wie viele Abende wirst du arbeiten?«, fragte Blair, während sie das Omelett probierte.

»So viel ich will. Ich kann an den Abenden arbeiten, an denen du auch arbeitest, dann sind wir immer zusammen zu Hause.«

»Vielleicht kündige ich im Restaurant«, sagte Blair, obwohl sie darüber noch gar nicht nachgedacht hatte. Zu viele Gedanken rasten ihr durch den Kopf – Geld, Krankheit, ihre Tochter verlassen zu müssen, und nun auch noch dies: kündigen.

»Du willst aufhören zu kochen? Warum?«

»Ich bin erschöpft. Ausgebrannt.«

»Seit wann? Wovon redest du?«

Blair stand auf. Sie wandte sich um, als suche sie nach einem Fluchtweg.

»Ich muss aufs Klo«, sagte sie und lief ins Bad.

Sie schloss die Tür hinter sich und lehnte sich von innen dagegen. Presste die Hand auf die Stelle unter ihrem BH-Träger, wo der Leberfleck gewesen war, der Leberfleck, der gejuckt und geblutet hatte, zwischendurch abgeheilt war und dann wieder angefangen hatte zu jucken und bluten. Bis sie ihn schließlich bei einer Routineuntersuchung ihrem Hausarzt gezeigt hatte. Der gute Doktor hatte ihn rausgeschnitten, untersuchen lassen und ihr dann den nahen Tod verkündet. Malignes Melanom. Hautkrebs. Im fortgeschrittenen Stadium. Warum, zum Teufel, hatte sie nicht schon früher etwas unternommen?

Weil ich zu beschäftigt war. Weil ich eine Tochter und einen verrückten Beruf und kein Geld habe. Weil ich mich mit solchen Kleinigkeiten nicht aufhalte.

»Mom?«

»Ich komme.« Sie spülte und spritzte sich Wasser ins Gesicht. Öffnete die Tür. Setzte sich an den Tisch. Wusste, dass Amanda sie beobachtete. Ich kann akzeptieren, dass ich sterbe, hatte sie dem Arzt gesagt. Für mich. Aber nicht für meine Tochter. Sie hat sonst niemanden.

»Das Omelett ist köstlich«, sagte Blair und starrte auf den Teller.

»Du hattest heute Nachmittag einen Termin beim Arzt«, sagte Amanda.

»Dir entgeht aber auch gar nichts. Du bist eine Nervensäge.«

»Meine Spezialität.«

»Ja, ich hatte heute Nachmittag einen Termin beim Arzt.«

»Und?«

»Ich habe irgendein Virus. Der Doktor will, dass ich eine Weile nicht arbeite.«

»Was ist es?«

»Ein Virus. Ich brauche nur ein bisschen Ruhe. Und ich brauche das Omelett. Das ist die Wundermedizin.« Blair griff zur Gabel und begann zu essen. Ihr Magen krampfte sich zusammen, und sie konnte kaum schlucken. Amanda beobachtete sie immer noch mit Argusaugen.

»Du lügst«, sagte sie.

»Ich lüge nicht«, schnauzte Blair zurück. »Sag nicht, dass ich lüge. Ich bin krank. Glaubst du, ich freue mich darüber? Glaubst du, ich höre gern mit dem Kochen auf? Nach all den Jahren?«

Amandas Stuhl knallte hinter ihr gegen die Wand. Und weg war sie. Die Tür zu ihrem Zimmer schlug in dem Moment zu, als der Stuhl klappernd umfiel. Blair schob ihren Teller beiseite und ließ den Kopf auf den Tisch sinken.

»Haben Sie Familie?«, hatte der Arzt gefragt.

»Nein, meine Eltern sind schon seit Jahren tot.«

»Im Krankenhaus gibt es eine Selbsthilfegruppe.«

»Ich brauche keine Selbsthilfegruppe«, hatte Blair gesagt.

»Sie müssen das nicht allein durchstehen«, hatte der Arzt gesagt. »Denken Sie an Ihre Tochter.«

»Ich denke an nichts anderes.« Blair war aus der Praxis gestürmt. Hatte Rezepte gegen die zu erwartenden Schmerzen ebenso liegen lassen wie Telefonnummern von Menschen, die ihr erklären würden, wie sie damit umgehen sollte, oder Broschüren, in denen beschrieben wurde, wie sie sterben würde.

Sie war hinausgelaufen und dann immer weiter, von Haight bis Mission, von Bar zu Bar, von Tequila zu Tequila. Als sie den Mann mit der tiefen Stimme und den sanften Händen getroffen hatte, war sie betäubt genug gewesen, um mit ihm nach Hause zu gehen, betäubt genug, um mit ihm zu schlafen, ja sogar betäubt genug, um Amanda zu vergessen. Bis sie aufgewacht war.

Sie griff wieder nach der Gabel und aß noch einen Bissen von dem Omelett. Ihr Hunger war verschwunden. Sie trank den Wein und konnte trotzdem ihre Gedanken nicht zur Ruhe bringen.

»Amanda?«, rief sie.

Die Tür flog auf, und Amanda erschien.

»Was ist?«

»Es tut mir Leid, dass ich dich angeschrien habe. Ich hasse es, krank zu sein.«

»Was ist mit dir los?«, fragte Amanda argwöhnisch.

»Das habe ich dir doch gesagt.« Blair leerte das Glas. »Ein blöder Virus.«

»Was für ein Virus?«

»Keine Ahnung. Ich verstehe das Ärztekauderwelsch nicht. Ich bin müde, mehr nicht. Vielleicht ist es diese Müdigkeitsgeschichte. Bei der man nicht aus dem Bett kommt.«

»Ich hab noch nie erlebt, dass du nicht aus dem Bett kommst.«

»Apropos Bett«, sagte Blair, schob ihren Stuhl zurück und wandte sich zu ihrer Tochter um. »Du hast morgen Schule. Es ist nach Mitternacht. Mach, dass *du* ins Bett kommst.«

Amanda ging auf ihre Mutter zu, beugte sich vor und drückte ihr einen Kuss auf den Kopf. Als wollte sie sie segnen.

»Nacht, Mom.«

»Gute Nacht, Liebes. Dein Omelett war super.«

»Das sind zwei Lügen an einem Abend«, sagte Amanda und zog die Tür zu ihrem Zimmer hinter sich zu.

Am nächsten Morgen hörte Blair Amanda schon früh in der Küche rumoren. Sie rührte sich nicht. Chronisches Müdigkeitssyndrom. Das wäre doch was. Zu müde, um sich Sorgen zu machen. Sie lauschte auf die Geräusche von Amandas morgendlicher Routine – jetzt holt sie die Milch, jetzt nimmt sie ihr Müsli aus dem Regal, das ist die Tür zum Schrank mit der Schüssel, die Schublade für den Löffel. Siehst du. Sie braucht mich nicht.

Wo lebt ein sechzehnjähriges Kind, wenn es Waise wird? Auf keinen Fall wird sie in ein Waisenhaus gehen. Bleibt sie hier? Im Cottage? Geht morgens mit ihren Büchern in die Schule, kommt nach Hause, macht sich etwas zu essen, geht ins Bett, wacht auf, nimmt ihre Bücher und geht zur Schule?

Blair verkroch sich tiefer im Bett, erstickte die Geräusche von Amandas Überleben ohne sie. Als sie wieder auftauchte, um Luft zu holen, war es still – Amanda war gegangen. Langsam schlief Blair wieder ein.

Bis sie hörte, wie die Tür aufging. Sie ist wieder da, dachte sie, ich habe den ganzen Tag geschlafen. Aber nein, es war nur eine Stunde vergangen.

»Amanda?«, rief sie zaghaft.

Und zum ersten Mal dachte sie: Es ist ein Einbrecher, ein Frauenschänder, ein Verrückter. Er wird mich umbringen. Wahnsinn. Dann wird es doch kein so langes Sterben.

Aber das Problem Amanda war damit nicht gelöst. Wie kann das Beste in meinem Leben zum Schlimmsten werden, dachte Blair. Meine Tochter.

Und dann ging eine weitere Tür auf, die Tür zu ihrem Schlafzimmer, und da stand der Verrückte in Gestalt ihres Vermieters. Casey.

»Was, zum Teufel, machst du hier?«

»Nach dir schauen.«

»Man muss nicht nach mir schauen. Und du hast vergessen zu klopfen.«

»Ich habe einen Schlüssel.«

»Du hast kein Recht, diesen Schlüssel zu benutzen. Es sei denn, es handelt sich um einen Notfall.«

»Ich würde dies einen Notfall nennen.«

»Du willst mit mir schlafen. Das ist doch nichts Neues.«

»Du stirbst.«

»Das hat nichts mit dir zu tun.«

»Ich dachte, du willst vielleicht deine Schwierigkeiten vergessen.«

»Casey«, stöhnte Blair, dennoch schlug sie die Decke zurück. Er kam auf sie zu, ließ auf dem Weg zu ihrem Bett seine Kleider fallen.

Casey war ein wunderbarer Liebhaber. Also ließ Blair ihn von Zeit zu Zeit in ihr Bett – auch wenn er sie zu häufig darum bat und für ihren Geschmack danach immer zu lange blieb.

»Such dir eine Freundin, Casey. Heirate«, sagte sie und schaute zu ihm auf.

»Du bist schön«, sagte er. Er streichelte ihren Arm.

»Nicht mehr lange.«

Sie war nicht schön, aber Männer fanden sie exotisch oder sexy oder etwas in der Art – die Erfahrung hatte sie in allen Lebensabschnitten gemacht. Jetzt, mit zweiundvierzig, war sie immer noch fit, wahrscheinlich, weil sie zu Fuß zur Arbeit und nach Hause ging, wenig aß, weil sie so viel Zeit mit Kochen verbrachte und weil sie die ganze Zeit in Bewegung zu sein schien – selbst in der kleinen Küche des Restaurants oder in ihrem winzigen Häuschen. Sie hatte dunkle, kurz geschnittene Haare, die in ungebändigten Locken ihr Gesicht einrahmten und ihr in die Augen fielen. Ihre Gesichtszüge waren stark ausgeprägt – die Augen auffällig groß, die Nase ein wenig zu lang, die Lippen etwas zu voll –, und obwohl sie diese Makel wahrnahm, wenn sie in den Spiegel schaute, sahen Männer darin eine Art üppiges, reifes Gelände, das sie erforschen wollten.

»Bist du ansteckend?«, fragte Casey.

»Nein. Komm ins Bett.«

»Tut dir was weh?«, fragte er, als er neben sie ins Bett rutschte und seinen schlaksigen Körper um ihren wickelte. Seine Hände begannen über ihre Haut zu wandern, und kleine Wellen der Erregung durchliefen sie.

»Nicht mehr«, murmelte sie, rückte näher an ihn, atmete ihn ein.

»Was ist es, Blair? Was hast du?«, fragte er, als seine Hände über ihren Körper glitten, sich ihre Beine ineinander verschlangen, ihre Köpfe die Stelle in der Halsbeuge des anderen fanden.

»Nicht genug Sex«, flüsterte sie.

Als er sein Gesicht zwischen ihren Brüsten vergrub, stöhnte sie und fühlte, wie sich ihr Herz öffnete. Und dann weinte sie, doch er merkte es nicht, und sie schlang die Arme um seinen Hals, damit er sie festhielt.

Irgendwann richtete Casey sich auf und schob sie zurück, sodass er jetzt über ihr war, in sie hineintauchte. Und sie wollte ihn tiefer spüren, wollte, dass ihr Körper schmerzte. Doch plötzlich zog er sich zurück.

Er öffnete die Augen und sah sie an. »Du weinst«, sagte er.

Sie schüttelte den Kopf.

»Wir sollten das öfter machen.«

Wieder schüttelte sie den Kopf.

Er legte sich neben sie.

»Geh weg, Casey.«

»Gib mir fünf Minuten, Schätzchen. Lass mich einfach hier neben dir liegen.«

»Fünf Minuten«, erklärte sie. »Dann gehst du und kommst nie wieder. Ich will das nicht mehr.«

Er stützte sich auf den Ellbogen und sah auf sie hinunter.

»Hab ich dir wehgetan?«

»Nicht genug«, sagte sie. Sie schloss die Augen und drehte ihm den Rücken zu. »Bitte«, sagte sie hart. »Geh.«

Sie wandte sich nicht zu ihm um, während er sich anzog und auf die Tür zuging. Als die Tür hinter ihm ins Schloss fiel, blieb sie einen Augenblick lang im Bett liegen und erwog, noch ein wenig zu schlafen. Doch dann dachte sie an den Krebs in ihrem Körper und hatte das Gefühl, dass schwarze Krebszellen sie schwer nach unten zogen und in die Matratze pressten. Sie setzte sich auf und begann zu zittern.

Sie würde sterben. Sie würde sterben, ehe ihre Tochter die Schule beendet hätte, ehe sie erwachsen wäre. Ehe sie die ersten Freunde gewonnen und wieder verloren hätte, ehe sie Erfolge und Enttäuschungen erlebt hätte, ehe sie neue Städte entdeckt und ein neues Zuhause gefunden hätte. Blair würde sterben, und jemand anders würde ihren Platz in der Küche des Restaurants einnehmen, jemand anders würde in das Cottage einziehen. Casey und Perry würden andere Frauen finden, die sie ab und zu für einen Augenblick lieben konnten. Aber niemand würde ihren Platz als Amandas Mutter einnehmen. Niemand würde ihre Tochter mit derselben Hingabe, derselben Freude lieben.

Blair zwang sich aufzustehen. Sie musste ihren Körper dazu bringen, mit dem Zittern aufzuhören. Sie warf sich einen Kimono über und ging in die Küche, um Teewasser aufzusetzen. Der Kessel wackelte in ihrer zittrigen Hand. Eine Szene aus ihrer Kindheit fiel ihr ein: Sie hatte Hitchcocks *Die Vögel* angeschaut

– da musste sie elf oder zwölf gewesen sein – und war mitten in der Nacht schreiend aufgewacht. Ihre Mutter war bei ihr gewesen, noch ehe sie selbst richtig wach war, die Schreie ebbten gerade ab. Ihre Mutter hatte sie ruhig im Arm gehalten, ihr über den Kopf gestrichen, gewartet, bis Blair etwas von einem schwarzen Himmel voller Vögel gemurmelt hatte. Schhh, hatte ihre Mutter gesagt, und Blair war in ihren Armen eingeschlafen.

Ich brauche jemanden, der mich festhält, dachte Blair.

Ihre Eltern waren ums Leben gekommen, als Blair sechsundzwanzig war. Es war ihr erster richtiger Urlaub gewesen, ein Angeltrip nach Mexiko, und sie hatten beschlossen, mit dem Auto zu fahren, weil die Flüge so teuer waren. Die Polizei sagte, sie müssten sich verfahren haben, wie sonst hätten sie in einer so gottverlassenen Stadt mitten in den Bergen landen sollen. Zwei halbwüchsige Jungen hatten ihr Auto angehalten und sie ausgeraubt, und die Polizei vermutete, dass die beiden, als Blairs Vater einen Herzinfarkt bekam, in Panik geraten waren und Blairs Mutter erschossen hatten. Sie stahlen dreihundertfünfundvierzig Dollar und den Buick und ließen das Ehepaar in einer Senke neben der Straße liegen.

Blair dachte an ihre Eltern, sah die auf ihre Gesichter gerichteten Waffen. Hatte ihre Mutter ihren Vater gehalten, als er zusammengebrochen war? War ihr Vater bereits tot gewesen, und hatte ihre Mutter um ihn getrauert, als die Kugel ihr Herz durchschlug? Oder war ihre Mutter zuerst erschossen worden, und hatte der Gedanke an ein Leben ohne sie ihrem Vater schlagartig das Herz still stehen lassen? Hatten sie überhaupt Zeit gehabt, über den Tod nachzudenken?

Waren sie sofort tot gewesen? Oder war es ihr Glück gewesen, dass sie so schnell starben und ihnen keine Zeit mehr blieb, über den Tod nachzudenken?

Eine Polizistin kam zu ihrer Wohnung in SoHo, wo sie damals lebte und aus der ihr letzter Freund gerade ausgezogen war, genau an jenem Morgen, als sie erfahren hatte, dass sie schwanger war und bereits einen Termin in der Abtreibungsklinik im Village gemacht hatte. »Es tut mir Leid, Herzchen«, sagte die Polizistin, nachdem sie Blair den Tod ihrer Eltern mitgeteilt hatte, und Blair hatte sie nur verwirrt angestarrt: Warum nennt sie mich Herzchen? Meine Mutter nannte mich Herzchen. Wusste sie das? Die Frau wiederholte, was sie gesagt hatte, als hätte Blair beim ersten Mal nicht schon genug gehört, und trotzdem zeigte sie keine Reaktion, konnte den Sinn der Worte nicht begreifen. Bis die Polizistin ging und Blair zusammenbrach.

Blair fand Dinge, um sich zu beschäftigen – die Überführung der Leichen aus Oakland, die Suche nach einem Friedhof, die Beerdigung, den Verkauf ihres Elternhauses, das Verschenken der Habe ihrer Eltern. Und als sie damit fertig war, war sie immer noch schwanger, immer noch taub vor Schmerz.

Ich will das Baby, beschloss sie.

Sie ging nicht nach New York zurück. Sie fand eine Wohnung in Berkeley, einen Job als Bedienung, eine Tagesstätte für das Baby. Wenn sie sich nach ihren Eltern sehnte, nahm sie Amanda in den Arm. Nun war sie die Erwachsene. Sie war die Mutter.

Über die Jahre veränderten sich die Erinnerungen an ihre Eltern; wie Steinchen in einem Kaleidoskop ordneten sie sich neu, schrieben eine neue Geschichte. Sie hatte nur verschwommene Erinnerungen an die

Kämpfe, die sie mit ihrem Vater ausgetragen hatte, als sie ein Teenager war – über die Klamotten, die sie trug, ihre politischen Ansichten, Marihuana, die Jungen, mit denen sie ausging. Sie vergaß, wie wütend sie auf ihre Mutter gewesen war, als diese sie mit einem vollen Stipendium in eine Privatschule schickte. Ihre Mutter hatte gehofft, sie würde so zu dieser anderen Welt gehören, stattdessen gewöhnte sie sich nur deren zweifelhafte Manieren an.

Dafür erinnerte sie sich daran, wie sie mit ihrer Mutter gekocht hatte oder mit ihrem Vater fischen gewesen war, erinnerte sich an die süße Liebe, die die beiden füreinander empfunden hatten, und wie gesegnet sie sich gefühlt hatte, wenn sie die Horrorgeschichten über die Scheidungen anderer Eltern gehört hatte. Zu Hause war sie sicher. Und wenn die Welt sich gefährlich zeigte, igelte sie sich in den Kokon ihres kindlichen Zuhauses ein.

Jetzt brauchte sie ihre Mutter, ihren Vater. Sie stand mitten in der Küche in ihrem eigenen Kokon, diesem Baumhaus-Cottage, und lauschte auf das Pfeifen des Teekessels.

Kapitel 2

Als das Telefon klingelte, war Luke im ersten Moment völlig verwirrt. Er hatte vergessen, dass er hier ein Telefon besaß, überlegte jetzt, wo es sein könnte und ob er überhaupt noch wusste, was er zu sagen hatte. Hallo? Wie geht's? Danke, gut. Er durfte die Höflichkeitsfloskeln der zivilisierten Gesellschaft nicht völlig verlernen.

Das Telefon klingelte ein viertes Mal, ehe er es unter einem Sessel hervorzog, zusammen mit einer Socke, die er schon seit Monaten vermisste.

»Hallo«, rief er in den Hörer, wie ein alter Mann, argwöhnisch gegenüber der Technik.

»Bellingham«, sagte eine Stimme, »du bist wirklich schwer zu finden.«

»Wer ist da?«, fragte Luke. Er fiel in den Sessel und erlaubte Sweetpea, den Kopf auf sein Knie zu legen. Auch der Hund war von dem Klingeln des Telefons aufgeschreckt worden.

»Harrison Driver«, sagte der Mann. »Reese Academy.« Der Typ machte eine Pause, nur um dann schnell weiterzureden, womit er Luke Gelegenheit gab, sein Hirn zu durchforsten. »Wir waren im letzten Jahr zusammen im Basketballteam. Ich bin mit Trish Keller gegangen, nachdem du mit ihr Schluss gemacht hast.«

»Stimmt«, sagte Luke, obwohl er keinen Schimmer hatte. Wer erinnert sich schon an dieses Zeug?

»Bist jetzt wohl unter die Einsiedler gegangen, wie?«

»So ähnlich«, antwortete Luke.

»Hat dir der Ruhm nicht gefallen?«, fragte Harrison.

»So ähnlich«, wiederholte Luke.

»Egal. Hey, ich kann's mir vorstellen. Ab in die Berge. Lass die Fans ruhig schreien. J.D. Salinger hat's genauso gemacht, und die Leute haben jeden Mist gekauft, den er geschrieben hat.«

»Was kann ich für dich tun?«, fragte Luke. Er griff nach dem Glas mit Bourbon neben sich.

»Klassentreffen. Fünfundzwanzig Jährchen. Man glaubt es kaum.«

Luke antwortete nicht.

»Na, jedenfalls planen wir ein Treffen. Eine Riesenparty. Mit einer Tombola für die Schule und so. Mal sehen, wie die Freundinnen von damals heute so aussehen.«

»Es tut mir Leid, Harrison –«

»Dein Name würde sich im Veranstaltungskomitee gut machen. Für die Schule. Für die Klasse. Hey, du hast Erfolg, Mann.«

Luke trank den letzten Schluck warmen Bourbon.

»Ich kann mir vorstellen, dass es jede Menge Erfolgsstorys gibt. Da braucht ihr meine nicht auch noch.«

»Klar ist da Kohle. Unmengen sogar. Silicon Valley und so«, sagte Harrison. »Aber du bist Hollywood. Du bist Mr. Academy Award. Du bist auch so ein verdammter Goldjunge.«

Luke lachte. Er saß in einer knapp fünfzig Quadratmeter großen Holzhütte, mit seinem Hund, ein paar Kleidern, ein paar Töpfen und Pfannen. Seit drei Monaten hatte er bis auf den Mann im Supermarkt und der Frau in der Lookout Bar niemanden gesehen. Er las, schreinerte in der Werkstatt hinter dem Haus Möbel und lief mit seinem Hund durch die Berge. Ein verdammter Goldjunge.

»Ich kann dir nicht helfen, Driver. Tut mir Leid, Kumpel.«

»Komm zu einem einzigen Treffen. Morgen Abend. In Coco's Cafe in Mission.«

»Ich komme hier selten raus.«

»Trish wird auch da sein«, sagte Harrison.

»Gib ihr einen Kuss von mir«, sagte Luke und legte auf.

Und dann, als hätten drei Monate Einsamkeit ihn nicht geheilt, stellte er sich in Gedanken eine Szene vor: Emily in der Küche, er würde hinter sie treten und seine Hände auf ihre Schultern legen. Würde sie zusammenzucken? Wann hatte sie aufgehört, auf seine Berührungen zu reagieren? Hatte er alle Zeichen, alle ihre Signale übersehen?

Ich hatte einen Anruf, würde er sagen. Klassentreffen. Fünfundzwanzig Jahre. Irre, wie schnell die Zeit vergangen ist.

Würde sie die Soße für den Lachs umrühren, ihn nicht hören, seine Hände nicht auf ihren Schultern spüren, als wäre sie schon gegangen, verschwunden, ein Geist? Oder würde sie sich zu ihm umdrehen, die Linien in seinem Gesicht nachzeichnen, seine Lippen küssen und flüstern: »Mein alter Mann.«

Sie war zehn Jahre jünger als er, dreiundzwanzig, als sie heirateten, dreiunddreißig, als sie die Premiere seines letzten Films verließ und nicht zurückkehrte.

»Willst du hingehen?«, würde sie fragen.

»Nein. Ja. Ist so was nicht immer schrecklich?« Er würde sich an sie lehnen, den zitronigen Geruch ihres dicken Haars in der Nase spüren.

»Kommt drauf an, was du suchst.«

»Was ich suche?«, würde er murmeln, sein Gesicht in ihrem Nacken vergraben und seine Lippen auf ihre warme Haut pressen.

»Sag's mir«, würde sie sagen, sich ihm entziehen, hinausgehen und nie zurückkehren.

Essen, dachte er. Zuerst Sweetpea füttern.

Also stand er auf, öffnete eine Dose Hundefutter und löffelte den Inhalt in eine Schüssel. Er wandte sich zur Küche mit dem kleinen Herd und dem Miniaturkühlschrank. Zwei Regale mit Dosensuppe, Nudeln, Haferflocken. Er holte die Bourbonflasche herunter, goss sich ein weiteres Glas ein.

Er trank schnell, dann griff er nach dem Telefon.

Wählte die Nummer der Auskunft. San Francisco.

»Haben Sie eine Emily Peck? Die Adresse weiß ich nicht.«

Als die Telefonistin verneinte, bat er sie, auch außerhalb San Franciscos zu suchen. Nirgends war eine Emily Peck eingetragen. Sie würde es ihm nicht leicht machen. Das tat sie nie.

Er nahm ein Buch in die Hand, versuchte zu lesen, warf es in die Ecke.

Wieder griff er nach dem Telefon und wählte eine Nummer, die er auswendig konnte – immer noch –, obwohl er sie seit Monaten nicht gewählt hatte.

Dana ging ans Telefon, schon beim ersten Klingeln war sie dran, atemlos, als hätte sie auf seinen Anruf gewartet. Er seufzte, plötzlich war ihm das Herz in der Brust schwer, dann wurde ihm bewusst, dass er seine Frau erwartet hatte.

»Dana«, sagte er schließlich.

»Sie ist nicht da«, sagte Dana.

»Ich weiß.«

Er dachte an die ersten Wochen, nachdem Emily ihn verlassen hatte – täglich hatte er ihre Schwester Dana angerufen, oft sogar zweimal täglich. Er hatte sie verfolgt: »Wo ist meine Frau? Warum hat sie mich verlassen?« Sie hatte seine Anrufe höflich entgegengenommen und sich ebenso höflich geweigert, ihm zu antworten. Bis er aufgegeben hatte und in seine Hütte in den Bergen geflüchtet war. Drei Monate des Schweigens hatten seine Qual nicht gelindert und seine Suche nach Antworten nicht beendet.

»Ich werde dir nichts sagen.«

»Ich weiß.«

»Gut.« Er hörte, wie sie tief durchatmete. »Wie geht es dir?«, fragte sie.

»Gut. Danke.«

»Quatsch.«

»Belassen wir es einfach dabei.«

»Wirst du irgendwann zurückkommen?«

»Wohin zurück? Nach San Francisco? In mein altes Haus? Zu meinen Filmen und meiner Frau? Wovon reden wir eigentlich?«

»Zurück ins Leben. Wie wär's damit?«, antwortete sie ungehalten.

»Ich weiß nicht«, sagte er freundlicher. »Wie geht es dir, Dana?«

Sie antwortete nach einer kurzen Pause. »Ich bin schwanger.«

Er lächelte. »Wolltet ihr, Emily und du, nicht gleichzeitig schwanger werden?«

Sie antwortete nicht. Tief in seinem Magen spürte er einen zentnerschweren Stein.

»Gibt es einen anderen Mann?«, fragte er leise. »Beantworte mir einfach nur diese Frage.«

»Nein.«

»Nein, gibt es nicht, oder nein, du sagst es mir nicht?«

»Nein, Luke.«

»Gut. Dann weiß ich auch nicht. Viel Glück für dich. Oder so. Sag ihr –«

»Ich werde ihr gar nichts sagen«, sagte Dana schnell. »Sie will nichts von dir hören.«

»Warum?«, fragte Luke, und dann konnte er nicht mehr sprechen. Er wusste, wenn er noch einen Laut von sich gab, würde er weinen.

»Sie war einsam, Luke. Du hast ja keine Ahnung.«

Er legte auf.

Einsam. Eine Szene, wie aus einem Drehbuch, kam ihm in den Sinn. Er sitzt an seinem Schreibtisch. Schreibt. Es ist Abend, und der Nebel wälzt sich über die Stadt, hüllt sie für die Nacht ein. Emily liegt auf dem Sofa in seinem Arbeitszimmer, liest, nippt an einem Glas Wein. Sweetpea liegt zu ihren Füßen. Luke ist glücklich, dass sie da ist, während er abends arbeitet. Die Arbeit geht gut voran. Und dann greift sie nach dem Telefon und ruft Dana an, fängt an, über irgendein blödes Kleid zu reden, das sie in einem Geschäft auf der Filmore Street gesehen hat. Er hört auf zu tippen und starrt sie an, muss gar nichts sagen, und sie steht auf, nimmt das Telefon und ihr Weinglas und verlässt den Raum. Sie knallt die Tür hinter sich zu. Ende der Szene. Hat er an diesem Abend mit ihr geschlafen? Ihr ein Wochenende in Mendocino ohne Arbeit versprochen?

Verlässt dich deine Frau ohne ein Wort der Erklärung, weil sie einsam ist?

»Na komm, Sweetpea«, sagte er, und der Hund sprang auf, als wartete er schon seit Monaten auf diesen Augenblick.

Luke griff nach dem Schlüssel zu seinem Geländewagen und ging hinaus. Er hatte sich geschworen, die Hütte erst wieder zu verlassen, wenn er sich von Emily befreit hatte. Aber vielleicht war das ein Fehler – vielleicht musste er Emily finden, um sich von ihr befreien zu können.

Eine Stunde später bog er in die Straße zu seinem Haus auf dem Potrero Hill ein. Er fuhr auf den schmalen Streifen vor der Garage und starrte hinauf. Kein Licht. Kein Leben. Vor drei Monaten hatte er das Haus abgeschlossen, war weggefahren und seitdem nicht mehr da gewesen.

Die untergehende Sonne tauchte das alte Haus in einen gelben Glanz. Gespenstisch. Vielleicht spukte sein eigener Geist darin herum. »Hey, Luke, alter Freund. Ich habe mich schon gewundert, wo du bist. Hast du nicht deine Seele vergessen?«

Luke öffnete die Wagentür und suchte seinen Schlüssel.

Vielleicht war sie ja da gewesen. Vielleicht war sie jetzt da, lebte hier und war nur kurz ausgegangen.

Er ließ den Schlüssel fallen, hob ihn wieder auf, wurde beinahe von Sweetpea umgeworfen, die, verrückt vor Freude, aus dem Auto die Treppe zum Haus hinaufschoss. Zuhause. Armes altes Mädchen.

Er folgte Sweetpea die Stufen hinauf und blieb unentschlossen vor der Haustür stehen. Sollte er klingeln? Nein.

Er drehte den Schlüssel im Schloss, und die Hündin stupste die Tür mit der Schnauze auf und raste in die Diele. Bellend. Jaulend. So viele Monate in den Wäldern war sie still gewesen. Luke hörte sie durch alle Räume tapsen.

»Sie ist nicht da, Mädchen«, flüsterte Luke. »Nirgends.«

Er machte die Tür hinter sich zu und sah sich um. Die Diele war leer – auf der antiken Holzbank lagen keine Jacken, keine Hüte auf dem Kaminsims. Eine dicke Staubschicht bedeckte alles, und der Raum wirkte schwer, wie in sich selbst versunken.

Das Wohnzimmer war elegant, anspruchsvoll, aber spärlich möbliert. Er kam sich vor wie ein Fremder, der es zum ersten Mal sieht. Kalt, dachte er. Habe ich dieses Zimmer je gemocht? Emily führte Gäste immer ins Wohnzimmer – er zog es vor, sie im gemütlichen Chaos der Küche um sich zu scharen. Jeden. Es waren immer irgendwelche Leute da, Bekannte, Geschäftspartner, Freunde, die nur auf einen Sprung vorbeikamen und blieben. Es gab Partys mit Menschen, die einfach nicht nach Hause wollten. Einmal waren er und Emily betrunken und verliebt von einem Dreh nach Hause gekommen und auf dem schwarz-weiß gestreiften Sofa gelandet, um miteinander zu schlafen – beziehungsweise um zu beenden, was sie im Auto auf dem Heimweg begonnen hatten –, und als sie sich danach erschöpft ausstreckten, hatte jemand Beifall geklatscht. Dana, die auf dem Sofa gegenüber ihren eigenen Kater ausschlief.

»Das macht ihr wirklich ziemlich gut«, hatte sie gesagt.

Emily hatte schläfrig gelächelt und den Kopf abgewandt. Hatte sie gewusst, dass Dana da war?

Luke hatte den gesellschaftlichen Wirbel ihres gemeinsamen Lebens nicht vermisst, während er sich in den Bergen von Santa Cruz eingeigelt hatte. Das war Emilys Ding gewesen. Um der Einsamkeit zu entgehen? Wie oft hatte er sich heimlich von Partys davongestohlen, um in seinem Zimmer eine Weile ungestört am Computer zu sitzen. Weil er lieber mit den Menschen in seinen Drehbüchern zusammen war als mit den Menschen in ihrem Haus, hatte Emily ihm einmal vorgeworfen.

Luke ging durch das Wohnzimmer in die Küche, knipste auf dem Weg dorthin Lichter an, um die Gespenster der Erinnerung zu verscheuchen.

Automatisch warf er einen Blick auf den Kühlschrank, wie er es in den Tagen, nachdem sie gegangen war, so oft getan hatte. Als sie vor drei Monaten bei der Premiere seines Films weggelaufen war, hatte sie zu Hause angehalten, eine Tasche gepackt und eine Nachricht hinterlassen. Sie hatte den Zettel an die Kühlschranktür geheftet, und er hatte ihn dort, unter dem Pinguinmagneten, hängen lassen – wie eine Einkaufsliste. Milch kaufen, Mann verlassen.

Er musste ihn nicht noch einmal lesen, aber er würde es tun. Viele Tage lang hatte er vor dieser Nachricht gestanden, die auf einen Zettel geschrieben war, der von dem Notizblock neben dem Telefon stammte, kunstvoll eingerahmt von tanzenden Löwen. Sie liebte Löwen. Sie hatte ihn, von Löwen gerahmt, verlassen. Er hatte die Nachricht gelesen, sich noch einen Bourbon aus der vollen Flasche eingeschenkt, die er in der Hausbar gefunden hatte, die Nachricht wieder gelesen, in der Hoffnung, diesmal mehr darin zu entdecken, vielleicht einen Code, den er die dreitausend Male davor übersehen hatte. Aber egal wie betrunken er war, die Worte blieben immer dieselben.

Es tut mir Leid. Anders konnte ich es nicht tun. Ich

gehe. Versuch nicht, mich zu finden. Vielleicht bedeutet es nicht viel, aber ich habe dich geliebt. Em.

Em. Als verwandelte diese Vertraulichkeit die Worte in Liebesgeflüster: Bin joggen. Zieh dich schon mal aus. Erwarte mich im Bett. Em.

Er riss den Zettel von der Tür und stopfte ihn in die Hosentasche. Der arme Pinguin fiel scheppernd zu Boden. Mit einem Fußtritt beförderte er ihn quer durch die Küche unter den Geschirrspüler.

Oben jaulte Sweetpea.

»Ich komme, Mädchen«, rief Luke. Seine Stimme hallte durch die Gänge.

Er rannte die Treppe hinauf und hörte ein Wimmern aus dem Schlafzimmer. Er wollte nicht hineingehen, wollte der Leere nicht so nah sein.

»Komm schon, Sweetpea. Ich hab was für dich«, lockte Luke vom Treppenabsatz aus.

Der Hund fiel nicht darauf herein. Luke ging ins Schlafzimmer.

Sweetpea kroch unter das Bett.

»Komm da raus, altes Mädchen«, sagte Luke und zog sie zurück. Er beugte sich hinunter und blickte suchend unter das Doppelbett. Ein Pantoffel. Emilys Pantoffel.

Luke griff nach dem pelzigen Teil und hielt es dem Hund hin, der freudig danach schnappte.

»Bist du ein Glückspilz«, sagte Luke mit einem schiefen Lächeln.

Und plötzlich weinte er, die Tränen liefen ihm schneller über das Gesicht, als er sie mit dem Ärmel seines Flanellhemdes abwischen konnte.

»Verschwinden wir hier«, sagte er, doch Sweetpea hatte es sich auf Emilys Seite neben dem Bett gemütlich gemacht und kaute glücklich an dem Pantoffel.

Erst jetzt sah Luke, dass sich der Raum verändert hatte, seit er ihn vor drei Monaten verlassen hatte. Auf der Kommode herrschte gähnende Leere, der Schmuckkasten, Fotos, Kamm und Bürste waren verschwunden. Er riss die Schubladen auf. Nichts. Keine Unterwäsche. Keine T-Shirts, keine Hemden oder Badeanzüge oder Sportsachen. Er zog die Schranktüren auf. Kleider, Schuhe, Hosen, Blusen – weg. Als sie ihn verlassen hatte, hatte sie höchstens einen Koffer gepackt. Nicht viel mehr. Und er hatte darauf gewartet, dass sie zurückkam – wenn schon nicht zu ihm, dann wenigstens, um ihre Kleider zu holen. Und nun hatte sie es getan. Wann? Vor einer Woche? Vor Monaten? Hatte Dana sie in ihrem Versteck angerufen, kaum dass er die Stadt verlassen hatte, um ihr zu sagen, dass die Luft rein war? Alles klar, du kannst kommen.

Das leere Schlafzimmer war irgendwie realer als der Zettel am Kühlschrank. Was hatte es zu bedeuten, dass sie ihn ohne ein Wort verlassen hatte? Dass sie nicht mit ihm reden konnte oder streiten, um sich mit ihm zu versöhnen?

Ein erbitterter Streit fiel ihm ein. Vor ein paar Monaten hatte ihn der Regisseur von *The Geographie of Love* gebeten, mit ihm am Set in Los Angeles zu arbeiten – doch Luke schrieb bereits an seinem neuen Drehbuch und wollte sich nicht ablenken lassen. Emily flehte ihn an, mit ihr nach L.A. zu fahren. Sie wollte bei der Produktion dabei sein, sich auf Partys amüsieren, mit den Leuten zum Essen ausgehen. Er hasste diese Dinge, allein deswegen hatte er beschlossen, in San Francisco und nicht in Hollywood zu leben. Hier konnte er tun, was er am besten beherrschte – schreiben. Als er dem Regisseur absagte, wurde sie fuchsteufelswild und warf ihm vor, sich egoistisch zu verhalten. Es war seine Karriere, oder etwa nicht, konterte er. Sie ging aus dem Haus, schlief bei Dana, kam am nächsten Morgen wieder, und sie fielen sich erschöpft in die Arme. »Ich kenne dich«, hatte sie an seinem Ohr gemurmelt. »Ich werde dich nicht mehr um so etwas bitten.«

Warum also hatte sie ihn dann ohne ein Wort und ohne zu streiten verlassen? Sag mir, dass du einsam bist, dachte Luke. Sag mir, was du brauchst. Schrei, weine, schlag mir die Tür ins Gesicht. Aber verlass mich nicht so.

Er sank aufs Bett. Ich brauche auch einen Pantoffel, auf dem ich kauen kann, dachte er. Er drehte sich auf die Seite und vergrub den Kopf in ihrem Kissen. Nach all diesen Monaten nahm er noch immer ihren Duft wahr.

Als er eine Stunde später aufwachte, fühlte er sich betrunken und verkatert zugleich. Er schleppte sich unter die Dusche, suchte etwas Sauberes zum Anziehen, goss sich noch einen Bourbon ein. Er brauchte etwas zu essen, aber das hatte Zeit.

Sweetpea wollte nicht aus dem Haus – sie war wieder zu Hause und zerrte den Pantoffel von einem Zimmer zum anderen.

»Bleib hier, braves Mädchen«, sagte Luke schließlich. »Ich komme wieder.« Doch eigentlich wollte er nichts anderes, als zurück in seine Hütte in den Bergen und niemals wiederkommen. Zuerst musste er mit Dana reden. Dann würde er Sweetpea holen und aus der Stadt fliehen.

Er fuhr nach Pacific Heights. Dana und ihr Mann wohnten in einem rosafarbenen viktorianischen Haus, das zwischen einem himmelblauen und einem malvenfarbenen Haus eingeklemmt war. Plötzlich wirkte San Francisco kitschig und zuckersüß, und Luke fragte sich, warum er die Stadt je geliebt hatte. Er klingelte und warf einen Blick auf die Uhr – Viertel vor zehn. Samstagabend. Er wusste, wenn jetzt die Tür aufging, würde er mitten in ein Abendessen mit Gästen platzen, und das war das Letzte, was er wollte.

Brady machte ihm auf, klopfte ihm auf den Rücken, als freute er sich riesig, ihn zu sehen. In Wahrheit hatte Brady ihn nie gemocht. Er war groß, hatte früher mal gut ausgesehen, doch inzwischen hatte er ein rotes Gesicht von zu vielen Martinis und einen Bauch von zu vielen Geschäftsessen und Drei-Sterne-Menüs. »Gerade rechtzeitig zum Hauptgang, Luke«, sagte Brady. »Komm rein und leiste uns Gesellschaft.«

»Nein«, sagte Luke und hielt dem beharrlichen Druck des Mannes auf seinen Arm stand. »Ich muss nur kurz mit Dana reden. Eine Minute. Ich bleibe nicht.«

»Wir sind gerade beim Essen. Außer uns noch zwei Paare, nichts Besonderes. Komm rein und rede später mit Dana. Wie lange haben wir uns nicht gesehen? Wir wollen unbedingt wissen, was du so treibst. Meine Freunde würden dich unheimlich gerne kennen lernen.«

Klar, dachte Luke. Du willst mit mir angeben. Jahrelang hatte es Brady überhaupt nicht interessiert, wer er war oder was er schrieb – bis Luke einen Academy Award gewonnen hatte. Plötzlich spielte er in Bradys Welt eine Rolle.

»Nein, Brady. Hol einfach Dana«, wehrte Luke ab.

»Wer ist denn da, Schatz?«, rief Dana.

»Luke«, sagte Brady, als Dana an der Tür erschien. »Du hattest Recht. Er ist wieder da. Sag ihm, er soll hereinkommen.«

»Nein«, sagte Dana. »Das muss er nicht. Geh nur, Brady. Lass mich mit ihm reden.«

Brady zuckte die Achseln, schlug Luke auf die Schulter, küsste Dana auf die Wange und verschwand. Luke hörte dröhnendes Gelächter aus dem Esszimmer. Wir wären auch da, dachte er. Emily und ich. Würden wir uns amüsieren? Luke konnte sich nicht erinnern.

»Ich kann dir nicht helfen«, sagte Dana leise. »Das habe ich dir schon gesagt.«

Er sah sie an. Sie war groß, elegant, hatte die Haare in einer Art Knoten zusammengebunden. Eine zierliche Perlenkette schmückte ihren langen Hals. Sie war die dunkle Ausgabe der blonden Emily, und die Ähnlichkeit zerriss Luke das Herz.

»Sie ist weggegangen. Du wirst sie nicht finden.«

»Mein Gott«, sagte Luke. Er sah, wie ihre Hand über ihren gerundeten Bauch fuhr. »Sieh einer an.« Er streckte die Hand aus, wollte sie berühren, doch sie trat einen Schritt zurück. Er ließ die Hand sinken.

»Sie würde dich nicht allein lassen, wenn du schwanger bist«, sagte er. »Sie würde in deiner Nähe bleiben.«

Dana schüttelte den Kopf.

»Wievielter Monat?«

»Vierter«, antwortete sie. »Bitte geh, Luke. Ich kann dir nichts anderes sagen.«

»Dein Mann hat mir ein Abendessen angeboten.«

»Mein Mann ist ein Idiot. Das weißt du.« Jetzt lächelte sie endlich.

»Du siehst wunderbar aus«, sagte Luke.

»Und du ganz grauenhaft.«

Er strich sich über den Bart – in den Bergen musste man sich nicht rasieren.

»Mir gefällt es«, erklärte er. »So sehe ich aus wie ein Fremder. Jedes Mal, wenn ich in den Spiegel schaue, frage ich mich: Wer, zum Teufel, ist das? Und wehe, ich weiß die Antwort nicht.«

»Gehst du zurück in die Berge?«

»Nicht, ehe ich sie gefunden habe.«

»Vergiss sie.«

»Das habe ich versucht«, sagte er. »Es hat nicht funktioniert.«

Er drehte sich um und lief die steilen Stufen zur Straße hinunter. Aus dem Esszimmer hörte er ein schrilles Lachen. Das Echo folgte ihm bis zum Wagen.

Sweetpea war nicht dazu zu bewegen, das Haus auf dem Potrero Hill zu verlassen. Luke war zu müde zum Kämpfen. »Eine Nacht, mehr nicht«, warnte er den Hund und legte sich schließlich in das große Bett.

Als er mitten in der Nacht aufwachte, streckte er die Hand nach Emily aus – etwas, das er in dem schmalen Bett in der Hütte nie getan hatte –, dann schleppte er sich aus dem Bett, stolperte ins Badezimmer, um nach Schlaftabletten zu suchen –, lag Stunde um Stunde wach, lauschte auf das Schnarchen des Hundes, wartete auf das Abtauchen in die Bewusstlosigkeit.

Er dachte daran, wie er sich in Emily verliebt hatte, an das beinahe mühelose Hineingleiten in das gemeinsame Leben mit ihr. Sie hatte die Plakate für *Pescadero* gestaltet – eisblaues Meer, ein Streifen flacher, weißer Strand, ein Mädchen, das allein auf der Seite zusammengerollt im Sand liegt. Als er sie kennen lernte, sagte er ihr, dass er das Plakat perfekt fände. Sie hatte ihn angelächelt, überrascht, ganz offensichtlich erfreut und nur ein kleines bisschen schüchtern, und er hatte sie auf der Stelle zum Essen eingeladen. Schon nach wenigen Tagen waren sie zusammengezogen. Wenn er nachts aufwachte, hatte er sie im Schlaf angeschaut, erstaunt über ihre Schönheit und sein Glück. Und Dana hatte bei ihrer ersten Begegnung gesagt: »Du bist also der Mann, der meine Schwester wie eine Prinzessin behandelt.«

»Ist das gut oder schlecht?«, hatte er gefragt.

»Solange du nicht vergisst, dass sie keine ist«, hatte Dana geantwortet. Schwesterliche Fürsorge oder Eifersucht? Er war sich bis heute nicht sicher.

Und jetzt, mitten in der Nacht, mit einem schwachen Geruch nach Emily auf dem Kissen, beschwor er Erinnerungen an ihre Ehe herauf. Die Uneinigkeit darüber, ob sie Kinder haben wollten – sie sei noch nicht so weit, hatte sie Jahr für Jahr behauptet. Eine Auseinandersetzung wegen einer Reise nach Italien – er hatte sie abgesagt, weil er mit seinem Drehbuch noch nicht fertig war und nein, er konnte nicht arbeiten, während er durch Weinberge radelte. Ein Streit wegen seiner Rede anlässlich des Academy Award – warum hatte er sie in der Ansprache nicht erwähnt?

Seine Beine verhedderten sich in den Laken. Ihm war heiß, er war halb wach, ruhelos, und griff nach dem Wasser auf dem Nachttisch. Um seine Gedanken zur Ruhe zu bringen, legte er sich wieder hin und rief sich eine Szene in Erinnerung, die er nie vergessen würde. Er hatte seine Arbeit für den Abend beendet. War mit dem Schreiben gut vorangekommen. Leise war er ins Schlafzimmer gegangen, wo Emily schon schlief. Er zog sich aus und schlüpfte neben sie ins Bett. Lächelnd wandte sie sich ihm zu. »Ich habe dich vermisst«, flüsterte sie.

»Gott, ich vermisse dich«, sagte er.

»Schhh«, sagte sie. »Weck mich nicht. Schlaf mit mir. So leise, wie du kannst.«

Er streichelte ihren Körper, während sie schlief. Dann legte er sich auf sie und drang in sie ein, und sie liebten sich langsam und süß, ihre Bewegungen wie das Auf und Ab der Meereswellen.

Luke wachte erst gegen Mittag auf, obwohl er sich vage daran erinnerte, Sweetpea am frühen Morgen in den Garten gelassen zu haben. Er fühlte sich zerschlagen und miserabel, schleppte sich unter die Dusche und ließ das heiße Wasser auf seinen Körper prasseln. Auf der Ablage in der Ecke lag ein Rasierer. Emilys Rasierer. Er griff danach – rotblonde Haare klemmten noch in der Klinge. Er warf den Rasierer quer durch das Badezimmer, wo er direkt im Abfalleimer landete.

In der Küche fand er Kaffee und in irgendeinem Schrank die französische Kaffeekanne. Scheinbar hatte Emily die meisten Küchenutensilien dagelassen. Schließlich war er ja auch meistens derjenige gewesen, der gekocht hatte. Doch als er den Kaffee herunterdrückte, erinnerte er sich daran, wie oft er ihr morgens das Frühstück ans Bett gebracht hatte, und er verfluchte sie dafür, dass sie nicht jeden einzelnen Gegenstand im Haus eingepackt und mitgenommen hatte.

Sweetpea trottete Luke von Zimmer zu Zimmer hinterher, während Luke nach Wintersachen suchte, die er mit in die Hütte nehmen konnte. In den Bergen von Santa Cruz konnten die Abende kalt werden. Der Hund winselte – er wusste, dass sie nicht bleiben würden. »Wo, zum Teufel, hat sie die Skisachen versteckt?«, murmelte Luke, während er Schranktüren aufriss und Schachteln herauszerrte.

Eine große Schachtel traf ihn und fiel zu Boden. TAHOE stand darauf. Sie war zugeklebt, dann geöffnet und anschließend wieder zugeklebt worden. Einoder zweimal gingen sie im Winter Ski fahren – sie mochte es mehr als er. Er riss die Schachtel auf und fand, was er suchte: Handschuhe, Schals, Skiunterwäsche, dicke Pullover. Auch Emilys Sachen waren dabei – sie hatte vergessen, ihre weggepackten Kleider auszusortieren. Er griff nach einem Skipullover und hielt ihn unter die Nase, aber ihr süßer Duft war bereits verflogen – er roch nur nach Pappe.

Im nächsten Augenblick riss Luke wie besessen alles aus der Schachtel. Eine Schwimmbrille krachte gegen die Wand, Mützen, lächerliche Mützen, bei deren Anblick er sich schmerzlich nach ihrem Gesicht sehnte, flogen durch die Gegend. Auf dem Boden der Schachtel lag ein Skipass – Squaw Valley. Mit Tränen in den Augen holte er ihn heraus. Eine Telefonnummer in San Francisco, die er nicht kannte, war darauf gekritzelt. In Emilys Schrift. Und darunter hatte sie geschrieben: *Sag ihm nur: Ich bin morgen wieder zu Hause.*

Luke erhob sich, ließ das Chaos unaufgeräumt zurück und ging in Emilys Atelier. Sie war Grafikerin und hatte die letzten Jahre zu Hause gearbeitet. Jetzt war das Atelier leer. Mappen, Zeichnungen, Pinsel, Stifte, ja sogar die gerahmten Bilder – Plakate zu seinen Filmen – waren verschwunden. Er setzte sich an ihren leeren Schreibtisch und griff nach dem Telefon.

Vor einem Jahr waren sie zum letzten Mal beim Skifahren gewesen. Mit Dana und Brady. Emily hatte schlechte Laune gehabt, hatte behauptet, sie müsse ein Projekt fertig machen und der Kunde würde sie unter Druck setzen. Sie waren einen Tag früher nach Hause gefahren. *Ich bin morgen wieder zu Hause.*

Er wählte die Nummer. Ein Mann hob ab.

»Ich rufe von der Firma PacBell an«, sagte Luke. »Ich möchte Sie gerne über einige neue Serviceleis …«

»Es ist Sonntag, Kumpel. Lassen Sie uns in Ruhe.« Der Mann legte auf.

Luke hatte die Stimme nicht erkannt.

Er stopfte den Skipass in die hintere Tasche seiner Jeans und rannte zum Auto.

»Das bildest du dir ein«, sagte Dana.

Luke hatte sie überrascht, als sie aus dem Haus kam, war mit in ihren Wagen gestiegen und mit ihr zum Markt gefahren. Jetzt fungierte er als eine Art Marktjunge, trug Körbe voller Waren, die sie an jedem Stand, der am Weg lag, gekauft hatte.

»Hör mir einfach zu«, beharrte er. »Sie hat es auf ihren Skipass geschrieben. Hat ihn dir gegeben. Hat gesagt: Ruf ihn an. Sag ihm, ich bin morgen wieder zu Hause.«

»Ich habe keine Ahnung, wovon du redest.«

Luke versuchte mit ihr Schritt zu halten, während sie eine Tüte mit Mandarinen in seinen Korb warf, um dann zu einem Stand mit asiatischem Gemüse weiterzugehen.

»O doch, Dana. Du weißt es. Sie hat dir immer alles erzählt.«

»Es gab nichts zu erzählen. Keine Ahnung, was dieser blöde Skipass zu bedeuten hat. Das kann alles Mögliche heißen.«

»Es bedeutet, dass sie eine Affäre hatte.«

Dana blieb stehen und drehte sich zu Luke um. Einen Moment lang sahen sie sich an. Sie schien etwas sagen zu wollen – doch dann schüttelte sie den Kopf.

»Wäre es leichter für dich, wenn sie dich wegen

eines anderen Mannes verlassen hätte? Wenn ein anderer sie von dir weggelockt hätte? Ist das besser als die Vorstellung, dass du ganz allein schuld bist? Dann sage ich, ja, ich habe die Nummer angerufen. Ich habe gesagt: Sie ist morgen wieder zu Hause.«

Luke stand stumm und unbeweglich mitten auf dem Marktplatz. Dana sah sich verlegen um, als hätten sie Zuschauer. »Mein Gott, bist du ein Idiot.« Sie wandte sich ab und griff nach ein paar Auberginen und einem Bok Choy.

Luke stellte ihre Körbe auf die Straße, drehte sich um und ging fort.

Bis er sein Auto in Pacific Heights geholt hatte und quer durch die Stadt nach Potrero Hill gefahren war, war es fast sechs Uhr geworden. Er musste mit Sweetpea spazieren gehen, danach etwas essen. Er war gerade dabei, in der Speisekammer nach ein paar Dosen zu suchen, als das Telefon klingelte. Hätte er doch den Stecker rausgezogen. Hätte ich doch das verdammte Haus verkauft, dachte Luke.

»Luke?«, fragte eine Stimme

»Am Apparat.«

»Trish Keller hier. Vom Reese. Die guten alten Zeiten?«

»Trish Keller«, wiederholte Luke und setzte sich auf einen der Barhocker am Küchentresen. »Wie geht es dir?«

»Gut, alt geworden. Wie wir alle wahrscheinlich.«

»Du bist nicht alt, Trish. Du bleibst immer siebzehn.«

»Dann komm heute Abend lieber nicht zum Klassentreffen.«

»Was für ein Treffen?«

»Ich hab gehört, du kommst.«
»Von wem?«
»Harrison Driver hat es gesagt. Er hat mir deine Nummer gegeben. Ich hab erst die Nummer in den Bergen probiert und jetzt hier.«
»Mist. Harrison Driver. Das habe ich völlig vergessen.«
»Du kommst nicht?« Man hörte ihrer Stimme die Enttäuschung an.
»Ich weiß nicht. Nein. Ich komme nicht. Ich wohne hier überhaupt nicht mehr. Ich muss in fünf Minuten weg.«
»Du könntest doch auf dem Weg kurz vorbeikommen und hallo sagen.«
»Wohnst du in San Francisco? Das Letzte, was ich gehört habe, ist, dass du in Boston lebst und verheiratet bist. Mit irgend so einem spießigen Banker.«
»Nein, der Banker hat sich längst vom Acker gemacht«, sagte Trish und lachte. »Ich bin geschieden. Und im Moment weiß ich nicht so genau, wo ich lebe. Ich bin gerade bei Ruth Vargas zu Besuch – sie hat mich überredet, zu diesem Gelage zu kommen.«
»Wenn ich komme, können wir dann die anderen vergessen und einfach eine Stunde miteinander reden?«
»O Gott, du hast dich nicht verändert.«
»Nein, ich will dich nicht verführen. Ich bin nur neugierig. Fünfundzwanzig Jahre sind eine lange Zeit.«
»Dann komm«, sagte sie. Es klang schüchtern. Trish war nie schüchtern gewesen. »Ich fände es toll, dich wieder zu sehen.«
Luke schaute zu Sweetpea und zuckte die Achseln. »Ich schätze, ich könnte eine anständige Mahlzeit gebrauchen, ehe ich rausfahre. Wann? Wo?«
»Jetzt«, sagte Trish lachend. »In Coco's Café. Bin

schon unterwegs. Hab dich nur angerufen, weil ich es plötzlich mit der Angst bekommen habe.«

»Angst? Du? Wovor solltest du Angst haben?«

»Wir werden nicht immer so, wie wir es uns vorgestellt haben«, sagte sie.

»Ich bin der lebende Beweis dafür«, stimmte er ihr zu. Er zupfte an seinem Bart. Luke Bellingham, der Waldschrat.

»Kommst du?«

»Ja«, versprach er.

»Danke.«

Sie legte auf, und er wandte sich zu Sweetpea um. »Du Glückspilz«, sagte er. »Du darfst noch eine Nacht hier bleiben.«

Er schenkte sich einen Bourbon ein, ging ins Schlafzimmer, um ein frisches Hemd zu suchen, genehmigte sich einen weiteren Bourbon, ging ins Bad, um sich zu rasieren, entschied sich dann dagegen und goss sich einen dritten Bourbon ein. Als es Zeit war, sich auf den Weg zu machen, wusste er, dass er nicht mehr fahren durfte. Er nahm ein Taxi zu dem Café, obwohl ihm inzwischen kein einziges Argument mehr einfiel, das dafür sprach, dorthin zu fahren.

Vorsichtig schlängelte er sich durch das voll besetzte Lokal, verzweifelt auf der Suche nach einem vertrauten Gesicht. Der Geräuschpegel war ohrenbetäubend, und hinter dem Stimmengewirr nahm er das beharrliche Dröhnen von etwas wahr, das Musik sein musste. Er drängte sich an Kellnern, Menschen und Stühlen vorbei, doch immer mehr Tische tauchten vor ihm auf, immer mehr unbekannte Gesichter. Die Wände und die Decke waren burgunderrot gestrichen und schienen ihn zu erdrücken.

Irgendjemand – ein Kellner? – dirigierte ihn eine Treppe hinauf. Er sah einen langen Tisch, an dem er seine Gruppe vermutete, obwohl er nicht das Gefühl hatte, überhaupt irgendeiner Gruppe auf der ganzen Welt anzugehören, und erst recht keiner, die sich in einem derart lächerlichen Restaurant vergnügte. Wassersessel? Schwarze Teller auf schwarzen Tischdecken? Er blieb einen Moment lang stehen, betrachtete jeden Einzelnen, überlegte kurz, ob er nicht doch noch schnell in seine Hütte fliehen sollte.

»Luke«, rief jemand, und er sah, wie am Ende des Tisches eine Frau aufstand, dann drehten sich alle um und sahen ihn an. Er kannte die Frau nicht – füllig, mittleren Alters – erkannte überhaupt keinen dieser Menschen hier. Doch er lächelte, ging auf die Frau zu, nickte den Gesichtern in der Runde zu.

»Ich hab dir einen Platz frei gehalten«, flüsterte sie, nahm seinen Arm und zog ihn neben sich. Sie küsste ihn auf die Wange. »Ich wusste, dass du mich nicht erkennst. Auch ein Grund, warum ich nicht kommen wollte.«

Er sah sie an, entdeckte inmitten der sie umgebenden Fetthülle Trish. Plötzlich spürte er eine schmerzhafte Sehnsucht nach ihr. Er beugte sich vor, küsste sie und legte einen Arm um ihre Schultern.

»Wahnsinn, bin ich froh, dass du da bist«, flüsterte er ihr ins Ohr.

»Bellingham«, dröhnte eine Stimme, und Luke setzte sich schlagartig kerzengerade auf, als hätte man ihn beim Briefchenschreiben in der Klasse erwischt.

»Mein Gott«, murmelte er, »ich komme mir vor, als wäre ich wieder in Reese. Hab schon Schwierigkeiten, bevor ich den Mund aufmache.«

Die Leute um ihn herum kicherten – ein Typ schlug ihm auf den Rücken. »Schön, dich zu sehen, Luke.«

Luke hatte keinen Schimmer, wer er war. »Ganz meinerseits, Alter.«

»Spät kommt er«, ertönte wieder die dröhnende Stimme, »aber er kommt. Wir sind für deinen Auftritt bereit. So machen das doch die Stars, oder? Großer Auftritt am Abend.«

Luke wagte einen Blick auf den Mann am Ende des Tisches. Irgendein angeberisches Großmaul, dem er eigentlich aus dem Weg gehen würde, wenn er ihn nicht von früher gekannt hätte.

»Das ist Harrison Driver«, flüsterte Trish.

Luke zuckte die Achseln. »Wart ihr nicht mal zusammen?«

Sie zog die Augenbrauen hoch. »Nie. Hat er das etwa behauptet?«

»Wenn ich um Ihre Aufmerksamkeit bitten dürfte, Mr. Bellingham«, rief Driver.

»Jawohl, Sir«, sagte Luke und salutierte. Ein paar Leute lachten.

Driver sprach über das Treffen und die Notwendigkeit, für die Schule zu sammeln, und Luke schaltete ab und musterte die Anwesenden. Reiche Leute, aber das war er gewohnt. San Francisco war voll von ihnen. Doch hier waren die Reichen, die schon immer reich gewesen waren – selbst damals in der Hippie-Ära, als Luke in Reese gewesen war, hatten sie ihre Treuhandkonten im Hintergrund gehabt, mit denen sie ihren Drogenkonsum, ihre Trips nach Peru oder Indien und später ihre Lofts in Manhattan oder San Francisco finanzieren konnten. Einige erkannte er wieder, doch bei allen hatten die Jahre ihre Spuren hinterlassen. Komisch, dass er das bei sich selbst nie wahrgenommen hatte.

Er wandte sich wieder Trish zu. »Kannst du dich an diese Menschen erinnern?«

»An die meisten. Solltest du auch. Du hast mit fast allen Frauen geschlafen.«

»Habe ich nicht.«

»Mindestens mit der Hälfte. Das da, am Ende des Tisches, ist Erica Bodine. Ihretwegen hast du mich sitzen lassen.«

Erica Bodine war dünn und elegant, mit Schmuck behängt und missmutig.

»Niemals würde ich sie dir vorziehen«, erklärte Luke Trish.

»Versuch nicht, mich zu verführen«, warnte sie ihn.

»Warum denn nicht?«, fragte er. Verführen, dachte er, seit langer Zeit zum ersten Mal wieder. Sex. Und doch sehnte er sich höchstens nach dem tiefen Schlaf, den richtig guter Sex nach sich zog.

»Mr. Bellingham«, rief Driver. »Wenn ich nochmals um Ihre Aufmerksamkeit bitten dürfte.«

»Kann ich etwas zu trinken bestellen?«, fragte Luke.

Driver winkte einen Kellner heran.

»Bourbon«, sagte Luke. »Einen doppelten.«

»Wir haben uns gedacht, wir könnten deine Macht und deinen Einfluss nutzen«, rief Driver, und Luke ließ sich etwas tiefer in seinen Sitz sinken, »und ein paar Stars zu unserer Gala einladen – eine Art Begegnung mit Hollywood.«

Ein aufgeregtes Murmeln ging durch die Menge.

»Tut mir Leid, Driver«, sagte Luke. »Ich begegne im Moment nicht.«

»Lass ihn in Ruhe, Harrison«, rief Trish. »Heute geht es nicht um Filmstars.«

»Heute geht es darum, etwas zurückzugeben«, sagte Erica Bodine laut und schaute dabei in Lukes Richtung.

»Schulde ich ihr etwas?«, flüsterte Luke Trish zu.

»Es war für uns alle schwer, über dich hinwegzukommen«, erwiderte Trish leise.

Verlegen stand Luke auf. »Hör zu, Driver«, sagte er, dann schaute er sich am Tisch um und war überrascht, dass er, betrunken wie er war, solche Fantasien in Gang gesetzt hatte. Alle hörten ihm zu. »Ich schreibe keine Drehbücher mehr. Habe aufgehört. Ich kenne keine Stars mehr. Ich bin aus dem Spiel. Betrachtet mich einfach als einen gefallenen Stern. Pffft.« In einem weiten Bogen ließ er seine geschlossene Hand langsam nach unten sinken, bis sie auf dem Tisch aufschlug, wo er sie öffnete und die leere Handfläche zeigte.

Unbehagliches Schweigen breitete sich aus. Schließlich setzte sich Luke wieder, und Trish legte ihre Hand auf seinen Arm.

»Dann habe ich den perfekten Job für dich«, sagte Driver mit einem selbstzufriedenen Ausdruck. »Finder der verlorenen Seelen.«

»Machen wir, dass wir hier rauskommen«, sagte Trish und schob ihren Stuhl zurück.

»Warte«, sagte Luke. »Was ist das?«, fragte er Driver.

»Wir haben eine Liste von Ehemaligen, die wie vom Erdboden verschluckt sind. Sie unterstützen die Schule nicht. Sie schicken keine Anzeigen von der Geburt ihrer Kinder, werben nicht in der Schulzeitung. Wir wollen sie finden. Wo sind sie? Was machen sie?«

»Vielleicht wollen sie nicht gefunden werden«, warf jemand ein.

»Vielleicht wollen sie nicht spenden«, sagte ein anderer.

»Ich finde sie«, sagte Luke. Er spürte, wie ihn plötzlich eine Welle von Energie erfasste und ein Adrenalinstoß durch seinen Körper schoss, der ihm einen klaren Kopf verschaffte. »Gib mir die Liste. Ich finde die verlorenen Seelen.«

Driver kramte in seinen Papieren, fand die Liste und reichte sie an Luke weiter.

»Jetzt lass uns gehen«, drängte Trish leise. »Ich hasse das hier.«

»Ich bin der verdammte König der verlorenen Seelen«, verkündete Luke laut.

»Luke«, sagte Trish noch lauter.

»Wir gehen«, sagte er, erhob sich, verbeugte sich galant vor den anderen, leerte sein Glas und folgte Trish aus dem Restaurant.

Trish hielt vor Lukes Haus. Sweetpea spähte aus dem Wohnzimmerfenster.

Luke sah Trish an, streckte die Hand aus und strich ihr über die Wange. »Jeder, der einigermaßen bei Verstand ist, würde dich mit ins Bett nehmen«, sagte er.

Lächelnd hielt sie seine Hand fest. »Lass gut sein«, sagte sie. »Steig schon aus.«

»Weißt du noch, wie eingebildet wir waren? Wie unbesiegbar wir uns fühlten?«, fragte er. Er dachte an einen Moment während seiner Highschoolzeit, als er eines Sonntags betrunken und bekifft beschlossen hatte, über eine Eisenbahnbrücke zu laufen, die sich hoch über eine felsige Biegung des Flusses spannte. Es gab auf der Brücke keinen sicheren Seitenstreifen – wäre ein Zug gekommen, wäre er entweder in den Abgrund gestürzt oder zermalmt worden. Aber es kam kein Zug – er überquerte die Brücke träge und ohne Eile, während seine Freunde ihn von der anderen Seite her anfeuerten. Nie hätte er erwartet, dass Züge oder weggelaufene Ehefrauen ihn aus der Bahn werfen würden.

Trish nickte. Ein wehmütiger Ausdruck lag auf ihrem Gesicht, und im schummrigen Licht der Straßenlaterne sah Luke sie für einen Augenblick zwanzig Kilo leichter und zwanzig Jahre jünger vor sich. Jetzt war sie eine Frau. Immer noch schön. Sie ließ seine Hand los.

»Ich habe einen Sohn in der Highschool«, sagte sie. »Er ist ein toller Junge. Aber ein Streber, eine Nervensäge. Er wird nicht zu Partys eingeladen, keiner ruft ihn an. Jeden Nachmittag, wenn ich ihn abhole, sehe ich diese hübschen Jungen und Mädchen vor der Schule – und ich hasse sie für ihren Charme und ihre Schönheit.«

»Wenn er ins College kommt, wird sich das ändern.«

»Aber vier Jahre Leiden ist eine lange Zeit«, sagte sie. »Hatten wir eine Ahnung, wie es solchen Kindern geht? Wir waren die beliebten Kinder. Gingen zu jeder Party, konnten jeden Freund oder jede Freundin haben. Waren wir grausam? Konnten wir das Leben nur leicht nehmen, weil es diese armen Würstchen gab?«

Luke lehnte sich in seinem Sitz zurück und starrte hinaus auf die Straßenlaterne, deren Licht sich im Nebel verlor. Nahm er das Leben leicht? Er erinnerte sich an die Verwirrung, in die ihn die Scheidung seiner Eltern gestürzt hatte, und an den unerträglichen Schmerz, den er empfunden hatte, als sein Vater ein Jahr später starb. Dachte an all die Ängste, die von zu viel Druck und zu vielen Träumen in seinem Herzen herrührten.

»War es denn so leicht für uns?«, fragte Luke.

»Ich war auf den Rest des Lebens nicht vorbereitet«, sagte Trish. »Ich dachte, ich könnte jederzeit alles und jeden kriegen.«

Einen Moment lang schwiegen beide. Luke hörte Sweetpea im Haus ungeduldig bellen.

»So unbesiegbar waren wir nicht, oder?«, fragte Trish.

Luke wandte sich ihr zu und schüttelte den Kopf. Er ließ seine Finger durch ihr Haar gleiten. Er hatte so viel Zeit damit verbracht, darüber nachzugrübeln, ob Emily glücklich gewesen war. War er denn glücklich gewesen? Herrgott, wusste er darauf überhaupt eine Antwort?

»Ich verlasse morgen ganz früh die Stadt«, sagte er. »Sonst würde ich –«

»Bitte, Luke. Geh schlafen.«

Er beugte sich vor und gab ihr einen Kuss, dann öffnete er die Tür und stieg aus.

»Vergiss deine Liste nicht«, rief sie ihm nach, und er kam zurück.

»Der König der verlorenen Seelen«, sagte er mit einem schiefen Lächeln und griff nach der Liste.

»Viel Glück«, wünschte sie ihm und fuhr davon.

Als das Auto um die Ecke bog, spürte Luke einen Anflug von Verlust oder Bedauern. Weil er Trish nicht zum Bleiben überredet hatte? Weil die Zeit sie so verändert hatte? Oder wegen seiner eigenen, längst vergangenen, ruhmreichen Tage?

Luke saß mit einem Bourbon und der Liste der verlorenen Seelen in dem Sessel neben dem Bett. Er wollte sich nicht hinlegen. Sweetpea schlief, den Pantoffel zwischen den Pfoten, am Boden auf Emilys Seite. Luke war inzwischen jenseits von Müdigkeit oder Trunkenheit. Er würde für den Rest seines Lebens hier sitzen bleiben und Bourbon trinken, beschloss er.

Er kannte nicht alle Namen auf der Liste. Sein Jahrgang war klein gewesen, nur siebzig Schüler, trotzdem waren ihm einige Namen nicht vertraut. Einer war allerdings eine Überraschung – George Hansen, Klassensprecher und elitärer Schleimer vom Dienst – warum hatte ausgerechnet er den Kontakt nicht gehalten? Er wäre doch der Erste, der jede Beförderung der Schulzeitung melden würde. Nein, nach George Hansen würde Luke nicht suchen. Er konnte keine echte verlorene Seele sein.

Blair Clemens. Als Luke ihren Namen auf der Liste entdeckte, richtete er sich auf; sein Herz schlug einen Purzelbaum in der Brust. Es war ihre Geschichte gewesen, die ihn zu seinem Film *Pescadero* inspiriert hatte. Er kannte die wahre Geschichte nur andeutungsweise. Das Geheimnis hatte jeden fasziniert – was war in jener Nacht am Strand mit ihr geschehen? Ein oder zwei Jahre lang redeten alle darüber, und dann, wie bei jedem Skandal, hatte ein anderes, aktuelleres, spannenderes Ereignis seinen Platz eingenommen. Doch irgendwie hatte ihre Geschichte ihn verfolgt, und Jahre später hatte er das Drehbuch zu einem Film geschrieben, in dem er versuchte, eine mögliche Antwort auf die Frage zu finden, was Blair Clemens und ihrem Freund damals zugestoßen war.

Er hatte Blair eigentlich nie richtig kennen gelernt. Sie war eine echte verlorene Seele. Blair hatte während der vier Jahre in Reese immer irgendwie über den Dingen gestanden. Blass und ätherisch, sanft und vage, kühl und unnahbar. Luke wusste noch, dass sie immer lange Hippieröcke, hauchdünne Bauernblusen und fedrige Ohrringe getragen hatte. Die Haare waren ihr um den Kopf geweht. Ein echtes Hippiemädchen, während die meisten anderen nur Verkleiden gespielt hatten. Ihre Stimme war so leise gewesen, dass man sie in der Klasse kaum gehört hatte, sodass die Lehrer irgendwann aufgehört hatten, sie aufzurufen. Auf ihrem Gesicht war immer die Spur eines Lächelns gewesen, so als wüsste sie Dinge, die allen anderen verborgen blieben.

Verlorene Seele? Nein, vielleicht war sie die Einzige, die nicht verloren war. Wir alle haben verzweifelt nach etwas gesucht, was sie hatte, dachte Luke. Nur wussten wir nicht einmal, was es war.

Natürlich hatte Blair Clemens keinen Kontakt zur Schule gehalten. Sie war eine der wenigen gewesen, die ein Stipendium hatten. Sie war nicht gebildet – oder vielleicht war sie so schlau, dass sie Bildung gar nicht nötig gehabt hatte und auch all die Dinge nicht, mit denen man in der Schulzeitung angab. Was wohl aus ihr geworden ist?, überlegte Luke. Gewinnt sie auch einen Academy Award? Hat sie einen wunderbaren Mann geheiratet?

Verlorene Seele? Ich werde sie finden, beschloss er. Ich muss sie finden.

Er griff nach dem Telefon und rief die Auskunft an.

»Blair Clemens. Bitte weltweit suchen.« Es war leichter, nach jemandem zu suchen, den er nicht kannte, als die eigene Frau zu finden. Demnächst würde er eine Vermisstenstelle aufmachen.

»Ich habe einen Eintrag in San Francisco.«

»Das ist ja lustig«, sagte Luke.

»Möchten Sie die Nummer?«

»Ja, Ma'am.«

Und er schrieb die Nummer auf die Liste mit den verlorenen Seelen. Konnte es sein, dass die Schule gar nicht erst versucht hatte, Kontakt mit ihr aufzunehmen? Aber es war wohl eher so, dass sie nicht reagiert hatte.

Er sah auf die Uhr. Halb elf. Verlorene Seelen bleiben in der Regel lange auf, entschied er.

Er wählte die Nummer.

»Sie haben die Nummer von Blair und Amanda gewählt«, erklärte ihm der Anrufbeantworter. Eine heisere Stimme, tiefer, als er sie in Erinnerung hatte. Hatte er überhaupt je mit Blair gesprochen? Wahrscheinlich nicht. Er konnte sich daran erinnern, sie angeschaut zu haben – sie hatte seinen Blick erwidert, hatte nie weggeschaut wie die andern Mädchen. Das hatte ihn verunsichert, und er hatte sich gefragt: Wer ist sie? Was weiß sie?

»Bitte hinterlassen Sie eine Nachricht.« Er wollte gerade auflegen, als abgehoben wurde. »Nicht auflegen. Ich bin da. So halbwegs.« Eine lange Pause entstand, während am anderen Ende mit dem Telefon hantiert wurde. Dann: »Hallo?«

»Blair?«

»Wer ist da?«

»Du wirst dich nicht an mich erinnern. Ich war in Reese.«

»Vergiss es.« Sie legte auf.

Luke lächelte und nahm einen Schluck von seinem Bourbon. Er wählte Blairs Nummer noch einmal. Diesmal hinterließ er eine Nachricht. »Hi, hier ist Luke Bellingham. Ich war zwar in Reese – aber ich will kein Geld. Ich weiß gar nicht so genau, was ich will. Vielleicht einfach nur mit dir reden.« Viel mehr wusste er dem Anrufbeantworter nicht zu sagen. »Ich versuche es ein anderes Mal wieder. Morgen verlasse ich die Stadt. Ich dachte nur, wir könnten vielleicht ein paar Minuten miteinander reden –«

Und dann nahm sie den Hörer ab.

»Ich erinnere mich an dich«, sagte sie.

Kapitel 3

Blair erinnerte sich an seine Schönheit. Es hatte nicht viele schöne Jungen in der Highschool gegeben. Die meisten waren pummelig gewesen, entweder oben- oder untenrum zu dick, mit ausdruckslosen Gesichtern. Aber Luke hatte sie groß und schlank in Erinnerung, mit bemerkenswert anmutigen Bewegungen. Er hatte hohe Wangenknochen gehabt, die Haare schulterlang getragen wie die meisten Jungen. Doch seine Haare waren weizenblond und dicht gewesen, wie die eines Mädchens. Sie erinnerte sich an grüne Augen.

»Ich bin überrascht«, sagte er jetzt am Telefon – eine Stimme, eine Erinnerung, eine unverhoffte Verbindung zur Vergangenheit, gerade, als sie vom Sterben geträumt hatte. Sie schwamm unter Wasser, das träumte sie häufig, doch als sie Luft holen wollte, sank sie immer tiefer, statt aufzutauchen, von oben drückte das Wasser sie wie mit schweren Händen hinunter. Sie war ans Telefon gegangen, um dem Traum zu entkommen. Wo, zum Teufel, steckte Amanda um halb elf in der Nacht?

»Warum?«, fragte sie.

»Ich glaube, wir haben nie miteinander gesprochen«, sagte er.

»Doch, haben wir«, widersprach sie und setzte sich im Bett auf. Langsam verschwand der Traum aus ihrem Kopf. »Du hast mich einmal gefragt, ob ich Unterwäsche trage. Du warst betrunken. Wir waren auf einer Party bei Chris Martin.«

»Du bist nicht auf Partys gegangen«, sagte er.

»Auf der war ich.«

»Und was hast du geantwortet?«

»Ich habe dir erklärt, dass ich nie Unterwäsche trage.«

»Unter diesen hauchdünnen Blusen«, sagte er, und sie wusste, dass er lächelte.

»Jetzt bin ich überrascht, dass du dich daran erinnerst.«

Einen Augenblick lang schwiegen sie beide, und das gefiel ihr – ein Mann, der eine Pause machen konnte.

»Warum rufst du an?«, fragte sie schließlich.

»Du bist verloren gegangen«, sagte er, und dann lachte er. »Das denken jedenfalls die anderen. Ich habe angeboten, dich zu suchen.«

»Als sie das letzte Mal angerufen und um Spenden gebeten haben, habe ich ihnen erzählt, ich würde nach Alaska ziehen und hätte noch keine Adresse«, erklärte Blair ihm. »Warum tust du das?«

»Keine Ahnung«, sagte er. »Ich meine, ich weiß, warum sie dich finden wollen. Beiträge, Loyalität, solche Sachen.«

»Vergiss es.«

»Ich bitte nicht darum.«

»Worum bittest du?«

»Ich weiß nicht. Ich kann nicht schlafen. Und mein Hund will spazieren gehen. Wo wohnst du?«

»Bestimmt nicht in deiner Nähe.«

»Woher weißt du das?«

»Weil du wahrscheinlich reich bist. Ich nicht.«

»Ich wette, dir geht es Klassen besser als mir im Moment«, sagte er. Blair lächelte bei dieser Bemerkung.

»Das glaube ich nicht, Luke Bellingham.« Sie wollte auflegen, hörte aber, dass er noch etwas sagte.

»Du hast Sweetpea noch nicht kennen gelernt«, sagte er.

»Den Hund?«

»Sie ist nicht irgendein Hund.«

»Da bin ich mir sicher.«

»Du kannst mich ja ignorieren. Geh einfach mit Sweetpea spazieren. Sie ist seit Monaten mit mir allein in den Bergen. Sie könnte ein neues Gesicht gebrauchen.«

»Und was machst du solange?«

»Ich gehe neben dir her.«

»Jetzt?«

»Vielleicht fahre ich morgen.«

»Zurück in die Berge, nehme ich an.«

»Das ist Sweetpeas letzte Chance.«

»3558 Lucas Street. In Haight. Ich wohne in dem Cottage hinter der Villa. Komm nicht rein. Wir treffen uns draußen.«

Dann legte sie auf.

»Mist«, sagte sie zu sich selbst. Sie kroch aus dem Bett und zog ein Sweatshirt über ihr Nachthemd. Auf dem Boden fand sie eine Jeans und stieg hinein. Das Nachthemd war zu lang und hing über die Hose. »Hauchdünne Blusen«, murmelte sie, plötzlich wütend auf sich selbst. Vier quälende Jahre lang hatte sie in der Highschool all die Luke Bellinghams gemieden. Sie waren glatt und raffiniert gewesen, während Blair in den schlammigen Untiefen der Pubertät gefangen war. Sie waren Treuhandfonds-Söhne, Blair die Tochter eines Fischers. Sie kannten die Regeln, die Blair erst mühsam hatte lernen müssen. Warum war sie nur an das verdammte Telefon gegangen? Hätte sie es nicht getan, wäre sie jetzt tot. Von wässrigen Händen ertränkt.

Die Tür flog auf, und da stand Amanda, ein wildes Lächeln auf dem Gesicht.

»Ich hab eine Eins in Mathe«, sagte sie. Sie wirbelte an der Tür einmal im Kreis herum, blieb dann plötzlich stehen und betrachtete ihre Mutter mit schief gelegtem Kopf.

»Du siehst ja irre attraktiv aus«, sagte sie.

Blair sah an ihrem lächerlichen Outfit herab und zuckte die Achseln.

»Ich gehe gleich mit einem Hund spazieren.«

»Was? Wessen Hund? Jetzt?«

»Keine Fragen«, sagte Blair und küsste ihre Tochter auf die Wange. »Gratuliere zu der Eins. Aber wo warst du so lange?«

»Im Café«, antwortete Amanda.

»Ist heute Sonntag?«, fragte Blair. »Ich habe geschlafen. Ich bin total durcheinander.«

»Vielleicht hast du von einem Hund und seinem Herrchen geträumt?«, sagte Amanda.

Blair ging ins Badezimmer, das die beiden winzigen Schlafräume verband. Selbst das Bad war eine Miniaturausgabe, rosa gestrichen, die Glühbirne an der Decke wurde von einer pflaumenfarbenen, japanischen Laterne verdeckt. Blair putzte sich die Zähne und betrachtete ihr gerötetes Gesicht im Spiegel. Sie fuhr sich durch die Haare, aber sie war mit nassen Haaren eingeschlafen, und jetzt war an der Frisur nichts mehr zu retten. Wen interessiert schon, wie ich aussehe, dachte sie und warf mit der Zahnbürste nach dem Spiegel.

»Was ist denn mit dir los?«, fragte Amanda, die sie von der Tür aus beobachtete.

Blair ging auf ihre Tochter zu und nahm sie in die Arme. »Ich hab dich lieb, meine Kleine.«

Amanda wich ein wenig zurück und sah ihre Mutter argwöhnisch an. »Ist dieses Gassigehen so was wie eine Flucht? So etwa wie: Du gehst mit dem Hund spazieren und kommst nie wieder?«

»Man kann nie wissen«, erklärte Blair, zog Amanda den Hut vom Kopf – eine lila Melone – und drückte ihn auf ihre eigenen, zerzausten Locken. An der Tür drehte sie sich noch einmal um.

»Ich werde dich immer in liebevoller Erinnerung behalten«, sagte Amanda.

Blair raffte ihr Nachthemd über der Jeans und knickste.

»Der Hund könnte Angst bekommen«, sagte Amanda.

Blair warf ihr eine Kusshand zu und schloss die Tür hinter sich.

Und tatsächlich, am Ende des Weges saß ein Hund. Blair sah sich um – kein Bellingham in Sicht. Sie ging in die Hocke, und der große, braun-schwarze Hund lief auf sie zu und beschnüffelte sie. Gut, dass er mich nicht abschleckt, dachte sie. Sie schaute auf die Hundemarke: Sweetpea. Eine richtige Hundeschönheit. Seelenvolle Augen. Eine Mischung aus Schäferhund und etwas nicht Identifizierbarem. Ziemlich süß, wie der Name schon sagte. Und sie hatte das flauschigste Fell, das Blair je gestreichelt hatte.

Sie sah sich um. »Wo ist er, Mädchen?«, flüsterte sie.

Sweetpea rieb ihre Nase an ihr.

»Einsam, wie? Hmm. Schöner Plan.« Blair richtete sich auf, sah sich noch einmal um und rief: »Du kannst rauskommen, Bellingham. Ich gehe mit deinem Hund spazieren.«

Er trat aus dem Dunkel hervor und stand vor ihr. Älter, zerfurchter, kürzere Haare, unrasiertes Kinn. Waren das die gleichen seelenvollen Augen?

»Darf ich vorstellen: Sweetpea«, sagte er mit leiser Stimme.

»Wir haben uns bereits bekannt gemacht«, antwortete sie. »Jetzt gehen wir spazieren.«

Er trat beiseite, sodass sie an ihm vorbeigehen konnte. Ihr fiel auf, dass er noch größer geworden war; nicht einfach ein Junge, der früher und schneller wuchs als die anderen Jungen, sondern einer, der weiter gewachsen war.

Er ging einen halben Schritt hinter ihr.

»Du warst blond«, sagte er.

»Nein, war ich nicht.«

»Du warst groß«, sagte er.

»Nein, war ich nicht.«

»Du siehst toll aus«, sagte er.

Sie blieb abrupt stehen, sodass er beinahe mit ihr zusammengestoßen wäre. Sweetpea war an ihrer Seite ebenfalls stehen geblieben.

»Okay«, sagte sie und sah ihn an. »Das reicht an Erinnerungen. Jetzt ist heute.«

»Ich rede von heute.«

»Wie hältst du ihn nur aus?«, fragte sie Sweetpea und setzte sich wieder in Bewegung. Und als sie um die Ecke bog, waren die Straßen plötzlich voller Leben. Blair merkte, dass sie nervös war. War das hier eine Verabredung? Sie verabredete sich nicht. Sie ging gelegentlich in eine Bar, lernte jemanden kennen, ging mit zu ihm und hatte Sex. Doch meistens blieb sie an ihren freien Tagen zu Hause und verbrachte die Abende mit Amanda. Irgendwie seltsam, dass ein Mann sie anrief und zu einem Spaziergang einlud. Absolut pubertär.

Sanft streifte der Hund Blairs Beine, während sie weitergingen. Luke war da, immer einen Herzschlag hinter ihr, und jedes Mal, wenn sie sich umdrehte, um sicherzugehen, dass sie ihn nicht verloren hatte, war er da und hatte ein zufriedenes Lächeln auf dem Gesicht. Ob es ihr oder dem Hund galt, konnte sie allerdings nicht erkennen.

»Willst du was trinken?«, fragte er und beugte sich im Laufen zu ihr hinüber.

»Ich gehe nur mit dem Hund spazieren«, erklärte sie.

»Vielleicht will der Hund ja was trinken.«

Sie war schnell gelaufen, als hätte sie ein Ziel. Sweetpea keuchte vor Anstrengung.

»Dein Hund ist nicht in Form«, sagte sie.

»Das liegt an den Menschen«, sagte Luke. »Sie machen uns Angst.«

Wieder blieb sie mitten auf dem Gehweg stehen und sah sich um. Dies war ihr Stadtteil. Haight. Grüppchenweise standen Menschen an Türen, vor Bars, an den Straßenecken. Abgerissene, müde, mit Drogen voll gepumpte Gestalten. Die meisten waren um die zwanzig oder jünger – so alt wie Luke und Blair damals. Ein Jugendlicher – war es ein Junge oder ein Mädchen? – bettelte um Geld. Luke kramte ein paar Münzen aus seiner Hosentasche und drückte sie dem Wesen in die Hand.

»An der Ecke ist ein Café, da können wir draußen sitzen«, schlug Blair vor. Sie rieb Sweetpeas Ohr, und der Hund wirkte gleich glücklicher. »Du warst zu lange in der Einsamkeit«, murmelte sie.

Die beiden folgten ihr zu dem Café, wo sie einen Tisch auf dem Bürgersteig unter der gestreiften Markise auswählte. Sweetpea quetschte sich sofort unter den Tisch und legte sich ihr zu Füßen. Blair genoss ihr weiches Fell an ihren Knöcheln.

Luke setzte sich ihr gegenüber.

»Du starrst mich an«, sagte Blair. »Hör auf damit.«

»Ich war mir sicher, dass ich mich an dich erinnere. Aber du siehst vollkommen anders aus.«

»Du erinnerst dich nicht an mich. Du hast dir ein Bild von mir gemacht. Du hast mich aus dem blauen Dunst erfunden.«

»Nein«, sagte er und beugte sich vor. »Ich erinnere mich an diese hauchdünnen Blusen. Und ich habe deinen Geruch noch in der Nase. Nach Feuer.«

»Mehr war es nicht«, sagte sie. »Nur Dunst und Weihrauch. Keine Substanz.«

»Ich glaube, du irrst dich«, sagte Luke.

Der Kellner rettete sie. Er brachte die Speisekarte und musterte Luke.

Blair war es gewohnt, von den meisten der Männer ignoriert zu werden, die eine Frau nur brauchten, um sich bei ihr über die Männer, die sie selbst liebten, zu beklagen. Luke bemerkte den anerkennenden Blick des Kellners nicht einmal.

»Können wir bitte eine Schüssel mit Wasser für den Hund bekommen?«, fragte Blair. »Unter dem Tisch«, fügte sie hinzu, als sie den suchenden Blick des Kellners wahrnahm. »Glauben Sie mir.«

»Und zwei Bier?«, fragte Luke. Blair nickte.

»An einem Abend wie heute gibt es nichts Besseres als ein Bier«, sagte sie, nachdem der Kellner sich nur widerstrebend von Lukes Anblick losgerissen hatte.

»Was für ein Abend ist heute?«, fragte Luke.

»Ein heißer«, sagte sie. »Es ist ein heißer Abend.«

Er lächelte.

»Ich spreche von der Temperatur«, sagte sie.

»Ich auch.« Er lächelte immer noch. »Kennst du den Song von Dylan? *On A Night Like This*?«

Sie schüttelte den Kopf.

»*On a night like this, so glad you came around* –«, fing er an zu singen, brach dann aber mit einem verlegenen Grinsen ab. »Ich kann nicht singen.«

»Dylan auch nicht.«

»Wo wärst du an einem Abend wie diesem normalerweise?«, fragte sie. Der Hund schmiegte sich enger an sie, und sie steckte die Füße unter sein weiches Fell.

»So einen Abend habe ich noch nie erlebt«, sagte er.

Blair nahm den Hut ab und fuhr sich durchs Haar. Lukes Gesicht hellte sich sichtlich auf.

»Der Hut gehört meiner Tochter«, erklärte sie und legte ihn zwischen sie auf den Tisch.

»Du hast also eine Tochter«, sagte er.

»Sie ist sechzehn.«

»Wahnsinn.«

»Schließlich sind wir alt genug«, sagte sie.

»Ich weiß. Ich habe andere Sachen gemacht.«

»Was für Sachen?«

»Drehbücher geschrieben.«

»Ich gehe nie ins Kino«, sagte sie.

»Gut.«

»Warum machst du Filme, wenn du sie eigentlich überflüssig findest?«

»Wahrscheinlich, weil ich welche machen will, die

eben nicht überflüssig sind. Früher wollte ich das jedenfalls. Jetzt nicht mehr. Im Moment mache ich eigentlich gar nichts mehr.«

»Und was ist gar nichts?«

»Vor drei Monaten habe ich mein Leben völlig geändert«, sagte Luke und seufzte tief. Er beugte sich, die Ellbogen auf den Tisch gestützt, zu ihr hinüber. »Ich bin in eine Hütte in den Bergen gezogen. Allein. Manchmal rede ich tagelang mit keinem Menschen, schreibe kein einziges Wort. Ich habe mein altes Leben ausgelöscht.« Er hielt inne, als wäre er selbst überrascht von dem, was er gerade gesagt hatte. »Verstehst du, was passiert ist?«, fragte er Blair ganz ernst, als dächte er zum ersten Mal darüber nach. »Und jetzt weiß ich nicht mehr, was mein Leben ist. Wer ich bin.«

Mit großen Augen sah er sie an, dann lehnte er sich in seinem Stuhl zurück und lächelte verlegen. »Ich rede zu viel. Ich bin kein guter Redner. Ich war zu lange mit mir allein.«

»Schon gut«, sagte sie. Luke Bellingham. So hatte sie sich ihre Begegnung ganz und gar nicht vorgestellt. »Was tust du den ganzen Tag?«, fragte sie.

»Lesen. Im Wald spazieren gehen. Möbel schreinern.«

»Klingt nach viel Arbeit, wenn du mich fragst.«

»Aber niemand weiß es. Das ist wie die alte Frage: Wenn im Wald ein Baum umfällt und niemand hört es, geschieht es dann überhaupt? Ich bin im Wald. Niemand sieht, was ich tue. Niemand kauft etwas. Niemand schmeißt große Premierenpartys für mich.«

»Du Glückspilz.«

Luke lehnte sich zurück und atmete tief ein.

»Ich habe mich seit langem nicht mehr so wohl gefühlt. Es ist schön, mit dir hier zu sitzen.«

Sie sah ihn an und kniff leicht die Augen zusammen, als wollte sie ihn klarer sehen. Er meinte es wirklich ernst.

»Danke«, sagte sie. Danke? Lächerlich. Sie war verwirrt, als spielte sie in einem seiner Filme mit, ohne das Drehbuch zu kennen.

»An einem Abend wie heute könnte ich mich verlieben.«

»Spar dir die Mühe«, sagte Blair. »Ich werde sterben.«

Sie bereute die Worte sofort, verfluchte sich dafür, einen schönen Abend zu ruinieren. Wann hatte sie das letzte Mal einen schönen Abend mit einem gut aussehenden, aufrichtigen Mann verbracht? Sie senkte den Blick und dachte einen Augenblick daran zu sagen: War nur ein Scherz, ich mag dich, komm, fangen wir nochmal von vorne an. Und einen schrecklichen Moment lang dachte sie ans Sterben. Stellte sich das schwarze Meer vor, wie es sie hinabzog – kein Albtraum, sondern etwas sehr Reales. Sie hörte die Worte so, wie Luke Bellingham sie vielleicht hörte, und spürte ihren Puls in ihrem Kopf rasen.

Der Kellner kam. Blair sah auf, obwohl sie wusste, dass sie feuerrot im Gesicht war und ihre Hände unter dem Tisch zitterten. Der Kellner brachte eine große Schüssel und füllte sie feierlich mit Wasser aus einem Krug. Er heftete seinen Blick auf Luke, in der Hoffnung, ihn zu bezaubern, doch der hatte nur Augen für Blair. Der Kellner reichte Blair die Schüssel, als wäre sie der Hund.

»Danke«, sagte Blair mit schwacher Stimme. Sie stellte die Schüssel unter den Tisch, spürte, wie Sweetpea sich aufrappelte, hörte sie schließlich das kalte Wasser schlabbern.

»Ihr Bier kommt sofort«, flötete der Kellner in Lukes Richtung.

»Wie schön«, sagte Blair.

Als er verschwunden war, sah Blair Luke endlich an. Sein Gesicht war düster, der Mund verzogen, als suchte er nach den richtigen Worten.

»Vergiss, dass ich das gesagt habe«, sagte Blair leise.

Sie blickte zur Seite – zu einer Straßenlaterne, die sie blendete wie grelles Sonnenlicht. Dann schaute sie wieder Luke an. Sein Gesicht verbarg nichts. Sie zog ihre Füße unter Sweetpeas warmem Körper hervor, stand auf und murmelte: »Bin gleich wieder da.« Der Hund gab ein wimmerndes Geräusch von sich. Sie griff nach ihrem Hut, als wollte sie gehen, sodass Luke aufstand und eine Hand auf ihren Arm legte.

»Geh nicht«, sagte er.

»Ich hätte das nicht sagen sollen. Es tut mir Leid.«

»Muss es nicht. Bitte. Setz dich wieder zu mir.«

Sweetpea winselte wieder.

»Gott sei Dank ist es der Hund, der dieses erbärmliche Geräusch von sich gibt«, sagte Blair. »Ich habe schon befürchtet, das käme von mir.«

»Bleib«, sagte Luke.

»Du hast viel zu viel Zeit allein mit dem Hund verbracht«, sagte Blair.

Doch sie setzte sich wieder, und Luke atmete tief durch. Der Kellner erschien mit dem Bier.

Sie tranken schweigend.

»Was hast du?«, fragte Luke.

»Krebs«, erklärte Blair. »Nichts Schlimmes.«

»Sag das nicht«, sagte Luke. »Du hast eine Tochter.«

»Verdammt«, sagte Blair, und diesmal war sie weg, ehe Luke oder Sweetpea reagieren konnten. Der lila

Hut und das wehende, wasserblaue Nachthemd verschwanden in den Straßen von Haight.

Am nächsten Abend ging Blair die zehn Blocks zu dem Restaurant – Café Rex –, in dem sie arbeitete, zu Fuß. Eigentlich war es ihr freier Abend – sie arbeitete dienstags bis samstags. Sonntags war geschlossen, und montags litt Daniel allein in der Küche. Vor einem Jahr hatte sie die Stelle als Chefköchin von Daniel, dem Besitzer des Restaurants, übernommen. Sieben Jahre lang hatte sie bei ihm gelernt, lange genug, um sein Vertrauen zu gewinnen, sodass er aus dem Schattendasein in der Küche heraustreten und die Abende im Rampenlicht statt hinter dem Herd verbringen konnte. Nie war es ihr ein Bedürfnis gewesen, auch im Rampenlicht zu stehen, schon gar nicht, nachdem sie die Küchenchefin geworden war. Ich werde alles verlieren, wurde ihr plötzlich klar. Meine Arbeit, meine Welt.

Meine Zeit läuft ab, dachte sie, als sie auf dem Weg ins Restaurant einen Blick auf die Uhr warf. Sie liebte das Ende eines Abends, wenn die Kellner ruhiger wurden, wenn die letzten Gäste, meistens betrunken, einfach nicht aufhörten zu essen und manchmal sogar ein zweites Dessert bestellten, nur damit der Abend nicht endete. In der Küche hätten sie dann bereits eine Flasche Wein entkorkt – Daniel fand, alle sollten die Weine kennen, die sie verkauften. Und sie hätten eine CD eingelegt – wahrscheinlich irgendeine alternative Rockgruppe, auf die die gerade mal zwanzigjährigen Kellner standen. Der Lärm würde ihnen helfen durchzuhalten, bis die letzten Gäste das Lokal verlassen hatten.

Blair wollte einfach nur in der Küche stehen und

Daniel zusehen – das erschien ihr heute Abend das Richtige. Im Hintergrund stehen und zusehen.

Sie ging zum Hintereingang des Restaurants, hörte die laute Musik, spürte den Adrenalinstoß, als sie die Küche betrat und Daniels Gestalt sah, die fünf Dinge auf einmal machte, rührte, hackte, würfelte, alles auf einem Teller anrichtete, ein Augen- und Gaumenschmaus – verdammt, der Mann war gut –, während Manuel die Töpfe scheuerte, Philippe nach dem letzten Hauptgericht griff und Rianne, sechs Teller balancierend, durch die Schwingtür wirbelte. »Was zum Teufel machst du hier, Blair, geh nach Hause ins Bett, du siehst fertig aus, Süße«, begrüßte Daniel sie schließlich, zog einen Hocker neben sich und lächelte.

»Setz dich«, sagte er. »Ich zeig dir das eine oder andere.« Seit Jahren schon hatte er diesen Satz immer wieder zu ihr gesagt.

»Du bist der Beste, Daniel«, sagte Blair und platzierte einen Kuss auf seine Schulter, während sie sich setzte. Als ihre Lippen den Stoff seiner Jacke berührten, schloss sie die Augen und wollte am liebsten so verharren. Ich brauche dich, wollte sie sagen. Rette mich.

»Du störst meine Kreise«, murmelte Daniel. Er warf Kartoffelscheiben auf den Grill, wendete sie einige Male, schichtete sie auf einen Teller, arrangierte den Lachs daneben, verteilte ein wenig Soße darüber und wischte schließlich mit der Schürze den Tellerrand ab.

»Warum bist du hier, meine Schönste?«, fragte er und präsentierte Blair den Teller.

Blair begann zu weinen.

»Iss erst mal«, sagte Daniel. »Philippe, hol ihr ein Glas Wein. Wir reden, wenn du gegessen hast.«

Die Musik wurde lauter. Blair hatte das Gefühl, langsam zu verschwinden, während alle um sie herumwirbelten. Rianne stritt mit Philippe, der ihr Tisch sieben geklaut hatte – »Er ist nicht schwul, das weiß ich, ab und zu könnte mir hier auch mal ein Mann ein bisschen Aufmerksamkeit schenken«, doch Philippe verdrehte nur die Augen, schnitt ein Stück Schokoladenkuchen ab, goss Himbeersoße darüber und schlitterte zu Tisch sieben.

»Wenn Philippe ihn bedient hat, wird er schwul sein«, erklärte Daniel.

»Ich hasse diese Stadt«, jammerte Rianne. »Wann hast du das letzte Mal mit jemandem geschlafen?«, fragte sie Blair.

»Vor zwei Tagen«, antwortete Blair. »Und jetzt frag mich mal, wann ich das letzte Mal verliebt war.«

»Ach, wer braucht schon Liebe?«, klagte Rianne.

Philippe unterbrach sie: »Dein Tisch verlangt nach der Rechnung, Rianne.«

Sie stürmte hinaus.

»Was ist los?«, flüsterte Daniel.

»Ich kündige«, erklärte Blair, den Blick auf den Teller gerichtet. Sie hatte nichts gegessen. Doch sie hielt den Teller auf dem Schoß fest, in der Hoffnung, dass der Hunger noch kommen würde.

»Du kannst nicht kündigen«, sagte Daniel. »Du wirst arbeiten, bis du zu krank dazu bist. Aber im Moment geht es dir sehr gut.«

»Woher weißt du, dass ich krank bin?«, fragte Blair verblüfft. Sie sah Daniel an.

Daniel probierte in einem Topf etwas Neues aus, mischte die unterschiedlichsten Ingredienzen zusammen, kreierte neue Düfte, neue Geschmacksrichtungen, neue Zusammensetzungen. Er sah Blair nicht an.

»Ich habe genug Freunde an Aids verloren«, sagte er. »Ich weiß, wie so was aussieht.«

»Ich habe kein Aids«, sagte Blair matt. Obwohl das immer ihre Sorge gewesen war. Jeder Liebhaber hatte anscheinend irgendwann in seiner Vergangenheit einen schwulen Liebhaber gehabt. Sogar Sex mit Heteros war in San Francisco gefährlich.

»Was soll es denn sonst sein, Schätzchen? Irgendeine neue exotische Krankheit? Oder doch die, die wir alle so satt haben?«

»Hautkrebs«, erklärte Blair ihm.

Daniel warf ihr einen schnellen Blick zu und schaute gleich wieder weg. Blair sah, wie er zusammenzuckte. Er weiß, was das bedeutet, dachte sie.

»Dann bist du jedenfalls nicht ansteckend«, sagte er und schwenkte den Topf auf dem Feuer. »Du hast noch Zeit. Du kannst dich noch bewegen. Und du wirst deinen dünnen Arsch jeden Nachmittag um Punkt fünf in meine Küche bewegen. Kapiert?«

Rianne kam hereingeflogen, stellte weitere Teller auf den wachsenden Stapel neben Manuel, leerte ihr Weinglas, während sie eine Pille schluckte. Zum ersten Mal beneidete Blair das Mädchen um seine Energie.

»Willst du dich pushen oder runterkommen, Rianne?«, fragte Blair. Das Mädchen nahm beinahe jeden Abend irgendwas – entweder um zu feiern oder um zu schlafen.

»Pushen. Ich gehe tanzen. Es gibt einen neuen Club in der Market Street. Willst du mitkommen?« Sie wackelte ein bisschen mit den Hüften zur Musik.

»Nein danke. Ein andermal.«

Philippe schob sich durch die Tür und stellte seine Teller ins Spülbecken, woraufhin Manuel ihm auf die Finger schlug. »Auf die andere Seite, Hombre«, befahl er, hob den Stapel hoch und stellte ihn in das Becken für schmutzige Teller. Manuel schlug Philippe so oft es ging. Trotzdem hat er ihn noch nicht ins Bett gekriegt, dachte Blair.

»Philippe, ich habe eine Frage an dich«, sagte Blair.

»Frag. Und wenn du das nicht isst, esse ich es. Ich bin völlig ausgehungert.«

Daniel warf ihr einen Blick zu. Sie griff nach der Gabel und stocherte in dem Essen herum.

»Du bist doch ein Filmfreak. Kennst du Luke Bellingham? Ich glaube, er schreibt Drehbücher.«

»Hat den Academy Award gewonnen«, erklärte Philippe. »Für *Pescadero*. Toller Film.«

Blair lächelte. »Ich bin mit ihm zur Schule gegangen«, sagte sie. »Vor ewigen Zeiten.«

»War Mr. Academy Award scharf auf unsere Köchin?«, fragte Philippe.

»Ich war unsichtbar«, antwortete Blair. »Ziemlich gut, wenn man unsichtbar ist. Sollte ich vielleicht noch mal versuchen.«

Wie eine Närrin hatte sie Luke am Tag zuvor erklärt: »Ich sterbe.« War weggelaufen wie ein Feigling. Hatte ihn gemocht wie ein Teenager.

»Iss«, sagte Daniel, weil Blair die Gabel wieder auf den Teller gelegt hatte.

»Sag's ihnen nicht«, sagte Blair leise, als Rianne und Philippe wieder ins Restaurant gingen, um aufzuräumen.

»Ich will dich nicht verlieren«, sagte Daniel so leise, dass Blair ihn kaum hören konnte.

Sie blickte auf. Er stand vor ihr und schaute sie an. Ohne Pfannenmesser oder Topf in der Hand wirkte er so verloren. Das Herz schlug ihr bis zum Hals.

»Nicht«, sagte sie. »Ich bin noch nicht so weit –«

»Dann arbeitest du weiter«, sagte Daniel. Er wandte sich schnell wieder dem Herd zu.

»Für eine kleine Weile.«

»Ich liebe dich, Blair«, sagte Daniel, der Löffel wirbelte durch den Topf, seine Hand griff nach ein paar Kräutern, sein Finger tauchte in die Soße, und er kostete seine neueste Kreation.

»Das weiß ich.«

Über die Jahre hatten sie ihre eigene Form der Intimität entwickelt – Blair redete mit Daniel über ihre Tochter, und Daniel sprach mit Blair über Essen. Er war der verschlossenste Mann, den sie kannte, doch er konnte gut zuhören. Und er hatte ihr das Wichtigste in seinem Leben anvertraut – die Küche in seinem Restaurant.

Doch dies hier war ein anderes Universum, dachte Blair – die Aussicht auf den Tod. Wie sprach man darüber? Wie konnte man überhaupt wagen, darüber auch nur nachzudenken?

»Und wer ist nun Luke Bellingham?«, fragte Daniel.

»Nur so ein Typ,« antwortete Blair. »Ich kannte ihn damals nicht, und ich kenne ihn jetzt nicht. Ich bin unsichtbar.«

Als Blair am nächsten Morgen aufwachte und aus dem Fenster sah, entdeckte sie Sweetpea auf der Veranda vor ihrem Häuschen.

»Ist das ein Wolf?«, fragte Amanda, die neben ihrer Mutter aus dem Fenster schaute.

Blair öffnete die Tür und ließ den Hund herein. »Er ist netter, als er aussieht«, erklärte Blair. »Aber lass den Besitzer nicht rein.«

»Wer ist der Besitzer?«

»So ein Typ.«

»Ein Typ, der morgens seinen Hund hier abstellt? Was bist du? Der Gassiservice?«, fragte Amanda. Sie ging in die Hocke und schmiegte sich an Sweetpea, die ihre Schnauze in Amandas Achselhöhle vergrub.

»Genau«, sagte Blair zufrieden. »Ich bin der Gassi-service.«

»Kann ich mitkommen?«, fragte Amanda. »Ich habe erst um zehn Schule.«

»Unbedingt. Ich ziehe mich nur schnell an. Wir gehen mit ihr zum Strand.«

Amanda und Sweetpea warteten im Wohnzimmer, während Blair eine Jeans und ein Sweatshirt suchte. Als sie zurückkam, stand Amanda auf der Veranda, und Sweetpea hockte erwartungsvoll an ihrer Seite.

»Wenn du den Typ siehst – du weißt schon, den Besitzer –, sag ihm, er soll verschwinden,« rief Blair ihr zu. »Er kann den Hund um halb fünf abholen, wenn ich zur Arbeit gehe.«

»Woher soll ich wissen, wer der Besitzer ist?«, rief Amanda zurück.

»Er ist ziemlich attraktiv«, sagte Blair.

»O nein«, stöhnte Amanda.

Und dann kam sie mit einem Zettel zurück, der an Sweetpeas Leine, die am Geländer hing, befestigt war.

Tut mir Leid wegen gestern Abend. Sweetpea möchte gerne den Tag mit dir verbringen. Ich auch, aber ich bin nicht so draufgängerisch wie sie. Ich hole sie am späten Nachmittag ab. Viel Spaß. Luke.

»Wer ist der Typ?«, fragte Amanda, die ihrer Mutter über die Schulter geschaut hatte.

»Nur ein Mann mit einem netten Hund. Gehen wir.«

Sie liehen sich Caseys Auto. Er ließ den Schlüssel immer unter der Fußmatte liegen, und Blair vermutete, dass dies eine der Vergünstigungen dafür war, dass sie ab und an mit ihrem Vermieter ins Bett ging. Sie fuhren, Sweetpea zwischen sich auf dem Vordersitz, nach Crissy Field.

Als sie am Strand entlanggingen, stürmte Sweetpea erst weit voraus, kam dann zurückgerannt und tobte ausgelassen um sie herum.

Sie liefen dicht am Wasser entlang und ließen den Hund in den sanften Wellen spielen. Außer ihnen waren am Strand noch andere Spaziergänger und jede Menge Hunde unterwegs, aber Blair hatte das Gefühl, als wären sie und ihre Tochter vom Nebel umhüllt und vom Rest der Welt abgeschirmt.

»Was tat ihm Leid?«, fragte Amanda.

»Wie? Wem?«

»Mr. Sweetpea. Der den Zettel geschrieben hat. *Tut mir Leid wegen gestern Abend.*«

Nachdenklich ging Blair weiter. Welcher Teil des Abends tat ihm Leid? Seine falsche Erinnerung an sie als groß und blond? Der Goldjunge, der sich Frauen erträumt, die plötzlich aus dem Nichts erscheinen und sich auf der Stelle in ihn verlieben? Oder tat ihm Leid, dass sie sterben und eine Tochter zurücklassen würde?

»Wenn mir je etwas zustößt«, setzte Blair an, hielt aber abrupt inne, weil sie beinahe über Sweetpea gestolpert wäre, die ihr an den Fersen zu kleben schien. Sie sah ihre Tochter an und versuchte, den Gedanken abzuschütteln, dann begann sie schneller zu laufen, sodass Amanda beinahe rennen musste, um mit ihr Schritt zu halten. »Wenn ich sterbe – bei einem Autounfall, einer Schießerei oder sonst wie –, bei wem würdest du dann leben wollen? Ich meine, du könntest wahrscheinlich zu Daniel gehen oder dem einen oder anderen Lehrer, den du magst –«

»Mom? Mom! Hör auf! Was redest du da?«

»Ich denke nur darüber nach. Ich meine, andere Leute schreiben ein Testament und überlegen sich so was, und ich habe noch nie darüber nachgedacht, ich meine, jedem kann was passieren, und du bist beinahe alt genug, um allein zu leben, aber trotzdem bist du noch ein Kind, mein Kind, und niemand anders kann dich erziehen und –«

»Mom! Hör auf!«

Blair blieb stehen. Keuchend setzte sich Sweetpea dicht neben ihre Fersen. Hatte der Hund alles verstanden und fühlte jetzt die Erschöpfung? Blair beobachtete, wie die Wellen kamen und gingen, gleichmäßig wie ihre Atemzüge, und im Gegensatz zu dem Lärm in ihrem Kopf strahlten sie Ruhe aus. Ich kann das nicht tun, dachte sie. Wenn ich es ihr sage, wird es zu einer unwiderruflichen Tatsache.

»Wir reden später darüber«, sagte sie.

»Wir reden später worüber?«, fragte Amanda. Die Hände auf die Hüften gestützt, rührte sie sich nicht vom Fleck.

»Diese Idee. Diese Frage. Ich finde, es ist eine interessante Frage. Wir haben keine Familie, du hast keinen Vater, es gibt keine Tanten oder Onkels in Omaha, zu denen man dich schicken könnte.«

»Omaha?«

»Irgendein Ort, wo du sicher bist. Wo du in Ruhe erwachsen werden kannst.«

»Mom?«

»Ich habe nicht gut geschlafen. Dieser Mann. Der Hund. Schlechte Träume.«

»Mom?«

»Ja, ja, gehen wir weiter.«

Also liefen sie weiter, und Sweetpea zog ihre Kreise um sie, sodass sie dicht nebeneinander blieben. Und nach einer Weile sagte Amanda: »Ich wollte nur wissen, was ihm Leid tut.«

»Genau«, sagte Blair. »Der Mann. Ich habe dir nichts über ihn erzählt.«

»Mr. Sweetpea.«

»Luke Bellingham. Er hat einen Film gemacht. Ich glaube, er heißt *Pescadero*.«

»Du machst Witze. *Pescadero*?«

»Hast du ihn gesehen?«, fragte Blair und wandte sich zu Amanda um, die mit offenem Mund stehen geblieben war und ihre Mutter ungläubig anstarrte.

»Jeder hat ihn gesehen. *Pescadero*? Wir haben den Film dieses Semester in meinem Filmkurs behandelt. Mom, du kennst den Typ, der *Pescadero* gemacht hat?«

»Der das Drehbuch geschrieben hat. Geh weiter. Du verwirrst den Hund.«

»Woher kennst du ihn? Und das ist sein Hund? Das ist *Pescaderos* Hund?«

»Lukes Hund. Und worum geht es in dem Film überhaupt?«

»Er heißt so nach einer Stadt an der Küste. Woher kennst du den Mann?«

»Ich bin mit ihm zur Schule gegangen. In den guten, alten, schrecklichen Zeiten. Er war einer von diesen guten, schrecklichen Jungs.«

»Und er ist einfach so aufgetaucht? Vor deiner Tür? Mit Sweetpea?«

»Nein, er hat angerufen. Die Schule dachte, ich wäre verschwunden. Er sagte, er wolle mich finden.«

»Mom. Bleib stehen. Sieh mich an. Das ist Wahnsinn! Luke Bellingham ist berühmt. Richtig berühmt. Nicht so wie Filmstars oder Models. Sondern wie jemand, der etwas Außerordentliches geschaffen hat. Er hat noch einen anderen Film gemacht, *Desire*, ein echter Kultfilm. Und wir gehen mit seinem Hund spazieren!«

»Genau«, sagte Blair, plötzlich ganz zufrieden. »Wir gehen mit seinem Hund spazieren. Wir sollten berühmt sein. Die berühmten Frauen, die den berühmten Hund des berühmten Mannes spazieren führen.«

»Also, was tat ihm Leid?«, fragte Amanda und verdrehte die Augen. Eine Geste, die sie seit ihrem siebten Lebensjahr perfektioniert hatte, und Blair hatte immer gewusst, dass ihre Tochter in vieler Hinsicht viel klüger war als sie selbst.

Blair schloss die Augen. Sie blieb stehen und rührte sich nicht, während sich die Welt in ihrem Kopf drehte. Sag es Amanda. Du warst immer ehrlich zu ihr. Als sie die Augen wieder öffnete, drehte sich die Welt immer noch.

»Setz dich«, sagte sie und atmete die Meeresluft tief ein und aus.

»Hier?«, fragte Amanda.

»Hier.« Blair setzte sich direkt am Rand der Brandung auf den Boden. Sweetpea ließ sich in einem Sandhaufen neben sie fallen. Widerwillig schloss Amanda sich ihnen an.

Menschen liefen an ihnen vorüber, Hunde beschnupperten Sweetpea und trotteten weiter, Wolken zogen am Himmel vorbei. Blair schwieg. Amanda wartete. Sweetpea legte den Kopf auf die Vorderpfoten und himmelte Blair an.

»Glaubst du, dass der Hund Englisch spricht?«, fragte Blair. »Ich meine, wird er Mr. Famous alles erzählen, was wir sagen?«

»Mom.«

»Ich bin krank«, sagte Blair schließlich. »Ich habe mir ein Muttermal am Rücken entfernen lassen, und es könnte Krebs sein. Es ist Krebs. Sie haben es schon untersucht.«

Amanda starrte ihre Mutter an, als spräche sie eine fremde Sprache, eine, die sie gerade erfunden hatte. Blair streckte ihre Hand aus, doch Amanda schlug Blairs Arm weg. So hart, dass es wehtat.

»Amanda«, bat Blair und rieb ihren Arm.

»Das kann man doch behandeln, oder? Mit Chemotherapie oder Bestrahlungen und dem ganzen Zeug. Stimmt doch, oder? Es geht einem einfach eine Zeit lang ziemlich dreckig, man verliert die Haare, und dann ist alles wieder gut. Stimmt doch?« Amandas Stimme klang wütend und trotzig.

»Kann sein. Bitte, Liebes. Komm in meine Arme.« Ihre Tochter wirkte plötzlich ganz klein, viel zu klein in dieser ungeheueren Weite des Strandes – umgeben von Sand und Meer, mit ihrer Mutter, dem Hund und so vielen Worten.

»Was heißt, kann sein? Sag mir, was das heißt.«

»Es heißt, dass sie es nicht wissen. Es ist eine von den Krebsarten, die sie immer noch versuchen zu besiegen. Bevor er mich besiegt.«

Und wunderbarerweise rappelte Sweetpea sich hoch, trottete zu Amanda, ließ sich wieder fallen und legte den Kopf in ihren Schoß. Amanda sank über dem Hund zusammen, und Blair hörte, wie Amanda leise zu schluchzen begann.

»Meine Kleine«, sagte Blair, und ihr Herz brach, schwer und so schnell, dass es sich anfühlte, als berste ihre Brust. Sie krümmte sich und rang nach Luft.

Amanda sah auf und wisperte: »Mom.« Blair rückte näher und nahm ihre Tochter in die Arme. Sie weinten auf die gleiche Weise, schon immer hatten sie so geweint, in großen Schluchzern, zwischen denen sie tief Luft holten. Der Hund vergrub seinen Kopf zwischen ihnen.

Als Blairs Schluchzen abebbte, strich sie Amanda die Haare aus der Stirn und wischte ihr mit der Hand die Tränen aus dem Gesicht.

»Wir stehen das durch«, sagte Blair. »Wir schaffen das. Wir werden kämpfen, okay? Das können wir. Wir werden gegen das verdammte Ding kämpfen.«

Amanda schaute Blair an. »Lüg mich nicht an, klar? Ich bin kein Baby mehr. Ich will Bescheid wissen.«

Blair nickte. »Du bist kein Baby, Liebes, das weiß ich.« Aber sie spürte, dass sie log, wenn sie ihrer Tochter einen Kampf versprach, obwohl ihr der Arzt gesagt hatte, dass es gegen dieses Ungeheuer keine Waffen gab.

Amanda sah sich um. »Wir machen hier einen Riesenaufstand. Die Leute gucken schon.«

»Lass uns gehen. Der Hund beschlabbert mich von oben bis unten.« Sie standen auf und machten sich auf den Weg zurück zu Caseys Auto. Irgendwie hatte sich die Luft verändert – jetzt war sie so kalt, dass Blairs Haut brannte.

»Leidest du? Ich meine, hast du Schmerzen?«, fragte Amanda leise.

»Nein«, antwortete Blair ihr ehrlich. »Ich bin nur immer müde. Mehr nicht. Deswegen kann ich es auch nicht glauben, verstehst du? Selbst jetzt, wo ich hier am Strand spazieren gehe und meiner Tochter sage, dass ich Krebs habe, habe ich das Gefühl, es ist ein Film von Luke Bellingham über jemand anders, oder dass ich in den Albtraum eines anderen Menschen geraten bin. Weil es mir alles so unwirklich vorkommt. Ich lüge dich nicht an. Ich versuche nur, gerade selber die Wahrheit zu begreifen.«

Amanda legte einen Arm um ihre Mutter und zog sie an sich. Schweigend liefen sie so bis zum Auto und fuhren nach Hause.

Luke Bellingham saß auf der Treppe zu ihrem Cottage. Er stand auf, als sie kamen, und wurde prompt von Sweetpea umgeworfen, die freudig an ihm hochsprang. Er rappelte sich wieder auf und gab Amanda die Hand.

»Luke Bellingham«, sagte er.

»Ich weiß«, erwiderte sie und schüttelte seine Hand. »Ich mag Ihren Hund.«

»Danke. Du siehst aus wie deine Mutter, als sie so alt war wie du jetzt.«

Blair beobachtete die Szene: Gut aussehender Mann wirbt um ein verletzliches Mädchen, der Verehrer schmeichelt der Tochter seiner Freundin, der Goldjunge erinnert die verlorene Seele daran, was sie nie hatte und nie haben wird.

»Du hast keine Ahnung, wie ich damals ausgesehen habe«, unterbrach Blair. »Du hast mich in der Highschool nicht mal angesehen. Gestern Abend dachtest du noch, ich sei groß und blond gewesen. Heute behauptest du, dass ich rothaarig war. Und auch wenn wir deinen Hund mögen, heißt das noch lange nicht, dass du hierher kommen und so tun kannst, als würden wir eine alte Freundschaft auffrischen. Denn diese alte Freundschaft hat es nie gegeben.«

Blair stürmte an Luke vorbei die Treppe zum Cottage hinauf und knallte die Tür hinter sich zu.

Und dann fiel sie auf das Sofa unter dem Fenster und verbarg ihren Kopf in den Händen. Ich sterbe, dachte sie. Ich habe gerade meiner Tochter gesagt, dass ich sterbe.

Als es für Blair Zeit wurde, sich zur Arbeit umzuziehen – weiße Hose, weiße Jacke und die geliebten roten Turnschuhe –, war Amanda bereits unterwegs in das Café, in dem sie jobbte, und Luke und Sweetpea waren längst gegangen. Zurück in den Wald, hoffte sie. Wo auch immer das sein mochte. Montana? Wyoming? Weit weg von Haight und ihrem Herzen. Weit weg von Amanda, die beim ersten Blick auf Luke bereits völlig durchgedreht war. Die sauer auf ihre Mutter war, weil sie Mr. Hollywood zum Teufel geschickt hatte. Das war leichter, als auf ihre Mutter sauer zu sein, weil sie sterben würde.

Blair hörte das Telefon klingeln, ließ den Anrufbeantworter das Gespräch annehmen und hörte nicht einmal die Nachrichten ab. Ich bin schon weg, dachte sie, froh, ins Restaurant gehen zu können, wo sie vor lauter Arbeit nicht zum Nachdenken kommen würde.

Sie ging die zehn Blocks zum Restaurant zu Fuß und war immer noch so früh dran, dass sie die Erste war. Leon, der Chef de Patisserie, hatte eine Notiz für sie neben den Kuchen und die Torten gelegt, die er für den Abend gebacken hatte: *Blair, es spielt keine Rolle, dass ich erst neunzehn bin. Wichtig ist nur, dass ich verrückt nach dir bin. Dein Leon.*

Leon hatte Blair nie kennen gelernt. Er kam früh am Morgen und verbrachte Stunden damit, die Delikatessen für die abendlichen Desserts zuzubereiten. Er ging, lange bevor Blair kam, und hatte irgendwann damit begonnen, ihr kleine Liebesbriefe neben seinen Himbeertörtchen und Zitronensoufflés zu hinterlassen. Blair hinterließ ihm gelegentlich Antworten in der Mehldose, in denen sie ihm alle Gründe darlegte, warum er sie nicht lieben sollte.

Die Männer schienen ein bestimmtes Bild von ihr zu erfinden. Leon und Luke taten es jedenfalls.

Sie stürzte sich in die Routine, stellte die Zutaten für ihre Soßen und Beilagen bereit, kontrollierte die Fisch- und Fleischlieferung, bis alles so war, dass Spiel und Spaß beginnen konnten.

Sie wollte heute etwas Neues probieren – ein Tartar von Thunfisch, eigentlich zu ausgefallen für das kleine Restaurant, aber sie hatte das Rezept in *Gourmet* gelesen, den Geschmack im Geiste auf der Zunge gespürt, die Zutaten etwas verändert, um es würziger zu machen. Und Daniel hatte sein Okay für eine Bestellung erstklassigen Sashimi-Ahi gegeben, wenn er als Belohnung den ersten Teller bekam.

Sie fand den Thunfisch, eingewickelt und beschriftet: *Für Blair – mach was Gutes draus, Daniel.* Sie lächelte – Daniel liebte, was aus ihr geworden war, eine Verrückte, die nachts im Bett lag und ständig davon träumte, etwas Neues zu kreieren. Seltsam, sie hatte schon eine ganze Weile nicht mehr an Essen gedacht. Seit dem letzten Termin beim Arzt? Oder hatte sie irgendwann den Appetit verloren, ohne es zu bemerken? Auf jeden Fall war sie dünner geworden – heute hatte sie den Gürtel enger machen müssen, damit die Hose nicht rutschte.

Sie wickelte den Thunfisch aus und lächelte – er war wunderbar frisch und verdiente es, roh gegessen zu werden, gerade richtig, um Daniel in Entzücken zu versetzen. Das war noch immer ihr heimlicher Ehrgeiz – Daniel sollte stolz auf sie sein. Sie räumte die Arbeitsfläche ab und suchte die Kräuter und Gewürze zusammen, die sie verwenden wollte. Als sie sich umdrehte, um ihr Hackmesser aus der Schublade hinter sich zu holen, schienen die Küchenwände immer näher auf sie zuzukommen und sie einzukesseln. Ihr wurde langsam schwarz vor Augen – und dann fiel sie. Zusammengekauert lag sie auf der Seite auf dem kalten Fliesenboden, und plötzlich schlugen Arme und Beine wie von selbst um ihren Körper, so als wären sie nicht mit ihm verbunden. Ihr Oberkörper wand sich in Krämpfen, und ihr Kopf schlug hart auf dem Boden auf. Sie spürte, wie ihre Beine zuckten und ziellos in die Luft traten, wie ihre Arme mit einem unsichtbaren Gegner zu boxen schienen. Und dann verlor sie das Bewusstsein.

Als sie wieder zu sich kam, ohne zu wissen, wie viel Zeit inzwischen vergangen war, dachte sie als Erstes an den Thunfisch, der offen auf der Arbeitsfläche lag, nicht im Kühlschrank, nicht mariniert. Daniel wird mich dafür umbringen. Und langsam wurde ihr klar, dass dies wohl eine Station auf ihrem Weg zum Tod war, hier auf dem Boden, frierend und benommen. Sie spürte, dass sie in die Hosen gemacht hatte und in einer Pfütze lag. Plötzlich war sie eine kranke Frau, eine sterbende Frau, eine Frau, die mitten am Tag bei dem Versuch, ein Thunfischtartar zu bereiten, bewusstlos wurde.

Sie konnte nicht aufstehen. Ihre Beine waren taub, die Arme zu schwach. Sie versuchte, um Hilfe zu rufen, doch ihr Mund war wie ausgedörrt. Wenn so viel Zeit vergangen war, warum war Daniel dann noch nicht da? Doch dann schauderte sie bei dem Gedanken, dass er sie finden würde. Er war so reinlich, so penibel, so elegant – er würde die Sauerei auf seinem Boden hassen.

Sie zog sich über die Fliesen zum Küchenschrank und arbeitete sich an den Schubladen hoch, bis sie die Telefonschnur zu fassen bekam, zog daran, elend, schwitzend, und verlor sie wieder. Ehe sie zurück auf den Boden fiel, versuchte sie es noch einmal, diesmal erwischte sie das Kabel und zerrte das Telefon mit sich auf den Boden. Es traf sie schmerzhaft an der Schulter und fiel klappernd zu Boden. Sie hob es auf, dachte: Aber wen soll ich anrufen?

Amanda war im Café – sie wusste die Nummer nicht auswendig und konnte sich nicht an den Namen erinnern. Daniel konnte sie nicht anrufen, sie wollte nicht mehr hier sein, wenn er kam. Sie wollte nur noch nach Hause in ihr Bett. Casey? Mit zitternden Fingern wählte sie seine Nummer und hob den Hörer ans Ohr, aber es kam nur die Ansage seines Anrufbeantworters. Sie legte auf. Sie hatte keine Freundinnen so wie andere Frauen. Sie hatte ihre Tochter, ihren Chef und einen Hippie als Vermieter.

Sie könnte die Notrufnummer wählen. Konnte ihnen sagen, dass man sie unter vergammelndem Thunfisch finden würden. Aber sosehr sie den Gedanken ans Sterben hasste, so sehr hasste sie dramatische Szenen, in denen Krankenwagensirenen heulten.

Luke. Luke Bellingham. Der Star. Retter sterbender Frauen. Sie musste sich ja nicht in ihn verlieben, nachdem er sie gerettet hatte. Sie brauchte nur jemanden, der sie ins Krankenhaus fuhr.

Sie wählte die Nummer der Auskunft. Luke Bellingham. Er war bestimmt nicht eingetragen, da war sie sicher. Alle berühmten Menschen waren nicht eingetragen. Doch der Operator sagte ihr die Nummer, und ehe sie es sich versah, wählte sie sie mit der einen Hand, die noch zu funktionieren schien.

»Hallo?«

»Luke. Ich bin es. Blair.«

Sie hielt inne, um Luft zu holen, dann fiel ihr ein,

wie sie das letzte Mal mit ihm geredet hatte, als sie ihm gesagt hatte, er solle für immer verschwinden.

»Sag nichts«, sagte sie. »Ich brauche deine Hilfe.«

»Geht es dir nicht gut?«

»Nein. Ich liege auf dem Boden. In dem Restaurant, in dem ich arbeite. Ich bin umgefallen.«

»Gib mir die Adresse. Ich komme.«

Sie erinnerte sich nicht an die Fahrt ins Krankenhaus oder die ersten Stunden, in denen Ärzte kamen und gingen, Tests mit ihr machten und sie auf einer Liege durch weiß gekachelte Flure rollten. Als sie aufwachte, saß Luke auf einem Stuhl neben ihrem Bett. Er hatte eine Illustrierte auf dem Schoß, doch er las nicht darin. Er beobachtete sie.

Blair leckte sich die Lippen, sie hatte schrecklichen Durst. Luke stand auf und griff nach einem Glas auf dem Nachttisch. Er steckte ihr einen Strohhalm zwischen die Lippen, und sie saugte das kühle Wasser ein.

»Amanda«, flüsterte sie dann.

»Ich habe ihr eine Nachricht an der Haustür hinterlassen«, sagte Luke. »Ich habe geschrieben, sie soll mich auf meinem Handy anrufen.«

»Danke«, wisperte Blair, und Tränen liefen ihr die Wangen herunter.

»Wen kann ich anrufen?«, fragte Luke.

»Was meinst du?«

»Deine Freundinnen. Deinen Freund. Wer kann sich um dich kümmern?«

Blair schüttelte, mit weiteren Tränen kämpfend, den Kopf. Luke wartete, ohne den Blick von ihr zu wenden. Er legte eine Hand auf ihre Schulter, und sie schloss die Augen.

»Ruf Daniel an«, sagte sie schließlich. »Im Restaurant. Meinen Chef. Erzähl ihm, was passiert ist.«

»Wird er herkommen?«, fragte Luke sanft.

Wieder schüttelte Blair den Kopf. »Ich will ihn hier nicht haben.«

Sie spürte Lukes Hand auf ihrer Wange.

»Du solltest nicht allein sein«, sagte er.

»Ich weiß«, sagte Blair, wandte sich ab und drehte sich auf die Seite. »Ich habe meine Tochter.«

»Ich kann helfen«, sagte Luke.

Sie antwortete nicht und starrte den Vorhang an, der sie von irgendeinem anderen Kranken trennte, vielleicht von jemandem, der auch starb. Sie hörte gedämpfte Stimmen hinter dem Vorhang. Jemand weinte. Sie schloss die Augen und wünschte, sie wäre weit fort.

»Warum solltest du helfen?«, fragte Blair leise.

»Ich weiß nicht«, sagte Luke. »Vielleicht war ich wirklich zu lange in den Bergen.«

Blair öffnete die Augen und drehte sich zu ihm um. Sie wartete – spürte, dass ihn etwas bewegte und er mehr zu sagen hatte.

»Vielleicht habe ich genug von meinen eigenen Problemen und brauche für eine Weile die Probleme anderer Leute.« Er zuckte unbeholfen mit den Schultern, als wäre es ihm peinlich.

»Ich will deine Hilfe nicht«, sagte Blair ruhig.

»Dann werde ich dir nicht helfen«, erwiderte Luke. »Ich werde einfach ab und zu da sein und dich unterhalten.«

Blair warf ihm einen skeptischen Blick zu. Er lächelte, und sie musste wegschauen.

»Ich bin eigentlich nicht auf dem Markt für neue Freunde oder Liebhaber, verstehst du?«, sagte Blair, den Blick an die Decke gerichtet.

»Ich weiß«, sagte Luke.

»Also, dann danke, dass du mich gefahren hast. Ich meine, dass du mir heute Abend geholfen hast. Aber mehr wollte ich nicht. Eine Fahrgelegenheit.«

»Ich warte nur, bis Amanda anruft«, sagte Luke mit sanfter Stimme. Sie schaute ihn nicht an, wollte den Ausdruck in seinem Gesicht nicht sehen.

»Schön«, sagte sie. »Vielleicht schlafe ich ein bisschen.«

Beide schwiegen eine Weile, doch dann fragte Blair: »Was war mit mir? Ich meine, weißt du es? Hast du mit jemandem gesprochen?«

Sie spürte, wie Luke seine Hand auf ihren Arm legte, machte aber die Augen nicht auf.

»Du hattest einen epileptischen Anfall. Der Arzt hat gesagt, es könnte eine Metastase im Gehirn sein.« Er hielt inne. Die Welt erschien ihr so still. Nur seine tiefen Atemzüge waren zu hören. »Er kommt später noch einmal und wird dir alles erklären.«

Blair sagte nichts. Sie ließ die Augen geschlossen, wartete, dass ihre Tochter anrief, dass sie zu ihr kam, dass sie zu ihr ins Bett kroch, als wäre es eine ganz normale Nacht, in der Amanda einen Albtraum gehabt hatte und Trost in den Armen ihrer Mutter suchte. Aber diesmal bin ich diejenige, die Angst hat, dachte Blair.

Kapitel 4

Luke konnte nicht schlafen. Wenn er früher gegen zwei oder drei Uhr morgens aufgewacht war und wusste, dass er für ein paar Stunden nicht wieder einschlafen würde, hatte er in seinem Arbeitszimmer geschrieben. Um diese Zeit arbeitete sein schläfriger Geist anders als tagsüber – dann gab er manchen Szenen eine neue Richtung, forderte seine Charaktere heraus, überdachte seinen Plot. Er mochte diesen leicht erschöpften Zustand – er dachte dann anders, und am nächsten Tag, bei Tageslicht, rückte er seine seltsamen Ideen zurecht, sodass sie brauchbar wurden.

Doch jetzt konnte er sich nicht vorstellen zu schreiben. Sich Charaktere und Szenen auszudenken. Er wollte seine Gedanken nicht erforschen, sondern ihnen entfliehen. Selbst wenn er an einem Drehbuch schrieb, dessen Geschichte weit von seinen eigenen Lebensumständen entfernt war, kam er sich selbst jedes Mal näher. Er wurde der Serienmörder, die einsame Hausfrau, die alte Ladendiebin, der Junge, der auf fahrende Züge aufsprang. Doch jetzt wollte er nur weit weg von dem, was sich in seinem Inneren abspielte.

Aber er dachte an seinen Computer, der immer

noch betriebsbereit oben in seinem Arbeitszimmer stand, und dann fiel ihm etwas ein, das er mitten in der Nacht tun konnte, und er sprang aus dem Bett. Er würde herausfinden, wessen Telefonnummer das war, die auf dem Skipass stand.

Er ging in sein Arbeitszimmer, eine kleine Sonnenveranda mit Blick über die Bucht, über der es jetzt dunkel war. Er loggte sich ein, fand die Website, von der ihm einmal jemand erzählt hatte. Eine Art umgekehrtes Telefonbuch, das einem Namen und Adresse präsentierte, wenn man die Nummer eingab. Unglaublich. In Sekundenschnelle erschien ein Name auf dem Bildschirm: Mr. und Mrs. Gray Healy. Mit einer Adresse in Pine.

Er kannte den Namen nicht. Emily hatte Gray Healy oder dessen Frau nie erwähnt. Aber sie hatte Dana gebeten, ihn von Tahoe aus anzurufen. *Ich bin morgen wieder zu Hause*.

Luke rief sich die Reise in Erinnerung, den letzten Abend im Hotel, ihre Ungeduld, als er versuchte, mitten in der Nacht mit ihr zu schlafen. »Ich schlafe«, hatte sie gesagt.

»Aber ich dachte, du wärst wach, du warst so unruhig«, hatte er entschuldigend gesagt, sich nahe an sie gedrückt und seinen Penis gegen ihren Schenkel gepresst.

»Wenn ich wach bin, heißt das noch lange nicht, dass ich Sex will. Wenn ich nicht schlafen kann, dann wegen des Auftrags, an dem ich gerade arbeite, ich habe einen Abgabetermin. Ich liege nicht wach, weil ich will, dass du mich besteigst.«

Sie zog sich von ihm zurück. Er starrte ihren Rücken an und verfluchte seine hartnäckige Erektion. Doch er war nicht verärgert. Er war besorgt um sie, traurig, dass ihr neuer Job so schlecht lief, bekümmert, weil sie so im Stress war. Idiot.

Am nächsten Morgen waren sie zurück nach San Francisco gefahren, und er entsann sich, dass sie sofort wieder das Haus verlassen hatte, ihre Mappe unter dem Arm, mit dem Versprechen, nach dem Abendessen wieder zurück zu sein. Es sei denn, das Treffen dauerte länger. Hatte es länger gedauert? Hatte sie zehn Minuten später in Mr. Gray Healys Armen gelegen und seinen Penis in sich gespürt?

Luke schrieb die Adresse von Mr. und Mrs. Healy auf den Skipass neben die Worte *Ich bin morgen wieder zu Hause*.

Er schaltete den Computer aus und ging zurück ins Schlafzimmer. Wenn er heute Nacht schrieb, würde er nur Bilder seiner eigenen, schwachen Fantasie schaffen: eine Geschichte über einen Mann, der den Verlust seiner geliebten Frau beweint und ihre Untreue entdeckt. Muss dieser Mann jetzt seine eigene Geschichte umschreiben? Muss er jede einzelne Erinnerung neu bewerten und in etwas Hässliches verwandeln?

Eine Szene bei der Premiere von *Pescadero*: Die Frau trägt weiße Seide, das Haar ist hochgesteckt, ihr Nacken lang und wunderschön. Der Mann trägt einen Smoking und fühlt sich nicht wohl darin. Sie schweben an den Partygästen vorbei und durch einen Schwarm kreischender Fans. Der Mann würde am liebsten flüchten. Die Frau fleht ihn an: Bitte, das hab ich mir so sehr gewünscht.

Schwenk in ein Hotelzimmer, später am selben Abend. Der Smoking ist über eine Stuhllehne geworfen. Der Mann trägt nur noch eine schwarze Unterhose. Er steht hinter seiner Frau, die noch angezogen ist und aus dem Fenster schaut.

Warum wünschst du dir das so sehr?

Weil du mir so wenig gibst.

Sie dreht sich nicht um.

Der Mann legt seine Hand auf ihre bloße Schulter, und ihr Körper versteift sich.

Rühr mich nicht an.

Er dreht sich um und geht zu dem Doppelbett in ihrem luxuriösen Hotelzimmer, legt sich erschöpft hin. Sie wendet sich um und sieht ihn an.

Sieh mich an, sagt sie.

Er tut es.

Du bist schön, sagt er.

Sie weint.

Du siehst mich nicht, sagt sie.

Irgendwann im Morgengrauen schlief Luke endlich ein, und als Sweetpea ihn wenige Stunden später anstupste, war er bereit, Emily zu suchen.

»Mrs. Healy?«, fragte Luke, als eine Frauenstimme seinen Anruf entgegennahm. Er stand in der Küche, einen Kaffee in der Hand, und starrte den vor sich liegenden Skipass an.

»Ja?« Ihre Stimme klang dünn. Unsicher.

»Filmores Blumenladen. Ich habe einen Blumenstrauß für Sie und wollte mich vergewissern, dass jemand zu Hause ist, wenn er geliefert wird.«

»Blumen? Oh, ich bin bis Mittag zu Hause.«

»Dann bin ich bis Mittag da«, sagte Luke und legte auf.

Er raste in den nächstbesten Blumenladen, kaufte einen imposanten Strauß Rosen, band eine weiße Schleife darum und fuhr nach Pacific Heights.

Mrs. Healy wohnte in einem modernen Kasten aus Glas und Stein, mit einem Panoramafenster im oberen Stockwerk, das einen Blick auf die Bucht bot. Luke hasste solche Häuser. Er klingelte am Tor, und sie drückte auf den Türöffner.

Er lief den Weg zum Haus hinauf, klingelte ein weiteres Mal. Sie ließ ihn warten.

Schließlich öffnete eine Frau die Tür und griff nach den Blumen, ohne ihn anzuschauen. Das Hausmädchen? Sie drehte den Strauß in den Händen, auf der Suche nach einer Karte.

»Hey, wo ist die Karte?«

Er musterte sie. Sie war ungefähr sein Alter, Anfang vierzig, trug einen Jogginganzug und ein Stirnband. Die betrogene Ehefrau? Vielleicht. Emily war größer, blonder, zierlicher. Schöner.

»Es gibt keine Karte«, sagte Luke.

»Von wem sind sie?«, fragte die Frau ungeduldig.

»Keine Ahnung«, sagte Luke. »Ist nicht meine Sache, ich liefere nur.«

»Sie meinen, jemand schickt uns Blumen ohne Karte? Das verstehe ich nicht. Sie müssen doch einen schriftlichen Auftrag oder so was haben. Irgendjemand muss sie doch bezahlt haben.«

»Bar«, sagte Luke.

»Eine Frau, habe ich Recht?«, sagte sie schließlich. Verärgert.

»Genau«, sagte Luke vorsichtig. »Eine Frau.«

»Haben Sie sie gesehen?«, fragte sie.

»Kann schon sein.«

»Groß? Blond? Außerordentlich attraktiv?«

»Kann man so sagen.«

»Miststück«, sagte Mrs. Healy. Sie warf die Rosen auf die Erde und schlug Luke die Tür vor der Nase zu.

Luke ließ die Blumen vor der Tür liegen und ging

zu seinem Wagen. Er war seltsam beschwingt, so als mildere das Wissen den Schmerz.

»Sweetpea«, sagte Luke, als er einstieg, »es gibt Arbeit für dich. Wir besuchen Blair.«

Er hatte im Krankenhaus angerufen, und man hatte ihm mitgeteilt, dass Blair am Morgen entlassen worden war. Er hatte nicht bei ihr zu Hause angerufen, wohl wissend, dass sie nicht mit ihm reden würde. Sein guter Hund würde das Reden übernehmen müssen.

Er fuhr nach Haight und parkte vor der Einfahrt zu Blairs Häuschen. Ein Mann saß in einem Clubsessel auf dem ungepflegten Rasen vor der lila gestrichenen viktorianischen Villa, rauchte einen Joint und las die Zeitung.

Luke ignorierte ihn und ging auf Blairs Haus zu. Sweetpea allerdings, der treulose Hund, blieb stehen und beschnupperte den Mann.

»Netter Hund«, rief der Typ und streichelte sie.

»Danke«, sagte Luke. »Komm, altes Mädchen.«

»Bist du ein Freund von Blair?«

»Und du? Der Wächter am Tor?«

»Könnte man so sagen.«

Luke blieb stehen, musterte den Mann, der Sweetpea streichelte und an seinem Joint zog.

»Sweetpea! Komm her!«, rief Luke mit bestimmter Stimme.

»Blair ruht sich aus«, sagte der Mann.

»Das wird sie mir selber sagen«, versetzte Luke.

»Aber dann musst du sie wecken, nur damit sie dir sagen kann, dass du dich verziehen sollst. Nicht besonders nett, oder?«

»Vielleicht sagt sie nur zu dir, dass du dich verziehen sollst«, sagte Luke.

»Wer, zum Teufel, bist du?«, fragte der Typ, wirkte aber eher desinteressiert.

»Ein Freund. Jetzt komm, Sweetpea. Gehen wir.«

»Ich bin Casey. Der Vermieter.«

»Wie schön.«

Luke zögerte einen Moment, beschloss, Sweetpea bei ihrem neuen Freund zu lassen, und ging weiter in Richtung Cottage. Aber Casey gab keine Ruhe. »Die Lady ruht sich aus«, rief er ihm nach.

»Das hast du bereits gesagt«, sagte Luke und ging weiter.

Casey erhob sich und kam auf Luke zu. »Hör zu, Kumpel. Ich *bin* der Wächter am Tor. Und ich sage dir, du sollst sie nicht belästigen.«

»Und das ist mir egal«, erklärte Luke, ohne stehen zu bleiben.

Bis er Caseys Hand auf seiner Schulter spürte und herumwirbelte, die Hand wegschlug, den Mann aus dem Gleichgewicht brachte, sodass er zu Boden ging.

»Was ist dein Problem?«, fragte Casey, während er sich aufrappelte.

»Im Augenblick bist du mein Problem.«

Luke ging die Treppe hinauf und klopfte leicht an Blairs Tür.

Sie öffnete schnell, stand, die Hände in die Hüften gestemmt, in der Tür und starrte Luke an. Sie sah blass aus, dünn, ein wenig wackelig auf den Beinen – doch aus ihrer Haltung sprach Abwehr.

»Was machst du hier?«

»Sweetpea hat dich vermisst«, sagte Luke sanft.

»Ich habe versucht, ihn aufzuhalten«, rief Casey von unten. »Aber er hat mich niedergeschlagen.«

»Ich habe ihn nicht niedergeschlagen«, sagte Luke. »Der Typ wollte unbedingt Ärger, Blair.«

»Vielleicht wolltest du ja den Ärger«, antwortete sie. »Darf ich reinkommen? Nur für ein paar Minuten.«

»Ich habe ihm gesagt, dass du dich ausruhst«, rief Casey.

»Ich ruhe mich aus«, echote Blair.

»Halt deine verdammte Klappe«, rief Luke Casey zu.

»Du kannst jetzt gehen«, sagte Blair.

»Wer, zum Teufel, ist dieser Kerl?«, fragte Luke, und plötzlich schrie er. »Dein Vermieter? Oder dein Liebhaber? Was gibt ihm das Recht, mich auszufragen? Schau ihn dir doch an. Er ist fertig. Und das um zehn Uhr morgens. Ist das dein verdammter Freund? Wie lebst du denn?«

Blair schlug Luke die Tür vor der Nase zu.

Luke stand da und spürte den Nachhall in den Fußsohlen. Er wollte sich nicht umdrehen. Wollte sich nicht von irgendeinem blöden Kiffer sagen lassen, was für ein Idiot er war.

Er machte es noch schlimmer. Er klopfte ein zweites Mal an die Tür. Und noch einmal. Sie machte nicht auf. Schließlich kam Sweetpea zu ihm gelaufen und blieb neben ihm stehen.

»Sweetpea will dich sehen«, rief er.

Und plötzlich ging die Tür auf, Sweetpea schoss ins Haus, und genauso plötzlich knallte die Tür wieder zu. Dreimal Türenknallen in einer Stunde, dachte Luke.

»Ruf mich an, wenn ich sie abholen soll!«, rief er, sicher, dass ihm niemand zuhörte.

Als er die Treppe hinunterging, sah er, dass Casey, den Joint in der Hand, wieder in seinem Sessel lümmelte.

Zum Glück war der Typ so anständig, ihn zu ignorieren, als er in seinen Wagen stieg und davonfuhr.

Gegen sechs hatte Luke zu viel getrunken und nicht genug getan. Blair rief nicht an, sodass er weder einen Hund noch eine Frau hatte. In seinem konfusen Zustand beschloss er, statt auf seinen Hund zu warten lieber seine Frau zu suchen.

Er fuhr zu Healys Haus und parkte auf der gegenüberliegenden Straßenseite. Er wollte sehen, ob die Rosen immer noch auf der Treppe lagen, doch er konnte keinen Blick auf das Haus hinter dem imposanten Tor erhaschen. Er wusste eigentlich nicht, was er wollte, aber dickköpfig, wie er war, blieb er dort über eine Stunde lang in seinem Truck sitzen.

Er dachte an seine Mutter, wie sie immer darauf gewartet hatte, dass sein Vater nach Hause kam, und ihm nicht erlaubt hatte, ohne ihn mit dem Abendessen anzufangen. Er kommt bald, hatte sie immer gesagt. Luke machte seine Hausaufgaben am Esszimmertisch – das Licht in seinem Zimmer war schrecklich – und liebte es, seine Mutter in der Küche hantieren zu hören, während er lernte. Doch wenn es Zeit zum Abendessen war und sein Vater nicht kam, begann seine Mutter, alle möglichen Leute anzurufen – die Sekretärin seines Vaters, den Angelkumpel, sie rief im Club an, in der Bar des Lighthouse Grill. Sie erreichte ihn nie irgendwo. Dann unterbrach Luke seine Mathehausaufgaben oder schaute von seinem Geschichtsbuch auf und erklärte seiner Mutter zwischen den Anrufen: »Es geht ihm gut, Mom. Er kommt bestimmt bald nach Hause.«

»Ich weiß, dass es ihm gut geht«, erwiderte sie knapp.

Als Luke zwölf war, lud ihn sein Vater an einem Samstag zum Segeln ein – nach Angel Island zu einem Picknick.

»Kommt Mom mit?«, hatte Luke gefragt.

»Nein, sie hat zu tun«, war die vage Antwort seines Vaters gewesen. »Jemand aus dem Büro kommt mit. Ein echter Segler.«

Der Segler hatte sich als die hübsche rothaarige Marian entpuppt, die einen meergrünen Bikini trug und ein farblich passendes Tuch um ihre Haare geschlungen hatte. Luke hatte den ganzen Tag beobachtet, wie die beiden auf dem kleinen Boot vorsichtig umeinander herumschlichen, wie sein Vater sanft seine Hand auf ihren Rücken legte, wenn er an ihr vorbeimusste, oder wie Marians Arm zärtlich das Bein seines Vaters streifte, als sie nach dem Korb mit den Sandwiches griff. Auf der Insel hatte Luke allein einen langen Spaziergang unternommen, und als er zurückgekommen war, war Marians Kopftuch verschwunden gewesen. Er hatte es nie wieder gesehen.

In der darauf folgenden Woche hatte er seinem Vater erklärt, dass er nicht wieder mit ihnen segeln gehen wollte. Er hatte in der Garage mit dem Werkzeug, das er zu Weihnachten bekommen hatte, an einem Holzprojekt zu arbeiten begonnen. Von da an hatte er die Wochenenden in der Garage verbracht, weit weg vom Meer und dem Boot seines Vaters. Er hatte stundenlang an seiner Werkbank gearbeitet, gelernt, wie man mit den unterschiedlichen Hölzern umging, sich mit der Beständigkeit von Objekten beschäftigt, ihren Formen, ihren Verwandlungen. Nie hatte er Marian seiner Mutter gegenüber erwähnt, aber seinen Vater dafür gehasst, dass er ihn in sein Geheimnis mit einbezogen hatte.

Einige Jahre später hatte sein Vater seine Mutter verlassen. Hatte sie es gewusst? Er fragte sie nie. Eine

Zeit lang hatte es Marian gegeben, doch irgendwann war sie durch andere schöne Frauen ersetzt worden.

Auf den Partys, die Luke und Emily gaben, schien jeder mit jedem zu flirten. Man saß neben dem Ehemann oder der Frau eines anderen beim Essen. Man flüsterte sich etwas ins Ohr. Man legte die Hand auf den Schenkel des anderen. Es war ja nur Spaß, oder? Ein gefährlicher Spaß. Und für die Ehepaare war es spannender, wenn sie am Ende eines solchen Abends miteinander ins Bett gingen.

Luke schreckte aus seinen Gedanken, als ein Wagen vor ihm an den Straßenrand fuhr. Aufrecht saß er in seinem Truck und starrte einen langen, schwarzen BMW an. Das Tor öffnete sich für Mr. Healy. Luke erhaschte einen Blick auf blonde Haare, ein scharfes Profil, eine gelockerte Krawatte. Dann schloss sich das Tor hinter dem Wagen.

Trotzdem wartete er weiter. Er hatte sonst nichts zu tun.

Ihm fiel eine Party in L.A. ein, kurz nachdem er *Pescadero* verkauft hatte. Hal Levy, der Produzent, hatte ihn für einen Tag nach Malibu zu Hummer und Champagner eingeladen. Irgendwann, spät an diesem Sommerabend, war er ans Meer zum Schwimmen gegangen. Und plötzlich war jemand neben ihm gewesen, ein warmer Arm hatte den seinen gestreift. Belle. War sie Schauspielerin, Drehbuchautorin oder einfach die Freundin von irgendjemandem? Es spielte keine Rolle. Er wusste noch, dass er nicht mit ihr geredet hatte – aber sie hatte ihren Badeanzug ausgezogen, und er hatte ihr lächelnd zugesehen. Jetzt bist du dran, hatte sie gesagt. Er tat ihr den Gefallen. Sie war schön und nackt, und er folgte ihr hinaus ins Meer.

Sie schliefen nicht miteinander. Sie schwammen nur nebeneinander her, und als ihnen warm genug war, wurden sie langsamer, bewegten sich aufeinander zu, erforschten den Körper des anderen unter Wasser. Vom Strand her rief jemand nach Belle. Sie küssten sich einmal, und Luke spürte, wie ihm bei diesem Kuss das Herz schmerzte – nicht vor Begehren, sondern vor Bedauern. Emily war zu Hause in San Francisco. Er lernte seine erste Lektion über Hollywood. Er ließ Belle allein zurück an den Strand schwimmen und paddelte lange im dunkler werdenden Meer herum, ehe er sich wieder unter die Gäste mischte.

Er fragte sich, ob er Emily wirklich so sehr liebte oder nur verzweifelt an seine Ehe glauben wollte. Vor langer Zeit hatte er sich gelobt, nicht so wie sein Vater zu werden. Er wollte eine Ehe führen, die hielt. Reichte das?

Eine halbe Stunde später öffnete sich das Tor zu Healys Haus wieder, und der Wagen setzte rückwärts auf die Straße. Mr. Healy. Mit ein wenig zerzausten Haaren und schief sitzendem Anzug. Ein Ringkampf mit der athletischen Mrs. Healy? Luke ließ den Motor an und folgte ihm.

Er stellte sich die Szene vor – Mrs. Healy rasend vor Wut, Mr. Healy nach Worten und Erklärungen suchend. War es leichter, dass Emily ihn verlassen hatte und verschwunden war? Hätte ich die Möglichkeit haben wollen, sie eine Hure zu nennen? Nein, entschied Luke. Das ist nicht mein Stil. Und Emily wusste das.

Er folgte Gray Healy durch die Stadt und weiter in Richtung Noe Valley. Luke merkte, wie ihn eine Art Jagdfieber erfasste; sein Adrenalinspiegel stieg, wie er es aus Zeiten kannte, in denen sich ein Drehbuch seiner Vollendung näherte oder sein Agent meldete, dass er kurz vor dem Abschluss eines Vertrages stand. Warum war ein fertiges Drehbuch oder ein abgeschlossener Vertrag nie so befriedigend? Warum fühlte er sich dann immer niedergeschlagen, so als wäre die Jagd besser als der Fang?

Wollte er jetzt Emily fangen? Oder sollte er diesen Zustand so belassen und ihr für den Rest seines Lebens auf der Spur bleiben?

Einen halben Block vor ihm manövrierte Gray Healy seinen schwarzen BMW in eine Parklücke, und Luke musste schnell handeln, wenn er ihn nicht aus den Augen verlieren wollte. Er bog in eine Gasse ein, ließ den Truck im Parkverbot stehen, sah, wie Healy um die Ecke ging, und folgte ihm.

An der Ecke blieb Luke stehen und entdeckte Healy vor der Tür des ersten Hauses. Er blieb zurück, tat so, als lese er an einem Baum ein Plakat mit Werbung für Yogaunterricht. Doch aus dem Augenwinkel konnte er sehen, wie Healy einen Schlüssel aus der Tasche holte, ins Schloss steckte, den Türknauf drehte und das Haus betrat. Die Tür schloss sich hinter ihm.

Emilys Haus? Plötzlich konnte Luke sich Emily nicht mehr vorstellen – weder hier noch anderswo. Er wusste, wie sie aussah – ja, sie war groß, blond, außerirdisch schön –, aber das war ein Bild, das Porträt einer Ehefrau. Sich Emily in diesem Haus vorzustellen war unmöglich. Emily, die Gray Healy begrüßte, fragte: Was ist los, Liebling? Warum bist du hier? Oh mein Gott, sie weiß es? Nein, ich habe keine Blumen geschickt! – Luke konnte sich diesen Film nicht vorstellen, diese Szenen nicht schreiben, den Dialog nicht hören.

Da stand er an der Ecke und las die Werbung für

Yogaunterricht. YOGA JETZT. Als wäre Yoga etwas Lebensnotwendiges.

Healy war verschwunden. In Emilys Haus. Wenn es Emilys Haus war. Es konnte genauso gut Healys bestem Freund Frank gehören. Ein dicker Italiener, der sich begeistert Healys Geschichten über heißen Sex mit der Frau des berühmten Drehbuchautors anhörte. Ja, dort wohnte Frank, allein und unglücklich. Und jetzt heulte sich Healy an seiner Schulter aus: Ich habe alles kaputtgemacht, und das nur wegen Sex.

Sex. Mit einer großen, blonden, außerirdisch schönen Frau.

Nimm sie dir, sagt Frank. Deine Frau? Wer braucht eine Ehefrau, wenn er Emily haben kann.

Luke riss das Yoga-Plakat vom Baum und warf es auf die Straße. Er machte auf dem Absatz kehrt und rannte weg. Weg von dem Haus. Zurück zu seinem Truck.

In der Gasse, in der er geparkt hatte, schrie ihn ein Typ aus einem Porsche an: »Kannst du mir mal sagen, wie ich hier rauskommen soll, verdammt noch mal?«

Luke kapitulierte mit einem schwachen Winken. Er stieg in seinen Wagen und fuhr weg. Der Typ in dem Porsche hatte eine leichte Ähnlichkeit mit Frank, dem Mann, den er gerade erfunden hatte. Wenn er schrieb, passierte ihm das immer wieder – seine Charaktere tauchten im richtigen Leben auf und kamen ihm manchmal zu nah. Er mochte Frank. Wenn er je wieder schreiben sollte, würde er Frank einsetzen.

Er fuhr an dem Haus vorbei, schrieb sich die Adresse auf, sah, dass vor den Fenstern im Obergeschoss limonenfarbene Gardinen hingen. Emily würde niemals solche Gardinen aussuchen. Frank hätte keine Gardinen.

Er musste hier weg. Also fuhr er nach Hause. Ohne Hund, ohne Frau, dafür mit einem dicken Kopf und genauso unglücklich wie Frank.

Irgendwann mitten in der Nacht – eigentlich war es erst elf, aber er hatte das Gefühl, schon Stunden geschlafen zu haben – klingelte das Telefon, und als er abhob, war es wunderbarerweise Blair, die sanft mit ihm redete, fast als träumte er.

»Ich liebe deinen Hund«, erklärte sie.

»Ich weiß«, sagte er. »Wie geht es dir? Wie fühlst du dich? O Gott, entschuldige.«

»Schhh«, machte sie. »Lass mich dir von deinem Hund erzählen.«

»Erzähl«, sagte er. Er blieb im Bett liegen, setzte sich nicht auf und machte kein Licht. Er wollte diese verschwommene, traumähnliche Stimmung bewahren, Licht oder zu viel Bewegung könnten sie zerstören.

»Ich habe ihr Lachs zum Abendessen gegeben. Ist das okay? Darf sie Lachs essen?«

»Es ist perfekt«, sagte er. »Sie sollte für den Rest ihres Lebens Lachs zum Abendessen bekommen.«

»Daniel ist vorbeigekommen, um mir etwas zu essen zu bringen, und ich habe es mit Sweetpea geteilt, weil ich nicht mehr konnte. Sogar Daniel war glücklich, obwohl er Hunde hasst – Sweetpea hat er nicht gehasst –«

»Wer ist noch mal Daniel?«, fragte Luke, obwohl er es verabscheute, sie zu unterbrechen. Aber noch mehr verabscheute er die Vorstellung von einem Mann, der hereingelassen wurde, während er nicht an ihrer Seite sitzen durfte. Einem Mann, der mit ihr Lachs zum Abendessen aß, den sie mit Sweetpea teilte.

»Mein Chef. Ein Mann, den ich liebe –«

»Dein Freund?«

»Er ist schwul. Himmel noch mal. Jeder hier ist schwul.«

»Ich nicht.«

»Ja. Habe ich bemerkt. Jetzt hör zu. Sweetpea hat Daniel bezaubert, was eigentlich ganz unmöglich ist, weil Daniel nur von sich selbst bezaubert ist. Wir essen also alle Lachs, dann ist Daniel gegangen, und ich habe mich ein bisschen hingelegt, und Sweetpea springt zu mir ins Bett und kuschelt sich neben mich –«

»Auf welcher Seite?«

»Was?«

»Auf welcher Seite des Bettes? Rechts oder links?«

»Ich liege rechts. Warum?«

»Erzähl weiter.«

»Dann hat sie eine Pfote um meine Taille gelegt. Wie ein Liebhaber. Und hat mir ihren Lachsatem ins Ohr geblasen.«

»Ich weiß.«

»Schläft sie in deinem Bett?«

»Nein. Seit einer Weile nicht mehr.«

»Warst du verheiratet?«

»War ich. Sweetpea liebte Emily. Als Emily gegangen ist, hat sie aufgehört, in unserem Bett zu schlafen. Jetzt schläft sie auf dem Boden. Auf Emilys Seite.«

»Ist das die rechte?«

»Ja, genau.«

»Was war mit Emily?«

»Ich weiß es nicht. Sie ist einfach eines Tages verschwunden. Ich versuche immer noch herauszufinden, warum.«

»Das weißt du nicht?«

»Nein. Wie kann es sein, dass man glaubt, ein gutes

Leben zu haben, und eines Tages sagt dir jemand aus heiterem Himmel, dass alles eine Lüge war?«

»Warum war es eine Lüge?«

»Sie ist gegangen. Ohne mir vorher etwas zu sagen. Mitten aus meinem glücklichen Leben.«

»Sie war nicht glücklich.«

»Und ich dachte, es ginge uns gut. Das war wahrscheinlich die Lüge, mit der ich gelebt habe.«

Blair schwieg einen Augenblick. Luke hörte sie durch das Telefon atmen und zog seine Decke höher, als wäre es Blair, die er näher an sich drückte.

»Vielleicht warst du nicht aufmerksam«, sagte sie schließlich behutsam. Als wollte sie ihn nicht verletzen.

Luke seufzte. »Ich dachte, ich wäre nicht so ein Typ. Meine Arbeit ist anders. Wenn man schreibt, muss man aufmerksam sein. Aber vielleicht habe ich mir was vorgemacht. Vielleicht bin ich auch nur ein ganz normaler Mann, als Sensibler verkleidet.«

»Über diese Verkleidung wollte ich mit dir reden.«

»Was ist mit meinen Kleidern?«

»Du warst zu lange in der Einsamkeit. Du siehst aus wie ein Waldschrat.«

»Ich wusste nicht, dass ich so lange in der Stadt bleiben würde«, erklärte Luke ihr. »Ich dachte, ich bleibe nur eine Nacht.«

»Warum bist du geblieben?«

»Wegen der Suche nach den verlorenen Seelen.«

»Deiner oder meiner?«

»Touché.«

»Du hast mich gefunden. Also, warum bleibst du dann noch?«

»Mein Hund ist verschwunden. Ich kann nirgendwo ohne meinen Hund hingehen.«

»Kann sie nicht heute Nacht hier bleiben? Ich glaube, ich schlafe besser, wenn sie da ist.«

»Natürlich kann sie bleiben. Ich würde sie dir niemals wegnehmen.«

»Danke. Sie tröstet mich irgendwie.«

»Du könntest auch einen Menschen um Trost bitten.«

»Ich bin kein besonders großes Mädchen, wenn ich krank bin.«

»Das habe ich gemerkt.«

»Und ich habe nicht viele Freunde.«

»Warum nicht?«

»Die Arbeit. Alleinerziehende Mutter. Ich hatte anscheinend nie genug Zeit oder Lust.«

»Wo ist der Vater?«

»Keine Ahnung.«

»Vergangenheit?«

»Absolut. Er war ein süßer Junge, mit dem ich einmal ausgegangen bin. Er ist weitergezogen, und ich war schwanger.«

»Weiß er es? Dass er eine Tochter hat?«

»Er würde sich nicht mal mehr an meinen Namen erinnern, wenn ich ihn finden würde. Wenn ich es überhaupt wollte.«

»Will sie es?«

»Wir haben ein Spiel. Wir erfinden Väter. Wir sitzen in einem Café und beobachten die Männer, die vorbeigehen, und wählen einen als Vater für einen Tag aus. Wir denken uns sein Leben aus, seine Lieben, seine väterlichen Gewohnheiten. Und am Ende des Spiels schauen wir zu, wie er aus unserem Leben verschwindet.«

»Mag sie das Spiel?«

»Sie liebt mich. Ich reiche ihr.«

»Wie war sie im Krankenhaus?« Luke war gegangen, ehe sie kam – Blair hatte es so gewollt.

»Verängstigt. Allerdings hat sie es sich nicht anmerken lassen. Eine alte Familientradition.«

»Darf ich dir das Frühstück ans Bett bringen?«

Blair antwortete nicht. Luke wartete, aber sie blieb stumm.

»Ich habe dich nicht gefragt, ob du mich heiraten willst. Es geht nur um Frühstück. Croissants. Kaffee und so was.«

»Warum tust du das?«

»Keine Ahnung.« Luke dachte einen Moment über die Frage nach. Er wünschte, er wäre in seinem schmalen Bett in der Hütte und nicht völlig verloren in diesem riesigen Ehebett in seinem alten Haus. »Ich weiß, dass du meinen Film, *Pescadero*, nicht gesehen hast. Wenn du ihn anschauen willst, rede vorher mit mir.«

»Warum?«

»Meine Frau hat immer behauptet, ich würde in der Vergangenheit leben. Und irgendwie bist du ein Teil dieser Vergangenheit. Auch wenn ich dich eigentlich nicht kannte.«

»Das verstehe ich nicht.«

»Ich auch nicht. Aber irgendwie hast du mich verfolgt.«

»Normalerweise verfolgt der Goldjunge das verstoßene Mädchen.«

»Diesmal nicht.«

»Verlieb dich bloß nicht in mich.«

»Ich werde mir Mühe geben«, versprach er.

Wieder schwieg sie, und Luke gab ihr Zeit.

»Komm um zehn«, sagte sie schließlich. »Ich will ganz lange schlafen.«

»Gute Nacht, Blair. Gib Sweetpea einen Kuss von mir.«

Er hörte das Geräusch ihrer Lippen, ehe sie auflegte.

Um sieben Uhr morgens lag Luke vor dem Haus in Noe Valley auf der Lauer. Es war das Haus, in das Gray Healy am Abend zuvor gerannt war. Irgendwann mitten in der Nacht hatte er beschlossen, dass er mit Emily fertig war, er hatte Blair gefunden, seine wahre verlorene Seele. Blairs sanfte Stimme hatte ihm die ganze Nacht im Ohr geklungen und sich mit seinen wirren Träumen verwoben. Doch gegen Morgen war sein Entschluss ins Wanken geraten, und er war ohne Frühstück, ungeduscht und in seinen alten Waldschratklamotten aus dem Haus geflohen.

Er wartete darauf, dass Emily auftauchte. Als sie noch zusammenlebten, war sie immer früh aufgestanden und schon vor der Arbeit zu einer Yogastunde oder joggen gegangen. Jetzt konnte er nichts mehr voraussagen. Sie hatte ihn verlassen und ihm gezeigt, dass er nichts über sie wusste.

Er hörte Radio und wechselte ungeduldig bei jedem schlechten Song den Sender. Er ärgerte sich, war wütend auf sich selbst, weil er so halsstarrig war und hier auf sie wartete. Er versuchte, sich die Szene vorzustellen: Sie kommt aus dem Haus – und dann? Er ist wütend, sein Zorn entlädt sich in Worten, die an sie gerichtet sind? Er wird von seinen Gefühlen überwältigt und läuft über die Straße in ihre Arme? Sollte er das nicht wissen, ehe er ihr gegenüber steht? Will er sie sehen, weil er sie liebt oder weil er sie hasst?

Er liebt sie und hasst sie für das, was sie ihm angetan hat, entschied er.

Was habe ich dir getan, ging es ihm durch den Kopf, dass du zu solcher Grausamkeit fähig bist? Er erinnerte sich an Folgendes: Ein Abend im Herbst, ein überraschend warmer Abend in der Stadt, er holte sie nach getaner Arbeit in ihrem Büro ab – das war, ehe sie zu Hause arbeitete –, sie gingen Arm in Arm am Embarcadero spazieren und erzählten sich gegenseitig von ihrem Tag. Sein Tag war gut gewesen, er war dabei, das Drehbuch zu *The Geography of Love* zu beenden, und es gefiel ihm. Sein eigener Vater war auf einem Segeltörn gestorben, bei dem ein Nachbarjunge dabei gewesen war. Der Junge hätte eigentlich Luke sein sollen, wenn Luke einverstanden gewesen wäre, jedes Wochenende mit seinem Vater segeln zu gehen. Wenn Luke auf dem Boot gewesen wäre, anstatt in der Garage hölzerne Schüsseln zu drechseln, sie dann zu zerstören, um wieder neue zu drechseln. In *The Geography of Love* sind Vater und Sohn sich so nahe, dass der Sohn die Gedanken des Vaters hören kann. Als der Vater bei einer Havarie stirbt, ist der Sohn an Bord, und obwohl er alles versucht, kann er ihn nicht retten. Die Stimme seines Vaters bleibt in seinem Kopf, aber er verliert seine eigene Stimme. Luke wusste, dass der junge Mann am Ende seine Stimme wiederfinden würde – er schrieb schließlich für Hollywood. Ich kann mein Leben neu schreiben, hatte er Emily auf jenem Spaziergang erzählt. Ich kann meinem Vater einen anderen Sohn geben. Du kannst dir selbst einen anderen Vater geben, hatte sie geantwortet.

Sie hatte ihm von einem Plakat erzählt, das sie für das Kunstfestival entworfen hatte, sie war sich sicher gewesen, dass sie damit den Wettbewerb gewinnen würde. Und in diesem Augenblick war sie glücklich gewesen, weil sie noch nicht gewusst hatte, dass sie nicht gewinnen würde. Denn das Plakat war zwar gut, wie die meisten ihrer Arbeiten, aber eben nicht gut genug. Während des Spaziergangs waren sie immer wieder stehen geblieben und hatten sich geküsst.

Als ihnen kalt geworden war, hatten sie beschlossen, in ein Restaurant zu gehen, sich mit Heißhunger auf einen Teller Austern gestürzt und Weißwein getrunken, bis sie beschwipst gewesen waren. Eine ältere Frau, die sie nicht kannten, war an ihren Tisch gekommen und hatte gesagt: »Entschuldigen Sie, dass ich störe, aber wir beobachten Sie schon den ganzen Abend. Sie sind wirklich gesegnet.« Die Frau war weitergegangen, und sie hatten sich gefühlt, als hätte sie sie wirklich gesegnet.

Nach dem Essen hatten sie ein Taxi nach Hause genommen, und Luke hatte nicht aufhören können, Emily zu berühren. Ihre Haare, ihr Gesicht, ihre nackten Arme, ihre schmale Taille. »Ich bin gesegnet«, hatte er ihr erklärt, und sie hatte gekichert, weil sie dachte, er mache Spaß, dabei hatte er es so ernst gemeint.

Eine Tür öffnete sich auf der anderen Straßenseite. Luke hielt den Atem an. Kurz überlegte er zu verschwinden, und zwar schnell, ohne einen Blick auf die Tür zu riskieren. Er wollte sich ducken, verstecken wie ein Kind, bis derjenige, der da zur Tür herauskam, weg war.

Doch er blieb wie versteinert im Auto sitzen, und Gray erschien, in einem frischen Anzug und frisch geduscht, das Haar ordentlich zurückgekämmt, ein Lächeln auf dem Gesicht. Er beugte sich hinein – für einen Abschiedskuss? Um nach seiner Aktentasche zu greifen? Und dann zog er die Tür hinter sich zu und kam den Weg herunter.

Luke hatte gar nicht daran gedacht, zu schauen, ob

Grays BMW noch da war. Er war wirklich ein Spitzendetektiv.

Gray Healy. Gesegnet? Mit Sicherheit beschwingt an diesem Morgen, so wie er den Weg herunterhüpfte, ganz als hätte er die Nacht in den Armen einer großen, blonden, außerirdisch schönen Frau verbracht.

Ohne zu überlegen sprang Luke aus dem Truck und rannte auf das Haus zu. In Sekundenschnelle war er an der Tür, war sich nicht bewusst, über die Straße oder den Weg hinaufgegangen zu sein. Und seine Hand klopfte wie von selbst, als gehörte sie nicht zu seinem Körper.

Niemand öffnete. Er spürte, dass sie da war, fühlte ihre Gegenwart, hielt den Atem an, in der Hoffnung, irgendein Geräusch zu hören, eine Bewegung zu sehen, das Herunterfallen der Vorhänge im oberen Stockwerk, ihr Atemholen, wenn sie ihn dort stehen sieht.

Doch am Fenster war niemand, und kein Vorhang bewegte sich.

Er drehte sich um und ging, stieg in seinen Wagen und fuhr davon.

Jetzt erst merkte er, dass er zitterte. Plötzlich brach alles über ihn herein – Wut, Angst und Qual bemächtigten sich seiner gleichzeitig. Er war verwirrt und fuhr zu schnell durch unbekannte Straßen.

Er dachte an Sweetpea, an Blair, an das Haus hinter dem pinkfarbenen viktorianischen Kasten und lenkte den Truck in Richtung Haight, raste zu Blair, mit dem Gedanken, dass sie es irgendwie schaffen würde, ihn von seiner Qual zu erlösen.

Als er endlich in Haight ankam, war sein Blick so verschwommen, dass er kaum einen Parkplatz fand. Emily war dort in dem Haus, und sie wusste, dass er an der Tür gewesen war. Sie war vor ihm davongelaufen und wollte nicht, dass er sie fand. Es raubte ihm den Atem, als hätte er es die letzten drei Monate nicht geglaubt, das schwere Gewicht nicht gespürt, und jetzt warf es ihn um, wie ein heftiger Schlag in die Magengrube, gefolgt von explosionsartigen Schmerzen.

Er lief den Weg zu Blairs Häuschen hinauf, dankbar, dass ihr ausgeflippter Vermieter nirgends herumlungerte.

Nach einem Blick auf die Uhr klopfte er leise an die Tür. Es war neun, zu früh für ihr Frühstück im Bett.

»Komm rein«, hörte er sie von drinnen rufen.

Er ging hinein, den winzigen Flur zu ihrem Schlafzimmer entlang, und blieb an der offenen Tür stehen.

Sie lag im Bett, sah ihn an und schlug einladend die Bettdecke zurück.

Er stieg in ihr Bett, und sie hielt ihn fest, ließ ihn leise weinen, ohne eine Frage zu stellen.

Kapitel 5

Sie mochte seine Größe, seinen breiten Rücken vor ihrem eigenen zierlichen Oberkörper, die Art, wie sich ihr Arm über sein Flanellhemd legte, und zog ihn ganz nah zu sich heran. Sie schmiegte ihre Beine an die Rückseite seiner Beine, irgendwie passten sie – sie war nicht groß, hatte aber lange Beine, während Luke einen besonders langen Oberkörper hatte. Sie mochte seine Wärme, seinen Geruch, als sie ihr Gesicht an seinen Nacken presste.

Sie wusste, dass er weinte. Das machte ihr nichts aus. Irgendetwas an diesem Mann war anders; er durfte weinen. Und es gefiel ihr, dass sie einen Moment lang nicht an sich selbst dachte.

Sie wollte nicht wissen, warum er weinte – sie war sicher, dass es etwas mit seiner Frau zu tun hatte. Exfrau? Sie kannte die Geschichte nicht und hatte überhaupt keine Eile, sie zu hören. Das Leben war kompliziert. Andererseits erschien ihr das hier, ein weinender Mann in ihrem Bett, ganz einfach.

Sie trug ein Unterhemd und eine Schlafanzughose, hatte noch nicht die Zähne geputzt und diesen Mann noch nicht einmal geküsst. Den berühmten Mann. Jahrelang hatte sie ihn beobachtet, als sie in der Highschool waren. Von weitem. Sie erinnerte sich an einen Tag, an dem sie geschwänzt hatte – wahrscheinlich Latein, das hatte sie gehasst – und zu dem Bach hinter der Schule gegangen war, um allein eine Zigarette zu rauchen. Flussabwärts entdeckte sie Luke und seine Freundin Trish. Sie lagen auf einem flachen Felsen, streichelten und küssten sich. Lukes Hand berührte zärtlich ihren Körper, als gebe es nichts anderes auf der Welt.

Blair war wie hypnotisiert gewesen. Das war ein Blick in eine andere Welt. Sie hatte gerade mit einem Jungen aus der Nachbarschaft ihre Jungfräulichkeit verloren, einem Jungen, der die Schule bereits verlassen hatte und in einem Supermarkt arbeitete. Sie waren zusammen zur Grundschule gegangen, doch als sie auf eine Privatschule in San Francisco gekommen war, verschwand er abrupt aus ihrer Welt.

»Hör auf, mich anzustarren«, hatte sie damals zu ihm gesagt, als sie eine Woche vorher in dem Laden Zigaretten gekauft hatte.

»Du glaubst, dass du was Besseres bist«, sagte der Junge.

»Nein, tue ich nicht«, erwiderte sie. Er hatte sich verändert, seit sie ihn das letzte Mal gesehen hatte – er wirkte dunkler, geheimnisvoller, irgendwie älter als sie. Die Jungen auf ihrer Schule wirkten so jung und behütet.

»Du bist es auch nicht«, antwortete er und starrte sie die ganze Zeit an.

»Ich weiß.«

»Warte nach der Arbeit auf mich«, er sah sie herausfordernd an. »Ich schließe um elf.«

Um elf war sie auf dem Parkplatz, verängstigt, aber wild entschlossen, es nicht zu zeigen. Er hatte einen

Freund mit einem Atelier in Mission. Der Typ hat Gras für uns, hatte er gesagt. Und ein Bett. Sie fuhren mit dem Bus nach Mission, fanden die Wohnung des Freundes, rauchten später mit ihm und zwei anderen Mädchen Gras. Dann führte sie der Junge ins Schlafzimmer, wühlte sich durch ihre Kleider, drang in ihren Körper.

Sie hatte ihn nicht davon abgehalten, denn sie wollte endlich wissen, was Sex ist. Jetzt wusste sie es. Er fuhr sie mit dem alten Auto seines Freundes nach Hause und setzte sie vor ihrem Haus ab.

Hatte sie bewiesen, dass sie kein bisschen besser war als er? Ja, mit Sicherheit.

Sie sah ihn nie wieder.

Der Junge auf dem Felsen, Luke Bellingham, wusste noch etwas anderes über Sex. Das hatte sie an jenem Tag gesehen, hatte beobachtet, wie zärtlich er mit seiner Freundin umging, und war über eine Stunde lang nicht von ihrem Posten gewichen. Als Luke und Trish gingen, ohne miteinander geschlafen zu haben, fühlte Blair sich irgendwie elend, so als hätte sie etwas Schreckliches getan. An diesem Tag war sie nicht wieder in die Schule zurückgegangen.

Jetzt lag Luke neben ihr. Es schien ihm egal zu sein, dass sie unbeliebt oder unfreundlich war oder sterben würde. Er presste seinen Körper an ihren, als hätte er nie zuvor im Leben jemanden so intensiv gebraucht. Und sie hielt ihn fest.

Nach einer Weile wurde er ruhiger, und Blair flüsterte ihm ins Ohr: »Ich sehe hier gar keine Croissants.«

Da drehte er sich lächelnd zu ihr um und nahm sie in die Arme, als hätte er das schon viele Male zuvor getan, schmiegte sich an sie und zog sie so nah, dass sie die Hitze seiner Haut durch ihre Kleider spürte.

»Danke«, murmelte er.

Seine Hände begannen, ihren Körper zu erforschen, über ihrem Pyjama folgten sie den Konturen ihrer Arme, ihrer Taille, wanderten über die Hüften, die Schenkel und wieder den Rücken hinauf.

»Du fühlst dich so gut an«, flüsterte er.

»Das liegt nur daran, dass du zu lange mit einem Hund im Bett geschlafen hast.«

»Wo ist dieser Hund überhaupt?«

»Amanda hat sie mit auf einen Spaziergang genommen.«

»Wird sie lange wegbleiben?«

»Nicht lange genug, um richtig warm mit mir zu werden.«

»Schade«, sagte Luke und lockerte seine Umarmung, um ihr Gesicht zu sehen.

»Geht es dir besser?«, fragte sie ihn.

»Viel besser«, antwortete er.

»Willst du darüber reden?«

»Ich habe etwas richtig Dummes gemacht«, sagte er.

Sie strich ihm die Haare aus der Stirn.

»Hattest du in der Highschool einen Freund?«, fragte er.

Sie schüttelte den Kopf.

»Wie konnte ich damals nur so blind sein?«, fragte er.

»Ich war seltsam«, erklärte sie. »Ich bin immer noch seltsam, aber jetzt bist du es auch.«

»Vielen Dank.«

»Was hast du gemacht? Was für eine Dummheit, meine ich.«

»Ich habe versucht, meine Frau zu finden. Ich glaube, ich hätte es fast geschafft.«

Blair sagte nichts, doch sie merkte, wie sie sich ein

wenig zurückzog, so als wollte sie Abstand zwischen ihren Körpern schaffen.

»Nein, bleib hier«, sagte er.

»Was ist passiert?«, fragte Blair.

»Ich glaube, sie hat eine Affäre. Sie ist in einem Haus in Noe Valley. Gestern Abend ist der Mann zu ihr gegangen.«

Einen Augenblick lang schwiegen beide. Blair sah den Schmerz in seinen Augen.

»Ist es so nicht leichter?«, fragte sie schließlich. »Wenn sie dich wegen eines anderen Mannes verlassen hat? Vielleicht hat sie dich ja sogar geliebt, genau wie du dachtest, und hat dann jemanden gefunden, den sie mehr liebt.«

Er schüttelte den Kopf. »Das glaube ich nicht«, sagte er. »Du würdest das nicht tun.«

»Woher weißt du, was ich tun würde?«, fragte sie, löste sich von ihm und setzte sich im Bett auf. »Ich weiß gar nichts über die Liebe. In Sachen Liebe bin ich die größte Versagerin der Welt.«

»Hast du schon mal geliebt?«

»Ich liebe meine Tochter. Ich liebe Daniel. Das reicht mir.«

»Keine Affären?«

»Affären? Ich kann einen Mann haben. Ich kann mich nur nicht in ihn verlieben.«

»Warum nicht?«

»Hey, warte mal. Wir haben über dich geredet. Wenn wir über mich reden wollen, verlange ich mein Frühstück im Bett.«

Luke beugte sich vor und küsste Blair sanft auf den Mund. Sie sah ihm in die Augen, er erwiderte ihren Blick und lächelte, als er sich von ihr löste.

»Wie magst du deinen Kaffee?«, fragte er.

»Ich glaube, ich möchte nicht, dass du jetzt aufstehst«, sagte sie leise.

Also zog er sie wieder an sich, sie rutschte im Bett herunter in seine Arme, und diesmal öffnete sie die Lippen, als er sie küsste, und mit geschlossenen Augen verloren sie sich in diesem Kuss. Eng umschlungen lösten sie sich nur so weit voneinander, dass ihre Hände die Kleider des anderen hochschieben konnten, um die Hitze der Haut zu spüren, als wären sie tatsächlich noch in der Highschool und sammelten ihre ersten Erfahrungen.

Luke küsste ihr Schlüsselbein, ihren Nacken, ihre Ohren, ihr Gesicht. Seine Hände wanderten über ihren Körper, als wären ihre Kleider weggeschmolzen, beide spürten jede Berührung intensiv auch durch den dünnen Stoff.

Sie atmete so laut, dass Luke sie besorgt fragte: »Alles in Ordnung?«

»Schhh«, machte sie. »Mir geht es wunderbar.«

Er drehte sie auf den Bauch und betrachtete ihren Rücken unter dem hochgeschobenen Hemd. Mit den Fingern fuhr er an der noch frischen Narbe des entfernten Muttermals entlang, die schrecklich aussah, wie Blair wusste. Er sagte nichts, und sie war dankbar dafür. Sie spürte seine Lippen am Rand der Narbe.

Sie drehte sich um und hielt ihn fest, zog sein ganzes Gewicht auf sich. Er war kräftig und stark. Sie mochte seinen erdigen Geruch und atmete ihn ein.

Wieder küssten sie sich. Dieser Mann hielt nichts zurück. Sein Drängen erregte sie, entfachte ihr Verlangen nach ihm nur noch mehr.

Seine Hände wanderten an ihrem Körper entlang,

er rollte sich auf den Rücken und zog sie auf sich. Sie setzte sich auf, hielt ihn zwischen ihren gespreizten Beinen und holte tief Luft. Sie lächelte.

»Du bist wunderbar«, sagte er.

»Ich könnte es dir beinah glauben«, erwiderte sie. »Du bist so weit weg.«

Als sie sich ihm nähern wollte, hörten sie plötzlich das schnelle Trappeln von Hundepfoten vor der Haustür, und Sweetpea bellte. Blair schoss hoch, kletterte aus dem Bett und schloss in Windeseile die Schlafzimmertür. Gleichzeitig hörte sie, wie die Haustür aufging.

Sie lehnte sich an die Tür und sah, dass Luke bereits stand und seine Kleider ordnete.

»Verdammt«, murmelte sie.

»Mom?«, rief Amanda.

»Ich komme gleich«, antwortete Blair laut.

Sweetpea wusste Bescheid; sie bellte und kratzte an der verschlossenen Schlafzimmertür.

»Sweetpea, lass das!«, befahl Amanda. »Hör auf zu bellen!«

Luke blieb gelassen, beugte sich vor und küsste Blair auf die Wange, stupste sie beiseite, machte die Tür auf, schlüpfte hinaus und zog die Tür hinter sich zu.

Blair blieb, wo sie war, lehnte an der geschlossenen Tür und atmete tief durch.

»Hallo«, hörte sie Luke sagen.

»Du bist hier?«, sagte Amanda schließlich. Sie musste im Flur gestanden und Luke den Weg versperrt haben.

»Ich wollte euch besuchen.«

»Das sehe ich.«

»Und meinen Hund abholen.«

»Da ist sie.«

Einen Moment lang war es still. Blair hielt den Atem an, um kein Wort zu verpassen.

»Danke, dass du mit ihr spazieren gegangen bist«, sagte Luke.

»Meine Mutter ist krank«, sagte Amanda.

»Das weiß ich.«

»Sie braucht jetzt keinen Freund.«

»Vielleicht hast du Recht. Aber ich bin mir nicht sicher.«

»Ich aber. Wir kommen sehr gut ohne dich zurecht.«

»Amanda, du bist sechzehn. Du kannst nicht für alles sorgen.«

»Wer hat gesagt, dass du einfach so in unser Leben platzen kannst?«

Immer noch erregt und aufgewühlt riss Blair die Tür auf und funkelte die beiden an.

»Amanda«, sagte sie streng.

Amanda drehte sich um und stürmte in die Küche.

Blair legte Luke eine Hand auf die Schulter.

»Schlechtes Timing«, flüsterte sie.

»Ich rufe dich später an«, versprach er.

»Du musst nicht gehen«, sagte sie.

»O doch, ich muss«, widersprach er.

»Ich habe mein Croissant nicht bekommen.«

»Das hole ich an einem anderen Tag nach«, sagte er lächelnd. Er beugte sich hinunter und küsste Blair. Sie strich ihm über die Wange.

Sweetpea rappelte sich auf und lief voraus zur Haustür. Blair sah den beiden nach. Sie hörte Amanda in der Küche wütend mit dem Geschirr klappern, ging zu ihr und stellte sich an die Tür.

»Super Manieren«, sagte sie zu ihrer Tochter.

Amanda goss frisch gepressten Orangensaft in ein Glas und reichte es ihrer Mutter.

»Ist mir doch egal«, sagte sie. »Ich traue ihm nicht. Hier, trink das.«

»Wow«, sagte Blair und nahm das Glas. »Was für eine Behandlung.«

»Du brauchst Vitamine. Hab ich im Internet nachgelesen. Da gibt es ein paar Artikel, die du lesen solltest. Über Behandlungsmethoden. Alternative Behandlungsmethoden. In Mexiko zum Beispiel –«

»Halt«, sagte Blair und stellte das Glas weg. »Amanda –«

»Sie haben wirklich Erfolge erzielt. Allen Leuten, die da waren, haben die Ärzte gesagt, dass es zu spät für eine Behandlung wäre, dann sind sie nach Mexiko gegangen, haben dieses Kräuterzeug genommen –«

»Amanda!«

»Trink deinen Saft, Mom. Wir können später darüber reden. Ich zeige dir die Artikel.«

»Ich will nicht später darüber reden. Ich habe es dir erklärt. Mein Arzt ist derselben Meinung. Keine Behandlung. Vielleicht ist es besser so, Liebes.«

Amanda wandte sich ab und begann, irgendetwas in einen Topf auf dem Herd zu schmeißen. Haferflocken?

»Amanda. Bitte. Ich bin nicht hungrig. Komm her und setz dich, und wir reden über alles.«

Amanda warf den Kochlöffel ins Spülbecken. Mit einem zornigen Gesicht drehte sie sich zu ihrer Mutter um.

»Was willst du denn dagegen tun? Vögeln? Super Methode.«

Blair wandte sich ab und sank auf einen Stuhl am Esstisch.

»Setz dich«, wiederholte sie.

Amanda kam aus der Küche und ließ sich auf den

Stuhl ihrer Mutter gegenüber fallen. Blair sah, dass sie weinte.

»Ich weiß auch nicht, wie ich damit umgehen soll«, gab Blair zu. »Ich habe das noch nie gemacht.«

Sie schaute Amanda an, die den Blick senkte. Blair fasste sie am Kinn, hob es ein wenig an und lächelte schief.

»Wir machen es zusammen. Wir schaffen das. Aber ich renne nicht wegen irgendwelcher alternativer Behandlungsmethoden nach Mexiko.«

»Du könntest wenigstens die Artikel lesen«, sagte Amanda mit dünner Stimme.

»Ich glaube nicht, Amanda. Ich glaube, dass die Ärzte in diesem Fall Recht haben.«

»Das habe ich noch nie gehört«, widersprach Amanda und unterdrückte ein Schluchzen. »Jeder bekommt eine Chemotherapie. Oder Bestrahlungen. Oder irgendwas.«

»Nicht bei einem Melanom in fortgeschrittenem Stadium.«

Amanda ließ den Kopf auf die Arme fallen und schluchzte. Blair strich ihr über die Haare. Sie merkte, wie auch ihr die Tränen über die Wangen liefen.

»Wie soll ich dich nur loslassen?«, murmelte sie, doch Amanda weinte so sehr, dass sie es nicht hörte.

Blair kam an diesem Tag später als sonst zur Arbeit und war schon erschöpft, ehe sie überhaupt anfing. Die Müdigkeit wurde von Tag zu Tag schlimmer. Und sie merkte, dass sie Gewicht verlor, schien aber nichts dagegen tun zu können. Sie wollte sich nicht krank melden. Dafür würde noch genug Zeit sein. Und sie konnte nicht ständig zu Hause sein. Sie brauchte die Ablenkung in der Restaurantküche.

Daniel war da und posierte vor dem Spiegel.

»Was machst du denn hier?«, fragte er und drehte sich zu ihr um. »Wenn du nicht im Bett bleibst, hätten sie dich besser im Krankenhaus behalten sollen.«

»Mir geht es gut«, behauptete Blair, obwohl sie an der Art, wie Daniel sie musterte, erkannte, dass sie nicht besonders gut aussah.

»Ich kann heute Abend kochen«, sagte Daniel. »Noch weiß ich, wie das geht.«

»Bring du die Gäste draußen in Stimmung«, sagte Blair.

»Bist du sicher?«

»Bin ich.«

Also beschäftigte sich Daniel vor dem Spiegel weiter mit seiner Frisur.

»Du bist hinreißend«, versicherte sie ihm, als sie an ihm vorbeiging, um sich umzuziehen, und gab ihm einen Klaps auf den Hintern.

»Ich weiß«, erwiderte er. »Jeder Mann in San Francisco ist scharf auf mich.« Er drehte sich um und gab ihr einen Kuss auf die Wange.

»Warum hast du keinen Freund, Daniel? Warum bist du nicht total verliebt in einen blendend aussehenden Typ?«

»Ich glaube nicht an die Liebe«, sagte er. »Wir sind heute Abend ausgebucht. Eine Gruppe von zehn Personen, die ich möglichst abseits von den anderen hinten in der Ecke platziert habe. Rianne hat gesagt, dass sie zu verkatert zum Arbeiten ist, ich hab ihr empfohlen, eine von ihren Wunderpillen zu nehmen, also rechne mit dem Schlimmsten.«

Er war bereits halb durch die Küchentür verschwunden, auf dem Weg zur Bar, wo er gerne alles vorbereitete, auch wenn der Barkeeper noch nicht da war.

»Warum glaubst du nicht an die Liebe?«, rief Blair ihm nach.

»Reine Zeitverschwendung«, murmelte er.

Blair folgte ihm ins Restaurant. Sie hatte zwar genug zu tun, doch so eine Unterhaltung hatte sie mit Daniel noch nie geführt. Liebe war bisher verbotenes Gelände gewesen, unberührtes Territorium.

»Warum? Wie kann Liebe Zeitverschwendung sein?«

»Was ist los, Mädchen?«, fragte Daniel und sah sie an, das Gesicht ein Ausdruck wütender Verzweiflung. »Hast du dich in diesen Filmtyp verliebt?«

»Nein«, sagte Blair betreten. »Ich denke nur nach, weißt du. Ich war noch nie verliebt. Und da bist du. Mein bester Freund. Und du warst auch noch nie verliebt. Was machen wir falsch?«

»Wir sind perfekt«, sagte Daniel. »Du hast nur einen Knopf vergessen.«

Blair knöpfte die Jacke über ihrem Hemd richtig zu.

»Antworte mir«, forderte sie strenger.

Sie blickte auf und sah, dass Daniel sie mit schief gelegtem Kopf anschaute, einen schmerzlichen Ausdruck im Gesicht.

»Werd jetzt bloß nicht sentimental, Blair. Ich mochte dich viel lieber, als du gesund warst.«

Blair verdrehte die Augen und wandte sich ab.

Sie marschierte zurück in die Küche, wo Philippe sich über die Schokoladensoße beugte und gerade den kleinen Finger in die Masse tauchte.

»Nimm deine Finger da raus«, explodierte Blair.

Er zog den Finger aus der Soße und steckte ihn in den Mund.

»Pass bloß auf – sie hat schlechte Laune«, rief Daniel von draußen.

»Scher dich zum Teufel, Daniel«, schrie Blair wütend.

»Ihr beiden benehmt euch wie ein altes Ehepaar«, stellte Philippe mit einem Schokoladengrinsen fest. »Und die Soße ist göttlich.«

»Hat er Freunde? Hat er überhaupt Sex?«, fragte Blair.

Daniel stieß die Schwingtür auf und warf ihnen einen wütenden Blick zu.

»Das geht euch gar nichts an«, sagte er.

»Ich weiß nichts über dich«, sagte Blair.

»Du weißt alles über mich«, erwiderte Daniel. »Sex bedeutet nichts. Liebe bedeutet nichts.«

»Glaubst du das wirklich?«

»Ich lebe für Sex«, warf Philippe ein. »Sex und Schokolade.«

»Halt den Mund«, sagten Blair und Daniel gleichzeitig.

»Puh. Keine Ahnung, was zwischen euch los ist, aber haltet mich da raus.« Philippe tänzelte an Daniel vorbei ins Restaurant, um die Tische für den Abend einzudecken.

Blair und Daniel starrten einander an.

»Ich mag den Filmtyp«, sagte Blair schließlich. »Blöd, oder? Ich meine, wozu soll das gut sein?«

»Zu nichts«, sagte Daniel.

»Genau«, bekräftigte Blair achselzuckend. »Hab ich's doch gewusst.«

»Und ich hasse den Gedanken, dass dir jemand wehtun könnte.«

Sie lächelte ihn an und tätschelte seinen Arm. »Verlieben wir uns deshalb nicht?«, fragte sie.

Daniel zog sie an sich und umarmte sie. Das hat er noch nie getan, dachte Blair. Doch genauso schnell ließ er sie wieder los und strich seinen Kragen glatt.

»Machst du heute Abend das Thunfischtatar?«, fragte er.

Mit weit aufgerissenen Augen sah sie ihn an. »Oh, mein Gott. Der Thunfisch ist bestimmt schlecht geworden.«

»Ich habe es gemacht«, sagte Daniel. »Alle waren begeistert.« Er wandte sich ab und richtete den Blick ins Restaurant. »Ich habe eine frische Ladung für dich bestellt. Sie ist im Kühlschrank.«

»Danke«, sagte Blair lächelnd.

Sie öffnete den Kühlschrank, fand den Thunfisch und war froh, eine zweite Chance zu bekommen. Das würde sie von allem ablenken.

Bis Philippe auf der Suche nach Servietten in die Küche stürmte und herausplatzte: »Ich habe gehört, du stehst auf den Filmtyp?«

»Du kannst mich mal«, rief Blair in Richtung Restaurant.

»Geht nicht, Schätzchen«, rief Philippe. »Ich bin schwul.«

»Ich hasse ihn«, murmelte Blair.

»Erzähl mir von dem Filmtyp«, forderte Philippe sie auf, der jetzt, die Servietten in der Hand, strahlend auf dem Küchentresen hockte.

»Erzähl du mir was«, sagte Blair. »Was weißt du über ihn?«

»Alles«, sagte Philippe eilfertig. »In der *Premiere* war letzten Monat ein Bericht über ihn. Er ist mit einer Schönheit verheiratet. Nicht, dass du keine Schönheit bist. Naja, eigentlich bist du ja keine Schönheit. Aber interessant.«

»Ich habe nicht nach mir gefragt«, sagte Blair. Sie holte eine Schüssel und begann an dem Thunfischtatar zu arbeiten.

»Willst du etwas über die Frau wissen?«

»Exfrau.«

»Vielleicht. Vielleicht auch nicht.«

Sie warf Philippe, der völlig entzückt von dieser Geschichte war, einen Blick zu. »Was soll das heißen?«

»Sie hat ihm den Laufpass gegeben. Er trauert und kann ohne sie nicht arbeiten.«

»Woher willst du das wissen?«

»Alle reden darüber. Mon dieu, Blair. Er ist verdammt berühmt.«

»Stimmt. Also liebt er seine Frau. Was weißt du noch?«

»Er saß an dem Drehbuch zu *The Geography of Love*. Mittendrin ist seine Frau abgehauen. Er hinterher. Als er auf die Straße kam, war sie verschwunden und wurde nie wieder gesehen. Sein Leben ist besser als jeder Film.«

»Vielleicht hat er sie ja gefunden.«

»Wenn das so ist, dann ›au revoir, Blair‹.«

»Nicht unbedingt.«

»Wir sprechen über die Liebe seines Lebens. Der Mann ist für über ein Jahr in den Bergen verschwunden, nachdem sie weg war.«

»Drei Monate.«

»Schreibt er wieder?«

»Keine Ahnung.«

»Glaub mir, wenn er seine Frau gefunden hat, wird er wieder anfangen zu schreiben.«

»Nicht unbedingt.«

»Blair, du träumst. Er ist Hollywood. Du bist Haight. Dazwischen liegen ungefähr eine Million Meilen.«

»Philippe!«, rief Daniel aus dem Restaurant. »Willst du die ganze Nacht tratschen oder arbeiten?«

Philippe hüpfte vom Tresen und gab Blair ein Küsschen auf die Wange.

»Viel Glück, Chérie«, sagte er. »Du wirst es brauchen.« Er setzte sich in Richtung Restaurant in Bewegung.

»Wenn du alles weißt«, rief Blair ihm nach, »sag mir nur eins.«

Philippe kam zurück.

»Warum ist Luke Bellingham so berühmt? Was macht seine Filme so gut?«

»Er kennt sich mit der Liebe aus«, sagte Philippe augenzwinkernd.

Als die Videothek am nächsten Morgen öffnete, war Blair schon da. Sie fand *Pescadero* – seine anderen beiden Filme waren ausgeliehen.

»Klasse Film«, versicherte ihr der Angestellte.

»Ja, das habe ich auch gehört«, murmelte Blair.

Sie bezahlte, packte das Video in ihren Rucksack und machte sich auf den Heimweg.

Jeder Knochen in ihrem Körper schmerzte vor Müdigkeit. Verdammte Krankheit, dachte sie.

Es war ein nebliger Sonntag, und sie wollte nichts anderes, als sich in ihrem Häuschen einigeln und den Film anschauen. Amanda war in der Bibliothek und arbeitete an einem Geschichtsreferat, sodass sie das Haus eine Weile für sich allein hatte. Unterwegs kaufte sie sich in einer Bäckerei ein Croissant, dachte dabei an Luke in ihrem Bett und beschloss: Eines Tages werde ich mit ihm im Bett frühstücken. So oder so.

Zu Hause legte sie die Kassette ein, zog sich aus, machte es sich im Bett gemütlich, knabberte an ihrem Croissant und lächelte, als sie den Vorspann sah. Drehbuch: Luke Bellingham. Mein Filmtyp? Lächerlich. Luke Bellingham zu Highschoolzeiten, mit dem sandblonden Haar, das ihm über ein Auge fiel, dem schiefen Lächeln, dem langen, schlaksigen Körper, eine schnatternde Schar Mädchen um sich versammelt? Oder Luke Bellingham in meinem Bett, breiter geworden, die Haare zurückgekämmt, mit diesen Augen, die so intensiv in meine blicken?

Rede mit mir, bevor du *Pescadero* anschaust, hatte er zu ihr gesagt. Warum?

Sie hörte, wie die Haustür aufging und wieder ins Schloss fiel.

»Amanda?«, rief sie.

Ihre Schlafzimmertür öffnete sich, und Casey stand vor ihr. Mit einem Joint in der Hand.

»Mistkerl«, sagte sie. »Ich hab dir doch gesagt, du sollst nicht einfach hier reinkommen. Du bist mein Vermieter, nicht mein Freund.«

»Beruhige dich«, sagte er. »Nimm einen Zug.«

Blair setzte sich im Bett auf und schaltete mit der Fernbedienung den Videorecorder aus.

»Nein, danke«, lehnte sie ab. »Verzieh dich. Verschwinde. Ich stehe dir nicht zur Verfügung. Weder tagsüber noch nachts.«

»Wie geht es dir?«, fragte er, zog an seinem Joint und rührte sich nicht vom Fleck.

»Hörst du mir überhaupt zu?«

»Du siehst besser aus. Als du aus dem Krankenhaus gekommen bist, hast du beschissen ausgesehen. Weißt du, dass man sagt, Gras sei gut bei Chemo?«

»Ich mache keine Chemo«, schrie Blair. »Mach, dass du hier rauskommst. Du bist in meinem Haus.«

»Es ist mein Haus«, sagte Casey. »Aber du kannst so lange hier wohnen, wie du willst. Was wird Amanda machen, wenn du stirbst?«

Blair schlug die Decke zurück und stand auf.

»Du bist nackt!«, rief Casey überrascht aus. »Du hast auf mich gewartet!«

Und nackt begann sie, ihn rückwärts in Richtung Tür zu stoßen.

»Ich rufe die Polizei. Ich kaufe mir eine Waffe. Ich will nicht, dass du hier einfach reinkommst. Ich werde nicht mehr mit dir schlafen.«

Endlich war er an der Haustür. Sie schubste ihn ein letztes Mal, knallte die Tür zu und schloss ab. Atemlos lehnte sie sich gegen die Wand.

»Nur noch ein einziges Mal, den guten alten Zeiten zuliebe«, hörte sie Casey von der Veranda rufen.

Sie rutschte zu Boden. So viel zu Frühstück im Bett mit dem Film von Luke Bellingham.

Sie zog sich etwas an, machte sich eine Tasse Kaffee, aß das Croissant auf, beschloss, es noch einmal zu versuchen, ging wieder ins Bett und schaltete den Videorecorder ein.

Die erste Szene zeigte eine Stadt am Meer bei Nacht, alles lag in einem blauschwarzen Licht, der Himmel war dunkel wie Kohle. Die Kamera war auf einen langen Streifen weißen Strand gerichtet, dessen Sand im Mondlicht gespenstisch fluoreszierte. Der Ozean dahinter war schwarz, man hörte sein donnerndes Tosen. Eine junge Frau lief allein über den Strand. Sie war unglaublich groß, gertenschlank, eine blonde Schönheit. Seine Frau? Nein, das hätte Philippe erzählt. Vielleicht ist der Mann einfach besessen von diesem Frauentyp, Blair war eben nicht sein Traumtyp.

Und wieder ging die Haustür auf.

»Ich rufe die Polizei«, brüllte Blair. »Ich schwöre. Ein Schritt in dieses Haus und du kriegst einen Tritt in den Hintern.«

»Ich wünsche dir auch einen guten Morgen«, sagte Amanda von der Tür.

»O Gott, entschuldige.« Blair setzte sich auf. »Was machst du denn hier?«

»Ich bin fertig.«

»Unmöglich. Du hast gesagt, es dauert Tage.«

»Ich kann zu Hause arbeiten.«

»Aber wir haben keinen Computer. Wie willst du recherchieren?«

»Ich erfinde was.«

Blair musterte ihre Tochter, die lässig an der Tür lehnte und den Rucksack vor sich hin und her schwang.

»Du kannst nicht jede Minute mit mir verbringen«, sagte Blair.

»Wie fühlst du dich?«, fragte Amanda.

»Gut. Wirklich, Amanda. Geh wieder in die Bibliothek.«

»Ich will nicht. Es ist Sonntag. Ich will mit dir faulenzen.«

»Es könnte sein, dass ich eine lange Zeit krank bin«, sagte Blair. »Du musst dein Leben leben, verstehst du?«

»Oder du bist nur kurz krank. Und was mache ich dann?«

Amanda wandte sich ab.

»Komm her, Liebes.« Blair klopfte neben sich aufs Bett.

In Sekundenschnelle war Amanda bei ihr und schlüpfte unter die Decke neben ihre Mutter.

»Was hat dein neuer Freund getan, dass du so sauer bist?«, fragte sie.

»Mein neuer Freund hat gar nichts getan. Casey hat mich genervt. Und nur zu deiner Information, ich habe keinen neuen Freund.«

»Was schaust du dir da an?«, fragte Amanda.

Ein junger, bärtiger Mann mit langen Haaren, die unter einem Tuch steckten – Blair wusste, dass der Schauspieler bekannt war, kam aber nicht auf seinen Namen –, rannte von hinten auf die schöne, blonde Frau zu. Als sie ihn hörte, drehte sie sich um, ihr Gesicht spiegelte Erschrecken wider. Doch einen Augenblick später küssten sie sich, und die Hände des Mannes berührten sie überall.

»Einen Film«, sagte Blair. »Ich hatte Lust, heute Morgen richtig faul zu sein.«

»*Pescadero*«, sagte Amanda. »Du schaust dir *Pescadero* an?«

»Ich brauche keine dummen Sprüche von meiner sechzehnjährigen Tochter, nur weil ich einen Film angucke, den ein ehemaliger Klassenkamerad von mir gemacht hat.«

»Ich mag ihn nicht.«

»Das hast du bereits erwähnt.«

»Ich mag seine Filme und so –«

»Aber?«

»Ich weiß auch nicht. Soll ich die Klappe halten, damit du gucken kannst?«

»Nein, ich kann den Film auch später sehen.«

»Ich leiste dir Gesellschaft«, sagte Amanda. »Ich will ihn noch mal sehen.«

»Das ist schön«, sagte Blair und schüttelte die Kissen auf, damit beide sich an das Kopfteil anlehnen konnten, um gemeinsam das Video zu schauen.

Sie hörten ein Bellen und ein Klopfen, und Blair sprang aus dem Bett, schaltete Videorecorder und Fernseher aus und raste zur Tür, während Amanda murrend im Bett liegen blieb.

»Hast du vielleicht vergessen, mir zu erzählen, dass er schon hier eingezogen ist?«, fragte sie ihre Mutter.

»Sag nichts«, flüsterte Blair. »Ich meine, von dem Film.«

»Ich hasse ihn«, rief Amanda und knallte die Tür zum Schlafzimmer ihrer Mutter zu, kaum dass Blair im Flur war.

Blair öffnete die Haustür, und Sweetpea stürmte herein. Luke blieb lächelnd auf der Veranda stehen.

»Kein guter Zeitpunkt?«, fragte er.

Blair schüttelte den Kopf.

Luke zuckte immer noch lächelnd die Achseln. »Hast du Gesellschaft?«

»Meine Tochter«, sagte Blair. »Die mich im Moment ein bisschen braucht.«

Luke nickte. »Sie wird dich viel brauchen.«

Blair wandte sich kurz ab, dann sah sie Luke wieder an. »Hör zu«, sagte sie leise. »Morgen früh. Ich meine, wenn du willst. Frühstück im Bett. Und so.«

»Ich will«, sagte Luke.

»Warum?«, fragte Blair. »Ich meine, warum ich?«

»Jeder sollte eine zweite Chance bekommen«, antwortete Luke. »Ich habe dich in der Highschool verpasst. Und habe so lange gebraucht, um dich wiederzufinden.«

Blair verdrehte die Augen.

»Um wie viel Uhr?«

»Acht. Sie geht um halb acht in die Schule.«

»Kann ich euch wirklich nicht zum Lunch einladen?«

»Nein. Geh nach Hause. Geh weg. Mach irgendwas anderes.«

»Ich habe wieder angefangen zu schreiben«, sagte Luke.

Blair sah ihn überrascht an. Sie spürte Schmetterlinge im Bauch. »Wirklich?«

Sie hörten, wie die Schlafzimmertür aufging. Luke beugte sich vor und gab Blair einen hastigen Kuss. »Morgen«, flüsterte er und wandte sich zum Gehen.

»Dein Hund«, rief Blair ihm nach.

»Behalt sie hier«, rief er zurück.

Blair schloss die Tür und drehte sich um, doch der Hund war bereits verschwunden. Sie ging zurück in ihr Schlafzimmer, dessen Tür jetzt offen stand.

Amanda und Sweetpea lagen dicht aneinander gekuschelt in Blairs Bett.

»Habt ihr noch ein Plätzchen für mich?«, fragte Blair.

»Wo ist er?«, fragte Amanda säuerlich.

»Ich habe ihm gesagt, dass wir beschäftigt sind«, erklärte Blair.

»Wirklich?«, fragte Amanda.

»Wirklich. Rück ein Stück.«

Blair quetschte sich zu den beiden aufs Bett. Sweetpea legte ihren Kopf auf Blairs Füße.

»Willst du immer noch den Film mit mir gucken?«, fragte Blair.

Amanda sprang aus dem Bett, schob die Kassette ein und machte es sich wieder neben ihrer Mutter gemütlich.

»Ich liebe dich«, sagte sie, als der Film weiterging.

»Mein süßes Mädchen«, sagte Blair.

»Schhh«, machte Amanda, und sie lehnten sich an die Kissen, um den Film anzuschauen.

Die junge Frau und der Mann am Strand gingen schweigend, Arm in Arm, vom Meer weg zu den Dünen. Der Wind peitschte ihnen ins Gesicht. Die Dünen warfen lange Schatten im Mondlicht, wie riesige Berge aus Sand.

Sie kletterten auf eine Düne und blickten hinab in eine Mulde, die in weitere Dünen eingebettet war.

Lachend rannten sie den Sandberg hinunter und fielen am Fuße der Düne aufeinander.

»Wie alt sind sie?«, fragte Blair mit einem ersten Anflug von Unbehagen. Die Szene kam ihr gleichzeitig vertraut und völlig fremd vor. »Sind das Kinder? Sie sind ungefähr zwanzig, stimmt's?« Blair ließ nicht locker.

»Keine Ahnung. Kann sein. Sei still.«

Sie schauten weiter. Das Paar fing an sich zu lieben. Plötzlich war die Frau schüchtern, unsicher. Der Mann schmeichelte ihr die ganze Zeit, zog sie dabei langsam aus und bedeckte jeden Zentimeter ihrer Haut mit Küssen.

»Irgendwas wird passieren«, sagte Blair, setzte sich aufrecht hin und lehnte sich an das Kopfteil, als wollte sie sich wappnen. Ihr Magen flatterte.

»Ruhe«, sagte Amanda.

Endlich waren beide nackt, und die Frau lag entspannt in den Armen des Mannes. Die Hintergrundmusik – eine jaulende E-Gitarre – übertönte das Rauschen des Ozeans. Und auf der Spitze der Düne standen zwei Männer, die die beiden beobachteten.

»Oh, mein Gott«, sagte Blair.

»Schhh«, machte Amanda wieder.

»Schalt es aus«, sagte Blair.

Amanda sah ihre Mutter an.

»Schalt es aus«, wiederholte Blair. Sie hatte den Blick vom Bildschirm abgewandt.

Amanda griff nach der Fernbedienung und schaltete aus – der Bildschirm wurde schwarz.

»Mom?«

Blair zog die Knie an und schlang die Arme darum.

»Sie wird vergewaltigt, oder? Und er läuft weg?«, fragte Blair mit gepresster Stimme.

»Ja«, nickte Amanda. »Kennst du den Film doch?«

Blair schüttelte den Kopf.

»Mom?«

Blair schaute Amanda an und senkte den Blick dann auf ihre Knie. »Es ist mir passiert.«

Einen Augenblick lang sagten beide kein Wort, dann richtete Blair sich auf. »Ich habe es dir nie erzählt. Das hätte ich tun sollen. Ich wusste nie, wann der richtige Zeitpunkt ist, einer Tochter so eine Geschichte zu erzählen.«

»Du bist vergewaltigt worden?«, fragte Amanda.

Blair legte ihrer Tochter die Hand auf die Schulter.

»O Gott«, sagte Amanda. Ihre Augen schwammen in Tränen. Gleich würden sie überlaufen.

»Ich wollte nicht, dass du es weißt«, sagte Blair. Die Worte schnürten ihr die Brust zusammen – sie musste sie herauspressen. Am liebsten hätte sie geschrien – Luke angeschrien, weil er ihre Geschichte benutzt hatte, ohne sie zu fragen. Warum hatte er das getan? In ihrem Innern war noch ein Schrei, mit dem sie schon so lange lebte – die Wut, die jedes Mal an die Oberfläche kam, wenn sie an jene Nacht zurückdachte. Und plötzlich, völlig unvorbereitet, musste sie tun, was sie all die Jahre nicht geschafft hatte: Sie musste es ihrer Tochter erzählen.

»Ich wollte, dass du stark und unabhängig wirst«, sagte Blair schließlich. »Es ist schwer, erwachsen zu werden, wenn man weiß, wie brutal die Welt sein kann.«

»Mom, du kannst es mir sagen. Ich bin kein Baby mehr.« Doch als Blair Amanda ansah, war ihr Gesicht voller Angst, wie als Kind, wenn sie sich fürchtete und nicht allein in ihrem Zimmer schlafen wollte.

»Das weiß ich, Liebes.«

»Was ist passiert?«

»Das«, sagte Blair und zeigte auf den Fernseher. Sie erinnerte sich an den Strand an der kalifornischen Küste. Es war Abend geworden, die Sonne ging unter, die Luft kühlte sich ab, sie und ihr Freund, Wes, hatten eine Decke aus dem Kofferraum geholt und sich darin eingewickelt. Sie erinnerte sich an die Männer – es waren drei, nicht zwei gewesen –, die sie entdeckt hatten, als sie sich in der Bucht liebten. Sie erinnerte sich an das Lachen dieser grässlichen Männer und an ihre Vorahnung, dass etwas Schreckliches passieren würde.

Amanda starrte den schwarzen Bildschirm an.

»Du meinst, er wusste davon? Luke Bellingham?«

Blair nickte. »Die ganze Stadt wusste es. Es war keine besonders große Stadt. Und niemand behält dort ein Geheimnis für sich.«

»Er hat deine Geschichte benutzt?«, fragte Amanda fassungslos.

Mit einem ungläubigen Kopfschütteln zuckte Blair mit den Schultern. Deshalb hatte er erst mit ihr reden wollen. »Wie geht der Film weiter?«

»Die Frau stirbt«, sagte Amanda. »Nicht sofort, aber nach einer Weile. Und der Freund gibt sich die Schuld. Ich meine, weil er weggelaufen ist und so. Ist der Typ, mit dem du zusammen warst, weggelaufen?«

Blair nickte. Er hatte sich seine Jeans geschnappt und war gerannt. War den Weg, der vom Strand wegführte, hinaufgeklettert, weg von Blair, die von dem ersten Mann gepackt wurde, kaum dass sie aufgestanden war.

»Wahnsinn, Mom, *Pescadero* ist deine Geschichte.«

Blair versuchte zu lächeln. »Offensichtlich nicht. Falls du es nicht bemerkt haben solltest, ich sitze hier neben dir.«

»Haben sie dich zusammengeschlagen?«

Blair nickte wieder. Als sie geschrien hatte, hatte einer der Männer sie geschlagen. Immer wieder, jedes Mal, wenn sie ein Geräusch von sich gegeben hatte. Bis sie begriffen hatte, dass es besser war, sie tun zu lassen, was sie wollten, und geschwiegen hatte. »Ziemlich schlimm. Aber mein Körper heilte. Ich war jünger als die Frau im Film. Ich war sechzehn. So alt wie du.«

»Wie konntest du am nächsten Tag zur Schule gehen? Mit deinen Freundinnen oder deinem Freund reden?«

»Ich bin nicht hingegangen. Und mit meinem Freund habe ich nie wieder geredet. Er hat mich ignoriert. Und die anderen waren so gemein, dass ich aufgehört habe, mit ihnen zu reden. Es war, als hätte man mich aus meiner Kindheit herausgerissen, und ich hatte nichts mehr mit ihnen gemeinsam.«

»Haben sie die Typen gekriegt, die es getan haben?«

Blair schüttelte den Kopf. Die Polizei wusste, dass sie mit einem Jungen nackt am Strand gewesen war – vielleicht hatte sie die Männer ja herausgefordert, meinten die Polizisten, bereit für jeden Mann, der vorbeikam. Vielleicht wollte sie ja von drei betrunkenen Kerlen, die auf ein bisschen Spaß aus waren, zusammengeschlagen werden. Vielleicht war sie ein Mädchen, mit dem man Spaß haben konnte, mit ihren Prellungen, Schnittwunden und ihrem geschundenen Geschlecht.

»Wenn ich mir also Sorgen um dich mache«, sagte Blair, »weil es spät ist und du noch nicht zu Hause bist, dann weißt du, warum.«

»Ich bin vorsichtig«, versprach Amanda.

»Das war ich auch«, sagte Blair.

Sie war sehr vorsichtig mit ihrem Herzen umgegangen. Wes war ihr erster Freund gewesen, und sie waren richtige Freunde geworden. Auch er war Stipendiat, allerdings einer, der sich in der Welt der Reese Academy bewegen konnte. Als er sie das erste Mal küsste, erlaubte sie sich, ihn zu lieben, wusste, dass es etwas ganz anderes war als alles, was sie bis dahin kennen gelernt hatte. Sie hatten sich schon zweimal in der Bucht geliebt, an anderen Abenden, wenn sie sich von ihren Familien und den Hausaufgaben davongestohlen hatten – und Blair hatte gedacht, ja, das ist Sex, das ist Liebe. Bis die Männer sie fanden – und Wes davonlief.

»Hast du deshalb nie einen Freund?«

»Nein. Vielleicht. Wer weiß? Ich habe anscheinend nicht viel Vertrauen in die Welt. Deshalb habe ich es dir nie erzählt. Ich will, dass du an eine bessere Welt glaubst.«

»Bist du sauer auf Luke Bellingham?«

»Ich weiß es nicht. Ich muss darüber nachdenken.«

»Vielleicht hat er dich ja schon immer gemocht.«

»Nein. Die ganze Stadt war nur neugierig, was passiert war. Es war ein Geheimnis. Mehr nicht.«

»Was ist mit dem Jungen passiert, der weggelaufen ist? Deinem Freund?«

Blair zuckte die Achseln. Sie war ihm im Foyer in der Schule begegnet – er hatte weggeschaut, sie nicht mehr beachtet. Er hasste sie, als wäre es irgendwie ihre Schuld. Sie war nicht entkommen wie er. Sie konnte sich kaum an seine Zärtlichkeit erinnern, seine süße junge Liebe, durch die sie sich von Anfang an zu ihm hingezogen gefühlt hatte. »Er hat nicht einmal Hilfe geholt. Den Polizisten hat er erzählt, er hätte gedacht, die Typen wären hinter ihm her. Deshalb ist er weggerannt und hat sich eine Stunde oder so auf dem Klo auf dem Parkplatz versteckt. In der Schule sickerte durch, dass er weggelaufen ist. Vielleicht haben die Kids ihm das Leben zur Hölle gemacht. Keine Ahnung. Es war mir egal. Er hat ein Jahr später die Schule verlassen und woanders neu angefangen, vermute ich.«

»Wolltest du ihn umbringen?«

Blair schüttelte den Kopf. »Ich war lange Zeit wie betäubt. Es ist die Hölle, Amanda. Eine Vergewaltigung ist die schlimmste Art von Gewalt, die man sich vorstellen kann.«

»Wenn du vorspulst«, sagte Blair schließlich, »schaue ich mir den Rest des Films mit dir an.«

Amanda sah zu ihrer Mutter auf. »Wirklich?«

»Vielleicht will ich mich nicht unbedingt sterben sehen, aber der Rest ist in Ordnung.«

Und so sahen sie zusammen *Pescadero* an, Lukes Geschichte über einen Mann, der wegläuft, als seine Freundin vergewaltigt wird, und der den Rest seines Lebens versucht, einen Weg zu finden, mit seiner Schuld zu leben.

»Er hätte mir nicht helfen können«, sagte Blair am Ende. »Mein Freund, meine ich. Wenn er geblieben wäre und gekämpft hätte. Sie waren zu dritt und viel stärker als er.«

»Er hätte es versuchen können«, sagte Amanda.

»Nein«, widersprach Blair. »Er hat sich selbst gerettet. Er war erst siebzehn – mehr konnte er nicht tun.«

»Luke Bellingham findet, der Junge hätte dich retten müssen«, sagte Amanda.

Blair sah sie überrascht an. »Du hast Recht«, sagte sie und dachte daran, wie Luke in der Klinik neben ihrem Bett gesessen und gewartet hatte, dass sie aufwachte. »Du bist so klug«, sagte sie, legte den Arm um ihre Tochter und zog sie an sich.

»Es tut mir Leid, dass dir das passiert ist«, sagte Amanda, den Kopf an die Schulter ihrer Mutter gelehnt. »Und du warst so jung.«

»Ja, das war ich«, sagte Blair und nahm sie in die Arme. »Es tut mir Leid, dass dies hier mit dir geschieht.«

Kapitel 6

Luke setzte sich an seinen Schreibtisch und las, was er mitten in der Nacht geschrieben hatte. Es war die Hälfte einer Geschichte über einen Mann, der allein in den Bergen lebt, nur die Stammgäste in der Dorfkneipe sieht, mit deren Wirtin er sich anfreundet. Sie will mehr von ihm, als er zu geben bereit ist. Eines Abends taucht ihre Tochter auf, eine sechzehnjährige Schönheit, setzt sich an einen Tisch, macht ihre Hausaufgaben und bittet den Mann, ihr bei ihren Matheaufgaben zu helfen. Er tut es, sitzt dicht neben ihr und riecht das Kokosnusssonnenöl auf ihrer Haut – sie surft und hatte den Nachmittag am Meer verbracht. Bei diesem Geruch fällt ihm seine eigene Jugend wieder ein, seine glücklichen und unbeschwerten Tage. An diesem Abend lädt ihn die Wirtin zu sich nach Hause ein – er lehnt ab. Und am nächsten Morgen steht die sechzehnjährige Tochter vor seiner Tür. Er schläft mit ihr.

Wird er am nächsten Abend wieder in die Kneipe gehen? Das würde Luke sich später überlegen. Aber er war zufrieden mit sich, weil er zum ersten Mal seit Monaten wieder schrieb.

Warum hatte er diese Geschichte geschrieben?

Natürlich ging ihm das Verhältnis zu Blair und Amanda durch den Kopf. Er fühlte sich nicht zu Amanda hingezogen – im Gegensatz zu anderen Männern hatte es ihn nie nach jungen Mädchen gelüstet. Doch sie war da, lebte mit ihrer Mutter in diesem winzigen Haus, und jede der beiden Frauen war auf ihre Weise anziehend. Er würde keine Gelüste zulassen, sondern stattdessen eine Geschichte schreiben. Würde sich nicht in Schwierigkeiten bringen.

Er hatte den ganzen Nachmittag Zeit zum Nichtstun. Vielleicht sollte er zurück in die Berge fahren, wo er seine Werkstatt hatte. Er war gerade dabei, einen Tisch für draußen zu bauen, an dem er allein mit Sweetpea essen konnte. Vielleicht sollte er dieses Geisterhaus verlassen und an den Ort zurückkehren, an dem er vergessen konnte.

Er dachte wieder über die Kurzgeschichte nach. Vielleicht hat der Mann bereits ein Verhältnis mit der Wirtin – und die Tochter verführt ihn. Oder er sie – lass ihn mit seinen Dämonen kämpfen. Lass die Wirtin jemanden sein, für den er etwas empfindet – dann ist das, was er tut, von Bedeutung. Wer ist der Mann, der mit dem Mädchen schlafen will? Konnte Luke seinen Charakter erfinden, in seine Haut schlüpfen, eine Weile mit ihm leben und leiden?

Er würde die Geschichte schreiben, vielleicht eignete sie sich für ein Drehbuch. Vielleicht würde er sie auch einfach als Geschichte stehen lassen. Vor Jahren hatte er Kurzgeschichten geschrieben, ehe er Emily traf, ehe er mit *Pescadero* den Geschmack des Erfolgs kennen lernte.

Er trommelte mit den Fingern auf die Schreibtischplatte. Schließlich griff er nach dem Telefon und rief Mr. Gray Healy an.

Die Frau hob ab.

»Hallo?«

»Kann ich bitte Gray sprechen?«

»Wer ist da bitte?«

»Ein alter Schulfreund. Peter. Peter Bullock.«

»Ich kenne Sie nicht.«

»Ich war im Ausland.«

»Ach so. Also, Gray ist nicht da. Er ist weggefahren. Für länger.«

»Kann ich ihn irgendwo erreichen? Es wäre Klasse, ihn nach so vielen Jahren wiederzusehen.«

»Nein. Tut mir Leid. Ich kann Ihnen nicht helfen. Ich werde ihm sagen, dass Sie angerufen haben.«

»Dann sehen Sie ihn irgendwann?«

»Nein. Ich meine, ja, wenn er wiederkommt. Geben Sie mir Ihre Nummer, und er wird zurückrufen.«

»Nein, ich bin zu viel unterwegs. Ich rufe wieder an. Wann glauben Sie, wird er zurück sein?«

»Das kann ich Ihnen nicht sagen, Peter. Rufen Sie im nächsten Leben wieder an, okay?«

Und sie legte auf.

Luke tippte in seinen Computer: Mann findet seine Frau mit einem anderen im Bett, bringt sie beide um. Ende.

Er stieß sich vom Schreibtisch ab. Plötzlich wollte er nur noch das Haus verlassen.

Als er in seinem Truck saß, wusste er nicht, wohin er fahren sollte.

Sonntagnachmittag. Früher hätten sie Dana besucht. Die einzigen Schwestern, die so lebten, als schliefen sie noch in einem Zimmer, in Doppelbetten mit gleichen Bettdecken. Nur dass Dana jetzt einen Ehemann hatte und ein Baby erwartete.

Eine Szene fiel Luke ein: Er und Emily eines Morgens im Bett. Sie hatten miteinander geschlafen, hatten sich Zeit gelassen, Sweetpea ignoriert, die ihre Nase über die Bettkante steckte und gefüttert werden wollte. Nachher wollte Luke in Emilys Armen wieder einschlafen, doch sie hatte gewispert: »Gib Sweetpea etwas zu fressen, damit sie uns in Ruhe lässt.« Luke war nach unten getapst, hatte die Schüssel für den Hund gefüllt und Sweetpea in den Garten hinausgelassen. Er war glücklich, faul und bereit, wieder ins Bett zu fallen und sich an seine schlafende Frau zu kuscheln. Als er ins Schlafzimmer zurückgekommen war, hatte Emily im Bett gesessen, die Decke unters Kinn gezogen und mit Dana telefoniert.

Er hatte sich seltsam betrogen gefühlt. Einen Augenblick lang hatte er ihr zugesehen. Das ist meine Zeit mit ihr, war ihm durch den Kopf gegangen. Als sie aufgelegt hatte, war er entschlossen gewesen, nicht eifersüchtig zu sein – Dana war schließlich ihre Schwester und kein Liebhaber –, aber er hatte sich mürrisch angezogen, hatte sich einen Kaffee gekocht, ihn mit in sein Arbeitszimmer genommen und angefangen zu schreiben.

Natürlich brauchte seine Frau mehr, als er ihr bieten konnte. Eine Schwester. Einen Liebhaber.

Luke lenkte den Wagen in Richtung Pacific Heights. Er würde Dana einen Besuch abstatten. Vielleicht war ja das verliebte Paar auch da, sie tranken Martinis und erzählten sich die neuesten Schauergeschichten.

Stell dir vor, dieser Mistkerl hat Grays Frau Blumen gebracht.

Naja, so ist Gray wenigstens aus dem Haus gekommen – oder, Liebes?

Und was würde er tun, wenn sie dort war? Er hatte immer noch keine Ahnung – schaffte es nicht, über die erste Szene seines eigenen verdammten Drehbuchs hinauszukommen. Ehemann sucht seine Frau.

Er parkte und lief den Hügel hinauf, sah Dana vor ihrer Haustür, wie sie gerade aufschloss, die Einkaufstasche auf der Hüfte.

»Dana«, rief er.

Sie wandte sich zu ihm um, lächelte, zuckte die Achseln, öffnete die Tür, betrat das Haus und zog die Tür hinter sich zu. War Emily da? Er blickte sich suchend nach ihrem Wagen, einem gelben Miata, um. Nichts zu sehen. Kein schwarzer BMW parkte am Straßenrand.

Er marschierte zu Danas Haus und klingelte.

Niemand öffnete.

»Mach die verdammte Tür auf!«, schrie er.

Die gesamte Nachbarschaft schien den Atem anzuhalten – Gott, ist das ruhig hier an einem Sonntagnachmittag, dachte er.

»Dana! Mach die verdammte Tür auf!«

Er presste den Daumen auf den Klingelknopf und ließ nicht los, spürte die Vibrationen wie einen elektrischen Schlag in seinem Arm.

Endlich flog die Tür auf, Dana stand vor ihm, die Hände in die Hüften gestemmt, und funkelte ihn wütend an.

»Geh nach Hause. Geh weg. Lass uns in Ruhe.«

»Ich habe sie gefunden«, sagte Luke. »Tu mir das nicht an, Dana. Ich weiß, wo sie ist, warum sie mich verlassen hat. Sag ihr, sie soll mit mir reden. Sag ihr, ich will nur mit ihr reden.«

Danas Gesicht wurde weicher. »Ich werd's ihr sagen«, versprach sie.

Luke drehte sich um und ging die Treppe hinunter. Er hörte, wie die Haustür zugezogen wurde. Er lief immer weiter, an seinem Truck vorbei, in Richtung

Hafen. Er wünschte, Sweetpea wäre an seiner Seite. Er lief so weit er konnte, bis an den Rand der Bucht, wo er sich hinsetzte und den wenigen tapferen Seglern und Windsurfern im Nebel auf dem Wasser zuschaute, bis seine Arme und Füße taub vor Kälte waren.

***

Irgendwann, mitten in der Nacht, wachte Luke auf, streckte den Arm zur anderen Seite des Bettes aus, als wäre Emily nur ein bisschen weggerutscht. Sie hatten immer eng umschlungen geschlafen, sich gleichzeitig umgedreht. Es hatte so lange gedauert, bis er gelernt hatte, wieder allein zu schlafen. Und jetzt vergaß er es wieder.

Zwanzig nach drei. Er zog eine Jeans an und streifte ein Flanellhemd über, stieg in seinen Truck und fuhr nach Noe Valley. In der Nähe des Hauses war kein Parkplatz frei, deshalb fuhr er immer wieder um den Block, wobei er jedes Mal, wenn er am Haus vorbeikam, die Geschwindigkeit drosselte. Die limonenfarbenen Vorhänge waren zugezogen, es brannte kein Licht. Natürlich.

Eine Szene fiel ihm ein: Emily kam entmutigt von einem Treffen mit einem Kunden nach Hause. Er stand an der Tür zu ihrem Atelier und sah zu, wie sie ihre Mappe neben dem Zeichentisch auf den Boden fallen ließ. »Meine Arbeit hat ihnen nicht gefallen. Ich muss noch mal von vorne anfangen.«

»Du bist gut«, tröstete Luke sie. »Dir wird genau das Richtige für sie einfallen.«

»Für dich ist es so leicht«, presste Emily leise heraus, als sollte Luke es nicht hören.

»Es ist nicht leicht für mich«, widersprach Luke. »Ich arbeite verdammt hart.«

»Ich kann es nicht«, sagte sie schließlich und fing an zu weinen. »Ich kriege es nicht so hin, wie sie es wollen.«

»Lass es«, sagte Luke. »Sag ihnen, du willst den Auftrag nicht.«

Emily starrte ihn mit dunklen Augen an. Er erinnerte sich an den Blick, er war beinahe hasserfüllt gewesen. Dafür, dass er erfolgreich war? Dass er das Leben schuf, das sie sich erträumt hatten?

»Vielleicht bin ich einfach nicht gut genug«, sagte sie.

»Wofür?«

»Für dich.«

»Emily.« Er ging auf sie zu, wollte sie in den Arm nehmen.

Sie wandte sich von ihm ab.

»Ich bete dich an«, sagte er dicht hinter ihrem Rücken, die Arme ruhig an den Seiten herabhängend.

»Das weiß ich«, sagte sie. Doch sie drehte sich nicht um, und schließlich ging er und schloss die Tür hinter sich.

Luke saß um drei Uhr morgens in seinem Truck und fragte sich, was das für eine Liebe war, die den anderen fliehen ließ.

Eine Viertelstunde später ging im Nachbarhaus das Licht an. Ein Gesicht erschien am Fenster und schaute zu ihm herüber. Er fuhr davon, um zu vermeiden, dass die Polizei einen Anruf wegen eines verzweifelten Ehemanns erhielt, der versuchte, seine Frau aus den Armen eines anderen Mannes zu locken.

Wieder zu Hause, setzte er sich an seinen Computer und öffnete das Dokument mit seiner neuen Kurzgeschichte. Der Mann schläft mit dem Mädchen. Ehe sie seine Hütte verlässt, bittet sie ihn, am Abend in die Bar zu kommen. Unbekümmert tut er es. Er fühlt sich unverwundbar, wie ein Kind, das mit allem davonkommen kann.

Die Wirtin weiß Bescheid. Ihre Tochter hat es ihr erzählt, um sie damit zu verletzen. Eine Weile ignoriert sie ihn, knallt ihm seinen Drink vor die Nase, macht bissige Bemerkungen über ihn vor den anderen Stammgästen. Doch dann geschieht etwas – etwas, das ihn zwingt, sie anzusehen.

Luke hörte auf zu schreiben und starrte auf den Bildschirm. Ich hasse diesen Bastard, dachte er. Ich muss tiefer gehen, herausfinden, was den Mann in die Arme einer Sechzehnjährigen treibt. Vielleicht die Erinnerung an seine eigene unbeschwerte Jugend, seine glorreichen Tage. Der Mann hat ein Bild von sich als junger, hübscher Bursche in einem Leben voller junger Mädchen. Für den Augenblick kann er seine noch nicht lange zurückliegende Scheidung vergessen, sein Versagen im Beruf, seinen Wunsch, aus diesem Leben zu scheiden. Er ist jemand geworden, der er früher einmal war.

Vermisste Luke seine glorreichen Tage? Das ist absurd, dachte er. Er hatte seine glorreiche Zeit mit Emily gehabt, mit seinem beruflichen Erfolg. Aber warum fühlte er dann bei Blair etwas, das ihm so lange gefehlt hatte?

Luke schob den Stuhl zurück und rieb sich die Augen. Vielleicht sollte er etwas schreiben, das nicht so unmittelbar mit seinem eigenen Leben zu tun hatte, etwas, das nicht so viel von ihm forderte. Er könnte seine Fans mit einem Science-Fiction-Thriller überraschen oder einer Neuauflage des guten alten Westerns. Er könnte unter einem Pseudonym Drehbücher zu Pornofilmen schreiben. Oder er könnte sich wieder in die Wälder verziehen und für die nächsten Jahre Möbel schreinern.

Endlich schlief er für zwei Stunden ein und wachte gerade noch rechtzeitig auf, um zu duschen, sich anzuziehen und nach Haight zu rasen. Mit frischen Croissants in der Hand klopfte er vorsichtig an die Tür von Blairs Cottage. Er hörte Sweetpea bellen und war froh, dass sie Blairs Beschützerin war, an einem Ort, der so nah an gefährlichere Gegenden grenzte.

Die Tür ging auf, Sweetpea raste raus und wieder rein. Mit einem seltsamen Lächeln auf dem Gesicht stand Blair an der Tür.

»Guten Morgen«, sagte Luke unsicher.

»Du bist tatsächlich da«, staunte sie.

»Überrascht dich das?«

»Ich habe nicht besonders gut geschlafen. Gegen Morgen war ich so weit, dass ich dachte, ich hätte dich erfunden.«

»Warum konntest du nicht schlafen?«

»Schlechte Träume.«

Blair sah ihn mit schief gelegtem Kopf an. Er wartete.

»Ich habe geträumt, ich wäre in einem Film. An einem Strand. Das Verrückte war nur, dass ich die Dinge, die mir im Film passiert sind, wirklich erlebt habe.«

Luke spürte, wie sich sein Magen zusammenkrampfte. Er musterte ihr Gesicht. Ihre Augen bohrten sich in seine, beobachteten seine Reaktion.

»Bist du wütend auf mich?«, fragte er.

Sie hob die Augenbrauen. »Es ist hart, das noch einmal zu durchleben.«

»Ich wusste nie genau, was geschehen ist.«

»Ich weiß«, sagte Blair. »Ich bin ja auch nicht gestorben.«

»Das habe ich bemerkt«, sagte Luke. »Es tut mir Leid, Blair. Deine Geschichte zu benutzen war unfair.«

Sie schüttelte den Kopf. »Ich weiß nicht. Es ist auch interessant. Du hast mein Leben erfunden.«

»Nein. Du bist immer noch ein Geheimnis. Ich kann nicht mal ansatzweise verstehen, durch welche Hölle du gegangen bist. Ich habe den feigen Weg gewählt. Ich konnte mich nur in den Typ hineinversetzen, der weggelaufen ist.«

»Ich nehme es ihm nicht übel, weißt du.«

»Dann bist du wirklich ein Mysterium.«

»Ich verachte die Typen, die mich vergewaltigt haben. Wes hatte nichts damit zu tun.«

»Ich weiß.«

»Warum hast du diese Geschichte genommen?«

Luke zuckte die Achseln. »Männer sollen ihre Liebsten beschützen. Keine Ahnung – ich war darin mein ganzes Leben lang nicht besonders gut. Meine Mutter ist zusammengebrochen, als mein Vater sie verlassen hat, und ich stand einfach da und habe nichts getan. Mein Vater starb bei einem Segelunfall, ich war nicht da, ich konnte ihn nicht retten.« Luke hielt inne und wandte den Blick ab. »Ich glaube, viele Jungen würden ihre Freundin retten. Und viele würden davonlaufen.«

Blair berührte ganz leicht Lukes Wange und ließ die Hand wieder sinken.

»Darf ich reinkommen?«

Blair trat beiseite und ließ Luke eintreten. Sie schloss die Tür und wandte sich ihm zu.

»Wie fühlst du dich?«, fragte er.

»Tu mir einen Gefallen«, sagte sie. Sie trug ihren

Schlafanzug – ein pinkfarbenes Hemd und Boxershorts mit gelben Blumen. Oder vielleicht war das auch ihre normale Kleidung – er war sich nicht sicher.

»Was immer du willst«, sagte er.

»Lass uns so tun, als wäre ich nicht krank. Nur jetzt – heute Morgen. Ich habe keinen Krebs. Wir haben noch nie davon gehört.«

Er nickte.

»Danke«, sagte sie. Sie nahm ihm die Tüte mit den Croissants ab und suchte nach einem Teller.

»Lass das«, sagte er, griff nach der Tüte und legte sie auf den Tisch. Er fasste sie an den Schultern und zog sie an sich. Sie zögerte, fühlte sich unsicher. Er schlang die Arme um sie – sie erschien ihm winzig – und spürte, wie sie sich fallen ließ und an seine Brust sank.

Er beugte den Kopf und atmete den Geruch ihres Haars ein – es roch fruchtig, nach Orangen- oder Pfirsichshampoo. Er fuhr mit den Fingern durch ihre Haare und vergrub sein Gesicht darin.

Ihre Hände begannen, seinen Rücken zu erforschen, und ihre Berührung gefiel ihm, sie war fest und sicher. Ich will dich kennen lernen, schienen ihre Hände auf seiner Haut zu sagen.

Er löste sich von ihr und schaute sie an, sah ihr offenes Gesicht vor sich und beugte sich hinunter, um ihren Mund mit seinem zu bedecken.

»Bett«, murmelte sie, als er sich von ihr löste, nahm ihn fest an der Hand und führte ihn ins Schlafzimmer.

»Lass mich dich ausziehen«, bat er.

Er zog ihr das Hemd aus, ging in die Knie und küsste ihre Brüste. Er hörte sie stöhnen.

Dann streifte er ihre Boxershorts herunter. Sie hatte eine schmale Taille und breite Hüften – er war entzückt über ihre Kurven, hatte er doch gedacht, sie wäre viel dünner, weniger fraulich.

Er strich mit den Händen über ihre warme Haut. Sie gab ein leises Geräusch von sich, und er sah sie überrascht an. Sie beobachtete ihn.

»Das bin ich nicht gewohnt«, sagte sie leise.

»Was? Sex?«, fragte er.

»Sex schon, aber das hier ist etwas anderes.«

Er lächelte sie an.

»Das ist es, was du verdienst«, sagte er.

Sie schloss die Augen, und er sah, wie sie lächelte, als seine Hände über ihren Körper fuhren.

Er stand auf und begann, sein Hemd aufzuknöpfen.

»Ich bin dran«, sagte sie.

Sie machte einen Knopf nach dem anderen auf und zog mit der Zunge eine Linie seine Brust hinunter.

»Luke Bellingham«, flüsterte sie, »der süßeste Junge in der Schule. Und heute Morgen gehört er mir.«

»Blair Clemens«, sagte Luke, »das geheimnisvolle Mädchen. Und ich darf ihr Geheimnis entdecken.«

Sie hatte ihm die Hose ausgezogen, schlang die Arme um ihn und presste sich an ihn.

»Du bist das Geheimnis«, erklärte sie ihm. »Was hat dich zu mir gebracht?«

»Ich brauche dich«, sagte er, ohne seine eigenen Worte zu begreifen und doch um deren Aufrichtigkeit wissend. Er spürte, wie sich in ihm etwas öffnete, etwas, das lange Zeit fest verschlossen gewesen war.

Eng umschlungen sanken sie aufs Bett, Zungen und Hände erforschten jeden Zentimeter der Haut des anderen.

Schließlich liebten sie sich, lange, langsam und süß, und Luke sah, dass sie Tränen in den Augen hatte.

»Dich könnte ich lieben«, flüsterte er später, als sie erschöpft in seinen Armen lag.

Nachdem sie gefrühstückt, geduscht und einen Spaziergang mit Sweetpea durch die Nachbarschaft gemacht hatten, fuhr Luke nach Hause. Sweetpea ließ er bei Blair.

»Darf ich in dein Restaurant kommen?«, fragte er.

»Ja«, sagte sie erfreut. »Könnte sein, dass du ein paar Autogramme geben musst. Einer der Kellner ist verrückt nach deinen Filmen.«

»Keine Autogramme«, sagte er. »Das ist deine Show. Ich möchte dich so gerne bei der Arbeit sehen.«

»Das geht nicht«, sagte sie. »Daniel würde sterben, wenn irgendjemand seine Küche betreten würde. Aber ich werde für dich kochen. Ich werde dich mästen, und morgen früh werden wir alles wieder abarbeiten.«

»Ich darf morgen früh wiederkommen?«

»Wenn du heute Abend alles aufisst.«

Lächelnd fuhr er nach Hause. Er hatte ihr Pfirsichshampoo benutzt, es gab ihm das Gefühl, ihren Geruch mitzunehmen. Als er in seine Straße einbog, sah er den gelben Miata in der Einfahrt parken. Er blieb abrupt stehen und fuhr erst weiter, als der Mann in dem Wagen hinter ihm auf die Hupe drückte.

Er stellte den Truck neben dem Miata ab und blieb im Wagen sitzen. Darauf hatte er lange gewartet, auf Emily, und jetzt war er unfähig, sich von der Stelle zurühren, die Tür aufzumachen und seine Füße in Bewegung zu setzen.

Er beobachtete, wie der Vorhang im Schlafzimmer sich bewegte – dahinter vermeinte er ihre Haare zu entdecken, diese langen, blonden Haare. Dann schloss sich der Vorhang wieder, und er zitterte.

Er stieß die Wagentür auf und zwang sich auszusteigen.

An der Tür blieb er stehen. Sollte er klopfen? Den Schlüssel benutzen? Und dann ging die Tür auf, Emily stand vor ihm und sah ihn an.

Einen Augenblick lang sagte keiner von beiden etwas. Er sah, dass ihre Haare länger waren, vielleicht auch blonder. Sie trug einen Pullover, den er nicht kannte, einen hellblauen Kaschmirpullover, und er dachte: Den hat Gray Healy für sie gekauft. Ich hätte ihr diesen Pullover kaufen müssen.

Die Jeans kannte er, ihre alten, abgetragenen Levi's. Sie trug schwarze Stiefel, die sie letztes Jahr zusammen in New York gekauft hatten. Sie hatte vergessen, Ohrringe anzulegen – sie hatte immer behauptet, sich ohne ihre Ohrringe nackt zu fühlen.

»Der Bart gefällt mir«, sagte sie schließlich.

Er griff sich ans Kinn, als müsste er sich selbst daran erinnern: Bart, richtig. Ich habe mich verändert in all den Monaten ohne sie.

Er fand keine Worte, obwohl sie sich in seinem Kopf überschlugen, völlig verrückt, er könnte alles Mögliche sagen: Ich liebe dich, ich hasse dich, geh, bleib.

»Wo ist Sweetpea?«, fragte sie nach einer Weile.

»Bei Freunden«, antwortete er.

»Sie fehlt mir«, sagte Emily.

»Du kannst sie nicht haben«, sagte Luke.

»Ich würde auch nicht darum bitten«, erwiderte Emily.

»Warum bist du dann hier?«

»Dana hat gesagt, du willst mit mir reden. Du hast mein Haus gefunden. Ich kann mich nicht verstecken. Ich will es auch gar nicht.« Sie war so ruhig. Doch dann sah er, dass ihre Augen voller Tränen waren.

»Warum bist du dann einfach verschwunden?«

»Es war der einzige Weg für mich, dich zu verlassen«, sagte Emily.

»Was soll das heißen?«

»Du hättest mich überredet zu bleiben.«

»Nein, ich –«

»Doch, Luke. Du konntest mir alles einreden.«

Er stand an der Tür und bemerkte plötzlich, dass er kaum noch Luft bekam. Er fühlte sich, als wäre er viele Meilen gerannt und wäre abrupt stehen geblieben, atemlos.

»Können wir drinnen reden?«, fragte sie.

Er nickte. Sie wandte sich ab und ging den Flur entlang.

Er dachte daran wegzulaufen. Sich umzudrehen, in den Truck zu springen und zu fliehen. Es war der einzige Weg für mich, dich zu verlassen, würde er Jahre später zu ihr sagen.

Er ging ins Haus und machte die Tür hinter sich zu.

Als er den Flur hinunterschaute, war sie verschwunden. War sie überhaupt da gewesen? Hatte er den Dialog für sie geschrieben, ihr Anweisungen für ihren Auftritt gegeben und sie dann aus der Szene gestrichen?

Er wusste, dass sie ins Wohnzimmer gegangen war. Und er stand immer noch da und rang um Atem.

»Kommst du?«, rief sie.

»Ja«, antwortete er und spürte plötzlich, wie sein Körper sich aus der Erstarrung löste. An der Tür zum Wohnzimmer blieb er stehen. Sie lehnte am Fenster, schaute hinaus, als wartete sie darauf, dass er nach Hause käme. Er betrachtete ihr Profil, sah, dass sie die Schultern hochzog. Fror sie? Hatte sie Angst? Kannte er sie immer noch so gut? Oder wusste er gar nichts über sie?

»Wie lange?«, fragte er.

Sie drehte sich nicht um.

»Ich weiß nicht, was du meinst«, sagte sie. Sie hielt ein Glas Wasser in den Händen.

»Wie lange hast du diese Affäre schon?«

»Ich habe dich nicht verlassen, weil ich eine Affäre habe.«

Endlich drehte sie sich um und sah ihn an. Sie blinzelte, als schaute sie in Dunkelheit.

»Das habe ich nicht gefragt. Ich habe gefragt, wie lange du schon eine Affäre mit Gray Healy hast.«

»Ich habe ihn kennen gelernt, kurz bevor ich dich verlassen habe.«

»Wie kurz? Wochen? Tage?« Lukes Stimme wurde lauter. Er ging auf sie zu, und sie schien zusammenzuzucken, auszuweichen. Er hatte sie nie geschlagen – sie glaubte doch hoffentlich nicht, dass er das jetzt tun könnte.

Er setzte sich in die Mitte des Sofas und sah sie an.

»Ist das wichtig?«, fragte sie.

Er antwortete nicht.

Sie kam einen Schritt auf ihn zu und setzte sich schließlich auf den Stuhl ihm gegenüber. In all den Jahren, die sie hier zusammen gelebt hatten, hatte sie nicht ein einziges Mal dort gesessen. Das war der Stuhl für einen Gast. Ihr Platz war neben ihm, an ihn geschmiegt. Sie nippte an dem Wasser.

»Liebst du ihn?«, fragte Luke. Er hatte die Frage nicht stellen wollen, bis sie heraus war. Er wollte sie zurücknehmen, zurückspulen, neu schreiben, anders stellen.

»Nein«, sagte sie schnell.

»Ich weiß nicht, wie man so was macht«, sagte er schließlich. »Ich weiß nicht, was ich wissen will.« Er sah, dass ihr Kinn zitterte, und erinnerte sich daran, wie hemmungslos sie weinen konnte, wenn sie einmal anfing.

»Gray Healy hat nichts damit zu tun«, sagte Emily. Ihre Stimme brach, sie stand auf, entfernte sich ein Stück, kam wieder. »Ich sollte in der Lage sein, dich zu verlassen, ohne in die Arme eines anderen zu laufen«, sagte sie, das Gesicht von Tränen nass, die Stimme unsicher.

»Was soll das heißen?«

Sie antwortete nicht und begann, das Sofa und den Stuhl zu umkreisen.

»Bitte, setz dich doch«, sagte er sanft.

Sie setzte sich wieder ihm gegenüber.

»Ich habe mich wie ein kleines Mädchen in einer Erwachsenenehe gefühlt«, erklärte sie. »Der Altersunterschied war schon schlimm genug, aber dann hast du den großen Wurf gemacht, und ich war immer noch dabei herauszufinden, was ich mit meinem Leben eigentlich anfangen will.«

»Es ist mir egal, ob du Erfolg hast oder nicht«, sagte Luke.

»Mir aber nicht, Luke. Und ich habe keinen. Ich male ein bisschen. Ich gehe ein bisschen fremd. Ich laufe nicht mal richtig weg. Ich habe San Francisco nie verlassen.«

»Du warst die ganze Zeit in dem Haus in Noe Valley?«

Emily nickte. »Weißt du noch, wie du gesagt hast, ich würde keine Preise gewinnen, weil ich bei meiner Kunst kein Risiko eingehe?«

Luke erinnerte sich an den Streit. Er hatte ihr für einen Wettbewerb geholfen, an dem sie teilnehmen wollte – die Kampagne einer Organisation für Aids-

Aufklärung, die Straßenkinder in Haight ansprechen sollte. Sie entwarf lauter Poster, die zu sauber, zu weiß und zu altmodisch waren. Er unterstützte jeden ihrer Versuche, drängte sie, etwas zu probieren, was sie noch nie versucht hatte. Schließlich explodierte sie: »Dir wäre es am liebsten, ich wäre jemand anders.«

»Nein«, hatte Luke widersprochen. »Ich schlage nur vor, dass du wie jemand anders denkst.« Aber selbst damals schon hatte er sich einen Augenblick lang gefragt, ob es vielleicht stimmte, dass er sie sich nicht nur in ihren Gedanken, sondern auch in ihren Taten mutiger wünschte.

Einen Moment lang dachte Luke an Blair, sah sie neben sich im Bett liegen, nachdem sie sich geliebt hatten. Offen erwiderte sie seinen Blick. Er griff nach Emilys Wasserglas und trank einen großen Schluck.

»Ich bin ein Risiko eingegangen«, sagte Emily, und sie wirkte schüchtern dabei, ihre Stimme bebte. »Ich bin ausgezogen. Ich wollte nach New York oder Paris, aber ich hatte solche Angst. Ich konnte mir nicht vorstellen, euch beide, dich und Dana, gleichzeitig zu verlassen. Ich war noch nie allein. Ist das nicht schrecklich? Also habe ich mich in San Francisco versteckt. Und ich habe jede Minute gehasst.«

»Warum?«

Sie zuckte die Achseln. »Am Anfang habe ich das Haus nicht verlassen. Ich dachte, du würdest mich finden. Ich hatte Angst, dass mich jemand sieht und es dir sagt und dass du mir nachkommst.«

Sie sah zu ihm auf, und er erkannte, wie verletzlich sie war.

»Du hast Angst vor mir«, sagte er traurig.

»Ich hatte Angst davor, ohne dich zu sein.«

»Du hattest Gray Healy als Tröster.«

»Ich hatte Gray Healy nicht. Er gehört zu seiner Frau.«

Sie stand auf und begann erneut, das Sofa zu umrunden.

Er wartete. Sie ging zurück zu dem Stuhl und sank darauf nieder.

»Und dann hat Dana mir erzählt, dass du die Stadt verlassen hast. In Richtung Berge. Ich war frei. Ich begann auszugehen – besuchte Kurse, traf mich mit Dana zum Mittagessen. Und ich bin immer wieder hierher gekommen, habe nach dir gerufen, als säßest du an deinem Computer in deinem Arbeitszimmer und würdest in ein paar Minuten herunterkommen und mich in die Arme nehmen.«

»Ich verstehe nicht.«

»Du hast mir gefehlt. Schrecklich. Du hast für mich gesorgt. Ich wollte, dass du aufhörst, für mich zu sorgen, und als du dann nicht hier warst, habe ich mich so verdammt verloren gefühlt.«

Emily senkte den Kopf, und ihre Haare verbargen wie ein Vorhang ihr Gesicht.

Sie wirkte erschöpft. Er dachte daran, wie er sie nach Partys ins Bett gebracht hatte, ihr beim Ausziehen geholfen und sie zugedeckt hatte, neben ihr gelegen und ihren Rücken gestreichelt hatte, bis sie tief eingeschlafen war.

»Ich musste erwachsen werden«, sagte sie, als hätte sie dasselbe Bild vor Augen gehabt. Ein Kind.

Luke schüttelte den Kopf. »Du musstest mich nicht verlassen, um erwachsen zu werden.«

Sie krümmte sich, als hätte er sie geschlagen. »Ich war bei der Premiere von *Geography of Love*. Der Film war brillant – ich wusste, dass er brillant sein würde. Nach einer Weile habe ich angefangen, mir das Publikum anzusehen. Jeder war verblüfft und staunte. Und ich konnte nicht ertragen, was als Nächstes passieren würde – alle würden dich umringen, dich loben, um deine Aufmerksamkeit wetteifern, über das nächste große Projekt reden, und ich würde irgendwo am Rand stehen, dem Zirkus zuschauen und mich unsichtbar fühlen. Es war so leicht für mich zu verschwinden, dass ich dachte, ich versuche es einfach mal – ich würde einfach verschwinden.«

»Ich wollte das alles nicht«, sagte Luke und beugte sich vor. »Emily –«

»Hör mir zu«, unterbrach sie ihn. »Ein einziges Mal.«

Er lehnte sich zurück. Daran erinnerte er sich. Ihre Vorwürfe: Du hörst mir nicht zu, du nimmst mich nicht ernst, du denkst, ich bin ein kleines Mädchen.

»Ich höre zu«, sagte er.

»Vielleicht hast du es nicht gesagt«, sagte sie und klang jetzt ruhiger, »aber ich wusste es besser als du. Wie ich dich enttäuscht habe.«

Er schüttelte den Kopf.

»Dann habe ich eben mich selbst enttäuscht. Ist das wichtig?« Sie warf ihm einen Blick zu und sah gleich wieder weg. »Weißt du, was ich dachte?«, fragte sie. Sie schaute aus dem Fenster – er antwortete ihr nicht. »Ich dachte, wenn ich eine Affäre habe, wenn ich mich davonstehle, in Hotels gehe, mich in dunklen Restaurants verabrede, macht mich das interessanter. Ich habe etwas so Erwachsenes, so Verbotenes getan.« Mit schmerzverzerrtem Gesicht sah sie ihn an. »Ist das nicht traurig?«

»Emily«, sagte er sanft.

Sie wandte sich ab und ging aus dem Zimmer. Er erwartete zu hören, wie die Haustür zuschlug, der Motor des Miata angelassen wurde, das Auto zurücksetzte und davonraste. Er erwartete, sie für immer zu verlieren. Noch einmal.

Doch es blieb ruhig. Schließlich hörte er, wie in der Küche eine Schranktür zufiel.

»Es ist nichts zu essen da«, rief sie. »Nicht ein verdammter Bissen.«

Er rappelte sich auf und ging langsam zu ihr in die Küche. Er hatte das seltsame Gefühl, gleichzeitig Zuschauer und Mitwirkender eines Schauspiels zu sein, das er oder ein anderer schon vor langer Zeit geschrieben hatte. Und jetzt hetzte ein Regisseur die Akteure durch dieses Szenario, egal wie schwer es war. Er dachte an Blair, wie sie eingekuschelt in ihre grüne Samtdecke in ihrem Bett lag, er konnte förmlich den Jasmin riechen, der vor ihrem Fenster wuchs, die üppige Hitze spüren, die ihr Körper ausstrahlte, den Geschmack von Orangen auf ihrer Haut schmecken.

Er lehnte sich an die Tür und beobachtete Emily. Sie riss Schranktüren auf, knallte sie wieder zu, wühlte sich in der Speisekammer durch Schachteln mit Vorräten.

»Wie kannst du hier leben?«, fragte sie. Sie fing an, Schachteln wegzuschmeißen – Zucker, Salz, Mehl, Pfannkuchenteig.

»Ich lebe hier nicht«, erklärte ihr Luke.

Sie hielt inne, eine Tüte Erdnüsse in der Hand, und sah ihn an.

»Warum bist du zurück in die Stadt gekommen?«, fragte sie sanft.

»Ich dachte, ich wäre darüber hinweg«, sagte er. Seine Stimme war ruhig und klang ihm selbst fremd in den Ohren. »Aber es stimmt nicht.«

Sie ließ die Tüte mit Erdnüssen fallen, verfehlte den

Abfalleimer und trat die Tüte durch die Küche, während sie auf ihn zuging.

Er hielt die Arme auf, und sie fiel hinein.

»Es tut mir Leid«, sagte sie, und endlich erlaubte sie sich zu weinen. Er hielt sie lange fest, und sie presste ihr nasses Gesicht an seine Brust. Sein Mund lag an ihrem Ohr. Er küsste es sanft.

Luke machte die Tür zum Café auf, blieb einen Moment stehen, nicht sicher, wo er war und was er hier wollte. Er fühlte sich wie betrunken, als wäre er durch die Straßen gewankt, um hierher zu kommen.

Eine hübsche Kellnerin, mit bloßen Armen und einer Tätowierung, legte ihm die Hand auf den Arm.

»Alles in Ordnung?«, fragte sie.

Er richtete sich ein wenig auf. »Ja«, sagte er. »Mir ist nur ein bisschen heiß, mehr nicht.«

Draußen war es kalt, die Stadt lag in feuchtem Nebel. Sie musterte ihn.

»Sind Sie allein?«, fragte sie.

Er verstand nicht – warum fragte sie? Und dann schaute er an ihr vorbei in das Restaurant und begriff, dass sie die Bedienung war und nur ihren Job machte.

»Ich suche Blair«, sagte er.

»Sie sind der Filmtyp?«, fragte sie mit großen Augen.

Luke zuckte mit den Schultern. »Kann schon sein.«

»Ihr Tisch ist schon fertig«, sagte die Frau eilfertig.

»Nein, ich esse nicht. Ich will nur mit Blair reden. Um ihr zu sagen, dass ich nicht zum Essen bleiben kann.«

Sie sah ihn seltsam an.

»Machen Sie keine Spielchen mit ihr«, sagte sie.

Luke schloss die Augen. »Ich weiß.« Er machte die

Augen wieder auf und sah sie an. Sie musterte ihn argwöhnisch – er war ein Mitglied dieser schrecklichen Spezies Männer geworden.

»Sie kocht«, erklärte die Frau.

»Darf ich zu ihr? Nur einen Augenblick.«

»Daniel wird Sie umbringen.«

»Ich bin gewarnt. Es dauert nur eine Minute.«

»Das sagen sie alle.«

»Wie heißen Sie?«

»Rianne. Machen Sie mich nicht an.«

»Ich mache Sie nicht an«, sagte Luke lächelnd. »Sind Sie eine Freundin von Blair?«

»Jeder liebt Blair.«

»Ich weiß«, sagte Luke. »Oder kann es mir vorstellen.«

»Daniel ist nicht da. Wenn Sie jetzt nach hinten gehen, könnten Sie es überleben. Solange Sie nicht mit Blair vögeln.«

»Danke«, sagte Luke.

Er ging an Rianne vorbei durch das Restaurant. Es war voll, laut, jeder Gast trug Schwarz oder Leder oder beides. Luke kam sich alt und absolut fehl am Platz vor. Ein Kellner musterte ihn abschätzig, als er vorbeiging – er zwinkerte ihm zu, als er sah, dass Luke durch die Schwingtür in die Küche ging. Noch jemand, der Blair liebte.

Sie schaute nicht auf. Mit geröteten Wangen stand sie am Herd und rührte. Er dachte an ihren Körper unter seinem, er über ihr, ihre Augen, die seinen Blick festhielten, ganz genau hinschauten. Er wandte sich ab, wollte gehen, hörte sie nach Luft schnappen.

Er drehte sich um und sah sie an.

»Du hast mich erschreckt«, sagte sie. »Ich habe dich nicht kommen hören. Lukes Geist.«

»Ich könnte die ganze Nacht hier stehen und dir zusehen.«

»Das würde mir gefallen«, sagte sie lächelnd. Ihr ganzes Gesicht war ein Lächeln.

»Mach weiter«, sagte er, weil sie sich nicht bewegte. Der Kochlöffel schwebte über der Pfanne, und die Soße fing bereits an zu brodeln.

Lächelnd begann sie wieder zu rühren.

»Ich habe einen Tisch für dich reserviert.«

»Emily ist wieder da.«

Sie hielt den Kopf gesenkt und arbeitete ruhig weiter, hackte Kräuter, mengte sie in die Soße, probierte, tat mehr Kräuter dazu. Sie ging zur nächsten Flamme, drehte sie kleiner, goss Sahne in den Topf.

Überließ es Luke, etwas zu sagen. »Hör zu, Blair. Ich weiß nicht, was das wird. Ich brauche Zeit, vielleicht ein paar Tage.«

Blair war auf das Kochen konzentriert. Pfeffer in den Topf, ein wenig frisches Basilikum. Probieren. Weiter zur nächsten Flamme.

»Mach, dass du rauskommst.«

»Ich kann sie nicht einfach wegschicken. Wir haben zehn Jahre miteinander verbracht. Ich verstehe es selber nicht. Ich verliebe mich in dich, und meine Frau will –«

Sie sah ihn an. Ihr Gesicht war wutverzerrt. »Mach, dass du hier rauskommst!«, sagte sie lauter.

Luke ging hinaus. Vorbei an Riannes fragendem Gesicht. Er stürmte aus dem Restaurant und stand dann wie erstarrt mitten auf dem Bürgersteig.

Jetzt konnte er nach Hause gehen. Nicht zurück in die Hütte in den Bergen, allein mit dem Hund und seinen dunklen Gedanken, sondern zurück in sein altes Haus auf der Spitze des Potrero Hill, wo Emily auf ihn wartete. Wenn er so lange von diesem Moment geträumt hatte – und das hatte er doch –, warum konnte er sich dann jetzt nicht bewegen? Blair. Er wollte in ihren Armen liegen, in ihrem Bett, und wenn sie miteinander geschlafen hätten, würde er es gleich noch einmal wollen. Nein, das ist nicht gut genug, sagte sich Luke. Das wollen alle Männer. Genau deswegen hatte sein Vater eine Rothaarige für eine Blonde verlassen. Luke hatte sich immer geschworen, dass er etwas anderes wollte – die Ehe, selbst wenn es schwer war, eine feste Bindung, selbst wenn es bedeutete, Opfer zu bringen. Und trotzdem stand er wie gelähmt auf dem Bürgersteig vor Blairs Restaurant, obwohl er doch in sein Auto springen und nach Hause eilen sollte.

Blair stirbt, dachte er. Was für ein Narr musste er sein, sich in eine Frau zu verlieben, die sterben würde? Mit Emily hatte er alles, die letzten zehn Jahre und die kommenden zehn. Zusammen alt werden. Und sie würden es jetzt besser machen – durch die Erfahrungen der letzten drei Monate waren sie beide reifer geworden.

Langsam ging er auf den Miata zu. Er hatte Emilys Wagen genommen – damit fand man leichter einen Parkplatz. Er stieg ein und saß in der Dunkelheit, ohne den Wagen anzulassen. Es roch nach kaltem Zigarettenrauch – Emily rauchte nicht. Er warf einen Blick auf den Tacho. Sie hatte in den wenigen Monaten viele Kilometer zurückgelegt.

Er wusste gar nichts über diese drei Monate. Sie hatte gefragt, ob sie bei ihm bleiben könnte, und er hatte ja gesagt.

Als er nach Hause kam, hatte Emily Abendessen gemacht. Sie hatte Nudeln gefunden und eine Dose Tomaten, aus der sie eine Soße gekocht hatte. Irgendjemand muss ihr das Kochen beigebracht haben, dachte Luke.

Ich gehe von einer Frau, die kocht, zur nächsten, dachte er. Und er stellte sich vor, wie Blair den ganzen Abend kochte, nachdem er gegangen war, fühlte, wie sie sich fühlen musste. Wie hatte er sie so zurücklassen können? Ihm war schlecht, und in seinem Magen hatte sich ein Knoten gebildet.

Er machte eine Flasche Wein auf und goss zwei Gläser ein.

Er holte Teller, Gabeln und Messer, füllte Gläser mit Wasser, ihres ohne Eis, deckte den Tisch an den gewohnten Plätzen, für ihn am Fenster, für sie zu seiner Linken. Er malte sich aus, wie er in Blairs Restaurant zum Abendessen Platz nehmen und der Kellner ihm servieren würde, was Blair gekocht hatte. Er hätte bleiben sollen. Er hätte es Emily sagen sollen. Nein, es war zu spät.

Er malte sich aus, wie Emily in Noe Valley, nur ein paar Meilen entfernt, für Gray Healy den Tisch deckte.

»Hast du das Haus in Noe Valley gemietet?«

»Ich habe dich neulich im Auto um den Block fahren sehen. Du bist verrückt.«

»Bist du deshalb zurückgekommen? Weil man bei einem Mann, der verrückt vor Liebe ist, bleiben sollte?«

»Nein, deshalb nicht.«

»Sag mir, warum«, sagte Luke schließlich und setzte sich müde auf einen Stuhl. Sie reichte ihm seinen Teller mit Nudeln.

»Ich weiß es nicht«, sagte Emily.

»Das reicht mir nicht.«

»Mehr kann ich dir nicht bieten. Ich könnte dir eine Million Gründe nennen: Ich war einsam, du hast mir gefehlt, ich habe Sweetpea vermisst, ich wollte unser Leben wieder haben. Ich bin schwanger.«

Luke sah sie an. Sie schaute ihm direkt in die Augen, ohne zu lächeln. Er ließ den Blick zu ihrem Bauch wandern – der Kaschmirpullover war lang und weit – er konnte nicht sehen, ob ihr Bauch gerundet war.

»Von wem?«, fragte er.

»Von dir«, sagte sie, ohne den Blick von ihm abzuwenden.

»Woher weißt du das?«

»Ich habe nicht mit ihm geschlafen.«

»Nie?«

»Damals. Es ist dein Baby.«

»Woher, verdammt noch mal, willst du das wissen?«, schrie Luke, stand auf und schob heftig den Stuhl zurück.

Emily schloss die Augen und klammerte sich an die Stuhllehne.

»Ich habe damals nicht mit ihm geschlafen«, sagte sie leise. »Ich bin im vierten Monat. Als ich dich vor drei Monaten verlassen habe, wusste ich es noch nicht.«

»Wie soll ich dir glauben?«

»Du musst einfach. Bitte, Luke, setz dich hin.«

Er ging einen Schritt auf sie zu und sah, wie sie wieder zusammenzuckte. Warum, zum Teufel, hatte sie Angst vor ihm? »Ich tue dir nichts. Hat Gray Healy dich geschlagen?«

»Nein, er hat mich nicht geschlagen.«

Luke setzte sich hin.

»Ich muss es wissen«, flehte er. »Das mit dem Baby.«

»Dann glaub mir«, sagte sie.

Er sah ihr in die Augen. »Warum hast du es behalten?«, fragte er.

»Etwas anderes kam für mich nicht in Frage.«

Er hatte ein Baby gewollt, ihr Baby, und er hatte jahrelang versucht, sie zu überreden. Sie sei noch nicht so weit, hatte sie immer wieder gesagt. Sie sei zu jung, ihre Karriere noch nicht weit genug vorangekommen. Sie hatte immer einen Grund gehabt, es aufzuschieben. Luke entsann sich des Versprechens, das sich Emily und ihre Schwester gegeben hatten.

»Wer war zuerst schwanger?«, fragte Luke. »Du oder Dana?«

»Sie ist zwei Wochen weiter.«

»Und du bist zurückgekommen, weil du beschlossen hast, das Baby zu bekommen – und weil du es besser findest, es mit einem Vater großzuziehen?«

»Nein. Ich habe dir gesagt, dass das nur einer von vielen Gründen ist.«

»Wenn ich nicht nach dir gesucht hätte, was hättest du getan?«

»Ich wollte zurückkommen. Und dann bist du aufgetaucht. Vor meinem Fenster in deinem grünen Truck um drei Uhr morgens.«

Luke ging vom Tisch weg. »Warum glaube ich dir kein Wort?«

»Weil ich dich verletzt habe«, sagte Emily.

»Und jetzt bist du wieder da.«

»Wenn du mich noch willst.«

»Mit einem Baby.«

»Deinem Baby.«

»Behauptest du.«

»Hör auf, Luke. Glaub mir einfach.«

»Was hast du Gray Healy erzählt?«

»Ich muss Gray Healy gar nichts erzählen. Gray und ich haben ein paarmal miteinander geschlafen. Wir haben uns kennen gelernt, kurz bevor ich gegangen bin. Es war so unkompliziert locker und hatte nichts mit Ehe zu tun.«

Sie nippte an ihrem Wasser und wandte sich nicht zu Luke um.

»Weiter.«

»Ich habe mich geirrt. Nichts ist locker.«

»Das hätte ich dir gleich sagen können.«

»Vielleicht musste ich es selber herausfinden.«

»Und was willst du jetzt?«

»Ich will dich.«

Luke hörte einen Hund bellen – im Traum? Er lag an Emily geschmiegt – oder war es Blair? War das Sweetpea? Wo war sie? Er drehte sich um, und sie bewegte sich – es war Emily neben ihm im Bett, er war zu Hause in San Francisco, der Hund bellte wirklich – er sah auf den Wecker. Fünf vor halb sieben.

Sweetpea bellte wieder. Aber Sweetpea war bei Blair, irgendetwas kapierte er da nicht. Wie sollte sie hierher gekommen sein?

Es klingelte an der Tür. Wieder bellte der Hund.

Emily setzte sich auf und schaute Luke erschrocken an. All die Gespenster, die wir mit ins Bett nehmen, dachte Luke. Ich bin nicht Gray – ich bin kein Fremder. War da jemand anders? Ich bin der Mann, der mit dem Truck immer um dein Haus gefahren ist.

»Ich gehe nachsehen, wer da ist«, sagte Luke. »Schlaf weiter. Es ist viel zu früh.«

Sie kuschelte sich wieder ins Bett und war sofort eingeschlafen.

Er zog seine Boxershorts an und tappte auf nackten Sohlen nach unten. Blair weiß nicht, wo ich wohne, dachte er.

Er schaute durch das Türfenster nach draußen und sah ein Mädchen. Er brauchte ein paar Sekunden, bis er erkannte, dass es Amanda war, die ihn durchs Fenster anstarrte.

Er schnappte sich einen Mantel von der Garderobe. Jetzt sah er erst recht lächerlich aus, der Mantel ging bis knapp über die Shorts, unten schauten seine nackten Beine hervor. Er machte die Tür auf.

»Du Dreckskerl«, sagte sie.

»Amanda –«

»Ich wusste, dass du ein schrecklicher Kerl bist. Ich wusste, dass meine Mutter dir nicht trauen sollte. Sie verliebt sich nicht leicht, verstehst du. Sie tut so etwas nicht jeden Tag. Ich wette, du machst das immer so.«

»Komm rein, und wir reden darüber. Ich ziehe mich an.«

»Ich muss zur Schule. Ich will nicht reden.«

»Warum bist du dann hier?«

»Um den Hund zurückzubringen. Ich wünschte, du hättest Sweetpea nie zu uns gebracht.«

Amanda sah aus wie eine seltsame Mischung aus Schulmädchen und Motorradbraut, mit knielangen Jeans, schwarzen Stiefeln, der roten Mähne, die ihr schmales Gesicht einrahmte, und dem schweren Rucksack auf dem Rücken. Unter ihrem ärmellosen T-Shirt schaute eine Tätowierung heraus – ROVE – Rove?

»Behalte Sweetpea eine Weile«, sagte Luke.

»Wer soll Sweetpea eine Weile behalten?«, kam Emilys Stimme von oben.

Auf der Stelle schoss Sweetpea an Amanda und Luke vorbei die Treppe hinauf und rumpelte in Emily, die, in einen Flanellbademantel gewickelt, oben auf dem Treppenabsatz stand. Sweetpea tanzte zu ihren Füßen wie wild im Kreis herum.

»Ich erkläre es dir später«, rief Luke ihr zu, doch sie kam bereits die Treppe zu ihnen herunter.

»Hör zu, Amanda«, sagte Luke. »Es tut mir Leid. Ich wollte nicht so sein.«

»Ich habe gesagt, ich will nicht reden«, erwiderte Amanda.

Emily tauchte neben ihnen auf.

»Wer ist das?«, fragte sie.

»Amanda«, stellte Luke vor, »die Tochter einer Freundin. Amanda, das ist Emily.«

»Seine Frau«, fügte Emily hinzu.

»Na, das ist scharf«, sagte Amanda. »Seine Frau.«

Sie drehte sich um, hievte ihren Rucksack auf den Rücken und ging.

»Wie kommst du zur Schule?«, rief Luke ihr nach.

»Das geht dich nichts an«, rief sie zurück.

»Warte, ich fahre dich«, brüllte Luke.

Sie ging weiter.

»Verdammt noch mal«, fluchte Luke.

Er griff nach dem Autoschlüssel neben der Tür und setzte sich in Bewegung.

»Wo willst du hin?«, rief Emily.

»Ich komme wieder.«

Luke sprang in den Truck und fuhr los. Amanda fing an zu rennen.

Luke fuhr langsam neben ihr her.

»Steig ein«, rief er aus dem Fenster.

»Verschwinde.«

»Komm schon, Amanda. Ich fahre dich zur Schule.«

»Man wird dich verhaften, weil du versuchst, mich zu entführen.«

»Amanda.«

Sie blieb stehen, und er hielt neben ihr an. Wütend funkelte sie ihn an.

»Verschwinde«, wiederholte sie.

»Bitte.«

Amanda sah sich um, dann stieg sie ein.

»Wo ist die Schule?«, fragte Luke.

»Ecke Portola und O'Shaugnessy«, sagte sie.

Er fuhr los.

»Wie hast du mich gefunden?«, fragte er.

»Du stehst in jedem verdammten Telefonbuch«, erklärte Amanda.

»Wie bist du hergekommen?«

Amanda antwortete nicht. Sie blickte stur geradeaus.

»Du bist gelaufen, nicht wahr? Du musst um vier aufgestanden sein.«

Amanda zuckte die Achseln.

»Sweetpea wird nicht besonders glücklich sein«, sagte Luke. »Wenn sie dich nie wiedersieht.«

»Sie ist nur ein Hund«, sagte Amanda.

»Brauchst du Geld?«, fragte Luke.

Amanda schoss ihm einen Blick zu.

»Ich zahle dir dreißig Dollar am Tag, wenn du mit Sweetpea spazieren gehst. Du kommst nach der Schule mit dem Bus zu mir, gehst eine Stunde mit ihr spazieren, und ich fahre dich nach Hause.«

»Warum?«

»Sweetpea mag dich.«

Amanda sagte nichts. Luke fuhr weiter. Ich mag dich, dachte er. Aber du bist nicht meine Tochter. Und meine Frau ist schwanger. Er schaltete den Nachrichtensender im Radio ein.

Amanda beugte sich vor, drehte am Knopf, bis sie einen Rocksender gefunden hatte, und lehnte sich wieder zurück.

»Warum ist deine Frau zurückgekommen?«

»Sie ist schwanger«, sagte Luke.

Amanda sah überrascht zu ihm hinüber. »Und du willst das Kind?«

»Ich weiß nicht«, sagte Luke. »Natürlich will ich das Kind. Ich weiß nicht, ob ich die Frau will.«

In dem Augenblick, in dem er es sagte, wusste er, dass er das Kind wollte. Dass er die Frau zurücknehmen würde. Dass sie um seines Kindes willen irgendwie zu einem neuen Leben finden würden. Einen Moment lang dachte er an seinen Vater – und erinnerte sich: Eines Sonntags war sein Vater in die Garage gekommen, als Luke auf seiner neuen Drechselbank an einer Schüssel arbeitete. Sein Vater fragte ihn, was er da machte, und Luke hatte ihn, über das plötzliche Interesse überrascht, angeschaut. »Es ist wirklich toll«, hatte er ihm erklärt. »Ich kann es noch nicht besonders gut, aber ich lerne gerade, wie man eine Schüssel formt.«

»Ich gehe fort«, hatte sein Vater gesagt. »Marian – du hast sie neulich auf dem Boot kennen gelernt –, sie und ich werden zusammen in Sausalito leben. Ich habe es deiner Mutter schon gesagt.«

Luke hatte das warme Holz in den Händen gehalten, hatte gespürt, wie die Wärme in seine Haut sickerte. Nach einer Weile hatte sein Vater sich umgedreht und war gegangen.

Amanda schwieg, während Luke fuhr. Mit dem Fuß schlug sie den Takt zu dem Song im Radio.

Luke hielt vor der Schule an. Auf der Treppe lungerten ein paar Jugendliche herum – sie sahen aus wie Straßenkinder, obdachlos, heruntergekommen.

»Wie ist deine Schule?«, fragte Luke.

»Nicht anders als deine früher«, sagte sie.

»Aha.«

Amanda öffnete die Tür.

»Komm um halb vier vorbei«, sagte Luke.

Amanda sprang aus dem Truck und schlug die Tür zu, ohne Luke noch eines Blickes zu würdigen.

Er sah ihr nach, wie sie die Treppe zur Schule hinaufging. Sie redete mit niemandem. Ging allein durch die Tür in die Schule.

Luke erinnerte sich an Blair, wie sie durch die Flure seiner Schule gelaufen war, ohne mit einer Menschenseele zu reden.

Als Luke die Tür zu seinem Haus aufschloss, saß Emily auf dem Boden, Sweetpea auf ihrem Schoß, eifrig ihr Gesicht abschleckend.

Opportunistischer Hund, dachte Luke. Entscheide dich für eine von ihnen.

»Tut mir Leid«, sagt Luke.

»Wer ist das Mädchen?«

»Habe ich dir doch gesagt. Die Tochter einer Freundin. Sie mögen Sweetpea.«

»Eine Freundin?«

»Ich habe sie vor ein paar Tagen kennen gelernt. Ich habe mich in sie verliebt, weil meine Frau mich verlassen hat.«

»Und jetzt?«

»Sag du es mir.«

»Muss ich hier alle Entscheidungen treffen?«, fragte Emily.

Sie schob Sweetpea von ihrem Schoß und stand auf.

»Du bist diejenige, die unser Kind bekommt«, sagte Luke. »Dein Kind. Das Kind von irgendjemandem.«

Emily wandte sich ab und ging in die Küche. Sie setzte einen Topf mit Wasser auf und holte die Tüte mit Kaffeebohnen aus dem Kühlschrank.

»Unser Kind«, sagte sie.

Luke stand an der Tür und beobachtete sie. Mitten in der Nacht hatte er die Hand auf ihren schon leicht gerundeten Bauch gelegt. Er hatte sie lange dort liegen lassen, als wollte er erzwingen, dass dieses Kind wirklich seins war.

»Oder Gray Healys.«

»Vergiss Gray Healy.«

»Du hast mit ihm geschlafen.«

Die gläserne Kaffeekanne rutschte Emily aus der Hand und zersprang auf dem Boden.

»Nicht bewegen«, rief Luke. Emily war barfuß – auf ihrem Spann sickerte bereits Blut aus einem Schnitt, den ein Glassplitter in die Haut geritzt hatte. Wie erstarrt blieb sie, inmitten von Glasscherben, auf der Stelle stehen.

Luke rannte zum Schrank und holte einen Besen. Als er sich umdrehte, sah er, dass Emily weinte.

»Bist du schlimm verletzt?«, fragte er.

»Nein.« Sie schüttelte den Kopf.

»Erschrocken?«

»Vor dir«, sagte sie.

»Warum?«

»Du warst noch nie gemein zu mir.«

»Du hast mich noch nie verlassen.«

»Ich bin wieder da, Luke. Können wir nicht von vorne anfangen?«

»Nein«, sagte er.

Er beugte sich hinunter und sammelte die größten Scherben auf, angefangen bei der in ihrem Fuß. Es war kein tiefer Schnitt, er hinterließ nur eine kleine Blutspur auf ihrer Haut. Luke berührte die Wunde, dann umspannte er ihren schmalen Knöchel mit der Hand.

»Ich brauche dich«, hörte er sie sagen.

»Jetzt«, sagte er.

»Immer«, sagte sie, so leise, dass er es kaum hören konnte.

Er stand auf und schüttete die Scherben in eine Papiertüte. »Lass mich sauber machen«, sagte er.

Kapitel 7

Blair verließ das Behandlungszimmer des Arztes, steuerte den erstbesten Wasserhahn an und schluckte eine Tablette Vicodin. Sie brauchte sie eigentlich nicht, jedenfalls nicht wegen körperlicher Schmerzen. Seelische Schmerzen, dachte sie. Dagegen brauche ich ein ganzes Dutzend.

Der Arzt hatte eine neuartige, sehr experimentelle Form der Chemotherapie vorgeschlagen. Nicht dass sie helfen würde. Ihre Worte, nicht seine. Seine waren lang und kompliziert gewesen, doch als sie ihn gebeten hatte, die Worte für sie zu übersetzen, hatte er gesagt, dass sie sterben würde.

Scheiß auf die Chemo, hatte sie gesagt. Nicht mit diesen Worten natürlich. Sie war merkwürdig höflich zu dem guten Arzt gewesen, als brächten gute Manieren gute Untersuchungsergebnisse. Ein Jahr länger. Vielleicht verteilte er Jahre wie Lutscher am Ende eines jeden Besuches.

Nun, jedenfalls verteilte er Vicodin.

Sie würde die Tablette mit einem Scotch krönen. Gleich um die Ecke ihres Häuschens war eine Bar, die geöffnet hatte und wo sie sicher war. Seltsame Typen, noch seltsamere Frauen, aber sie ließen einen in Ruhe. Und sie wollte in Ruhe gelassen werden.

Sie lief von der Klinik mitten durch Haight nach Hause. Wie viele Menschen sterben wohl hier, fragte sie sich. Für einige der armen, obdachlosen Seelen war hier sicherlich Endstation. Aids, eine Überdosis, dreckige Straßen. Zwei gut angezogene Frauen auf dem Weg zu *Starbucks* gingen an ihr vorbei. Woran würden sie sterben? Brustkrebs? Beim Überqueren der Straße, überfahren von einem Bus?

Wen lassen sie zurück? Wer weint um sie? Wer muss sich ein Leben ohne sie zusammenbasteln?

Kurz dachte sie an Luke, an seinen Körper in ihren Armen. Sie schob den Gedanken beiseite und holte noch eine Tablette aus ihrer Tasche. Hielt sie fest in der Hand, um sie mit dem ersten Schluck Scotch hinunterzuspülen. Wie einen Glücksbringer. Ich wünsche mir gute Gedanken.

An einem schmalen Durchgang bettelte eine Frau ohne Beine. Blair legte die Tablette in die Tasse, die sie ihr entgegenstreckte, und lächelte sie verschwörerisch an. Sie nahm für sich selbst die nächste aus der Packung. Sie musste einfach morgen den Arzt anrufen. Ihm sagen, dass die Schmerzen stärker geworden waren.

»Warum habe ich kaum Schmerzen?«, hatte sie ihn gefragt.

»Das kommt noch. Sie haben Glück.«

»Glück«, hatte sie gesagt, und er hatte sich entschuldigt.

Unglückliche Wortwahl.

»Ich habe Glück gehabt im Leben«, hatte sie ihm erzählt. »Ich habe ein tolles Kind.«

Er hatte wissend genickt. Wissend, dass das tolle

Kind eine supertolle Erfahrung machen würde. Demnächst in diesem Theater.

»Sie werden am Ende jemanden brauchen, der für Sie sorgt«, hatte der Arzt gesagt. Behutsam.

»Ich kann selbst für mich sorgen«, hatte sie geantwortet.

»Dann nicht mehr«, war seine Antwort gewesen. »Egal wie stark Sie sind.«

Sie war zusammengezuckt. Starkes Mädchen, das war doch die Rolle, die sie ihr ganzes bisheriges Leben lang gespielt hatte. Sie würde eine gute Sache nie aufgeben, nur weil es härter wurde. Doch sie hatte sich auch an die Monate nach der Vergewaltigung erinnert, als ihre Mutter aufgehört hatte zu arbeiten, obwohl sie es sich kaum leisten konnten, und zu Hause bei Blair geblieben war, sie gezwungen hatte aufzustehen, wieder zur Schule zu gehen, ins Leben zurückzukehren.

»Es gibt Hospize«, hatte der Arzt gesagt. »Lesen Sie die Broschüren, und wir reden nächstes Mal darüber.«

»Wie lange bleibt mir noch, bis ich nicht mehr für mich selber sorgen kann?«

»Ich weiß es nicht. Ich kann es Ihnen einfach nicht sagen.«

Sie dachte daran, wie sie einen Freund von Daniel besucht hatte, ein paar Wochen bevor er an Aids gestorben war. Er war bettlägerig gewesen, übersät mit Wunden. Sie hatte in seinem Krankenzimmer kaum atmen können. Er und Daniel hatten sich eine Stunde lang schlechte Witze erzählt, während sie neben Daniel gesessen, seine Hand gehalten und versucht hatte, nicht zu weinen. Starkes Mädchen. Vielleicht war sie doch nie wirklich gut im Starksein gewesen, aber nach dem Tod ihrer Eltern hatte sie einfach keine andere Wahl gehabt.

Wieder dachte sie an Luke, daran, wie seine Hand über ihren Körper geglitten war. Wer verliebt sich in eine fast tote Frau? Sie musste eine Idiotin gewesen sein, den Gedanken zuzulassen, er würde mehr als nur guten Sex wollen. Es zu wünschen. Scher dich zum Teufel, Luke Bellingham. Samt deinem Hund, deinen Filmen und deinen süßen Küssen.

Sie ging um die Ecke, geradewegs in die Bar. Halb zwei. Sie würde den anderen Wracks bei einem guten Nachmittagsbesäufnis in ihrem Stumpfsinn Gesellschaft leisten.

Als sie die Tür öffnete, schlug ihr die Dunkelheit entgegen. Nur langsam gewöhnten sich ihre Augen an das schummerige Licht, und sie erkannte einen Mann, der zusammengesunken in einer Ecke saß und so weggetreten war, dass er gar nicht bemerkte, wie sie hereinkam. Der Barkeeper – ein junger Mann mit einem Ziegenbart und Piercings in Augenbraue, Nase und Lippe – nickte ihr zu, wischte den Tresen vor ihr ab und wartete auf ihre Bestellung.

»Einen doppelten Scotch«, orderte Blair.

»Ich kenne dich nicht«, sagte er und musterte sie.

»Du weißt alles, was du wissen musst. Scotch. Doppelt«, wiederholte sie.

»Kommt sofort.«

Sie spülte die zweite Vicodin mit dem Scotch herunter. Sie hasste das Warten auf den Moment,bis endlich die Konturen verschwammen. Sie trank schnell, wollte an ihre Grenze kommen.

Ihre Grenze war schnell erreicht. Ich werde rührselig, wenn ich betrunken bin, dachte sie. Bekomme feuchte Augen bei der Aussicht auf mein eigenes Ableben. Vor vielen Jahren hatte sie das Sterben als Möglichkeit in Betracht gezogen. Nachdem die drei Männer sie vergewaltigt, geschlagen und liegen gelassen hatten, weil sie glaubten, sie sei tot. Sie hatte eine Ohnmacht vorgetäuscht und dann gefunden, dass es so besser war. Mit geschlossenen Augen und tauben Sinnen war schließlich auch das Gefühl für Zeit und Raum verschwunden – doch nicht die Erinnerung. Sie konnte die Augen öffnen und ihr Leben noch einmal beginnen – mit einer Vergewaltigung, einem zerschundenen Körper, einem gebrochenen Herzen. Oder sie konnte sterben – und sie war sicher nah dran gewesen. Als sie dort gelegen hatte, denken, aber nicht fühlen konnte, hatte sie gespürt, dass es ganz leicht sein würde, auf die andere Seite zu gleiten.

Aber irgendwie hatte sie die Augen wieder aufgemacht. Käfer waren über ihren blutigen Körper gekrabbelt. Sie hatte nichts gefühlt. Sie musste sich zwingen aufzustehen, hatte eine Decke gefunden, in die sie sich hüllte, und sich ganz langsam auf den Weg gemacht, um Hilfe zu suchen. Und als sie sich bewegt hatte, waren auch die Gefühle zurückgekehrt – Schmerzen in ihren Knochen, ihrer Vagina, in ihrer Seele. Warum nicht sterben, hatte sie sich später gefragt, wochenlang, als sie im Bett lag, nicht aufstehen, sich nicht bewegen wollte. Warum nicht?

Amanda.

Sie bestellte noch einen Scotch. Einen doppelten. Sie sah alles doppelt. Zwei Vicodin, zwei Scotchgläser, zwei Frauen in Lukes Leben.

Sollte seine Frau doch zur Hölle fahren.

Er hatte heute Nacht mit seiner Frau geschlafen, während sie allein geblieben war.

Der Barkeeper schob eine Schüssel mit Erdnüssen zu ihr hinüber. Plötzlich verspürte sie Heißhunger. Mit beiden Händen stopfte sie das Zeug in sich hinein, dann sah sie auf und merkte, dass der Barkeeper sie beobachtete.

»Ich hatte kein Mittagessen«, sagte er. »Wenn du willst, hole ich uns beiden Sandwiches aus dem Laden nebenan.«

Blair schüttelte den Kopf. »Mir geht's gut.«

»Du siehst aber nicht gut aus.«

»Ich bin betrunken, und ich habe Hunger.«

»Hör zu. Ich wollte nur deinem Hunger abhelfen. Wenn ich es mir recht überlege, helfe ich allerdings auch beim Trinken. Dann könnte ich dir doch auch gleich den vollen Service bieten.«

»Ich schlafe nicht mit dir«, sagte Blair.

»Gut«, erwiderte er. Sie schaffte es nicht, ihn anzusehen. Irgendwie schienen ihre Augen immer an seinem Lippenpiercing hängen zu bleiben. Hatte er auch einen Stecker in der Zunge?

»Was willst du auf deinem Sandwich haben?«

»Schinken und Käse. Senf. Und Pommes, wenn's geht.«

»Sicher.« Der Barkeeper griff nach dem Telefon und gab die Bestellung durch. Dann schenkte er sich ein Bier ein.

»Okay«, sagte Blair. »Du bist also mein Schutzengel. Ich kann einen gebrauchen.«

»Was kann ich noch für dich tun? Rechnungen bezahle ich nicht, den Wunsch kannst du vergessen.«

»Wie viele Wünsche habe ich frei?«

»Nur einen. Denk gut nach.«

»Das ist schwierig«, sagte Blair. »Ich werde sterben. Krebs. Lass uns das nicht weiter vertiefen.«

Sie achtete auf seinen Gesichtsausdruck – er hörte einfach zu.

»Man könnte meinen, ich wünsche mir Leben. Langes Leben. Sieg über den Krebs. Aber ich weiß nicht. Ich habe nie viel auf ein langes Leben gegeben. Ich habe auf gar nichts viel gegeben. Die meiste Zeit hier auf Erden bin ich irgendwie durchs Leben getrieben.«

Er wartete, drängte sie nicht weiterzureden. Sie leerte ihr Glas.

»Ich will mich für den Rest ihres Lebens um meine Tochter kümmern«, sagte Blair schließlich. »Man muss sich nicht viel um sie kümmern. Sie ist das unabhängigste Mädchen auf der Welt. Aber ich will nicht, dass sie allein durchs Leben geht. Ich will da sein. Ihr vom Rand aus zusehen.«

»Vielleicht wirst du das ja«, warf er ein.

»Du meinst im Himmel«, sagte sie und schüttelte den Kopf. »Nichts für mich.«

»Vielleicht lebt ein Teil von dir weiter – in ihr.«

»Nicht gut genug.«

»Vielleicht hast du dich schon so viel um sie gekümmert, dass es für den Rest mit reicht.«

Blair sah zu ihm auf, hob ihr Glas und stieß mit seinem Bierglas an.

»Ein weiser Mann«, sagte sie.

Die Tür ging auf. Licht strömte herein. Die beiden schreckten auf. Blair schaute zur Tür ins Licht und sah einen Jugendlichen mit einer Tüte in der Hand hereinkommen. Er warf sie auf den Tresen, nickte dem Barkeeper zu und ging wieder. Als die Tür hinter ihm zufiel, hüllte sie die Dunkelheit erneut ein.

»Machst du das für alle Gäste?«, fragte Blair.

»Nur für die, die richtig fertig sind«, antwortete der Barkeeper.

Lächelnd holte er die Sandwiches aus der Tüte und schob Blair ihres zu.

»Iss«, befahl er. »Das ist besser für dich als weise Sprüche.«

»Ich kapituliere«, sagte Blair. »Ich werde mit dir ins Bett gehen.«

Lachend schüttelte er den Kopf. »Du brauchst Schlaf, keinen Sex«, sagte er.

»Luke. Ich brauche Luke«, murmelte sie.

»Wer ist Luke?«

»Zu spät. Ich hatte nur einen Wunsch frei.«

Blair biss in ihr Sandwich, das köstlichste Sandwich, das sie je gegessen hatte. Der Barkeeper servierte ihr eine Cola, und sie teilten sich die Pommes frites. Bevor sie ging, beugte sie sich über den Tresen und küsste ihn leicht auf die Wange.

Draußen war das Licht so grell, als wäre die Ozonschicht weggebrannt. Blair holte die Sonnenbrille aus ihrem Rucksack und musste trotzdem noch blinzeln. Auf wackligen Beinen ging sie nach Hause. Das Vicodin schlug jetzt voll an und trug sie in eine weichere Welt.

Vor dem Haus saß Casey in seinem Liegestuhl und sonnte sich.

»Ich habe heute einen Engel getroffen«, sagte Blair zu ihm.

»Ich könnte auch einen Engel gebrauchen«, erwiderte Casey. »Wie sieht sie aus?«

»Es ist ein Er«, erklärte Blair. »Tust du nichts? Ich meine, den ganzen Tag? Sitzt du nur hier rum?«

»Ich habe eben Glück«, sagte Casey.

Glück, dachte Blair.

»Wenn ich sterbe, kann Amanda dann hier wohnen bleiben? Kann ich vielleicht für die nächsten eineinhalb Jahre, bis sie ins College geht, im Voraus bezahlen?«

»Der Tag ist viel zu schön, um über den Tod zu reden.«

»Antworte mir, Casey. Kann Amanda hier wohnen bleiben?«

»Ja.«

»Gut. Jetzt gehe ich ins Bett.«

»Kann ich mitkommen?«

Sie sah ihn an. Dachte an Luke, an die Hitze ihrer beiden Körper. »Ja«, sagte sie zu Casey.

Er folgte ihr ins Haus.

»Wann wirst du sterben?«, fragte Casey. Er war bereits dabei, sich auszuziehen, und ließ seine Kleider auf dem Weg in Blairs Schlafzimmer einfach fallen.

»Gibt es irgendetwas, das dir wichtig ist?«, fragte Blair. Sie schaute ihn von der Tür aus kurz an.

»Sex«, sagte er.

»Gibt es irgendjemanden, der dir wichtig ist?«

»Die Frau, mit der ich Sex habe.«

»Ist das Leben so simpel?«

»Ich wünschte, es wäre so«, sagte Casey.

Er ließ sich auf Blairs Bett fallen und lümmelte sich mit seinem langen, schlaksigen Körper auf dem Bettüberwurf. Sein Penis lag schlaff auf seinem Oberschenkel.

»Was ist mit dir passiert, Casey?«, fragte Blair.

Er fuhr sich mit der Hand durch seine spärlichen Haare. Sie konnte sich vorstellen, wie er vor zwanzig Jahren ausgesehen hatte. Hübsch, mit einem klaren Blick und einem muskulösen Körper.

»Du meinst, wie ich so sexy geworden bin?«, sagte er grinsend.

»So ungefähr.«

Blair beobachtete ihn. Er setzte sich auf, völlig offen und unbefangen.

»Keine Ahnung. Die Mädels lieben mich nachts, und morgens verlassen sie mich.«

»Ist das die Schuld der Mädchen?«

»Würdest du mich heiraten wollen?«

»Im Leben nicht«, sagte Blair.

»Eben.«

»Und alles, was du willst«, sagte Blair, während sie auf ihn zuging, sich das Hemd über den Kopf zog und ihre Jeans auf den Boden fallen ließ, »ist eine liebende Gattin.«

»Eine Gattin. Was für ein Gedanke. Ich würde sie schon nehmen. Solange sie auf guten Sex steht«, sagte Casey und beobachtete Blair.

»Mein Engel wollte nicht mit mir schlafen«, erzählte ihm Blair.

»Engel sind bestimmt nicht gut im Bett«, versicherte ihr Casey. »Irgendwie zu luftig, zu flüchtig.«

»Ganz im Gegensatz zu dir.«

»Ich bin aus Erde und Feuer gemacht.«

»Ich weiß nichts über dich«, sagte Blair. »Ich weiß weder, woher du kommst oder wie du das lila Haus bekommen hast, noch wie du ohne Geld lebst oder wer deine Freunde sind.«

»Du kennst meinen Körper«, gab er lächelnd zurück.

»Was ist das, Casey? Warum liebst du den Sex so sehr?« Sie ging zu ihm, setzte sich auf die Bettkante und legte die Hand auf seinen Penis. Er stöhnte.

»Leg dich auf mich«, sagte er. »Mit deinem ganzen Körper.«

Sie tat es. Er schloss die Augen, und ein Lächeln breitete sich auf seinem Gesicht aus.

»Wer bin ich in deiner Vorstellung?«, fragte sie.

»Du bist ein Teil von mir.«

Sie presste sich an seinen Körper.

Blair war fix und fertig, als sie zur Arbeit kam. Schmerztabletten, Alkohol und Sex hatten ihren Körper zu dicht an seine Grenzen gebracht. Noch Stunden später waren ihre Hände zittrig, ihre Bewegungen in der Küche linkisch und unbeholfen. Sie wollte nach einem Topf greifen und sah erst Sekunden später ihre Hand die Bewegung ausführen. Sie wollte das Salz zurück auf das Regal stellen und schaute zu, wie es herunterfiel.

»Geh nach Hause«, sagte Daniel. »Du brauchst Schlaf, Schätzchen.«

»Nein«, widersprach Blair.

»Du bringst alles durcheinander. Ich übernehme«, beharrte er.

»Nein«, wiederholte sie. Sie zwang ihre Finger, den Schneebesen festzuhalten. »Siehst du«, sagte sie, »es geht mir gut.« Die Eier fielen neben die Schüssel.

»Schmerzen?«, fragte Daniel.

»Nein«, bellte sie. »Ich fühle überhaupt nichts«, schrie sie. Und endlich fing sie an zu weinen.

»Komm«, sagte Daniel, umfasste ihre Taille und schob sie zu einem Hocker in der Ecke. »Setz dich hin«, befahl er sanft. »Wein, in Gottes Namen. Schrei, wenn du willst. Aber versprich mir, dass du nicht kochst.«

»Ich werde nicht kochen«, wimmerte Blair.

Daniel küsste sie auf die Stirn. »Ruh dich aus«, flüsterte er. Er nahm ihren Platz am Herd ein. Als Philippe mit einer Ladung schmutzigen Geschirrs in die Küche kam, rief Daniel ihm zu: »Ich koche. Übernimm du vorne. Die erste Runde haben wir ja schon hinter uns.«

Philippe warf Blair einen Blick zu, deutete einen Kuss an und flog zurück ins Restaurant.

»Es tut mir Leid«, murmelte Blair.

»Was ist los?«, fragte Daniel.

»Luke ist zu seiner Frau zurückgegangen.«

»Herrgott«, sagte Daniel. Seine Hände flogen zwischen Töpfen, Pfannen und Schüsseln hin und her. »Luke Bellingham hat seine Frau nie verlassen. Sie hat ihn verlassen.«

»Ich weiß«, sagte Blair. »Ich dachte nur –«

»Du dachtest, er hätte sich in dich verliebt?«

»Du musst es nicht so sagen, als wäre es unvorstellbar.«

»Es ist unvorstellbar.«

»Warum?«

»Muss ich dir das erklären?«

»Ja.«

»Du bist sonderbar. Dein Leben ist sonderbar. Deine Tochter ist sonderbar. Dein Haus ist sonderbar. Luke Bellingham lebt im Mittelpunkt der Welt, und du, meine Liebe, haust am Rand.«

»Ich bin exotisch.«

»Eine Bauchtänzerin ist exotisch. Du bist sonderbar.«

»Ich hab's gehört. Hör auf, das zu sagen.«

»Und auch wenn ich es hasse, es sagen zu müssen, du stirbst.«

»Sag bloß.«

»Ich werde dich bis zu deinem letzten Tag lieben. Reicht das nicht?«

»Nein«, sagte Blair und merkte, wie Daniel sie anschaute und gleich wieder wegsah. »Ja, natürlich. Ich bin ein Narr.«

»Ohne Zweifel.«

Einen Augenblick lang schaute Blair Daniel schweigend bei der Arbeit zu. Als er einen Moment innehielt, schien er ihren Blick zu spüren, denn er drehte sich um und sah sie an.

»Was ist?«, fragte er.

»Luke hat mir einen Geschmack auf etwas gegeben, von dem ich nicht mal wusste, dass es existiert«, sagte sie so leise, dass Daniel sich zu ihr hinunterbeugen musste, um sie zu verstehen.

Er nickte. »Ich weiß, Schätzchen.«

»Ich hätte sterben können, ohne zu wissen, dass mir etwas gefehlt hat«, sagte Blair. »Aber jetzt weiß ich es. Irgendwie eine Schande, oder?«

Wieder nickte Daniel.

»Sag mir, wie du alt werden wirst«, sagte Blair.

»Hier«, antwortete Daniel. »In diesem Restaurant. Hier werde ich alt werden. Ich werde im Bademantel hier stehen und in der Soße rühren.«

»Ich habe mir den Rest meines Lebens nie vorgestellt«, sagte Blair. »Wie konnte ich so leben? Ich habe Träume für Amanda. Aber für mich – keine Ahnung. Ich wollte einen guten Tag haben. Ganz schön eingeschränkt, findest du nicht?«

»Nicht wenn sich die guten Tage summieren«, sagte Daniel.

»Weißt du, was ich vermissen werde?«, fragte Blair, an Daniels Rücken geschmiegt. Sie wartete, bis er sich ihr wieder zuwandte. »Amandas Leben. Das ist es, was mir das Herz bricht.«

Daniel nickte. Sie sah, dass er Tränen in den Augen hatte.

»Mach weiter«, sagte sie. »Lass die Soße nicht anbrennen.«

»Ich brauche keine Lektionen von dir«, sagte er und fing wieder an zu rühren.

Einen Moment lang saß sie schweigend da. Dann sagte sie: »Wahrscheinlich werde ich den Rest meines Lebens auch vermissen.«

Daniel nickte, warf Pilze in eine Pfanne, fügte Kräuter hinzu. In einer anderen Pfanne sautierte er zwei Seezungenfilets.

»Ich werde den Rest deines Lebens auch vermissen«, sagte er.

»Du bist ein wunderbarer Freund«, sagte Blair. Sie stand auf, ging zu ihm hinüber und drückte einen Kuss auf seinen Rücken. »Ich mache einen Spaziergang«, sagte sie. Ihre Stimme klang wieder fester.

Sie knöpfte ihre Kochjacke auf, warf sie auf den Hocker und ging hinaus in die Nacht.

***

Blair ging nach Hause. Sie schleppte sich die Treppe zu ihrem Cottage hinauf und hörte die laute Musik, die bis nach draußen drang. Harte, heisere Rockmusik. Amanda, dachte sie. Das ist es, was ich brauche. Nicht Sex oder Arbeit – ich brauche meine Tochter.

Sie riss die Tür auf und sah Amanda mitten auf dem Wohnzimmerboden sitzen, umringt von Büchern und Heften. Sie blickte kurz auf, verzog das Gesicht und vertiefte sich wieder in ihre Lektüre.

»Hallo, mein wunderbares Mädchen«, sagte Blair, während sie sich einen Weg durch das Chaos bahnte.

»Ich hasse Physik«, murmelte Amanda. »Warum arbeitest du nicht?«

»Sie haben mich rausgeschmissen.«

Amanda sah erschrocken auf.

»Nur für heute Abend«, erklärte Blair. »Der Arzt hat mir etwas gegeben, wovon ich zittrige Hände bekommen habe. Nicht besonders gut für eine Köchin.«

»Was hat der Arzt gesagt?«

»Er meint, du sollst Physik lernen. Es wird dich im Leben weit bringen.«

»Mom.«

»Er hat gar nichts gesagt. Medizinerlatein. Bedeutungsloser Quatsch. Hast du Sweetpea bei Mr. Hollywood abgegeben?«

»Ja.«

Blair goss sich ein Glas Wein ein, setzte sich damit auf das Sofa und beobachtete ihre Tochter.

»Was hat er gesagt?«, fragte sie schließlich.

»Nichts.«

»Amanda.«

Amanda hörte auf zu lesen und sah ihre Mutter an. »Sag du mir, was der Arzt gesagt hat.«

Blair stellte das Weinglas auf den Beistelltisch – er wackelte, und der Wein schwappte im Glas herum. Sie legte die Hand auf das Glas. »Er hat gesagt, dass es bald schlimmer werden wird.«

»Was heißt das?«

»Schmerzen, denke ich. Es könnte sein, dass wir jemanden brauchen, der uns hier hilft.«

»Ich kann alles machen.«

»Ich weiß, dass du das kannst, Liebes. Trotzdem kann es sein, dass wir jemanden vom Hospiz brauchen.«

Einen Augenblick lang schwiegen sie beide. Blair nippte an ihrem Wein.

»Hast du nach Behandlungsmethoden gefragt? Alternativen Behandlungsmethoden?«

»Nein, mein Schatz«, sagte Blair. »Es ist zu spät dafür.«

Amanda hielt den Kopf gesenkt, als würde sie arbeiten. Doch sie blätterte nicht um, machte keine Notizen.

»Wie kannst du dich konzentrieren, wenn die Musik läuft?«, fragte Blair.

»Was wird aus mir?«, fragte Amanda. »Wenn du tot bist.«

»Du wirst hier bleiben. Ich habe Casey gefragt. Du

wirst die Schule fertig machen. Aufs College gehen. Es sind nur noch eineinhalb Jahre.«

»Und das darf ich? Allein leben?« Amanda schaute immer noch auf das Bücherchaos zu ihren Füßen.

»Ich weiß es nicht, aber es ist mir auch egal, ob das erlaubt ist oder nicht. Kein Mensch wird dich in ein Waisenhaus stecken. So viel ist jedenfalls sicher.«

»Ich mag Casey nicht«, sagte Amanda.

»Casey wird dich in Ruhe lassen. Du wirst allein hier wohnen.«

Wieder schwiegen sie. Nur die ätzende Rockmusik plärrte. Blair gefiel die Musik, sie verlor sich irgendwie im Jaulen der Gitarre, dem dumpfen Rhythmus des Schlagzeugs. Sie konnte sich vorstellen, dass Amanda ein bisschen weniger allein sein würde, weil es so laut im Haus war.

Blair trank den Wein aus und wünschte, sie wäre betrunken. Sie stand auf, schenkte sich noch ein Glas ein, setzte sich wieder und betrachtete Amanda, die auf ihre Bücher starrte. Sie sah sich im Zimmer um und entdeckte die Schüssel mit Wasser, die sie für Sweetpea neben die Haustür gestellt hatte.

»Wo wohnt er?«, fragte sie schließlich.

Amanda sah hoch. Sie rieb sich die Augen und blinzelte ihre Mutter verwirrt an.

»Mr. Hollywood«, erläuterte Blair.

»Potrero Hill«, sagte Amanda knapp.

»Schönes Haus?«

»Nicht besonders.«

»Hast du seine Frau gesehen?«

»Ja. Sie ist ein Snob.«

»Ein Snob?«

»Hochnäsige Ziege.«

»Woher weißt du das?«

»Die Haare. Blondiert und perfekt frisiert. Und das am frühen Morgen. Sweetpea ist gleich zu ihr gerannt. Ich hätte gedacht, der Hund ist schlauer. Schließlich hat die Ziege sie ja verlassen. Irgendjemand muss doch sauer sein.«

»Ich dachte, du wolltest Mr. Hollywood nicht hier haben.«

»Will ich auch nicht.«

»Hat er – du weißt schon, irgendwas gesagt?«

»Meinst du, so was wie, ich wünsche deiner Mutter ein schönes Leben?«

»Oder einen schönen Tod.«

»Herrgott, Mom.«

»Kein Mann will sich in eine Frau verlieben, die stirbt.«

Amanda antwortete nicht darauf. Sie schien sich wieder auf ihre Arbeit zu konzentrieren – schrieb sogar etwas in ihr Heft.

»Er hat also nichts gesagt.«

»Nein, Mom. Er hat nichts gesagt.«

»Ich kann es kaum glauben.«

Wieder vergrub Amanda den Kopf in ihrem Heft, jetzt flog ihr Stift über die Seite.

»Ich meine, was sollte das dann?«, fragte Blair, und ihre Stimme wurde schrill. »Mr. Hollywood wirbelt wie ein Tornado in unser Leben, zieht weiter und lässt uns total zerstört zurück.«

»Lässt dich total zerstört zurück«, schrie Amanda. Plötzlich stand sie inmitten ihres Chaos und trat die Bücher in alle Richtungen. »Mr. Hollywood kann mich mal. Du wirst sterben, und wir sollen uns wegen Mr. Hollywood aufregen.«

Sie stürmte an Blair vorbei in ihr Zimmer und knallte die Tür hinter sich zu.

Am folgenden Tag hatte Blair frei. Sie bereitete gerade das Abendessen, als das Telefon klingelte. Sie hob ab, die Verbindung war schlecht, aber sie erkannte Amandas Stimme.

»Mom?«

»Wo bist du?«

»Ich komme später nach Hause.«

»Bist du im Café?«

»Nein. Ich bin mit ein paar Freunden am Strand.«

»Was für Freunden? Was ist mit deinem Job?«

»Ich habe gekündigt. Ich kann dich kaum verstehen. Ich telefoniere von einem Handy.«

Blair hörte im Hintergrund einen Hund bellen.

»An welchem Strand bist du? Mit welchen Freunden?«

»Ich habe Freunde. Du weißt eben nicht alles«, sagte Amanda, und Blair dachte an ihren Streit am vergangenen Abend, wusste, dass Amanda ihr noch nicht vergeben hatte.

»Wie kommst du nach Hause?«

»Keine Ahnung. Iss ohne mich.«

»Ich will nicht ohne dich essen. Wie bist du zum Strand gekommen?«

»Einer hat ein Auto. Ich muss Schluss machen, Mom. Ich bin in einer Stunde oder so zu Hause.«

»Wann ist ›oder so‹, Amanda?«

Aber sie hatte schon aufgelegt. Die meisten Töchter in dem Alter machten so etwas – aber nicht ihre, nicht Amanda, die keine Freunde, keine Welt außerhalb ihrer Mutter, ihrer Schule, ihres Jobs und ihrer Musik hatte. Blair hatte sich um ihre Tochter nie Sorgen gemacht, weil sie selber so allein auf der Welt gewesen war, besonders nach der Vergewaltigung. Und Amanda hatte sich nie über die Schule beklagt. Sie schien ihre Zeit zu Hause mit Blair verbringen zu wollen. Wenn Amanda mit Blair zusammen war, war sie glücklich, leicht, fröhlich – Gefühle, die Blair als Schulmädchen nie kennen gelernt hatte. Blair hatte sich immer vorgestellt, dass Amanda sich von ihr lösen würde, wenn sie bereit dafür wäre. Aber jetzt würde Blair sie verlassen, bevor sie diesen Punkt erreicht hatte.

Vielleicht führte Amanda nach der Schule ein heimliches Leben mit Freunden und Spaziergängen mit Hunden am Strand. Vielleicht war Blair ihr so erdrückend nah, dass ihre Tochter ihr eigenes Leben vor ihr verstecken musste. Vielleicht hatte es nie einen Job gegeben – das Café existierte gar nicht –, stattdessen gab es Jungen und Drogen und all diese Dinge, die zum Erwachsenwerden gehörten. Vielleicht waren nicht einmal ihre Einsen wahr, und Blair wusste gar nichts über ihre Tochter.

Eines Tages war Amanda mit einer Tätowierung auf der Brust nach Hause gekommen. ROVE. Was ist das?, hatte Blair gefragt. Ein Wort, hatte Amanda geantwortet. Nur ein Wort. Blair hatte nicht nachgehakt – sie wartete darauf, dass Amanda ihr mehr erzählte. Und so saß das Wort da, linste über den Rand ihres T-Shirts, wie eine ständige Erinnerung: Du weißt nicht alles.

Blair aß allein zu Abend und zwang sich, den Teller Spaghetti mit Pesto zu leeren, weil ihr Arzt gesagt hatte, sie dürfe nicht noch mehr Gewicht verlieren, müsse ihre Kraft behalten, ihre Abwehrkräfte mobilisieren. Den Krebs abwehren? Ihr Körper schien ihn mit offenen Armen empfangen zu haben, wie einen Geliebten, der gekommen war, um zu bleiben.

Sie las ein Buch, sah zu, wie es dunkel wurde. Sie trank einen Scotch, dann noch einen. Als Amanda hereinspazierte, sah sie zu ihr auf, erleichtert und wütend. All die Worte, die sie vorbereitet hatte, waren vergessen.

»Ich gehe in mein Zimmer«, sagte Amanda.

Blair antwortete nicht. Amanda schaute sie kaum an. Sie warf ihre Jacke auf den Kleiderständer und durchquerte das Zimmer. Blair hörte, wie sie in der Küche Wasser laufen ließ. Dann ging Amandas Schlafzimmertür auf und wieder zu.

Vielleicht ist das ihre Art, sich von mir zu verabschieden, dachte Blair.

Kapitel 8

Wo willst du hin?«
»Spazieren gehen.«
»Wo?«
»Ich will einfach ein bisschen raus, Luke. Ich brauche frische Luft.«
Luke wandte sich von Emily ab und ging in sein Arbeitszimmer. Er setzte sich an seinen Schreibtisch und starrte auf den Bildschirm des Computers.
Er hörte Emily hereinkommen, spürte sie hinter sich. Sie sagte nichts, und er wartete.
»Luke«, begann sie schließlich. »Wir können so nicht leben.«
»Wie?«, fragte er. Er drehte sich nicht um.
»Du musst mir vertrauen. Ein Spaziergang ist nur ein Spaziergang.«
»Woher weiß ich das?«
»Weil ich es sage.«
»Und früher?«
»Es ist nicht früher. Ich bin zurückgekommen, um von vorn anzufangen. Ganz neu.«
»Ich kapiere das irgendwie nicht, Emily«, sagte Luke und schwang in seinem Stuhl herum, um sie anzuse-

hen. »Ich spiele in Gedanken immer wieder das letzte Jahr durch. Hast du dich mitten in der Nacht davongestohlen, während ich geschlafen habe? Bist du aus seinem Bett dann wieder in unser Bett gekrochen? Und weil ich keine Antworten auf diese Fragen habe, kann ich mir anscheinend nicht vorstellen, wie wir jetzt leben sollen. Gehst du wirklich spazieren? Hast du dich gestern wirklich mit einem Kunden getroffen?«

»Hör auf«, sagte Emily. Sie schloss die Augen.

»Und dann ist da noch etwas«, fuhr Luke mit leiser, aber eindringlicher Stimme fort. »Du siehst aus wie derselbe Mensch, der ohne ein Wort vor ein paar Monaten aus meinem Leben verschwunden ist. Bis auf das Baby in deinem Bauch. Verändert das alles?«

»Ja«, sagte Emily und öffnete die Augen wieder. Sie legte einen Finger auf Lukes Lippen. »Das verändert alles.«

»Für dich«, sagte Luke.

Emilys Hand sank herab.

»Als du weg warst«, sagte Luke, und jetzt klang seine Stimme belegt, »wünschte ich jede Minute, dass du zurückkommst.«

»Und jetzt?«

»Jetzt weiß ich nicht mehr, was ich will.«

Luke drehte sich wieder zum Computer. Emily schwieg.

»Ich werde jetzt schreiben«, sagte Luke. »Geh du nur spazieren.«

»Luke«, sagte sie flehend.

»Ich muss arbeiten«, erklärte er. »Ich habe lange nichts geschrieben.«

Er hörte, wie sie ging, und öffnete das Dokument mit der Geschichte über die Wirtin und ihre Tochter.

Er hörte, wie die Haustür aufging und wieder zufiel. Ich könnte ans Fenster gehen und sie beobachten, dachte er. Ich könnte sehen, ob sie abgeholt wird oder sich mit jemandem an der Ecke trifft.

Doch er blieb sitzen und begann zu arbeiten.

***

»Wenn du mich angestellt hast, um mit dem Hund spazieren zu gehen«, sagte Amanda, die am Strand vor Luke herrannte, sich dann umdrehte und rückwärts weiterging, während sie sprach, »warum bist du dann hier? Du brauchst mich nicht.«

»Sweetpea liebt den Strand. Und du könntest nicht zu Fuß hierher kommen«, erwiderte Luke, die Hände in den Taschen vergraben. Nächstes Mal würde er Handschuhe und eine Mütze mitnehmen – vom Meer schlug ihnen ein kalter Wind entgegen.

»Du kannst mich ja hier absetzen und nach einer Stunde wieder abholen«, schlug Amanda vor. Sie hob einen Stock auf, drehte sich um und warf ihn in Richtung Ozean. Sweetpea stürmte los, erwischte ihn beinahe, doch eine Welle erschreckte sie, und sie flitzte zurück zu Amanda.

»Glücklicher Hund«, sagte Luke.

»Du bist mir noch eine Antwort schuldig«, sagte Amanda.

»Stimmt.«

Sie liefen weiter, Amanda immer ein Stück voraus, als wären sie nicht zusammen mit dem Hund unterwegs.

»Wie geht es deiner Mutter?«, fragte Luke.

»Gut.« Amandas Antwort kam schnell.

»Du hast wirklich Glück«, sagte Luke.

»Dass sie stirbt?«

Luke atmete tief ein. Amanda sah ihn nicht an. »Nein«, sagte er. »Dass sie deine Mutter ist. Sie ist wunderbar.«

»Woher willst du das wissen?«

Luke antwortete nicht. Er beobachtete Sweetpea, die um Amanda herumtobte. Als Amanda beinahe über sie stolperte, lachte das Mädchen fröhlich, beugte sich hinunter, um den Hund zu streicheln, und hüpfte weiter.

»Du erinnerst mich an deine Mutter, als sie in deinem Alter war«, rief Luke ihr zu. Es war ihre Einsamkeit, die ihn an die Blair von damals erinnerte – das Mädchen war immer allein, und es schien ihm nie etwas auszumachen. Alle anderen Mädchen in der Schule gingen zu dritt oder zu viert von einer Stunde zur anderen und nahmen ihr Mittagessen umringt von Freundinnen ein.

Amanda lief wieder rückwärts. »Meine Mutter sagt, du kanntest sie eigentlich gar nicht.«

»Sie war eine Einzelgängerin. Es war schwer, sie kennen zu lernen.«

»Hast du es versucht?«

»Nein. Ich wünschte, ich hätte es. Ich war einfach nicht schlau genug.«

»Was meinst du damit?«

»Sie war anders als die anderen Mädchen. Sie hat ihre Spiele nicht mitgespielt. Sie hat nicht geflirtet, nicht gestichelt, sich nicht versteckt. Sie war irgendwie anders – irgendwie überlegen.«

»Sie war einsam.«

»Hat sie dir das gesagt?«

»Sie hat die Highschool gehasst. Sie hat dich gehasst. Den Goldjungen hat sie dich genannt.«

Luke ging einen Augenblick lang schweigend weiter. Amanda fand noch einen Stock und schleuderte ihn weg, damit Sweetpea ihn holen konnte.

»Hast du Freundinnen in der Schule?«, fragte Luke.

»Nein«, sagte Amanda, ohne ihn anzusehen.

»Warum nicht?«

»Sie sind alle schrecklich.«

»Wirklich alle?«

»Ich bin gerne allein.«

»Bist du nicht einsam?«

»Nein.«

»Du und deine Mutter allein gegen den Rest der Welt?«

Amanda drehte sich um und sah Luke grimmig an. »Du willst, dass ich mit deinem Hund spazieren gehe«, sagte sie. »Nächstes Mal setzt du uns einfach ab, okay? Das hier muss ich nicht haben.«

»Es tut mir Leid«, sagte Luke.

Schweigend gingen sie hintereinander her. Es war Ebbe, und der breite Strand war von Tang und Treibholz übersät – ein Paradies für Sweetpea. Über ihnen erstreckten sich die Klippen, die wegen Steinschlaggefahr abgesperrt waren. Ruhig rollten die Wellen an den Strand, und das dunkle Blau des Meeres reflektierte das letzte Licht des Tages.

Luke atmete die kalte Luft tief ein und versuchte, einen klaren Kopf zu bekommen. Amanda blieb immer ein paar Schritte vor ihm.

»Hast du deiner Mutter erzählt, wo du bist?«, fragte Luke nach einer Weile.

»Nein.«

»Warum nicht?«

Amanda verdrehte die Augen. Luke lächelte.

»Sie hasst mich«, riet er.

»Schlauer Bursche.«

Luke warf einen liegen gebliebenen Tennisball für Sweetpea.

»Hast du deiner Frau erzählt, wo du bist?«, fragte Amanda.

Luke zuckte die Achseln. »Ich glaube, ich habe vergessen, es zu erwähnen.«

Amanda machte ein zufriedenes Gesicht. Sweetpea lieferte den Tennisball bei ihr ab, und sie warf ihn so weit sie konnte. Sweetpea stürmte los. Amanda lief hinter ihr her, und Luke folgte ihr dicht auf den Fersen.

Emily stand vom Tisch auf, um den Abwasch zu machen, und ließ Luke mit Dana allein. Er sah sie an. Sie hatte sich fein gemacht für dieses Abendessen, als wären sie im Ritz und nicht zu Hause. Und unter einem engen, roten Seidentop wölbte sich stolz ihr schwangerer Bauch.

»Bist du dafür verantwortlich, dass sie zurückgekommen ist?«, fragte Luke.

Dana schüttelte den Kopf. »Niemand sagt Emily, was sie zu tun hat.«

»Das stimmt nicht, Dana. Du hast sie immer geführt. Sie hört auf dich.«

Dana zuckte mit den Schultern. Sie schenkte ihm ein kurzes Lächeln. »Und du denkst, ich würde ihr sagen, sie soll zu dir zurückgehen?« Ihr Lächeln war neckend, kokett.

»Ja«, sagte Luke. »Ich denke, du würdest ihr das sagen.«

»Du hast Recht.«

»Warum?«, fragte er. »Ich kann mich nicht einmal daran erinnern, ob wir überhaupt noch eine gute Ehe geführt haben.«

Er schenkte sich Wein nach und füllte Danas Glas mit Mineralwasser.

»Niemand führt eine gute Ehe«, sagte Dana. »Das ist ein Mythos.«

»Das glaubst du nicht wirklich.« Luke lehnte sich zurück, trank einen Schluck Wein und musterte seine Schwägerin. Brady war im Nebenzimmer und erledigte am Samstagabend einen geschäftlichen Anruf.

»Jetzt und hier glaube ich das. Ich bin schwanger, mir ist heiß, und meine Knöchel sind so geschwollen, dass ich nicht laufen kann.«

»Du siehst wunderbar aus.«

»Und das ist alles, worauf es ankommt?«

»Nein«, erwiderte Luke. »Vielleicht ist das das Problem mit meiner Ehe. Wir sehen sensationell aus, oder?«

»Mach es jetzt anders«, sagte Dana. »Fang noch mal von vorne an.«

»Wessen Baby ist es?«

»O Gott, Luke.« Dana stand auf und wollte in die Küche gehen.

»Dana«, rief Luke. Sie blieb stehen.

»Du kannst dich mit Zweifeln quälen«, sagte sie, »oder du kannst dein Leben mit meiner Schwester wieder aufnehmen.«

»Kennst du ihn?«

»Ich hole den Nachtisch.« Sie ging in die Küche.

An ihrer Stelle erschien Brady, das Gesicht von zu viel Wein gerötet.

»Entschuldige«, sagte er und ließ sich auf Danas Stuhl fallen. »Musste sein. Ich stehe kurz vor dem Verkauf einer Immobilie. Du weißt schon.«

Luke wusste nicht. Und es war ihm egal, doch er wusste, dass Brady ihm gleich alles über das Supergeschäft erzählen würde.

»Brady«, sagte Luke, ehe der ansetzen konnte. »Kennst du diesen Gray Healy?«

»Klar«, sagte Brady. »Ist ein Squashkumpel von mir. Schlägt mich jedes Mal vernichtend.«

»Hast du ihn mit meiner Frau zusammengebracht?«

»Was?«

Dana stand an der Tür, die Hände auf die Hüften gestemmt.

»Er weiß gar nichts, Luke. Warum soll es die ganze Welt erfahren?«

»Ich rede nicht von der ganzen Welt«, sagte Luke. »Ich rede von mir. Dem Ehemann. Ich wüsste gerne das eine oder andere über den Liebhaber meiner Frau. Er spielt also wahnsinnig gut Squash. Was kannst du mir sonst noch erzählen, Kumpel?«

Emily stürmte an ihrer Schwester vorbei ins Zimmer.

»Hör auf, Luke! Hör auf, verdammt noch mal.«

Sie ging um den Tisch herum auf Luke zu. Sie sah wild aus – mit fliegenden Haaren und Tränen, die über ihr Gesicht strömten. Luke schämte sich, spürte die Scham wie einen Felsen im Magen. Er schaute auf ihren Bauch, der sich rund und fest unter ihrem engen Kleid abzeichnete. Er beugte sich vor und presste das Gesicht gegen die Wölbung. Sie legte die Hände auf seinen Kopf, und er konnte hören, wie sie ausatmete, als hätte sie zu lange den Atem angehalten. Er legte die Arme um sie und ließ seine Wange auf ihrem Bauch ruhen.

»Emily«, flüsterte er.

Sie hielt ihn fest. Hinter ihr sah er, wie Dana Brady bedeutete aufzustehen. Die beiden verschwanden in die Küche.

»Bring mich nach Hause«, flüsterte Emily. Sein Hals war nass von ihren Tränen.

Sie gingen, ohne sich zu verabschieden, ohne Erklärung oder Entschuldigung. Dana und Brady ließen sich nicht blicken. Stumm fuhren sie durch die Straßen der Stadt. Irgendwann streckte Luke eine Hand nach Emily aus – sie ergriff sie und ließ nicht mehr los.

Zu Hause liebten sie sich zum ersten Mal, seit sie zurückgekehrt war. Luke ließ sich Zeit, war sanft und vorsichtig wegen ihres Bauches. Er versuchte, sie auf die Seite zu drehen, um sie nicht mit seinem Gewicht zu belasten.

»Nein«, sagte sie. »Ich will dich spüren. Ganz.« Und sie zog ihn auf sich.

Als er in sie eindrang, begann sie, ihn zu führen, mit den Händen auf seinen Hüften drängte sie ihn, tiefer, schneller, kräftiger einzudringen.

»Ich will dir nicht wehtun«, flüsterte er.

»Du kannst mir nicht wehtun«, sagte sie, und als er sie ansah, war er überrascht, wie dunkel, wie wild ihr Blick war.

»Was willst du?«, fragte er.

»Ich will dich spüren«, wiederholte sie. Nie zuvor hatte er sie das sagen hören. Sagte sie das bei Gray? War er gröber als Luke, war der Sex mit ihm aufregender, wilder?

Luke hörte einen Augenblick lang auf, sich zu bewegen, und beobachtete Emily.

»Hör nicht auf«, keuchte sie. »Mach weiter.« Ihre Stimme klang panisch, verzweifelt.

»Emily«, sagte er, und sie schaute ihn an. Gleich wurde ihr Blick weicher, und sie zog ihn an sich.

»Dreh dich um«, wisperte sie.

Er tat es, und sie rollte sich auf ihn, begann sich vor und zurück zu bewegen, ihre Brüste rieben sich an seiner Brust. Er schaute sie an – sie hatte die Augen geschlossen, ihr Gesicht zeigte einen entschlossenen Ausdruck. Hatten sie sich nicht früher immer in die Augen gesehen, während sie miteinander schliefen?

Er dachte an Blair. Nein, es war Blair, die ihn so überrascht hatte, weil sie seinen Blick nicht losließ, so intensiv, so offen, die ganze Zeit, während sie sich liebten.

Wenn er an Blair dachte, dachte Emily an Gray?

Er beobachtete sie, als sie kam, sah, wie ihr Körper sich bog und wand, sah das Lächeln auf ihrem Gesicht, als sie ihn anschaute.

»Du bist dran«, sagte sie und küsste seine Brust.

Diesmal fuhr Luke mit Amanda in die Berge von Santa Cruz, wo seine Hütte lag und er einen Weg mitten in den Redwoods kannte, den er einmal gegangen war.

»Hast du ein paar Stunden Zeit?«, fragte Luke.

»Klar«, sagte Amanda.

»Willst du deine Mutter anrufen?«

»Nein.«

»Wird sie nicht auf dich warten?«

»Sie arbeitet heute Abend. Außerdem bin ich ein großes Mädchen.«

Sie parkten am Fuße des Wanderwegs und sahen Sweetpea nach, die vorausrannte.

»War Sweetpea schon einmal hier?«, fragte Amanda.

»Ich habe ein paar Monate hier in der Nähe gelebt. Nachdem meine Frau mich verlassen hatte.«

»Ja, richtig. Der Einsiedler.«

Luke lächelte.

Amanda lief hinter Sweetpea her, und sie verschwanden im Wald. Luke nahm zwei Flaschen Wasser aus dem Truck und ging ihnen nach.

Der Wald war dicht und feucht – Luke liebte den intensiven Geruch und spürte einen Anflug von Bedauern, weil er seine Hütte für ein Leben in der Stadt verlassen hatte. Als er hier gelebt hatte, hatte er jeden Tag lange Spaziergänge unternommen und war manchmal stundenlang durch den Wald geirrt. Damals ging es ihm schlecht – die Hälfte der Zeit war er betrunken, die andere Hälfte verkatert gewesen, trübsinnig und gemein. Warum sehnte er sich dann danach zurück? Er hatte Emily wieder, er konnte wieder schreiben. Und dennoch … Er vermisste die Arbeit mit dem Holz, seine Spaziergänge. Und da war noch etwas – aber er konnte es nicht benennen.

Er holte Amanda ein. Im Gänsemarsch liefen sie auf dem schmalen Weg hintereinander her.

Als sie an einer Gruppe von Redwoodtannen vorbeikamen, rief Luke: »Schau dir die mal an.«

Amanda blieb stehen, legte den Kopf in den Nacken und sah an den langen Baumstämmen empor.

»Siehst du, wie sie in einem Kreis angeordnet sind?«

Sie nickte. Die hohen Bäume formten einen Kreis um eine Fläche von ungefähr eineinhalb Metern Durchmesser. »Cool«, sagte Amanda. »Wie kommt das?«

»Man sagt, dass die Redwoods nie sterben. Wenn man einen von ihnen fällt, ist der Stamm zwar für immer verschwunden, aber aus den weit verzweigten Wurzeln des alten Baumes wachsen neue Bäume.«

»Es sieht aus, als hielten sie sich an den Händen«, sagte Amanda. »In einem Kreis.«

»Manche Menschen nennen sie Kathedralen«, erklärte Luke ihr. »Wenn man im Kreis steht und nach oben schaut, sieht man den Himmel.«

Er wollte zwischen zwei Bäumen hindurch in die

Mitte gehen, um es ihr zu zeigen, doch Amanda ging bereits weiter. Ich benehme mich wie ein Lehrer, dachte er. Ziemlich blöd.

Eine Weile liefen sie schweigend weiter, Luke dicht hinter Amanda.

»Wie ist die Schule?«, fragte er.

»Echt klasse«, sagte sie. »Wie ist die Ehe?«

»Prima.«

Sie warf ihm über die Schulter einen Blick zu. Er grinste, und sie verdrehte die Augen.

»Weißt du, was ich hasse?«, fragte sie. »Jungen.«

»Alle Jungen?«

»Alle. Sie sind dumm.«

»Wohl wahr«, sagte Luke.

»Du gehörst auch dazu.«

»Wenn Jungen erwachsen werden, verändern sie sich und sind dann manchmal nicht mehr ganz so dumm.«

»Du auch?«

»Wahrscheinlich nicht.«

»Da hast du Recht«, sagte Amanda.

Wieder lächelte Luke. Er ging schnell, um mit ihr Schritt zu halten. Sie war fit, obwohl er nicht glaubte, dass sie Sport trieb oder viel Übung hatte. Sie hatte den gleichen Körper wie ihre Mutter, klein und schmal. Wie hatte ihr Vater wohl ausgesehen? Ob sie wohl darüber nachdachte? Wie wird Emilys Baby aussehen, wenn es auf der Welt ist?, fragte sich Luke. Wird sie oder er mir ähnlich sehen? Oder Gray Healy?

Amanda hatte ihre roten Haare zu einem Pferdeschwanz zusammengebunden, der beim Gehen auf und ab wippte. Wie bei einem kleinen Mädchen, dachte Luke. Aber sie war kein kleines Mädchen.

»Erzähl mir was über Jungen«, sagte Luke.

»Sie lungern um einen rum, sagen blöde Sachen und denken dann, man findet sie deshalb toll.«

»Hast du schon mal einen Freund gehabt?«

»Nein. Ja.«

Sie gingen schweigend weiter, und Luke wartete darauf, dass sie es ihm erklärte.

»Nicht meiner Mutter erzählen.«

»Ich sehe deine Mutter nicht.«

»Ja, stimmt.«

Wieder war sie still. Der Wald wurde immer dichter, schloss sie beinahe ein, und Luke fühlte sich sicher, irgendwie beschützt. Er mochte solche Gespräche, bei denen man sich nicht ansah. Sie hatten etwas Heilsames. Man konnte alles aussprechen.

»Letztes Jahr war ich auf einer Party«, begann Amanda. »Normalerweise gehe ich nicht auf Partys, aber meine Banknachbarin in Chemie hat mich überredet. Da war ein Typ, den ich cool fand. Sah zwar nicht besonders gut aus, aber er hatte was. Du weißt schon.«

Luke lächelte. »Ich weiß.«

»Egal. Wir haben uns eine Weile unterhalten, und er war irgendwie anders als die anderen Jungen. Er hat über wirklich wichtige Sachen geredet – dass Religion gefährlich ist zum Beispiel, weil sie den Menschen vorschreibt, was sie denken sollen, anstatt sie das allein herausfinden zu lassen.«

»Aha«, sagte Luke. Er wollte, dass sie weiterredete, und jedes Mal, wenn sie innehielt, dachte er, er hätte sie wieder verloren. Doch sie sprach in den Wald hinein, und ob er etwas sagte oder nicht, schien keine Rolle zu spielen.

»Wir haben ein Bier getrunken, vielleicht auch zwei. Dann sind wir aufs Dach gegangen, die Wohnung war in Russian Hill – wir hatten einen Wahnsinnsblick über die Stadt. Ich habe mich gefühlt wie – wie soll ich es beschreiben? – wie auf dem Dach der Welt. Als wären die Sterne unter mir und ich könnte das ganze Universum sehen.«

Sie schien in ihrer Erinnerung zu versinken, denn eine Zeit lang sagte sie nichts, und Luke ließ sie mit ihren Gedanken allein. Sie kamen zu einer Lichtung und liefen über eine Wiese. Das Gras ging ihnen bis zur Taille – es überragte Sweetpea, die irgendwo vor Amanda herlief. Amanda ging mit ausgebreiteten Armen und strich beim Gehen über das Gras.

Erst als sie wieder im Wald waren, als die Bäume sie wieder einschlossen, begann sie weiterzureden.

»Tony sagte, ich soll mich ausziehen, damit er mich anschauen kann. Ich hatte das noch nie getan. Aber ich wollte es. Es ist verrückt. Irgendwie hatte ich nach unserer Unterhaltung und dem Bier da oben auf dem Dach unter den Sternen das Gefühl, ich wäre nicht Amanda, sondern ein anderes Mädchen. Richtig wild. Also habe ich mich ausgezogen, Stück für Stück, während er mir zusah.«

Luke hatte plötzlich Angst, wusste, dass die Geschichte schlecht enden würde, wusste, dass sie es ihm aus einem bestimmten Grund erzählte und dass er möglicherweise versagen würde. Sie hatte es ihrer Mutter nicht erzählt, hatte keinen Vater. Das war keine Geschichte, über die sie in der Schule sprach, nicht mit den Kids aus der Schule, die sie vorhin als schrecklich bezeichnet hatte.

»Er wollte, dass ich mich auf eine Armeedecke lege, die wir da oben gefunden haben. Vielleicht hat er ja auch selber die Decke dahin gelegt, weil er wusste, dass er das tun würde.«

Bitte nicht, betete Luke im Stillen. Tu ihr nicht weh.

Erniedrige sie nicht. Während er darauf wartete, dass sie weitersprach, ging ihm ein merkwürdiger Gedanke durch den Kopf: Emily würde ein Mädchen bekommen, und in einigen Jahren würde es seine Tochter sein, die mit Tony da oben auf dem Dach war.

»Ich lag auf der Decke auf dem Rücken und starrte zu den Sternen. Sie waren überall, unter mir und über mir. Mir war schwindelig, alles war so unwirklich. Ich wartete auf ihn. Er stand über mir, sah mich an und sagte nichts. Ich sagte: ›Tony?‹, und er machte ›Schhh‹. Ich wollte ihn nicht ansehen, also habe ich einfach in den Himmel geguckt. Ich hatte Angst. Aber irgendwie war ich auch aufgeregt. Ich meine, ich wollte einfach keine Jungfrau mehr sein.«

Als sie langsamer ging, verlangsamte Luke ebenfalls seinen Schritt. Es ging bergauf, und sie atmete angestrengt. Er trank einen Schluck Wasser, bot ihr jedoch nichts an. Er wollte diesen Zustand der Trance nicht zerstören – es war, als hätte sie seine Anwesenheit vergessen und erzählte ihre Geschichte sich selbst.

»Schließlich hat er sich neben mich gelegt. Er war auch ausgezogen, und seine Haut war wie Seide. So was hatte ich noch nie gefühlt. Er hat mich überall berührt und ließ mich ihn anfassen, und dann hat er mich gelehrt, wie man Liebe macht.«

Luke schloss erleichtert die Augen – so hatte sie es verdient. Er selbst war beim ersten Mal betrunken und oberflächlich gewesen – ihre Geschichte hatte dagegen beinahe etwas Zauberhaftes. Wie gut für sie.

»Dann ist er aufgestanden und gegangen. Und als ich nach unten kam, war er verschwunden. Er hat nie wieder mit mir geredet. In der Schule tat er so, als würde er mich nicht kennen – ging an mir vorbei, als wäre ich eine Fremde.«

Luke traf es wie ein Schlag in die Magengrube. Er hatte den verrückten Wunsch, Tony zu verprügeln. Und er hatte keine Ahnung, was er dem Mädchen sagen sollte, das da vor ihm ging, langsamer jetzt, als hätte sie das Erzählen ihrer Geschichte viel Energie gekostet.

»Es tut mir Leid«, sagte er schließlich.

Sie wirbelte herum und sah ihn an. »Warum?«

»Es tut mir Leid, dass dir das passiert ist.«

Sie zuckte die Achseln. »Dass ich meine Jungfräulichkeit verloren habe? Das ist doch nichts Besonderes.«

»Es ist etwas Besonderes, Amanda«, sagte Luke. »Und er ist ein Arschloch.«

Sie wandte sich um und ging weiter.

»Willst du einen Schluck Wasser?«, fragte Luke.

Sie schüttelte den Kopf. Er folgte ihr schweigend.

»An der Gabelung da vorne müssen wir nach links«, sagte Luke. »Dann kommen wir wieder zum Auto.«

Lange Zeit gingen sie ohne zu reden bergab hintereinander her. Als sie bei Lukes Truck ankamen, stieg Amanda ein, ohne Luke anzuschauen.

Luke stieg auf der Fahrerseite ein, und Amanda wandte den Kopf ab.

»Nicht alle Jungen sind so«, sagte Luke, ehe er den Motor anließ.

»Ich hätte es dir nicht erzählen sollen.«

»Ich bin froh, dass du es mir erzählt hast.«

»Vergiss es wieder.«

Luke fuhr los. Amanda starrte aus dem Fenster und wich seinem Blick aus. Sie fuhren durch die Berge zurück in die Stadt.

»Glaubst du, dass ich dasselbe mit deiner Mutter getan habe?«, fragte Luke schließlich.

Amanda antwortete nicht.

***

Luke betrat das Wartezimmer der Klinik und dachte eigentlich, er würde Emily allein dort vorfinden. Doch es waren Dutzende von Frauen in dem Raum, einige von ihnen hochschwanger, und alle drehten sich um, als er eintrat. Er war der einzige Mann im Raum – wo waren die anderen Väter?

Endlich entdeckte er Emily, die mit einer Zeitschrift in einem Sessel saß und sichtlich unglücklich war, ihn zu sehen.

Er ging zu ihr und hockte sich neben den Sessel.

»Ich wollte dich überraschen«, erklärte er. »Deinen Arzt kennen lernen. Den Herzschlag hören.«

Sie antwortete nicht sofort.

»Ich muss bestimmt noch ewig warten«, sagte sie dann.

»Und ich werde dir Gesellschaft leisten.«

»Das musst du nicht«, sagte Emily.

»Das weiß ich.«

»Geh nach Hause und arbeite. Du wirst noch oft genug Gelegenheit haben zu sehen, wie der Doktor meinen Bauch vermisst.«

»Ich will aber bleiben«, beharrte Luke.

»Es ist langweilig.«

»Ich will deinen Arzt kennen lernen.«

»Vielleicht ist er heute gar nicht da. Manchmal ist es auch jemand anders.«

»Gib auf, Emily.«

»Ich hasse es, dir deine Zeit zu stehlen.«

Er sah auf, und all die anderen Gesichter wandten plötzlich den Blick ab. War dies hier ein so intimer Bereich, dass kein anderer Ehemann die Erfahrung mit seiner Frau teilte? Kurz bevor er die Klinik betreten hatte, hatte er sich im Geiste vorgestellt, auf lauter glückliche Paare zu treffen, die von einem freudestrahlenden Arzt gesegnet wurden, der den Frauen die Hand auf den Bauch legte und verkündete, dass sie ein gesundes Baby erwarteten. Stattdessen schien seine Frau ärgerlich zu sein, und die anderen Frauen starrten ihn an wie einen Eindringling.

Er erhob sich, holte sich eine Zeitung aus dem Ständer und zog einen Stuhl neben den von Emily.

»Ich dachte, du würdest dich freuen«, sagte er leise.

»Das tue ich auch«, versicherte sie ihm.

Er schaute sie an und sah ein angestrengtes Lächeln.

Luke griff nach ihrer Hand. »Ich versuche es«, sagte er. »Neu anzufangen.«

»Ich weiß.«

»Das hier gehört dazu.«

»Herrje, Mädchen«, rief eine farbige Frau neben Emily aus. »Wenn mein Mann hier auftauchen würde, würde ich einen Herzinfarkt kriegen.«

Ein paar Frauen kicherten.

Emily beugte sich hinüber und küsste Luke.

Die farbige Frau pfiff. »Hey Süßer, wenn du willst, kannst du auch mit zu meinem Termin kommen.«

Luke lächelte ihr zu und schüttelte den Kopf. »Ein Bauch reicht mir«, sagte er.

Eine Stimme ertönte: »Emily Peck.«

Emily und Luke sprangen gleichzeitig auf die Füße. Luke ließ Emily vorausgehen und folgte ihr zu der Tür. Die Schwester führte sie durch einen langen Gang in ein kleines Zimmer.

»Mein Mann möchte dabei sein«, sagte Emily.

»Natürlich«, sagte die Schwester. »Setzen Sie sich doch.« Sie wies auf einen Hocker in der Ecke, und Luke nahm Platz. »Ich habe nur ein paar Fragen.« Sie wandte sich an Emily. »Setzen Sie sich doch bitte auch.«

Emily setzte sich auf den Rand der Untersuchungsliege. Die Schwester öffnete eine Akte und schaute hinein. »Vierzehnte Woche. Wir warten mit dem Triple-Test bis zur nächsten Vorsorgeuntersuchung. Bei diesem Test sehen wir, ob ein Risiko für das Downsyndrom oder Spina bifida, das ist ein offener Rücken, besteht. Dr. Lewis wird es Ihnen genau erklären.«

Sie holte das Blutdruckmessgerät hervor.

Luke begann zu rechnen. Er saß hinter Emily und konnte ihr Gesicht nicht sehen, aber er hatte gesehen, wie sie ganz leicht die Schultern anspannte, als die Schwester anfing zu sprechen. Vierzehnte Woche.

Emily hatte Luke während der Vorführung von *Geography of Love* verlassen. Am 27. November. Vor vier Monaten. Sie hatte ihm gesagt, sie sei in der sechzehnten Woche. Dass er sie in der Woche, ehe sie ihn verließ, geschwängert haben musste. Dass sie sich vielleicht deswegen so irrational benommen hatte. Wegen der durcheinander geratenen Hormone.

Vierzehnte Woche. Da hatte er bereits die Hütte in den Bergen gefunden. Hatte bereits aufgegeben, nach ihr zu suchen oder auf sie zu warten.

Sie hatte Gray Healy im April, während ihres Skiurlaubs, angerufen. Ich bin morgen wieder zu Hause. Bei Gray Healy, dem Squashkönig. Dem Vater von Emilys Kind.

Bevor die Schwester den Raum verließ, gab sie Emily ein Hemd. Sie zog es an, mit dem Rücken zu Luke, als wäre sie eine scheue, jungfräuliche Braut.

Ihren Mann erwartend.

Der ruhig war, immer noch rechnete. Sechzehn Wochen war es her, seit sie die Filmvorführung verlassen hatte. Er hatte den Zettel am Kühlschrank gefunden. Hatte sie schon gewusst, dass sie ihn verlassen würde, als sie losfuhren, oder war sie aus dem Kino gekommen, hatte den Zettel unter den Pinguin an den Kühlschrank gepinnt und war zu Gray Healy gerast? In das Haus in Noe Valley. Wo sie sich mit Mr. Healy traf, der die Tage mit ihr verbrachte, anstatt zur Arbeit zu gehen, und zu Hause anrief, um seiner Frau zu sagen: Das Meeting dauert lange, sehr lange, warte nicht auf mich.

Emily saß auf der Untersuchungsliege, ohne sich umzudrehen und ohne ein Wort zu sagen.

Sie warteten auf den Arzt. Luke rechnete noch einmal nach.

Wann hätte Emily ihm wohl gesagt: Der Termin ist falsch. Oder hätte sie behauptet, das Baby sei zwei Wochen zu früh dran, was so häufig vorkam, dass kein Mann anfangen würde, die Tage zu zählen.

Tage, an denen sie mit Gray Healy geschlafen und ihr Diaphragma nicht benutzt hatte.

Die Tür ging auf, und ein riesiger Mann füllte den Raum mit seiner Gestalt.

»Miss Peck?«

»Das ist mein Mann, Luke Bellingham.«

Der Mann streckte hinter Emilys Rücken eine Bärenpranke aus, die Lukes Hand verschlang.

»Der stolze Papa«, sagte der Arzt.

Luke antwortete nicht.

»Und wie geht es uns?«, fragte der Mann, unerträglich fröhlich, ein richtiger Weihnachtsmann von einem Arzt.

»Wir sind verwirrt«, sagte Luke und sah wieder, wie sich Emilys Schultern anspannten. Sie drehte sich nicht um. »Über die Art, wie Sie die Wochen der Schwangerschaft zählen.«

Der Doktor hob seine dichten Augenbrauen und

warf Emily einen schnellen Blick zu, die aber stur geradeaus schaute.

»Wir möchten darüber Klarheit haben«, sagte Luke, und seine Stimme klang zu laut in dem engen Untersuchungszimmer. »Emily wird schwanger. Sagen wir am 26. November. Vielleicht auch am 25., da ich am Abend vor der Premiere, dem Abend, an dem sie mich verlassen hat, bis spät in die Nacht gearbeitet habe.«

»Hör auf«, sagte Emily.

»Berechnungen. Was ist das? Zahlen?«, fragte Luke. »Eine dumme Frage. Und trotzdem, entschuldigen Sie bitte, Herr Doktor, aber ich muss es wissen.«

»Ja«, sagte der gute Doktor. Er musste inzwischen wissen, was kommen würde. Er ließ sich schwerfällig auf einen Stuhl fallen und sah Emily an, obwohl es Luke war, der anscheinend nicht aufhören konnte zu reden.

»Wir haben wohl am 25. November miteinander geschlafen. Ich weiß es nicht mehr genau, aber es ist gut möglich, dass wir an dem Abend Sex hatten. Wir haben uns damals, bevor Emily mich verlassen hat, oft geliebt.«

»Luke«, sagte sie flehend.

»Ich komme zum Punkt«, sagte er zu dem Arzt. »Sex also. Sie benutzte ein Diaphragma, doch das ist natürlich auch nur zu – wie viel? – neunundneunzig Prozent sicher. Aber das sind nicht die Zahlen, die mich interessieren. Ich will wissen, wie Sie die Wochen zählen. Ist sie sofort schwanger, wenn das Sperma seine Pflicht getan hat? Erster Tag und es zählt? Oder geben Sie dem Sperma und dem Ei ein paar Wochen Zeit, sich aneinander zu gewöhnen, ehe Sie anfangen, Tage oder Wochen zu zählen? Sagen Sie mir, Herr Doktor, wie funktioniert das genau?«

»Wir zählen vom ersten Tag der letzten Regel an. Das ist die erste von vierzig Wochen.«

»Dann kommen also eine oder zwei Wochen dazu. Ist es so?«

Der Arzt musterte Emily, die stur geradeaus auf ein Poster mit der Überschrift *So entwickelt sich Ihr Kind* schaute. Suchte sie dort nach Antworten auf seine Fragen? In der Hoffnung, er würde sich in Luft auflösen, damit sie sich der Entwicklung ihres Kindes widmen konnte?

»Und die gute Schwester hat gesagt, dass meine Frau in der vierzehnten Woche ist. Haben Sie einen Kalender, Herr Doktor?«

»Nein, Mr. Bellingham.«

»Weil ich nämlich Schwierigkeiten mit den Zahlen habe.«

»Bitte geh, Luke«, sagte Emily.

Luke stand auf. Ihm war schwindelig, er war kurz davor umzukippen. Einen Moment lang schloss er die Augen, um sein Gleichgewicht wiederzufinden.

»Ich möchte gerne mit Emily allein sprechen«, sagte der Arzt.

»Das könnte eine gute Idee sein«, pflichtete Luke ihm bei. »Finden Sie heraus, ob ein anderer stolzer Papa in dieser verdammten Klinik an ihrer Seite stehen möchte.«

»Luke«, sagte sie.

Luke quetschte sich an dem Arzt vorbei und stieß die Tür auf. Er brauchte Luft, Raum, Abstand von seiner Frau.

Er ging den Gang hinunter ins Wartezimmer. Alle Frauen sahen ihn an. Sie wissen alle Bescheid, schoss es ihm absurderweise durch den Kopf. Die ganze verdammte Welt weiß es. Er blieb nicht stehen, durchquerte das Wartezimmer und verließ die Klinik.

Er fand seinen Truck auf dem Parkplatz, startete und

fuhr stundenlang durch die Straßen der Stadt, in Gedanken immer wieder die Tage zählend.

Als er zur Haustür hereinkam, sprang Sweetpea an ihm hoch.

»Mist«, murmelte Luke. »Amanda.«

Er hätte sie vor einer Stunde an der Schule abholen sollen, um mit ihr und Sweetpea zum Strand zu fahren. Jetzt war Sweetpea völlig aus dem Häuschen – er mochte sich nicht vorstellen, wie Amanda sich fühlte. Im Stich gelassen, wie sie es vielleicht erwartet hatte.

Anrufen konnte er sie nicht – das Risiko, dass ihre Mutter ans Telefon ging, war zu hoch. Obwohl er jetzt für sein Leben gern mit Blair sprechen und mit ihr bei einer Flasche Wein in ihrem unmöglich engen Haus sitzen würde. Ihr sagen würde: Es tut mir Leid. Sie hat sich irgendwie verzählt. Nimm mich zurück.

Zurück? Sie hatte ihn noch gar nicht genommen gehabt. Es war nur eine Vision gewesen, die, kaum dass sie sich gezeigt hatte, auch schon wieder verschwunden war.

Das Telefon klingelte. Er ging nicht dran, wollte nicht, dass Emily ihm irgendwelche neue Berechnungen präsentierte, bei denen Wochen multipliziert, addiert, dividiert oder subtrahiert wurden.

Er ignorierte das Telefon, zählte, wie oft es klingelte, ging auf die Suche nach einer Flasche Bourbon. Sweetpea zog sich beleidigt zurück. Das Telefon schwieg, dann begann es von neuem zu klingeln. Er trank seinen ersten Bourbon stehend in der Küche, starrte dabei auf den Kühlschrank. Stellte sich vor, was er auf den Zettel schreiben würde, den er ihr am Kühlschrank hinterlassen würde: Ich kann nicht das Kind eines anderen aufziehen. Ich kann nicht die Frau eines anderen lieben. Ich kann nicht Lebewohl sagen.

Sie würde einen Geschmack von ihrer eigenen Medizin bekommen. Einen Zettel, der einem das Herz herausreißt.

Er goss sich den zweiten Bourbon ein, als das Telefon wieder zu klingeln begann. Der Alkohol und der Gedanke an den ungeschriebenen Zettel hatten seine Wut besänftigt und ihn benommen gemacht. Er hob diesmal ab.

»Hallo?«

»Luke, hier ist Amanda.«

»O Gott, es tut mir Leid.«

»Meine Mutter ist bewusstlos. Ich habe einen Krankenwagen gerufen. Ich habe Angst –«

»Ich komme sofort.«

»Ich höre den Krankenwagen. O, mein Gott, er ist da.«

»Fahr mit. Wir treffen uns dort. In der Uniklinik?«

Doch sie hatte bereits aufgelegt.

Er raste aus dem Haus und sprang in den Truck. Wie ein Verrückter fuhr er durch die Straßen der Stadt, jetzt mit klarem Kopf, nachdem er vorher stundenlang wie im Nebel gefahren war. Er war wütend, weil er nicht schon früher ans Telefon gegangen war, wütend, dass er mit Emily in der Klinik gewesen war, anstatt bei Amanda zu sein. Bei Blair.

Irgendwie hatte er noch nicht richtig begriffen, dass Blair sterben würde – noch etwas, das sie exotisch machte. Man sah ihr nicht an, dass sie sterben würde. Man roch es nicht, man fühlte es nicht. Selbst als sie bei der Arbeit das Bewusstsein verloren und er sie ins Krankenhaus gebracht hatte, hatte er eher das Gefühl gehabt, sich um ein Problem zu kümmern, nach dessen Bewältigung es ihr besser gehen würde. Männliche Eitelkeit, männliche Dummheit. Sie starb. Sie hatte es nie anders ausgedrückt.

Er hielt auf dem Krankenhausparkplatz und hastete zur Aufnahme. Man schickte ihn in den neunten Stock, wo Amanda vor einer geschlossenen Tür stand.

Er nahm das Mädchen in den Arm, und sie ließ sich von ihm festhalten.

Schließlich löste sie sich von ihm und wischte sich das Gesicht mit dem Ärmel ab.

»Der Arzt ist gerade bei ihr«, erklärte sie. »Sie ist wieder bei Bewusstsein. Aber sie war eine ganze Weile weg. Ich habe auf dich gewartet, anstatt gleich nach Hause zu gehen. Ich dachte, du kommst noch. Deswegen war ich erst spät zu Hause, und vielleicht war sie die ganze Zeit über bewusstlos.«

Luke zog sie wieder an sich. »Es tut mir Leid«, flüsterte er, hielt sie fest, den Kopf leicht auf ihren gelegt.

Die Tür ging auf, und ein Arzt erschien. Diesmal war es ein schlanker, durchtrainierter Typ mit einem kurzen, strengen Haarschnitt.

»Sind Sie der Ehemann?«, fragte er Luke.

»Nein«, sagte Luke, »ein Freund.«

»Wie geht es ihr?«, fragte Amanda.

»Wir müssen einige Untersuchungen machen«, antwortete der Arzt. »Ihr Onkologe wird dazugeholt. Sie ist jetzt wach und ruht sich aus.«

»Dürfen wir zu ihr?«, fragte Luke.

Der Arzt nickte und trat zur Seite.

Amanda stürmte an Luke vorbei durch die Tür. Luke zögerte, ehe er den Raum betrat.

Blair wirkte winzig unter der Decke, mädchenhaft und verlassen, wie eine Frau, die wirklich sterben könnte. Sie war blass, und die Augen lagen tief in den

Höhlen. Sie hatte einen Verband über einem Auge, und ihr Gesicht sah zerschunden aus. Luke schluckte, spürte einen metallischen Geschmack im Mund.

Blair sah Luke an, erst überrascht, dann sofort wütend.

»Ich habe ihn angerufen«, sagte Amanda. »Ich hatte Angst.«

Blair nickte schwach. Ihr Zorn schien im Nu verflogen zu sein. Luke hörte ein summendes Geräusch. Ein hellgrüner Vorhang trennte Blairs Bett von dem einer anderen Patientin – vielleicht hing sie an irgendeiner Maschine. Es roch nach Ammoniak und noch irgendetwas anderem – Luke sah sich um. Blumen. Auf der Fensterbank stand eine Vase neben der anderen mit den Blumen der Bettnachbarin.

Luke trat an Blairs Bett und legte ihr sanft die Hand aufs Handgelenk.

»Wie fühlst du dich?«

»Spitze«, antwortete sie. »Wollen wir tanzen gehen?«

»Ich gebe dir eine halbe Stunde, um dich fertig zu machen.«

»Kein Problem.«

Amanda schaute ihn alarmiert an. Luke lächelte ihr zu. »Keine Angst, sie geht nirgendwohin«, versicherte er ihr.

»Was hat der Arzt gesagt?«, fragte sie ihre Mutter.

Blair zuckte die Achseln. »Wie kommt es nur, dass jeder ein Experte ist, aber keiner Ahnung hat?«

»Es tut mir Leid, dass ich nicht pünktlich zu Hause war«, sagte Amanda leise.

»Sie hat jetzt nämlich ein Privatleben«, erklärte Blair Luke.

»Mom.«

Blair wandte sich an Luke. »Ich glaube, sie hat einen Freund. Mit einem Auto.«

»Mom.«

»Das ist doch gut, Amanda.«

»Wenn ich zu Hause gewesen wäre, hätte ich dich früher gefunden.«

»Ich habe nur ein Schläfchen gemacht. Du machst viel zu viel Aufhebens darum.«

»Wenn du das nächste Mal ein Schläfchen machst«, sagte Luke, »dann leg dich vorher hin. Ist besser für deinen Kopf.«

Blair legte die Hand an ihre verletzte Wange und stöhnte. »Du hast Recht«, sagte sie.

»Warum hast du ihn angerufen?«, fragte Blair Amanda.

»Hab ich dir doch gesagt – ich hatte Angst.«

»Aber warum gerade ihn?«

»Keine Ahnung.«

»Ich bleibe nicht lange«, sagte Luke.

»Gut«, sagte Blair.

»Ich gehe nach der Schule mit seinem Hund spazieren«, sagte Amanda. »Wir gehen gemeinsam spazieren.«

Blair sah von Luke zu Amanda und wieder zu Luke. Amanda hockte am Fenster und starrte nach draußen.

»Er ist der Freund?«, fragte Blair.

»Nein«, sagten Amanda und Luke wie aus einem Munde.

»Ich habe keinen Freund.«

»Ich habe sie engagiert«, erklärte Luke.

»Du hast sie engagiert?«

»Damit sie mit Sweetpea spazieren geht.«

»Mit Sweetpea spazieren geht?«

»Mom. Lass das. Okay?«

»Du bist ihr Freund mit dem Auto?«

»Er ist nicht mein Freund«, sagte Amanda empört. »Ich gehe mit dem Hund spazieren, Mom, so kompliziert ist das doch nicht.«

»Also ich finde das ziemlich kompliziert«, sagte Blair. »Erst taucht dieser Mann in meinem Leben auf, dann verschwindet er aus meinem Leben, dann taucht er plötzlich wieder auf, und du gehst mit seinem Hund spazieren.«

Luke lächelte. »Du kapierst ziemlich schnell«, sagte er.

»Und du konntest mir nicht erzählen, mit wem du dich nach der Schule rumtreibst?«

»Ich habe mich nicht rumgetrieben.«

»Aber du konntest es mir nicht erzählen.«

»Du wärst stinksauer geworden.«

»Da hast du Recht.«

»Es ist wirklich nicht leicht zu erklären«, gab Luke zu.

»Versuch es.«

»Ich konnte mich nicht trennen.«

»Von meiner Tochter?«

»Oder von euch beiden.«

»Du bist also mit meiner Tochter am Strand spazieren gegangen.«

»Manchmal sind wir auch in die Berge gefahren«, sagte Amanda. »Es ist wunderschön da oben.«

Blair machte die Augen zu. Einen Augenblick lang sagte keiner etwas.

»Wie geht es deiner Frau?«, fragte sie schließlich.

»Ich habe einen Fehler gemacht«, sagte Luke.

Luke fuhr nach Hause, um Sweetpea und seinen Laptop zu holen. Er würde Emily besagte Nachricht am Kühlschrank hinterlassen und in seine Hütte in den

Bergen zurückgehen. Vielleicht durfte er Blair ja besuchen.

Zu seiner Überraschung war Emily zu Hause, bereitete das Abendessen vor und wartete auf ihn. Er hatte sich vorgestellt, sie würde in Noe Valley auf den stolzen Papa warten.

Als er in die Küche kam, sah sie auf. Sie rührte in einem Topf, hielt kurz inne, fing seinen Blick auf, sah gleich wieder weg und rührte eifrig weiter.

»Ich gehe«, sagte er.

»Tu es nicht.«

»Ich gehe zurück in meine Hütte.«

»Bitte, Luke.«

»Bitte jetzt keine Erklärungen, Emily. Es war so viel einfacher, als du fort warst.«

Sie griff nach einem Glas Wasser auf dem Tisch und nahm einen Schluck.

»Bleib zum Essen«, sagte sie. »Bleib so lange, dass wir miteinander reden können.«

»Nein«, lehnte er ab.

Er verließ die Küche, ging in sein Arbeitszimmer und packte den Laptop in eine Tasche.

Im Schlafzimmer blieb er an der Tür stehen, schaute auf die zerknüllten Laken und dachte daran, wie sie vergangene Nacht miteinander geschlafen hatten. Er dachte an Blair, eine andere Blair als die, mit der er geschlafen hatte, so winzig jetzt in dem Krankenhausbett. Plötzlich stand Emily an seiner Seite.

»Ich will Gray Healy hier nicht haben«, sagte Luke. »Wir werden das Haus verkaufen.«

»Gray Healy wird niemals hierher kommen«, sagte Emily.

»Wirst du hier bleiben?«

»Ja, wenn ich darf.«

»Und das Haus in Noe Valley?«

»Der Mietvertrag geht bis Ende des Monats. Ich werde ausziehen.«

»Wo ist Mr. Healy?«

»Bei seiner Frau.«

»Hat er Kinder?«

»Nein.«

»Wird er dein Kind aufziehen?«

Sie wandte sich ab und ging weg.

Luke betrat das Schlafzimmer, warf einen Pullover und eine Jeans in die Tasche. Den Rest konnte er dalassen – so hatte er es das erste Mal auch gemacht. Er brauchte nicht viel in den Bergen.

Er ging die Treppe hinunter zur Haustür. Sweetpea wartete auf ihn.

»Auf Wiedersehen, Luke«, sagte Emily. Sie stand im Flur, eine Hand auf ihren Bauch gelegt.

Er blieb stehen und sah sie an.

»Warum konntest du damals nicht auf Wiedersehen sagen?«, fragte er.

»Ich bin nicht so mutig wie du«, antwortete sie.

»Ich bin nicht mutig«, widersprach er. »Ich habe Angst.«

»Du könntest bleiben.«

Er schüttelte den Kopf. Einen Augenblick lang blieb er noch stehen, dann wandte er sich ab und verließ hinter Sweetpea das Haus.

In der Hütte war es kalt und staubig, und der Müll, den Luke vor Wochen bei seiner Abreise vergessen hatte, stank schrecklich. Doch Sweetpea raste durch die Hütte, als wäre sie in ihr Schloss zurückgekehrt.

Er machte sauber, weil er wusste, dass es ihm nur noch schlechter gehen würde, wenn er in diesem

Gestank schlief. Dann baute er seinen Laptop auf, entschlossen, diesmal auch ohne seine Muse weiterzuschreiben.

Als die Hütte sauber war, ging er in seine Werkstatt. Da war der Tisch, an dem er gearbeitet hatte, und er bewunderte sein Werk. Er würde weiter Möbel konstruieren – es hatte etwas Solides und Wirkliches, ganz im Gegensatz zum Konstruieren von Geschichten, die auf schwachen Worten standen, auf erfundenen Charakteren, ausgedachten Plots. Er wollte, dass das Ergebnis seiner Arbeit etwas war, worauf man sitzen oder woran man essen konnte, etwas, das dauerhaft war.

Die Nacht war kalt und klar. Sweetpea hüpfte aufgeregt um seine Beine, weil es so viele Gerüche zu erforschen gab. Luke blickte in den mit Sternen übersäten Himmel und atmete tief ein. Beim Ausatmen entrang sich seinem Innern ein erstickter Seufzer.

Sweetpea begann zu jaulen.

»Alles in Ordnung, altes Mädchen. Ich bin nur ein bisschen verrückt nach all den Jahren.«

Er ging in die Hocke, um Sweetpea zu streicheln, die sich sofort auf den Boden fallen ließ und ihm ihren Bauch entgegenstreckte.

»Komm rein, Mädchen. Es ist zu kalt hier draußen.«

Er ging voraus und nahm Holz für den Kamin mit hinein. Mit Hilfe des elektrischen Heizkörpers, den er mitgebracht hatte, war es schon wärmer in der Hütte geworden. Luke fachte ein Feuer an und suchte sich ein Buch von Raymond Chandler, das er schon einmal gelesen hatte. Er hatte keine Lust mehr auf Überraschungen.

Er ließ sich in den alten Sessel fallen und fühlte sich

zu Hause wie in einer alten Jeans. Hier gehöre ich her, dachte er. Der Einsiedler.

Amanda fiel ihm ein. Er musste den beiden sagen, wo er war. Er musste sich verabschieden. Er sah nicht auf die Uhr, nahm den Hörer ab und wählte Blairs Nummer.

Kapitel 9

Du bist schon wieder zu Hause?«, fragte Luke.

»Ich hasse Krankenhäuser«, erklärte Blair. Sie lag hellwach im Bett, und als das Telefon klingelte, stürzte sie sich darauf. »Ich habe ihnen versprochen, dass ich für die Untersuchungen morgen wiederkomme. Amanda darf mich nicht noch einmal ins Krankenhaus bringen lassen.«

»Amanda hat das Richtige getan«, sagte Luke.

»Indem sie dich angerufen hat?«

»Das auch.«

»Willst du mich retten?«

»Nein, Blair. Ich weiß, dass ich das nicht kann.«

»Du hast einen Film über einen Jungen geschrieben, der mich hätte retten sollen. Und jetzt willst du das übernehmen.«

»Nein.«

»Ich musste damals nicht gerettet werden, Luke, und ich muss heute nicht gerettet werden. Das sind deine Fantasien, nicht meine.«

Luke sagte nichts. Sie konnte ihn atmen hören.

»Wo bist du?«, fragte Blair.

»Zurück in den Bergen. In meiner Hütte.«

»Hast du deine Frau verlassen?«

»Ja.«

»Geht es dir gut?«

»Gut wäre übertrieben.«

»Willst du Gesellschaft?«

»Hier?«

»Ich könnte rauskommen. Den Einsiedler in seiner Höhle besuchen.«

»Mein Gott, Blair, das wäre wundervoll.«

»Wie lange fährt man da raus?«

»Eine Stunde. Vielleicht auch weniger. Willst du bis morgen früh warten?«

»Nein. Ich will jetzt kommen. Ich kann nicht schlafen. Ich hinterlasse Amanda eine Nachricht.«

»Warte. Du bist heute umgekippt. Du bist gerade erst aus der Klinik gekommen. Du kannst jetzt nicht hier rausfahren.«

»Warum nicht, zum Teufel?«

Luke sagte nichts.

Blair war bereits aus dem Bett und lief im Zimmer hin und her. Sie fand eine Jogginghose am Fußende des Bettes, klemmte den Hörer zwischen Ohr und Schulter und zog sie an.

»Ich hole dich morgen früh ab«, sagte Luke.

»Ich komme jetzt. Gib mir einfach die Adresse und sag mir, wie ich fahren muss. Ich habe mich auf dem Weg nach Woodside schon einmal total verfahren.«

Sie zog ein Jeanshemd an, schlüpfte in ein Paar Clogs und holte sich Papier und Bleistift von ihrem Schreibtisch.

»Fang an«, sagte sie. »Ich bin so weit.«

»Blair –«

»Bitte, versuch nicht, mich zu beschützen«, sagte sie.

»Das will ich nicht.«

»Was willst du dann?«

»Ich will vergessen, dass ich sterbe. Dafür bist du doch gut. Wenn ich mich recht erinnere. Und im Moment kann ich an nichts anderes als das Krankenhaus denken und an das Gesicht meiner Tochter, als ich wieder zu mir kam, und an den Superonkologen, der nichts dagegen tun kann.«

»Na gut«, sagte Luke, und Blair atmete auf.

»Der Weg«, erinnerte sie ihn.

Er beschrieb ihr, wie sie fahren musste. Sie legte auf und kritzelte eine Nachricht für Amanda. *Bin zu unserem Waldschrat in die Berge gefahren. Komme morgen wieder. Ruf mich dort an, ehe du zur Schule gehst. Die Nummer ist: 650-836-9087. Hör auf, dir Sorgen um mich zu machen. Ich liebe dich, Mom.*

Sie legte den Zettel auf Amandas Türschwelle, schnappte sich ihren Rucksack und ging hinaus in die Nacht. Caseys Auto wartete in der Auffahrt auf sie, der Schlüssel lag unter der Fußmatte. Er benutzte das Ding nie – bestimmt würde er es heute Nacht nicht vermissen.

Sie genoss es zu fahren, war froh, etwas zu tun zu haben, etwas, worauf sie sich konzentrieren musste. Sie war mit einer besorgten und fordernden Tochter aus der Klinik gekommen – »du kannst nicht nach Hause gehen, sie wissen nicht, was mit dir los ist« –, und als sie gesagt hatte: »Ich weiß, was mit mir los ist. Ich sterbe. Und ich möchte lieber zu Hause in meinem Wohnzimmer mit einem Glas Wein und bei einem alten Film sterben«, hatte Amanda für den Rest des Abends geschmollt. Sie war früh in ihr Zimmer gegangen, ohne mit ihrer Mutter zu reden. Aber schließlich hatte sie schon seit Wochen nicht mehr mit ihrer Mutter geredet. Seit sie angefangen hatte, sich mit Mr. Hollywood herumzutreiben.

Jetzt war Blair an der Reihe, sich mit ihm herumzutreiben. Als er anrief, hatte sie gerade an ihn gedacht, an sein süßes Lächeln, als er im Krankenhaus auf sie hinuntergeschaut hatte. Er war sexy, und sie wollte Sex. Schnaps und Sex. Er war für beides gut. Und am Morgen konnte sie einfach in ihr Auto steigen, sie konnte ihn verlassen und brauchte ihn nie wieder zu sehen.

Sie fuhr vom Highway ab und lenkte den Wagen in die Berge. Die Straße war unglaublich kurvig. Nach jeder Biegung zwinkerten ihr aus der Tiefe die Lichter von Silicon Valley zu. Sie fühlte sich irgendwie leicht, beinahe frei. Frei für Sex mit Luke Bellingham. Heute Nacht würde sie Spaß haben – und morgen würde sie ihn verlassen.

Sie bog in die lange Zufahrt ein und sah Sweetpea im Scheinwerferlicht. Die Hündin sprang hin und her, als würde sie das Auto kennen, als wüsste sie, wie sehr Blair sie ins Herz geschlossen hatte.

Sie hielt am Ende der Zufahrt, öffnete die Tür und ließ sich erst einmal überschwänglich von Sweetpea begrüßen.

»Okay, bring mich zu deinem Herrchen«, sagte sie.

»Das Herrchen wird nie so begrüßt.« Lukes Stimme kam irgendwo aus der Dunkelheit auf der anderen Seite des Autos.

»Wo, zum Teufel, bin ich hier?«, fragte Blair. »Ich bin Stunden gefahren.«

»Wir sind ganz nah am Skyline«, antwortete Luke und kam auf sie zu. »Einen halben Kilometer vom Gipfel entfernt. Wenn du auf der anderen Seite hinuntergehst, kommst du zum Strand.«

»Lebt hier draußen noch irgendjemand anders?«

»Es gibt nicht viele, die so verrückt sind«, sagte er. »Komm rein. Das Feuer im Kamin brennt schon.«

Er hatte sie nicht berührt. Er war vorsichtig – das spürte sie sofort. Und irgendetwas an ihm hatte sich verändert.

Als sie die Hütte betrat, wusste sie sofort, dass dies Lukes wahres Zuhause war. Die Hütte war warm, gemütlich – alte Holzmöbel und helle Stoffe, und der Feuerschein verlieh allem einen rosigen Glanz. Sie kannte sein Haus in der Stadt nicht, doch sie konnte ihn sich nirgendwo anders als hier vorstellen. Sie sah den Sessel, den Bücherstapel auf dem Boden, die vielen Kerzen auf dem Kaminsims.

»Hübsch«, sagte sie.

Er nickte lächelnd.

»Und du siehst besser aus«, sagte sie. Er bewegte sich an diesem Ort leichter.

»Möchtest du etwas trinken?«

»Ja, gerne.«

»Scotch?«

Sie nickte, wanderte im Zimmer umher, fuhr mit der Hand über den kleinen Tisch, auf dem er seinen Laptop aufgestellt hatte.

»Hast du den gebaut?«

»Ja. Morgen zeige ich dir meine Werkstatt. Hinter unserem Haus in der Stadt hatte ich einen Verschlag, in dem ich ein bisschen basteln konnte. Dorthin habe ich mich geflüchtet, wenn ich nicht schreiben konnte. Hier draußen habe ich mir dann eine richtige Werkstatt eingerichtet.«

Sie schaute sich prüfend in der winzigen Küche um, sah gute Kochtöpfe, das Regal mit den Vorräten – brauner Zucker, Nudeln, Reis, Mehl.

»Du kochst?«

»Nicht besonders gut. Vielleicht zauberst du uns ja irgendwann einmal ein Abendessen.«

»Ich habe frei«, sagte sie.

»Ich meinte nicht –«

»Ich hatte nicht vor, für immer hier zu bleiben«, sagte sie, hockte sich vor den Kamin und wärmte ihre Hände am Feuer.

»Ich weiß.«

»Nur heute Abend.«

»Bitte sehr«, sagte er. Sie erhob sich und nahm ihm den Drink ab. Sie schaute ihn an, sah sein schiefes Lächeln – eingebildet wie ein Junge und verletzlich wie ein Mann –, und das Atmen fiel ihr leichter. Sie stieß mit ihm an.

»Setz dich«, sagte er und bot ihr den Sessel an. Er zog die Ottomane heran und setzte sich ihr gegenüber.

Sie machte es sich gemütlich. »Ich werde nie wieder aufstehen. Das ist ein wunderbarer Sessel.«

»Ich weiß. Ich habe ein paarmal zu oft darin geschlafen.«

»Warum bist du überhaupt hier weggegangen?«, fragte sie.

»Um dich zu finden«, sagte er.

Sie verdrehte die Augen.

»Ich bin heute Abend zurückgekommen«, sagte er, wandte den Blick von ihr ab und schaute ins Feuer. »Und ich dachte, gut, ich habe Emily verlassen. Ich bin froh, dass ich hier bin und nicht in der Stadt, nicht in meinem Haus, nicht in meiner Ehe. Doch statt glücklich zu sein, war ich unglaublich einsam. Ich habe vorher drei Monate hier gelebt und mich nie einsam gefühlt.«

»Du wirst dich wieder daran gewöhnen.«

»Nein, ich war deinetwegen einsam. Das bin ich, seit ich dich kennen gelernt habe.«

»Du bist verrückt.«

»Darin bin ich gut«, sagte Luke lächelnd.

»Vielleicht bist du ja schon wieder so weit, dich mit Frauen zu verabreden.«

»Ausgehen? Das glaube ich nicht, Blair.«

»Du vergisst eines. An mich solltest du dich nicht gewöhnen.«

»Das kann ich nicht vergessen«, sagte er.

Luke beugte sich vor, streckte die Hand aus und streichelte Blairs Gesicht. Sie schloss die Augen. Irgendwie hatte sie das Gefühl, seine Hand würde ihr tiefstes Inneres berühren.

»Wie wäre es mit einem One-Night-Stand? So etwas Ähnliches hatte ich im Sinn«, sagte sie sanft.

Er lächelte.

»Ich meine es ernst«, sagte sie.

»Das weiß ich«, sagte er. »Und du meinst, dass ich der Verrückte von uns beiden bin?«

»Was ist an diesem Konzept verkehrt? Du musst deine Frau vergessen. Ich muss meine Krankheit vergessen. Wir sind wie füreinander geschaffen. Und am Morgen geben wir uns einen Kuss zum Abschied.«

»Gut«, sagte Luke, und ein Lächeln breitete sich auf seinem Gesicht aus. »Das machen wir.«

Er zog sie an sich und nahm ihr Gesicht in beide Hände.

»Allerdings habe ich dir noch nicht einmal einen Begrüßungskuss gegeben«, sagte er.

Er küsste und küsste sie und hörte nicht mehr auf. Sie öffnete die Lippen und spürte, wie sie sich in seine Umarmung hineinfallen ließ.

Dann machte er sich von ihr los und schaute sie an.

»Hallo«, sagte er. Ihr Gesicht, nein, ihr ganzer Körper glühte.

»Ich liebe den Anblick von dir in meinem Sessel«, sagte Luke mit sanfter Stimme und seinem Gesicht dicht an ihrem. »In meiner Hütte. Das macht mich sehr glücklich.«

»Gut«, sagte sie. Der Kuss hatte ein Lächeln auf ihr Gesicht gezaubert, und jetzt konnte sie nicht mehr aufhören zu lächeln.

»In den letzten Wochen«, sagte Luke, »war alles wieder so wie früher. Ich hatte Emily wieder, mein Haus, meine Arbeit. Und ich hatte trotzdem das Gefühl, als wäre das alles nicht richtig.«

Blair beugte sich vor und küsste ihn wieder. Sie legte die Arme um ihn und zog ihn an sich.

»Vergiss nicht«, flüsterte sie und spielte mit der Zunge an seinem Ohr. »Morgen früh gehe ich.«

»Das wagst du nicht«, sagte er, nahm sie bei der Hand und führte sie zum Bett.

Blair und Luke liebten sich, und Blair war überrascht, wie anders es diesmal war. Luke war leidenschaftlich, zog sie an sich, so fest, als könnte er ihrem Körper nicht nah genug sein. Er war in ihr, bewegte sich mit schnellen Stößen, und dann, kurz bevor er kam, zog er sich zurück und vergrub sein Gesicht zwischen ihren Beinen. Als die Welle der Lust sie überflutete, drang er wieder in sie ein, und diesmal kam er schnell, beinahe gleichzeitig mit ihr. Danach hielten sie sich in den Armen, und er fragte sie, ob sie vor ihrem inneren Auge auch sähe, wie die Welt sich drehte, und sie nickte, wusste genau, was er meinte.

Dann schliefen sie ein, Blair in Lukes Armen, und

als sie mitten in der Nacht aufwachte, wurde auch er wach und begann erneut, sie zu küssen. Wieder liebten sie sich, langsamer diesmal, und wieder schliefen sie eng umschlungen ein.

Das Klingeln des Telefons am Morgen riss sie beide aus dem Tiefschlaf.

Blair dachte an Amanda, zwang sich, aus tiefen Träumen aufzutauchen, und löste sich aus Lukes Armen. Sie fand das Telefon neben dem Bett.

»Hallo?«

Luke öffnete die Augen, und sie lehnte sich hinüber, um ihn zu küssen.

»Äh – ich glaube, ich habe mich verwählt –«

Es war eine Frauenstimme – wahrscheinlich seine Frau. Auch eine Art, sie sich vom Leib zu halten.

»Suchen Sie Luke?«

»Ja. Sagen Sie ihm, Dana ist dran.«

»Dana?«

»Mist«, murmelte Luke. Er streckte die Hand aus.

»Einen Augenblick.« Blair reichte Luke das Telefon und kuschelte sich wieder an seinen Rücken.

»Es ist früh, Dana«, sagte Luke ins Telefon.

Blair fuhr mit den Fingern über Lukes Rücken. Dann presste sie ihren Mund in seinen Nacken. Sie fühlte sich an diesem Morgen anders als in den Wochen zuvor – sie fühlte sich gesund. Sex heilt Krebs, dachte sie, ich werde es der ganzen Welt erzählen. Ich werde das Mädchen auf dem Plakat sein, das es allen verkündet.

»Ich weiß«, sagte Luke, nachdem Dana eine Weile gesprochen hatte. »Ich weiß das alles.«

Blair ließ ihre Finger seinen Rücken entlangwandern. Geh nicht zurück, beschwor sie ihn stumm.

Nach einer Pause sagte er: »Das ist meine Sache.

Und zwar nur meine Sache. Die Frau in meinem Bett. Die Frau, die ich verlassen habe. Dich geht das alles überhaupt nichts an.«

Blair verteilte Küsse auf Lukes Rücken.

»Ich habe bereits entschieden, was das Richtige ist«, sagte Luke, drehte sich um, sah Blair an und lächelte.

Er ließ Dana reden, während er Blair streichelte. Sie wand sich unter seiner Berührung, spürte ihr Begehren, ihre Sinne erwachen, als hätten sie sich überhaupt noch nicht geliebt.

»Merkwürdig«, sagte Luke ins Telefon. »Drei Monate lang kam kein Mensch zu Besuch. Nein, Dana. Komm nicht hierher. Es gibt eigentlich nichts, worüber wir reden müssten.«

Luke setzte sich zwischen Blairs gespreizte Beine. Er legte eine Hand auf ihren Bauch, und sie stöhnte, als wäre diese Berührung bereits mehr, als sie ertragen konnte.

»Ich muss Schluss machen, Dana. War nett, mit dir zu reden.«

Er hörte noch einen Moment zu, dann legte er auf, warf das Telefon aus dem Bett und schmiegte sich an Blair.

Es klingelte erneut.

»Ignorier es einfach«, sagte er, den Mund an ihrem Hals.

»Es könnte Amanda sein«, sagte Blair. Ihre Stimme klang tief und atemlos. »Ich habe ihr geschrieben, sie soll morgens anrufen.«

»Musst du drangehen?«

»Ja. Geh nicht weg.«

»Ich gehe nirgendwohin.«

Blair rutschte unter Luke heraus und suchte das Telefon.

»Hallo?«
»Mom?«
»Guten Morgen, Liebes.«
»Du klingst fröhlich.«
»Ja. Stimmt. Musst du schon zur Schule?«
»In einer halben Stunde. Wie geht es dir?«
»Ziemlich gut.«
»Mom. Ich meine –«
»Ich weiß, was du meinst. Mir geht's gut. Ich werde nicht mehr in Ohnmacht fallen.«
»Woher willst du das wissen?«
»Ich weiß es einfach. Geh zur Schule. Mach dir keine Sorgen. Wenn du nach Hause kommst, bin ich wieder da.«
»Du kommst zurück?«
»Natürlich komme ich zurück.«
Blair sah Luke an, der den Kopf schüttelte.
»Bringst du Mr. Hollywood mit?«, fragte Amanda.
»Soll ich?«
»Keine Ahnung. Ist mir egal. Das geht mich nichts an.«
»Ich werde darüber nachdenken.«
»Tu das.«
»Du klingst sauer. Bist du sauer, weil ich gestern Abend weggefahren bin?«
»Das war ganz schön blöd. Auto zu fahren, nachdem du eine Stunde bewusstlos warst.«
»Ich darf manchmal blöd sein. Bist du nur deswegen sauer?«
»Hör zu, ich muss jetzt los.«
»Bis dann, Amanda. Viel Spaß in der Schule.«
»Ja, danke.«
Sie legte auf.
Blair sah Luke an. »Meine Tochter ist nicht glücklich mit mir«, sagte sie.

»Vielleicht ist es seltsam für sie, sich ihre Mutter mit einem Mann im Bett vorzustellen.«

»Vielleicht.«

»Vielleicht sollte ihre Mutter wieder zu dem Mann ins Bett kommen.«

»Vielleicht.«

Blair rollte sich auf Luke. Sie beugte sich hinunter und küsste ihn lange und intensiv.

»Das ist wirklich eine gute Art, morgens aufzuwachen«, sagte Luke, als sie sich von ihm löste.

Sie schmiegte ihren Körper an seinen.

»Ich liebe es, deinen Körper zu spüren«, sagte sie.

»Gut«, sagte er. »Denn ich bin verrückt nach deinem.«

»Können wir es noch einmal tun?«, fragte Blair.

»Du meinst, bevor du mich zum Abschied küsst und für immer verlässt?«

»So ungefähr.«

Diesmal liebten sie sich langsam, vorsichtig, im frühen Morgenlicht. Sie konnten sich ansehen, den Ausdruck des anderen beobachten, den Blick des anderen festhalten.

»Luke Bellingham«, seufzte Blair später, als sie Seite an Seite, Arm in Arm, dalagen.

»Wir hätten damit schon in der Highschool anfangen sollen«, sagte Luke. »Wir hätten unser ganzes Leben so verbringen sollen.«

»Nein«, sagte Blair. »Wir haben unser Leben damit verbracht, uns aufeinander vorzubereiten. Und das haben wir jetzt als Belohnung bekommen.«

Luke stützte sich auf einen Arm, damit er sie anschauen konnte.

»Ich will nicht, dass du gehst«, sagte er.

»Ich muss«, erwiderte sie. »Ich habe eine Tochter und

einen Job.« Sie strich ihm über die Wange. »Aber du kannst mitkommen.«

Sie lächelte. Er beugte sich hinunter und küsste sie wieder.

»Sweetpea auch?«

»Natürlich.«

»Zurück in die Stadt?«

»Es sei denn, du willst einen Abschiedskuss.«

»Auf keinen Fall.«

Luke glitt an ihrem Körper herunter und bedeckte sie mit Küssen.

»Hör auf, ich kann nicht mehr«, sagte Blair. »Ich brauche etwas zu essen. Und zwar viel.«

»Ich mache uns Frühstück«, bot Luke an. »Dann gehen wir mit Sweetpea spazieren, und ich zeige dir meinen Berg.«

»Das wäre toll«, sagte Blair. »Ich hasse es, dich aus deinen geliebten Bergen zu entführen.«

»Ich will bei dir sein«, sagte Luke nur.

***

Luke machte Pfannkuchen, und Blair musste zugeben, dass es die besten waren, die sie je probiert hatte, obwohl ihr Urteilsvermögen vielleicht ein wenig getrübt war. Nach dem Frühstück gingen sie hinaus und wählten einen Wanderweg, der hinter dem Haus vorbeiführte. Sweetpea tobte voraus, völlig verrückt vor Freude, weil sie wieder in den Wäldern war. Es war ein klarer, kalter Tag – Blair lieh sich einen Pullover von Luke, der ihr bis zu den Knien reichte, und zog Amandas lila Hut tief ins Gesicht.

»Es ist wunderschön hier«, sagte Blair, kaum dass sie losgegangen waren. Sie ging voraus und gab das Tempo an. Luke folgte ihr. Sie war müde, und ihre Beine schmerzten. Zu viel Sex? Oder war es die verdammte Krankheit, die sie auslaugte? Ich werde durchhalten, beschloss sie.

Der Wald war dicht und üppig, roch süß nach Kiefern, und der Weg war von weichem Erdboden gesäumt. Sweetpea rannte voraus und wieder zurück, als wollte sie sie drängen weiterzugehen.

»Sweetpea wird hier nicht wegwollen«, sagte sie.

»Sweetpea will bei dir sein. Egal, wo du bist.«

»Sprichst du nicht eher über dich?«

»Nein. Sie wusste es schon, ehe ich auch nur einen Schimmer hatte.«

»Ein schlauer Hund«, sagte Blair.

»Kannst du bitte auf mich warten und neben mir laufen?«, beschwerte sich Luke. »Ich muss dich anfassen.«

»Wenn du mich anfasst, zerre ich dich wieder ins Bett«, gab Blair zurück. »Im Moment muss ich wandern.«

Sie liefen ungefähr eine halbe Stunde, und Blair zwang sich zu jedem Schritt. An einer Stelle führte der Weg auf dem Kamm der Santa Cruz Mountains entlang, von wo aus sie auf der einen Seite am Fuß der Berge den Ozean und auf der anderen die versprengten Vororte von Silicon Valley sehen konnten.

»Es ist himmlisch hier«, sagte Blair und streckte die Arme gen Himmel. Luke umarmte sie von hinten und presste seine Lippen in ihre Haare. Sie drehte sich in seinen Armen um und küsste ihn.

»Es könnte sein, dass ich dich bald hasse«, sagte sie.

»Warum?«, fragte er und machte ein gequältes Gesicht.

»Weil ich das hier liebe.«

»Gut«, sagte Luke und wirkte dabei ein wenig verwirrt.

»Nein«, sagte Blair. »Es ist lausig. Ich fühle mich nicht gut«, gab sie zu. »Ich wünschte, ich könnte stundenlang mit dir wandern.« Sie drehte sich um und ging weiter.

»Vielleicht kommt er ja zum Stillstand«, rief er ihr zu. »Vielleicht finden wir etwas –«

Sie blieb stehen und wirbelte herum. »*Wir* sind nicht krank«, sagte sie mit dunkler, tiefer Stimme. »*Ich* bin krank. Und ich werde nicht anfangen, dagegen zu kämpfen, wenn man nicht dagegen kämpfen kann. Merk dir das. Ich war fast so weit, dass ich damit klar kam, dann verbringe ich ein paar Stunden mit dir im Bett, und schon habe ich alles vermasselt.«

Luke griff nach ihrer Hand, doch sie entzog sich ihm.

»Ich habe es mir anders überlegt«, sagte sie. »Ich will nicht, dass du mit zu mir kommst.«

»Bitte, Blair –«

»Lass uns zurückgehen. Ich bin kaputt«, sagte sie und lief an ihm vorbei, zurück in die Richtung, aus der sie gekommen waren.

»Lass uns darüber reden, Blair. Bitte.«

Sie schüttelte den Kopf und ging weiter. Sie hörte ihn hinter sich, doch dann blieb er stehen. Sie ging noch ein Stück weiter, dann drehte sie sich zu ihm um.

»Wir müssen nicht über den Rest unseres Lebens reden«, sagte er, und sie sah den Schmerz in seinen Augen. »Wir können über jetzt reden. Über heute Abend. Wir machen es zu einem One-Night-Stand. Jeden Abend.«

Sie lächelte ihn an und wischte sich die Tränen von der Wange.

Er machte einen Schritt auf sie zu, und sie nickte. Er fiel in ihre Arme, und sie hielten einander fest.

»Na gut«, sagte sie schließlich. »Du kannst heute Abend zu mir kommen. Wir versuchen es, geben uns am nächsten Morgen einen Abschiedskuss und sagen auf Wiedersehen.«

Blair machte sich gerade für die Arbeit fertig, als sie Amanda die Stufen zum Haus heraufkommen hörte. Dann wurde die Haustür geöffnet. Luke saß am Tisch im Esszimmer und arbeitete an seinem Laptop. Blairs Schlafzimmertür war offen, und sie konnte die Unterhaltung der beiden hören.

»Da bist du also«, sagte Amanda mit säuerlicher Stimme.

»Da bin ich.«

»Hat dir deine Frau wegen guten Betragens ein paar Tage frei gegeben?«

Luke antwortete nicht sofort. Blair hörte, wie Amanda mit Sweetpea flüsterte. Sie wollte nicht hinausgehen und sich einmischen, wollte ihrer Tochter nicht sagen, dass sie sich wie ein zivilisierter Mensch benehmen sollte, wollte Luke nicht helfen, die richtigen Antworten zu finden. Sollten sie es miteinander ausmachen. Oder nicht. Blair knöpfte langsam ihre Jacke zu. Ihre Hände kamen ihr geschwollen und ungeschickt vor. Sie war schon jetzt hundemüde, obwohl eine lange Arbeitsnacht noch vor ihr lag.

»Ich habe meine Frau verlassen«, sagte Luke endlich.

»Wohnst du jetzt hier?«

»Nein. Ich bin nur heute Abend hier. Keine Ahnung, was morgen ist.«

Blair lächelte. Cleverer Bursche.

»Wo ist meine Mutter?«

»Zieht sich für die Arbeit um. Ich dachte, du und

ich könnten vielleicht hier zusammen zu Abend essen.«

»Und warum sollte ich das wollen?«

»Um mir Gesellschaft zu leisten.«

»Ich dachte, du brauchst mich nur für deinen Hund.«

»Stimmt. War nur so eine Idee.«

»Okay.«

»Wirklich?«

»Ich muss ja was essen. Oder?«

Blair fand, dass sie jetzt herauskommen konnte.

Sie ging ins Esszimmer und sah, wie Luke schnell den Laptop zumachte.

»Du kannst ruhig arbeiten«, sagte sie.

»Amanda ist da«, sagte er. »Wir kochen zusammen etwas zum Abendessen.«

Blair küsste ihn und flüsterte: »Kleine Mädchen verzaubern konntest du schon immer.«

»Bis auf dich.«

»Hat ein bisschen länger gedauert«, sagte Blair. »Ich bin eben eine Herausforderung.«

»Das musst du mir nicht sagen.«

»Lass mich meiner Tochter hallo sagen.«

»Sie ist in ihrem Zimmer.«

Blair klopfte an Amandas Tür.

»Ich bin beschäftigt«, rief Amanda.

»Ich bin's«, rief Blair. Drinnen dröhnte Musik.

»Komm rein.«

Blair warf Luke einen Blick zu, der die Augenbrauen hochzog. »Ich muss an meinem Zauber wohl noch arbeiten«, sagte er.

Blair ging in Amandas Zimmer und schloss die Tür hinter sich. Amanda lag auf ihrem Bett.

»Du siehst nicht sehr beschäftigt aus.«

»Er nervt mich.«

»Warum? Kannst du die Musik leiser machen?« Aerosmith jaulten – Blair gefiel es, dass die Musik, die sie früher begeistert hatte, noch heute gefragt war – so hatte es den Anschein, als wäre mit den Bauernblusen nicht die ganze Rebellion verschwunden. Andererseits waren Bauernblusen auch wieder da.

Amanda drehte die Lautstärke am CD-Player leiser. Ihr Zimmer war dunkelblau gestrichen – Wände, Decke und Fußboden –, und hellblaue Lampenschirme aus Papier hingen von der Decke. Blair hatte jedes Mal ein friedliches Gefühl, wenn sie in Amandas Zimmer war, wie in einer Art Kokon. Sie setzte sich auf die Bettkante und umfasste Amandas Knöchel.

»Was ist los?«, fragte sie.

»Ich habe ihm am Anfang nicht getraut. Und jetzt traue ich ihm noch weniger.« Amanda sprach mit dem Gesicht zur Wand. Sie trat Blairs Hand weg.

»Ich dachte, ihr beide wärt Freunde geworden.«

»Ich bin mit dem Hund spazieren gegangen.«

»Aber du mochtest ihn.«

»Ich habe ihn nicht gebeten, hier einzuziehen. Das warst du.«

»Er ist nicht hier eingezogen. Er ist einfach nur da. Für eine Weile. Ich weiß nicht.«

»Ja, klar, aber ich wohne auch hier. Falls du das vergessen hast.«

»Das weiß ich, Liebes.«

»Vielleicht frage ich ja auch irgendeinen Typ, ob er bei uns einziehen will.«

Blair ließ sich aufs Bett fallen. Sie starrte an die Decke. »Ich weiß nicht, was ich dir sagen soll«, sagte sie.

Einen Augenblick lang schwiegen sie beide.

»Ich wünschte, du wärst nicht krank«, sagte Amanda schließlich.

Blair streckte die Hand aus und fand Amandas Kopf. Sie strich ihrer Tochter über die Haare – diesmal stieß Amanda sie nicht zurück.

»Weißt du, ich glaube, ich war nie verliebt«, sagte Blair.

»Nicht in meinen Vater?«

»Nein. Da war ich zu jung. Nicht, dass man sich nicht verlieben kann, wenn man jung ist. Du wirst dich verlieben. Aber ich war so unfertig, so unreif. Ich habe ihn ein paar Wochen geliebt, lange genug, um dich zu zeugen, aber dann ist er weitergezogen oder ich bin weitergezogen – das ist jetzt auch egal.«

»Wusste er von mir?«

»Nein. Ich habe ihn nie wieder gesehen. Damals gab es viele solche Typen. Wir waren irgendwie ziemlich verwegen damals.«

»Wie kommt es, dass du dich nie verliebt hast?«

»Keine Ahnung. Ich war mit meiner Arbeit beschäftigt und damit, dich großzuziehen. Ich habe mich von Männern fern gehalten. Ich wollte ein richtiges Leben mit dir und dachte, dabei wären Männer nur im Weg.«

Amanda gab ein seltsames Geräusch von sich. Blair drehte sich um und sah, dass das Mädchen weinte. Blair rutschte auf dem Bett hoch und legte die Arme um ihre Tochter.

»Warum dann jetzt?«, fragte Amanda leise.

»Vielleicht ist es gar keine Liebe«, sagte Blair. »Vielleicht ist es Angst.«

Amanda hielt ihre Mutter ganz fest.

»Oder vielleicht will ich es einfach ein letztes Mal gut haben.«

Blair lächelte ihre Tochter an, streichelte ihre Wangen und wischte die Tränen ab.

»Lass es mich herausfinden, okay?«, sagte sie.

Amanda nickte. Blair beugte sich zu ihr hinüber und küsste sie auf die Stirn.

»Ich traue ihm trotzdem nicht«, sagte Amanda.

»Das wirst du schon noch«, sagte Blair.

Es klingelte an der Tür, und Sweetpea fing an zu bellen.

»Niemand klingelt bei uns«, sagte Amanda, sprang vom Bett, rieb sich die Augen und sah in den Spiegel.

»Ich gehe schon. Wasch du dir das Gesicht«, sagte Blair.

Blair öffnete die Zimmertür und ging hinaus. Luke hatte bereits die Haustür geöffnet und redete mit einer Frau. Blair ging zu ihm.

Die Frau sah atemberaubend aus und war offensichtlich aus einem anderen Teil der Stadt. Sie war perfekt frisiert und noch perfekter gekleidet in einen cremefarbenen Hosenanzug. Blair hatte immer gedacht, dass nur Geschäftsfrauen Hosenanzüge trugen. Doch dies war keine Geschäftsfrau. Und sie war schwanger.

»Blair, das ist Dana, meine Schwägerin«, stellte Luke vor.

Blair streckte die Hand aus. Dana schaute sie verwirrt an. Endlich ergriff sie die Hand, ließ sie aber schnell wieder los.

»Ist das der Hundesitter?«, fragte Dana und starrte Blair an. »Ich dachte, das wäre ein Kind.«

»Die Mutter des Hundesitters«, erklärte Blair.

»Deine neue Freundin?«, fragte Dana an Luke gewandt.

»Ein One-Night-Stand«, warf Blair ein.

»Hast du ihretwegen meine Schwester verlassen?«

»Nein«, sagte Luke. »Erinnerst du dich? Deine Schwester hat mich verlassen. Und während der Zeit habe ich Blair getroffen. Oder wieder getroffen – wir waren zusammen in der Highschool.«

»Möchten Sie reinkommen?«, bot Blair an.

»Nein«, lehnte Dana ab. »Ich möchte mit Luke reden.«

»Es gibt nichts zu reden«, sagte Luke und blockierte den Eingang.

»Ich muss dir etwas über meine Schwester erzählen«, sagte Dana.

Blair wandte sich um und wollte gehen, doch Luke ergriff ihre Hand und zog sie zurück. »Du musst nicht verschwinden«, sagte er.

Blair sah ihn überrascht an. »Wirklich nicht?«

»Ich gehe nirgendwohin«, erklärte er.

Blair strahlte ihn an. Sie hatte sich bereits für den nächsten Abschied gestärkt – tut mir Leid, Süße, meine Frau will mich wiederhaben. Ich muss los. War nett mit dir. Blair atmete tief durch und drückte Lukes Hand.

»Dann bitte die Dame doch herein«, sagte sie.

Luke machte eine einladende Geste.

Dana schaute an ihnen vorbei ins Wohnzimmer und nahm alles in sich auf.

»Das ist ja sehr schick, sehr unkonventionell«, sagte sie. »Mein Leben hat dir nie gefallen, oder?«

»Natürlich hat mir dein Leben gefallen, Dana«, erwiderte Luke müde.

Blair atmete wieder tief durch.

»Meine Schwester liebt dich«, sagte Dana.

»Hat sie dich hierher geschickt, damit du mich zurückholst?«, fragte Luke.

»Nein«, sagte Dana, »ich bin von selbst gekommen.«
»Warum?«
»Weil ich glaube, dass du meiner Schwester gut tust.«
»Dass ich ihr gut tue? Was soll das denn heißen?«
»Sie war in deinem Schatten verloren, Luke. Es war nicht deine Schuld, sondern ihre eigene. Sie hatte immer das Gefühl, dass sie außer ihrer Schönheit nichts zu bieten hätte. Aber jetzt bekommt sie ein Kind. Das wird ihr einen echten Lebensinhalt geben.«
»Gray Healys Kind.«
»Verdammt noch mal, wen kümmert es denn, wessen Kind es ist«, sagte Dana.
»Das ist ja erstaunlich«, sagte Blair. »Davon hast du mir kein Wort erzählt.«
»Sie ist wirklich süß, deine kleine Freundin«, sagte Dana zu Luke.
»Niemand hat mich je süß genannt«, sagte Blair. »Klein, ja, das habe ich ein- oder zweimal gehört. Aber süß noch nie.«
»Dana«, sagte Luke mit ruhiger Stimme. »Emily wird ohne mich zurechtkommen. Ich gehe nicht zurück.«
»Du schuldest ihr eine Erklärung. Sie weiß nicht einmal etwas von der Freundin.«
»Ich schulde ihr gar nichts. Wie, zum Teufel, hast du mich gefunden?«
»Der Hundesitter. Emily hatte die Telefonnummer. Ich habe ein bisschen Detektiv gespielt.«
Wie aufs Stichwort verließ der Hundesitter sein Zimmer und gesellte sich zu ihnen.
»Das ist Amanda«, sagte Blair. »Amanda, das ist die Schwester seiner Frau. Sie will, dass Luke jetzt nach Hause geht.«
»Und? Geht er?«, fragte Amanda hoffnungsvoll.
»Nein«, sagte Luke. »Auf Wiedersehen, Dana.«

Dana drehte sich um und ging die Treppe hinunter. Gemeinsam sahen sie ihr nach. Endlich schloss Luke die Tür und lehnte sich dagegen.

Amanda hüpfte im Zimmer herum. »Ich bin sooo schick, ich bin sooo unkonventionell«, sagte sie mit tiefer Stimme, eine Hand auf der Hüfte, mit der anderen einen imaginären Joint zum Mund führend.

»Du hast gelauscht«, sagte Blair.

»Ganz genau«, gab Amanda kichernd zu.

»Es tut mir Leid«, sagte Luke sehr ernst.

»Warum? Ich fand sie nett«, rief Blair. »Ich wollte sie gerade zum Essen einladen. Sie wird meine neue beste Freundin. Sie wird mit mir einkaufen gehen und mir Hosenanzüge kaufen.«

»Du bist ja sooo süß«, sagte Luke, und sie fingen alle an zu lachen.

Luke zog Blair an sich und schlang die Arme um sie.

»Danke«, sagte er.

»Wofür?«

»Für einen wunderbaren One-Night-Stand.«

Amanda stampfte aus dem Zimmer.

»Geh zur Arbeit«, sagte Luke. »Wir kommen schon zurecht.«

»Wirklich?«

»Wirklich«, versicherte Luke.

»Ich will nicht gehen«, sagte Blair, als er sie losließ. Sie streichelte Lukes Rücken, presste ihre Hände auf seine kräftigen Muskeln.

»Ich warte auf dich.«

»Ist deine Frau wirklich von einem anderen schwanger?«, fragte Blair, lehnte sich zurück und sah Luke an.

»Ich glaube es. Ich hoffe es. Das macht es viel leichter, sie zu verlassen.«

»Und du hast sie wirklich verlassen?«
»Ich habe sie wirklich verlassen.«
»Bin ich froh.«
»Ich kann also noch eine Nacht hier bleiben?«
»Eine Nacht.«

Blair lächelte die ganze Zeit bei der Arbeit vor sich hin. Sie erzählte Daniel nichts von dem letzten Anfall – sie würde sowieso bald aufhören müssen zu arbeiten, dann würde sie ihm alles erzählen. Jetzt wollte sie sich einfach nur wohl fühlen. Was für eine Auffassung.

»Ich weiß es jetzt«, sagte sie zu Daniel, als er in die Küche kam und ihr ein Glas Wein brachte. Einen Grand Cru Bordeaux aus einer Flasche, die Gäste nicht ganz geleert hatten.

»Was weißt du?« Er setzte sich auf den Hocker hinter ihr. »Schneide die Zwiebeln feiner. Man darf sie nicht sehen.«

Blair verdrehte die Augen und schnitt weiter.

»Warum wir uns nie verlieben.«

»Ach das. Ich dachte, das hätten wir hinter uns. Bitte.«

»Sind die Zwiebeln fein genug, mein Lieber?«

»Perfekt.«

Blair tat die Zwiebeln in eine geölte Pfanne, fügte Knoblauch und roten Pfeffer hinzu.

»Die Liebe macht Angst. Kaum hast du sie, hast du Angst, sie wieder zu verlieren. Und sie ist so groß. Sie füllt alle Leere in deinem Leben aus. Ich meine, ich stehe nicht wirklich hier und koche Linguine mit Muscheln. Ich denke an ihn, ich vermisse ihn, ich bereite mich auf ihn vor, ich überlege, wann ich Linguine mit Muscheln für ihn kochen kann.«

»Du bist verrückt.«

»Ich bin verrückt? Man verliebt sich und wird verrückt?«

»Nein, man verliebt sich und wird langweilig.«

»Aber es ist nicht langweilig. Es ist unglaublich. Die ganze Welt ist verändert. Als hätte ich all die Ionen um mich herum in Aufruhr gebracht, und jetzt krachen sie zusammen und produzieren lauter kleine Liebesexplosionen.«

»Ich gehe nach vorne. Das halte ich nicht aus.«

»Siehst du. Du hast Angst davor. Du willst eine kleine Welt. Eine sichere Welt. Und in der Liebe ist nichts sicher.«

»Rühr um, Blair. Wenn der Knoblauch anbrennt, schicke ich dich nach Hause.«

»Aber das wäre mir egal! Ich würde zu ihm nach Hause gehen.«

»Bitte sag, dass du Witze machst. Das ist alles nur ein schlechter Scherz.«

Blair sah Daniel an und lächelte zaghaft. »So ungefähr«, sagte sie.

»Das reicht nicht«, sagte er, erhob sich von seinem Hocker und verschwand im Restaurant.

Philippe platzte in die Küche, wie üblich zu viele Teller balancierend. Er stellte sie neben Manuel ab und versetzte ihm einen Klaps auf den Hintern, um ihn davon abzuhalten, sich zu beschweren. Philippe ordnete die Teller nie, ehe er sie zum Spülen abstellte – aber Manuel brauchte nur eine neckische Anspielung auf Sex, schon war er glücklich.

»Der Boss sagt, du bist eine Katastrophe, ma chérie«, sagte Philippe zu Blair, während er mit dem Finger durch die Soße fuhr.

Blair schlug ihm aufs Handgelenk. »Nimm deine Finger da raus.«

»Bist du wieder krank?«

»Krank vor Liebe«, sagte Blair.

»Mr. Hollywood?«

»Ja. Er hat seine Frau verlassen.«

»Für wie lange?«

»Er ist umwerfend. So was habe ich noch nie erlebt. Ich wusste gar nicht, wie so etwas sein kann.«

»In einer Woche ist es die Hölle. Wenn seine Frau ihn zurückpfeift.«

»Was in einer Woche ist, ist mir egal.«

»Bring ihn mit hierher«, sagte Philippe und griff nach dem ersten Gang für seinen Tisch. »Ich würde Mr. Hollywood und seinem umwerfenden Gesicht gerne das Abendessen servieren.«

»Das mache ich«, sagte Blair. »Bring die Teller raus, bevor alles kalt wird.«

Philippe rauschte durch die Tür ins Restaurant. An seiner Stelle tauchte Rianne auf.

»Du bist verliebt?«, fragte sie erstaunt.

»Bin ich nicht. Na ja, vielleicht. Ich spiele einfach mit dem Gedanken. Ach, es geht doch nichts über eine persönliche kleine Unterhaltung in der Küche«, sagte Blair. Sie lächelte immer noch.

»Der Drehbuchautor?«

»Ja, der Drehbuchautor. Er ist ein ganz normaler Mann. Nein, ist er nicht«, korrigierte sich Blair. »Er ist wunderbar. Normale Männer sind nicht wunderbar.«

»Wem sagst du das«, seufzte Rianne. »Tisch fünf will das Steak mehr durch.«

»Sag Tisch fünf, das Steak wird zur Schuhsohle, wenn ich es noch eine Sekunde länger brate.«

Rianne wirbelte mit dem Teller herum und kehrte ins Restaurant zurück.

Blair musste noch drei Desserts vorbereiten, dann

war sie fertig. Sie war hellwach. Ihr Körper war zwar erschöpft, aber ihre Gedanken rasten. Als Daniel wieder hereinkam und fragte: »Ist die Küche wieder sicher?«, küsste sie ihn und flüsterte: »Lass mich früher gehen. Sonst langweile ich dich weiter mit meinem Liebesgeflüster.«

»Geh. Mach, dass du hier rauskommst. Es ist Furcht erregend.«

Sie küsste ihn noch einmal.

»Hör auf mich zu küssen.« Daniel wischte sich über die Wange.

»Verlieb dich«, sagte Blair, arrangierte die Desserts auf den Tellern, griff nach ihrem Mantel und ging in Richtung Hintertür.

»Geh und versteck dich, bis es vorbei ist«, rief Daniel ihr nach.

»Darf ich die Blumen mitnehmen?«, fragte sie und griff nach einem Strauß auf dem Tresen.

»Hau ab!«

»Und eine Flasche Wein?«, rief sie und steckte eine Flasche vom Hauswein in die Tasche.

»Verschwinde!«

Lächelnd verließ sie das Restaurant.

Es war eine ungewöhnlich warme Nacht für San Francisco, und alle Einwohner von Haight schienen auf den Straßen zu sein. An jeder Ecke standen Musikanten und kiffende Jugendliche, Männer flanierten Arm in Arm durch die Straßen, eine ganze Stadt voller Menschen, die frisch verliebt waren. Blair wusste es – alle erwiderten ihr Lächeln.

Als sie zu Hause ankam, tönte Amandas afrikanische Musik aus dem offenen Fenster. Ein gutes Zeichen – Amanda hatte sich jedenfalls nicht in ihrem

Zimmer eingeigelt. Es sei denn, Luke war gegangen. Die Schwägerin war wieder gekommen, hatte ihn mitgenommen und an seinen rechtmäßigen Platz in der Welt zurückgebracht. Und Amanda feierte im Wohnzimmer.

Blair rannte mit klopfendem Herzen die Stufen hinauf. Sie riss die Haustür auf und sah als Erstes Luke im Sessel sitzen und ein Buch lesen. Amanda hockte zwischen ihren Schulsachen mitten auf dem Fußboden.

Beide sahen überrascht auf.

Luke stand auf, legte die Arme um sie und flüsterte in ihr Ohr: »Mein Gott, gerade habe ich mir gewünscht, dass du nach Hause kommst. Ich wusste gar nicht, dass ich übernatürliche Kräfte besitze.«

»Ich konnte mich bei der Arbeit nicht konzentrieren. Ich habe mich benommen wie eine verliebte Kuh«, gab Blair flüsternd zurück.

»Wollt ihr beiden etwa hier rumknutschen?«, rief Amanda.

Blair und Luke lösten sich voneinander.

»Vielleicht«, sagte Blair.

»Erspart mir das.«

»Wie war euer Essen?«, fragte Blair und überreichte Luke die Blumen mit einem letzten Kuss.

»Wunderbar«, sagte er. »Amanda hat Nudeln mit einer perfekten Soße, Salat und Knoblauchbrot gemacht. Ich bin im siebten Feinschmeckerhimmel.«

Blair schaute zu Amanda, die nur mit den Schultern zuckte. »Ich habe nur die Soße mit Knoblauch und Olivenöl gekocht, die du immer machst.«

»Ich bin beeindruckt«, sagte Blair.

»Du dachtest wohl, ich kann nur Omelett machen, wie?«

»Also, vielleicht solltest du hier öfter mal kochen.«

»Vielleicht.«

Blair gab ihrer Tochter einen Kuss. »Ich liebe dich, meine Kleine.«

»Ich hasse Physik«, stöhnte Amanda.

»Ich konnte ihr nicht helfen. Ich habe es versucht. Allerdings hat sie mich dafür beinahe aus dem Haus katapultiert.«

»Ich hätte dich warnen sollen«, sagte Blair. »Sie bittet zwar um Hilfe, aber eigentlich will sie gar keine. Sie will nur mit jemandem darüber reden.«

»Woher sie das wohl hat?«, fragte Luke.

»Das weißt du nicht«, konterte Blair.

»Nur ein schleichender Verdacht«, sagte Luke.

»Ich werde jetzt diese Flasche öffnen, zwei Gläser einschenken und an dieser Szene häuslichen Glücks teilhaben, wenn ihr nichts dagegen habt.«

»Überhaupt nicht«, sagte Luke und küsste sie. »Aber lass mich den Wein aufmachen.«

Er nahm die Flasche und ging in die Küche.

Blair fiel in den Sessel. Meistens versuchte sie, ihre Erschöpfung zu ignorieren, doch manchmal schaffte sie es einfach nicht.

»Er ist doch in Ordnung, oder?«, fragte Blair Amanda flüsternd.

Amanda sah von ihrem Physikbuch auf und zuckte die Achseln.

»Es war ganz lustig.«

»Danke fürs Kochen.«

»Ich musste schließlich essen. Was glaubst du eigentlich, was ich mache, wenn du abends weg bist?«

»Ich weiß, Amanda. Ich bin nur froh, dass du ihm eine Chance gibst.«

»Davon habe ich nichts gesagt.«

»Stimmt.«

»Er bleibt hier, oder?«

»Heute Nacht. Über mehr haben wir bis jetzt nicht gesprochen.«

»Seine Frau ist schwanger, Mom. Das ist doch nichts von Dauer.«

»Und ich werde sterben. So viel über Dauer.«

Amanda sprang auf und stürmte aus dem Zimmer. Blair hörte, wie sie ihre Tür zuknallte.

»Was war los?«, fragte Luke von der Tür her, zwei Gläser mit Wein in der Hand.

»Ich hab's versaut«, sagte Blair.

Luke reichte Blair ein Glas und setzte sich ihr zu Füßen auf den Boden.

»Wir haben uns gut vertragen«, sagte Luke.

»Ich weiß«, antwortete Blair. »Das habe ich gemerkt.«

Sie beugte sich hinunter und küsste ihn. Er legte eine Hand auf ihre Wange und ließ sie dort.

»Sie ist süß«, sagte Luke.

Blair lächelte. »Ich weiß. Vielleicht solltest du dich in sie verlieben. Du hättest eine Mordschance auf eine bessere Zukunft.«

»Ich glaube nicht an die Zukunft«, sagte Luke. »Bring mich ins Bett.«

»Das mache ich«, antwortete Blair, stand auf, nahm ihn bei der Hand und führte ihn in ihr Schlafzimmer.

Am nächsten Morgen war Amanda zur Schule gegangen, ehe einer von ihnen wach war. Blair las den Zettel auf dem Küchentisch: *Ich war mit Sweetpea draußen und habe sie gefüttert. Sag Mr. Hollywood, er soll seinen Hund hier lassen, wenn er nach Hause geht.*

Blair kochte Kaffee und nahm zwei Tassen mit ins

Bett. Luke war wach und wartete auf sie.

»Meine Tochter will deinen Hund«, sagte sie.

»Dann bleiben wir wohl«, antwortete Luke.

»Ich bin mitten in der Nacht aufgewacht und hatte schreckliche Angst, dass du weg bist.«

»Ich bin noch da.«

»Im Moment.«

»Ich habe nicht vor, irgendwohin zu gehen.«

»Es ist so sinnlos, Luke. Man fängt mit einer Frau, die sterben wird, kein neues Leben an.«

»Es sieht nicht so aus, als würdest du sterben.«

»Das werde ich aber. Bald.«

Blair dachte an die Schmerzen in ihrem Kopf und ihren Muskeln. Jeden Tag tat eine neue Stelle in ihrem Körper weh.

»Komm wieder ins Bett.«

»Ich will darüber reden.«

»Ich kann nicht darüber reden«, sagte Luke. »Ich glaube, wenn wir uns nur oft genug lieben, werden meine grauen Zellen sterben, und ich muss nie mehr darüber nachdenken.«

Blair stieg lächelnd neben ihn ins Bett.

»Wie kommt das?«

»Ich will dich lebend, Blair. Ich will noch ein paar Jahrzehnte mit dir verbringen.«

Sie legte sich neben ihn, den Kopf auf seiner Schulter.

»Das geht nicht«, flüsterte sie, presste ihr Gesicht an seinen Hals, atmete seinen Duft ein und wünschte sich, er könnte sie am Leben erhalten.

Kapitel 10

In den nächsten Wochen sah Luke, wie Blairs Krankheit fortschritt, sie müde und schwach machte. Manchmal stöhnte sie im Schlaf, und er schlang die Arme um sie und wünschte, er hätte magische Kräfte, um ihr den Schmerz zu nehmen. Wenn er sie fragte, sagte sie, es gehe ihr gut. Sagte, es sei nur zu lange her, dass sie miteinander geschlafen hätten. Was sie allerdings täglich taten, sogar zweimal täglich, und nie konnten sie genug voneinander bekommen.

Sie wollte nicht aufhören zu arbeiten, wollte nicht kürzer treten. Sie sagte, sie müsse kochen, müsse ihre Freunde im Restaurant sehen, sonst würde sie in ihrem Luke-Kokon, wie sie es nannte, verschwinden. Was ist daran falsch?, fragte er.

Er wollte nichts lieber, als mit ihr zusammen sein. Er wollte die Tage im Bett verbringen, während Amanda in der Schule war. Er wollte mit Amanda und Sweetpea nach der Schule Spaziergänge am Strand machen. Und er wollte ruhige Abende mit Amanda zu Hause, wenn Blair im Restaurant kochte, ruhige Abende mit beiden, wenn sie frei hatte.

Er beendete die Geschichte über den Mann in den

Wäldern und die Tochter der Wirtin. Er war zufrieden, genoss den Prozess des Werdens dieser Geschichte, ihre Entwicklung. Er fing eine neue Geschichte an, über einen Schuljungen, den Goldjungen, der sich in das sonderbare Mädchen, die Einzelgängerin, verliebt. Er erfand eine gemeinsame Kindheit, ließ sie heiraten und viele Jahre miteinander verbringen.

Jeden Tag schrieb er ein paar Seiten, die Geschichte entwickelte sich wie von selbst. So hatte er noch nie geschrieben. Seine Drehbücher waren immer nach allen Regeln der Kunst entstanden, fertig entworfen, bevor er überhaupt das erste Wort schrieb. Er wusste, was Hollywood wollte: die Struktur der drei Akte und die nötigen Handlungsstränge, um seine Charaktere auf ihre cineastische Reise zu schicken. Vielleicht hatte Luke Angst vor dem Unbekannten bekommen. Vielleicht hatte er seit *Pescadero* nichts Echtes mehr geschrieben.

Diesmal ließ er sich also Zeit, schrieb einige Szenen und fragte sich nur: Was geschieht als Nächstes? Nicht: Was geschieht am Ende? Wie er es in seinem Leben tat. Schreiben wie ein One-Night-Stand.

Er liebte das Cottage, seine Behaglichkeit. Es war nicht größer als seine Hütte und doch so anders. Das Cottage war gemütlich, bis zum Rand voll mit weiblichen Dingen – luftige Schals hingen über Lampen und Stuhllehnen, Ketten waren achtlos abgelegt. Sobald die Dunkelheit hereinbrach, wurden überall Kerzen angezündet, und Räucherstäbchen erfüllten die Räume mit einem erdigen Geruch. Jedes Mal, wenn er von einem Spaziergang mit Sweetpea oder einem Ausflug zum Supermarkt in das Haus zurückkehrte, war sein erster Gedanke: Ich bin zu Hause. Zu Hause, das war Blair, Amanda, dieser Ort. Er hatte sich noch nie irgendwo zu Hause gefühlt.

Er schrieb morgens, solange Blair schlief. Wenn sie aufwachte, kochte er Kaffee für sie beide, dann gingen sie wieder ins Bett. Oft schlenderten sie wie Kinder Hand in Hand durch die Gegend. Luke kaufte bei diesen Ausflügen Geschenke für sie: CDs, Bücher, Kerzen, Wein, Kochgeschirr. Ich habe Geld, erklärte er ihr. Ich will es für dich ausgeben.

Sie vereinbarte einen Termin beim Arzt. Er fragte, ob er sie begleiten dürfe. »Ja«, sagte sie sofort. »Ich hasse diese Termine. Komm mit. Und anschließend gehen wir in meine Lieblingsbar und besaufen uns. Ich stelle dich meinem Schutzengel vor.«

»Ich dachte, ich bin dein Schutzengel.«

»Er hat mich für dich vorbereitet«, sagte sie lächelnd.

»Dann würde ich ihn sehr gerne kennen lernen«, sagte Luke.

Er dachte an den letzten Arzttermin mit Emily. Sie hatte nicht gewollt, dass er kam, dass er in ihr geheimes Leben eindrang.

Diese Klinik war schäbiger, nicht so elegant. Sie waren mitten in Haight, und die Patienten sahen krank aus, wirkten arm und verloren. Er wollte Blair irgendwo anders hinbringen, irgendwohin, wo man sie retten würde. Hier kann niemand gerettet werden, dachte er.

Aber der Arzt war klug, aufmerksam und fürsorglich. Er begrüßte Luke und beantwortete seine Fragen direkt, ließ ihn bei der Untersuchung zusehen und nahm sich die Zeit, jeden Schritt zu erklären.

»Kann ich nicht mehr tun?«, fragte Luke mit rauer Stimme.

»Sie tun sehr viel«, sagte der Arzt. »Ich bin froh, dass sie Sie hat.«

»Gibt es vielleicht neue Medikamente, die noch getestet werden, irgendeine Behandlung –«

»Halt«, sagte Blair. »Du hast es versprochen.«

Luke hatte versprochen, ihre Entscheidung, nicht gegen das Unausweichliche anzukämpfen, zu respektieren. Doch hier, im Untersuchungszimmer des Arztes, mit Blair so hilflos auf der Untersuchungsliege, war es ihm unmöglich, nicht von einer Wunderheilung zu träumen.

»Sie hat die richtige Entscheidung getroffen«, sagte der Arzt. »Wir können darüber reden, wie man es ihr leichter, nicht schwerer machen kann.«

»Aber gibt es denn gar nichts –«

»Halt«, wiederholte Blair und setzte sich, eher verängstigt als wütend, auf.

»Ich glaube, in dieser Sache hat Blair Recht«, sagte der Arzt. »Unserem Berufsstand würde es natürlich nützen, wenn sie eins nach dem anderen versuchen würde. Aber ich kenne mich aus. Wir würden ihr Leben nur um eine kurze Zeit verlängern können, und die Qualität dieses Lebens würde sich erheblich verschlechtern. Statt der Krankheit würden die Medikamente sie umbringen.«

Blair sank wieder auf die Liege zurück, und Luke nickte stumm.

»Ich habe mit Blair darüber gesprochen, was für Möglichkeiten es gibt, Schmerzen zu lindern. Welche Stadien sie durchmachen wird und wie wir es ihr ermöglichen können, zu Hause zu bleiben.«

»Gut«, sagte Luke.

»Haben sich die Schmerzen verändert?«, fragte der Arzt Blair.

»Ein bisschen. Die Tabletten wirken gut. Bis jetzt reichen sie. Vielleicht braucht mein Freund etwas, denn wenn er so weitermacht, wird er sehr leiden.«

Luke sah sie lächelnd an. »Ich werde ruhig sein«, sagte er. »Du hast mich noch nie deinen Freund genannt.«

Der Doktor lächelte. »Sie Glückspilz. Als ich Blair das erste Mal gesehen habe, dachte ich, sie ist eine richtige Nervensäge, aber sie scheint von dem Zusammensein mit Ihnen zu profitieren.«

»Sie profitiert schon seit der Highschool von mir.«

»Er lügt«, sagte Blair. »In der Highschool hat er nie mit mir gesprochen.«

»Männer müssen nicht reden«, sagte der Arzt. »Sie kommen sehr gut auch ohne Worte auf ihre Kosten.«

Der Arzt tätschelte Blairs Schulter. »Sie können sich wieder anziehen. Wir sehen uns in einem Monat. Es sei denn, es ändert sich etwas im Verlauf der Krankheit. Das könnte passieren. Die Schmerzen und die Müdigkeit zeigen, dass die Krankheit schon fortgeschritten ist. Sie müssen mit Veränderungen rechnen.«

»Was für Veränderungen?«, fragte Luke.

»Die Schmerzen werden stärker. Vielleicht haben Sie weitere epileptische Anfälle. Bleiben Sie in der Nähe Ihrer Wohnung oder nehmen Sie Ihren Freund mit, wenn Sie das Haus verlassen. Schonen Sie sich. Wenn Sie sich überfordern, beschleunigen Sie den Krankheitsverlauf.«

Luke schüttelte dem Arzt die Hand und blickte ihm nach, als er aus dem Zimmer ging.

»Ich ertrage das nicht«, sagte Luke, nachdem der Arzt die Tür hinter sich zugemacht hatte.

»Das musst du aber«, sagte Blair und setzte sich auf.

»Ich weiß. Gib mir eine Stunde. Und einen Besuch in der Bar, die du vorhin erwähnt hast.«

»Super.« Blair lächelte.

»Ein guter Arzt«, sagte Luke

»Ja. Am Anfang habe ich ihn gehasst. Das war leichter, als das zu hassen, was er mir gesagt hat. Aber er ist wirklich in Ordnung.«

»Ich liebe dich«, sagte Luke. »Meine Freundin.«

»Werde jetzt nicht besitzergreifend«, neckte sie ihn.

»Keine Chance. Zieh dich an, damit wir uns betrinken können.«

»Da gehst du rein?«, fragte Luke, als sie die Bar betraten. Es war die Art Kneipe, an der man normalerweise vorbeiging, ohne sie zu bemerken. Kein Schild, kein Licht, eine dunkle Tür, die nur einen Spalt offen stand. Als Blair die Tür aufstieß, durchflutete Licht den Raum. Die wenigen Gäste, alte Männer und ein paar nicht mehr ganz junge Frauen, blinzelten sie an. Offensichtlich irritiert von der plötzlichen Helligkeit.

»Ich war einmal hier. Nach einem Arzttermin. Ich würde vorschlagen, dass wir daraus ein Ritual machen.«

»Das gefällt mir nicht besonders«, sagte Luke.

»Wir haben keine große Wahl«, gab Blair zurück und steuerte auf die Bar zu.

»Wollen wir uns nicht an einen Tisch setzen?«, schlug Luke vor.

»Nein, an die Bar. Das gehört zum Ritual.«

Luke setzte sich widerstrebend an die Bar zu den düstersten Gestalten, die er in der Stadt je gesehen hatte. Niemand redete – alle schienen gespannt Lukes und Blairs Unterhaltung zu lauschen.

»Hallo Engel«, sagte Blair. Luke musterte den Barkeeper.

Er war jung, zu jung für diesen Ort. Sah nicht schlecht aus. Ziemlich viele Piercings. Stand Blair auf jüngere Typen?

»Hallo«, sagte der Barkeeper. »Du siehst besser aus.«

»Das ist nicht schwer«, antwortete Blair. »Als ich das letzte Mal hier war, war ich ziemlich durch den Wind. Das ist Luke.«

»Ihr Freund«, ergänzte Luke.

Blair lächelte und stieß ihm den Ellbogen in die Rippen.

»Hat sie dich je ihren Freund genannt?«

»Nein. Nur ihren Engel«, sagte der Mann.

»Er wollte nicht mit mir schlafen«, erklärte Blair.

»Du hast es nicht ernsthaft genug versucht.« Der Barkeeper sah sie ernst an. »Was darf es sein?«

»Für mich einen Scotch und für meinen Freund einen Bourbon«, sagte Blair.

»Doppelte«, ergänzte Luke.

»Das war mir klar«, erwiderte der Barkeeper und wandte sich ab, um die Getränke einzuschenken.

»Bist du eifersüchtig?«

»Ich weiß nicht«, sagte Luke. »Mich macht einfach der Gedanke verrückt, dass du ein Leben ohne mich hattest. Ein typisches Männerding. Ich werde darüber hinwegkommen.«

»Tu es nicht«, sagte Blair.

»Du hast leicht reden.«

Der Barkeeper schob ihre Drinks über den Tresen.

»Wie geht es deiner Tochter?«, fragte er Blair.

»Wie gut kennt ihr beide euch denn?« Luke nahm Blairs Hand.

»Man erfährt eine ganze Menge, wenn jemand fix und fertig hier am Tresen landet«, antwortete der Barkeeper.

»Es geht ihr gut«, sagte Blair. »Ich sage ihr, sie soll vorbeikommen und sich in dich verlieben, wenn sie ein bisschen älter ist.«

»Wie lange muss ich warten?«, fragte er.

»Wie alt bist du?«, wollte Blair wissen.

»Dreiundzwanzig.«

»Sie ist sechzehn. Noch zwei Jahre.«

»Sieht sie so gut aus wie du?«

»Besser. Und sie ist netter.«

»Vielleicht braucht sie ihre Mutter gar nicht als Kupplerin«, gab Luke zu bedenken.

»Ich habe vierzig Jahre gebraucht, um einen guten Mann zu finden. Es gibt keinen Grund für sie, sich auch so lange zu quälen.«

»Vielleicht ist sie in solchen Sachen ja besser als du«, sagte Luke.

»Vielleicht verbringt sie den Rest ihres Lebens damit, nach einem Mann wie dir zu suchen. Wäre das nicht enttäuschend?«

Luke lehnte sich hinüber und küsste sie. Der Barkeeper verschwand.

»Das hier ist ein wunderbarer Ort«, sagte Luke. »Aber warum ist er dein Engel?«

»Noch einen Drink, dann erzähle ich es dir.«

Sie bestellten eine weitere Runde doppelte Whiskys, tranken, redeten über Mitschüler aus der Highschool und dachten sich aus, was aus ihnen wohl geworden sein könnte.

Als der Barkeeper mit Sandwiches und Pommes Frites zurückkehrte – ohne dass sie etwas bestellt hatten – strahlte Blair.

»Mein Engel«, sagte sie.

»Ich dachte, entweder gebe ich dir was zu essen, oder ich muss dich wieder retten. Essen ist einfacher«, sagte der Barkeeper.

»Ich will aber immer noch gerettet werden.« Blair sah ihn aufmerksam an.

Der Barkeeper stützte sich mit den Ellbogen auf die Bar, beugte sich zu ihnen hinüber und fragte lächelnd: »Was kann ich für dich tun?«

»Ich habe es mir anders überlegt«, sagte Blair. »Ich will doch nicht sterben.«

Der Barkeeper nickte nachdenklich. »Das verstehe ich.«

»Darf ich mir jetzt was wünschen oder nicht?«, fragte Blair.

»Ich will auch nicht, dass du stirbst«, sagte der Barkeeper leise.

»Schlecht fürs Geschäft«, murmelte Blair und leerte ihr Glas.

»Wie lange noch?«, fragte er.

Blair zuckte mit den Schultern.

Luke sah, dass sie weinte.

»Wenn ich trinke, werde ich jedes Mal sentimental«, jammerte Blair.

»Noch zwei Doppelte«, orderte Luke. »Sie hat mir versprochen, dass wir uns besaufen. Ich bin noch nicht annähernd so weit.«

Der Barkeeper wandte sich widerstrebend ab, um ihre Drinks zu holen. Luke zog Blair an sich und hielt sie fest.

»Ich hasse dich«, flüsterte sie.

»Ich weiß«, sagte er.

»Du sollst aus meinem Leben verschwinden«, sagte sie leise.

»Ich weiß«, wiederholte er.

»Lass mich nicht los«, sagte sie. Und er hielt sie ganz fest.

Langsam und unter großen Schwierigkeiten gingen sie nach Hause. Es wurde bereits dunkel, und die Dämmerung hüllte alles in ein weiches, rosafarbenes Licht.

Leicht schwankend hielten sie sich aneinander fest und bahnten sich ihren Weg durch die vielen Menschen auf den Bürgersteigen.

Sie sprachen nicht – nach der dritten Runde doppelter Whiskys gab es nicht mehr viel zu sagen. Am Ende hatten sie sich nur noch geküsst, bis der Barkeeper ihnen schließlich seinen Segen erteilt hatte: Kommt wieder, so oft es geht, ich wünsche euch noch viele Termine beim Arzt, lebenslange Barbesuche nach Todesurteilen.

Blair hatte ihn zum Abschied geküsst und ihm ihre Tochter versprochen.

Sie gingen nach Hause zu dieser Tochter, hofften, dass die Sandwiches, der Spaziergang und die vielen Küsse sie wieder nüchtern und halbwegs präsentabel machen würden.

Es funktionierte nicht.

Und als sie die Tür zum Cottage aufmachten, nachdem sie sich gegenseitig die vielen Stufen hochgeschoben hatten, entdeckten sie, dass jemand im Wohnzimmer auf sie wartete. Emily. Das verlassene Weib, die schwangere Frau.

Plötzlich standen beide kerzengerade.

Emily saß auf dem Sessel und musterte sie.

Amanda stürmte aus ihrem Zimmer herbei und kam mit einer Vollbremsung vor ihnen zum Stehen. »Sie ist schon eine ganze Weile da. Ich habe sie reingelassen. Ich hoffe, das war okay. Ich konnte sie doch nicht draußen warten lassen.«

»Schon in Ordnung«, sagte Luke. »Hallo Emily.«

Emily stand langsam auf, eine Hand auf dem Bauch.

»Das ist Blair«, stellte Luke vor.

Emily nickte.

»Ich verschwinde wohl lieber«, sagte Amanda. »Ich

habe schrecklich viele Hausaufgaben.« Sie floh aus dem Zimmer.

»Ich hätte Ihnen gerne einen Stuhl angeboten, aber Sie haben es sich ja schon auf meinem bequem gemacht«, sagte Blair und fing an zu kichern.

»Ich glaube nicht, dass Emily bleiben will«, sagte Luke. »Wenn sie mit mir reden will, können wir einen Spaziergang machen.«

»Du bist betrunken«, stellte Emily fest.

»Das stimmt«, sagte Luke.

»Am helllichten Tag«, konstatierte Emily. Sie schaute ziemlich verwirrt drein.

»Jetzt ist der Tag zu Ende«, sagte Blair.

»Ich meine – ich hätte nicht kommen sollen. Es tut mir Leid.« Emily wandte den Blick ab.

»Möchtest du gehen?«, fragte Luke.

»Nein, mir geht es nicht besonders gut«, antwortete Emily, wollte sich am Sessel abstützen, verschätzte sich jedoch und strauchelte. Luke und Blair schossen vor, um sie aufzufangen, stießen zusammen, und jetzt hatten alle drei Mühe, sich auf den Füßen zu halten und das Gleichgewicht wiederzufinden.

»Ich werde gehen«, sagte Emily. »Ich hätte nicht kommen sollen.«

»Zuerst hole ich Ihnen ein Glas Wasser«, sagte Blair.

Emily stand wieder sicher auf beiden Beinen, eine Hand auf der Sessellehne. »Wasser. Das wäre nett.«

»Alles in Ordnung?«, fragte Luke. Plötzlich fragte er sich, ob Emily vielleicht betrunken war.

»Alles okay«, versicherte sie, jetzt wieder mit normaler Stimme. »Ich besuche meinen Mann und seine Freundin, und es geht mir wunderbar.«

»Ich bin gleich wieder da«, sagte Blair und lief in die Küche.

Luke setzte sich aufs Sofa, und Emily sank auf den Sessel zurück.

Beide sagten kein Wort, und Blair ließ sich Zeit mit dem Wasser. Luke saß stocksteif da, als würde das den Grad seiner Betrunkenheit mildern.

»Ist es das hier, was du willst?«, fragte Emily schließlich.

Luke schaute sie verwirrt an. Emily deutete mit beiden Armen durch das Cottage.

»Ich wusste nicht, was ich will, bis ich es gefunden habe. Ganz lange wollte ich nur dich. Wenn du dich recht erinnerst.«

»Ich erinnere mich«, sagte Emily. »Und es fällt mir schwer, es zu vergessen.«

»Du hast es drei lange Monate vergessen.«

»Ich habe es nie vergessen, Luke.«

»Gray Healy war da, um dich zu trösten.«

»Geht es hier um Wut?«, fragte sie und zeigte in die Richtung, in die Blair verschwunden war. »Darum, mir das Gleiche anzutun, was ich dir angetan habe?«

Luke schüttelte langsam den Kopf. »Nein. Blair war ein Zufall. Ein wunderbarer Zufall.«

»Du Mistkerl.«

Emily legte den Kopf zurück und schloss die Augen.

»Ich will dieses Gespräch nicht hier mit dir führen. Das ist den beiden gegenüber nicht fair«, sagte Luke.

»Die beiden sind mir verdammt egal«, sagte Emily müde.

»Das weiß ich, Emily. Aber mir nicht. Lass uns spazieren gehen.«

Luke stand auf und bot ihr seine Hand. Sie starrte sie einen Augenblick lang an, als würde sie nicht erkennen, was es war. Dann griff sie danach und stand auf. Er drehte sich um und ging zur Tür, hielt sie auf und ließ Emily den Vortritt. Er wartete einen Moment, in der Hoffnung, dass Blair zurückkehrte, doch als sie nicht kam, folgte er Emily und schloss die Tür hinter sich.

Schweigend gingen sie eine Zeit lang nebeneinander her. Er wählte bewusst nicht die Richtung, aus der er mit Blair gekommen war. Noch vor wenigen Minuten war er mit seiner Freundin spazieren gegangen, sie hatten sich geküsst und kichernd angestoßen. Jetzt ging er ernst neben seiner Frau her und achtete darauf, sie nicht zu berühren.

»Ich will die Scheidung«, sagte er schließlich.

»Nein«, sagte sie prompt.

»Bitte, Emily. Ich will dir nicht wehtun. Das Ganze war schon schmerzhaft genug.« Er blieb stehen und wartete. Emily wandte sich zu ihm um.

»Ich habe darüber nachgedacht«, sagte er. »Du hattest Recht, als du mich verlassen hast. Du warst unglaublich mutig. Ich hätte nie den Mut gehabt, das zu tun, was du getan hast.«

»Hör auf, Luke –«

»Nein, hör mir zu. Wir brauchen beide etwas, das wir einander nicht geben können.«

»Ich brauche dich«, sagte Emily.

»Nein«, sagte Luke sanft. »Du bist ohne mich besser dran. Da bin ich mir sicher.«

Sie schwieg, und er merkte, dass sie weinte. Langsam gingen sie weiter. Er spürte, wie sein Kopf langsam wieder klarer wurde. Sein Körper schien schwerelos, seine Gliedmaßen weich und biegsam.

»Das mit dem Baby tut mir Leid«, sagte Emily. »Kannst du mir nicht verzeihen?«

Wieder schüttelte er den Kopf. »Ich muss dir nicht verzeihen, Emily«, sagte er.

Sie schaute ihn verwirrt an.

»Was ich denke oder nicht denke, spielt keine Rolle«, sagte Luke.

»Ich will unser Leben zurück«, sagte sie.

Luke antwortete nicht sofort. Sie liefen durch verlassene Straßen, weg von dem Lärm in Haight. Er hatte sich verlaufen – sie waren so oft um irgendwelche Ecken gebogen, dass er nicht mehr wusste, welches die richtige Richtung war.

»Ich werde einen Anwalt anrufen, und dann sehen wir weiter«, sagte er schließlich. »Um Geld musst du dir keine Sorgen machen.«

»Das ist nicht das, was ich will«, sagte Emily.

»Es ist, was ich will«, erklärte er. »Du hast keine Wahl mehr.«

Ein Mann kam auf sie zu, ein Riese in Lederklamotten, und Emily drängte sich an Luke und legte den Arm um ihn. Er spürte die Hitze ihres Körpers, die Rundung ihres Bauches, der sich an ihn presste, und einen Moment lang hielt er sie fest, bis der Mann vorbeigegangen war. Dann ließ er sie wieder los und spürte schmerzhaft, wie ihr Bauch, ihr weicher Arm, ihr Geruch sich ihm auf einmal entzog, und er hatte das Gefühl zu stolpern, als hätte er ohne sie sein inneres Gleichgewicht verloren.

Er blieb stehen und richtete sich auf. Sie sah ihn an.

»Wo geht es zurück?«, fragte er.

»Alles in Ordnung?«, fragte sie besorgt.

»Ich will nur zurück.«

»Es ist gleich da vorne. Nur ein oder zwei Blocks von hier.«

»Wo ist dein Auto?«

»Vor dem Haus.«

Er setzte sich wieder in Bewegung, und sie bemühte sich, mit ihm Schritt zu halten.

Plötzlich fasste sie ihn am Arm, hielt ihn fest und zog ihn zu sich.

»Luke«, flehte sie. »Ich will mit dir reden –«

»Es gibt nichts mehr zu reden, Emily.«

»Wirst du mit ihr eine Familie gründen?«, fragte sie.

Luke schüttelte den Kopf. »Ich wünschte, ich könnte es.«

Emily sah ihn einen Augenblick lang an. »Ich habe dich wirklich verloren«, sagte sie dann, und ihr Gesicht verdunkelte sich. Dann drehte sie sich um und ging weg. Er wartete, bis sie außer Sichtweite war, ehe er sich auf den Weg zurück zum Cottage machte.

Blair saß auf der Veranda vor ihrem Haus und ließ die Beine über den Rand baumeln. Aus der Ferne sah sie aus wie ein kleines Mädchen, so wie ihre Beine vor und zurück schwangen. Dann legte sie den Kopf in den Nacken, sodass sich das Mondlicht in ihrem Haar fing, trank einen großen Schluck Bier und war wieder Blair. Luke heulte sie wie ein Wolf an.

»Kommst du zu mir zurück?«, rief sie ihm zu.

»Ich habe dich nie verlassen«, rief Luke zurück. Er kam näher und sah zu ihr hoch. Sie warf ihm eine Flasche Bier zu, er fing sie auf und öffnete sie. »Warum erst nüchtern werden?«, fragte er.

»Sie ist schön«, sagte Blair.

»Du bist schön«, erwiderte er.

»Nein, ich bin interessant. Sie ist schön.«

»Du bist interessant und schön. Und ich liebe dich.«

»Sie liebt dich immer noch. Sie will dich wiederhaben.«

»Sie wird darüber hinwegkommen.«

»Komm, setz dich neben mich.«

Luke kam die Treppe herauf und quetschte sich

neben Blair auf den Boden. Er beugte sich vor und küsste sie, schmeckte das Bier in ihrem Mund.

»Ich würde es verstehen, wenn du deine Sachen zusammensuchst und gehst.«

»Was würdest du verstehen?«, fragte Luke.

»Echtes Leben. Ehe. Babys. Solche Sachen.«

»Ich gehe nicht.«

»Du glaubst, dass du verliebt bist.«

»Ich glaube, dass ich verliebt bin.«

»Ich war noch nie verliebt.«

»Wirklich nicht?«

Blair schüttelte den Kopf.

»Ich auch nicht«, sagte Luke.

»Was war das dann zwischen dir und der umwerfenden, großen, blonden Frau?«

»Etwas anderes. Etwas ganz anderes.«

»Keine Liebe?«

»Nein«, sagte Luke. »Ich hielt es einmal für Liebe. Aber jetzt nicht mehr.«

»Ich bin betrunken«, sagte Blair.

»Ich auch«, gab Luke zu. »Können wir hier draußen schlafen?«

»Ich glaube nicht. Aber es ist schön, hier zu sitzen.«

»Was macht Amanda?«

»Hausaufgaben«, antwortete Blair. Sie atmete tief durch. »All das hier wird mir schrecklich fehlen.«

Luke legte den Arm um sie. Mit baumelnden Beinen tranken sie ihr Bier und schauten auf die dunkle Straße.

Am Morgen ging Luke in die Küche, um ein Aspirin und ein Glas Wasser zu suchen. Blair schlief noch. Er hatte nur seine Boxershorts an. Als er die Schranktür öffnete, spürte er, dass jemand hinter ihm stand, und drehte sich um.

»Guten Morgen«, sagte er zu Amanda, die, bereit für die Schule und mit dem Rucksack auf dem Rücken, in die Küche gekommen war. »Du solltest dich anziehen, ehe du hier herumgeisterst«, sagte sie.

»Ich dachte, es wäre noch mitten in der Nacht«, sagte Luke. »Ich habe Kopfschmerzen.«

»Ich habe deine Geschichte gelesen«, sagte sie.

»Welche Geschichte?«

»Auf dem Computer. Die über dich und das Mädchen.«

Luke widmete sich intensiv dem Schrank und holte eine Packung Aspirin heraus. Er nahm drei heraus, füllte ein Glas mit Leitungswasser. Er schluckte die Tabletten und trank das Glas Wasser. Und sein langsamer, angeschlagener Verstand versuchte, die Information zu verarbeiten. Sie hat die Geschichte gelesen, über einen Mann, der mit einem jungen Mädchen schläft.

Nachdem er das Glas ins Spülbecken gestellt hatte, drehte er sich zu Amanda um.

»Du sollst auf meinem Computer gar nichts lesen«, sagte er ruhig.

»Habe ich aber«, antwortete sie.

»Die Geschichte ist nicht über mich und ein Mädchen. Es ist Fiktion. Ausgedacht.«

»Hattest du eine Affäre mit einem sechzehnjährigen Mädchen?«

»Nein. Und außerdem geht es dich nichts an.«

»Was jetzt?«

»Beides.«

»Ich wette, du hattest was.«

»Amanda – es ärgert mich, dass du meine Sachen liest, ohne mich zu fragen.«

»Klar, und es ärgert mich, dass du darüber schreibst, wie du Sex mit jungen Mädchen hast.«

»Das war nicht für deine Augen bestimmt.«

»Zu privat? Soll keiner wissen, was du tust?«

»Es ging nicht um mich. Das habe ich dir bereits gesagt.«

Und dann stand Blair an der Tür und beobachtete sie.

»Was ist hier los?«, fragte sie. »Ich habe einen grauenhaften Kater.«

»Nimm ein Aspirin«, sagte Luke. »Und dann gehen wir wieder ins Bett.«

Er wusste, dass Blair einen Teil ihrer Unterhaltung gehört haben musste, denn sie rührte sich nicht vom Fleck.

»Worüber streitet ihr beide euch?«

»Wir streiten nicht«, sagte Luke.

»Ich habe seine Geschichte gelesen.«

»Ohne meine Erlaubnis.«

»Hat er dir je von der Tochter irgendeiner Wirtin in den Bergen erzählt? Ein sechzehnjähriges, kleines Mädchen, mit dem er Sex hatte?«

»Amanda«, sagte Blair.

»Vielleicht hat er ja vergessen, es zu erwähnen.«

»Geh in die Schule, Amanda«, sagte Luke. »Ich rede mit deiner Mutter darüber, wenn du weg bist.«

»Du hast mir nicht zu sagen, wohin ich gehen soll. Das ist mein Haus. Du bist nicht mein Vater.«

»Wenn ich es wäre, und du hättest etwas Privates gelesen, würde ich dich bestrafen. Im Moment weiß ich nicht recht, was ich tun soll«, sagte Luke. Er stützte sich am Spülbecken ab – sein Kopf hämmerte.

»Ja, ich weiß, was du gerne tun würdest –«

»Das reicht«, rief Luke.

»Könntet ihr mich vielleicht aufklären«, sagte Blair und lehnte sich an die Wand.

»Ich habe eine Geschichte geschrieben«, erklärte Luke. »Fiktion. Ausgedacht. Erfunden. Über einen Mann, der sich in eine Sechzehnjährige verliebt. Amanda hat sie gelesen.«

Blair nickte. Sie schaute von Luke zu Amanda, die an ihr vorbei aus dem Zimmer stürmte. Luke und Blair warteten ein paar Sekunden, dann hörten sie, wie die Haustür zugeschlagen wurde.

Abwartend sahen sie einander an.

»Mist«, sagte Luke.

»Was war das?«, fragte Blair.

»Eine Geschichte. Eine Geschichte, die sie nicht hätte lesen dürfen.«

»Ist es passiert?«

»Nein!« Luke holte sich noch ein Glas Leitungswasser und presste das kalte Glas gegen seine Wange. »Ich habe nie eine Affäre mit einem jungen Mädchen gehabt. Glaub mir, Blair.«

»Woher kommt die Geschichte? Verlangen? Lust?«

»Keine Ahnung. Ich lebe mit einer Sechzehnjährigen, die zufällig sehr hübsch ist. Mir kommt der Gedanke, dass ein Mann sich in sie verlieben könnte. Ich habe mich in eine Frau verliebt, die zehn Jahre jünger ist als ich. Sie war noch ein Kind, ungeformt. Ich muss das gewollt haben. So auch in meiner Geschichte. Ich habe einen Mann eine Beziehung mit einem Mädchen anfangen lassen. Ich spiele es in Gedanken durch. Ich tue es nicht. Ich will es gar nicht. Aber es ist ein Gedanke, mit dem man sich auseinander setzen kann.«

Er verstummte, und auch Blair sagte nichts darauf. Sie schaute ihn nicht an – sie betrachtete ihre Hand, die über den Küchentresen fuhr. Ihm war schlecht – vom Kater, von dem Bild von Amanda, wie sie mitten in der Nacht seine Geschichte las.

»Herrgott, Luke«, sagte Blair. Sie setzte sich auf den Boden.

Luke ging zu ihr hinüber und rutschte an der Wand hinunter neben sie auf den Boden.

»Es tut mir Leid«, sagte er. »Ich habe nicht daran gedacht, dass sie es lesen könnte.«

»Sie traut dir sowieso nicht«, sagte Blair leise.

»Das weiß ich.«

»Wie viel haben wir gestern Abend getrunken?«, fragte Blair und hielt sich den Kopf.

»Zu viel«, sagte Luke. Er legte den Arm um sie und zog sie an sich.

»Du musst mir glauben, Blair. Ich würde niemals –«

»Ich weiß«, sagte sie.

»Nimm das Aspirin.« Er hielt ihr die Tabletten hin. »Entweder das, oder eine Bloody Mary.«

Sie griff nach der Packung, nahm zwei Tabletten heraus und schluckte sie mit Lukes Wasser.

»Ich habe Angst, dass ich sie verloren habe«, sagte Luke leise. »Wir waren Freunde geworden. Dachte ich jedenfalls.«

»Ich rede mit ihr.«

»Nein, es ist eine Sache zwischen ihr und mir«, widersprach Luke. »Ich muss es mit ihr klären. Ich kann nicht bei dir bleiben, wenn ich sie gegen mich habe.«

Blair nickte.

»Ich werde heute Abend mit ihr reden«, beschloss Luke. »Ich muss es ihr verständlich machen.«

»Ich werde heute kündigen«, sagte Blair.

»Gut«, stimmte er zu. Er sah sie an und zog sie an sich.

»Es ist eigentlich das Letzte, was ich tun will«, sagte sie.

»Ich weiß.«

»Vielleicht gibt es uns ein bisschen mehr Zeit. Wenn ich nicht immer so müde bin.«

Luke nickte. Blair legte den Kopf an seine Schulter.

»Darf ich heute zum Essen in dein Restaurant kommen?«

Lächelnd sah sie zu ihm auf. »Wenn du mir versprichst, Philippe und Rianne zu widerstehen. Die beiden werden versuchen, dich zu verführen.«

»Ich stehe nur auf Sechzehnjährige«, sagte Luke.

Blair stieß ihn in die Seite.

»Bring sie mit«, schlug sie vor.

»Gute Idee«, sagte er. »Wenn sie mich lässt.«

Luke wartete vor der Schule im Auto auf Amanda. Schwärme von Jugendlichen verließen das Gebäude, zündeten sich, kaum dass sie durch die Tür waren, Zigaretten an, fielen sich in die Arme, erwachten zu neuem Leben, nachdem sie den lieben langen Tag dem Gerede der Lehrer zugehört hatten. Keine Amanda. Luke blieb in seinem Truck sitzen und wartete mit Sweetpea an seiner Seite.

Als alle Kinder weg waren, kam Amanda allein heraus. Sie ging gemächlich die lange Treppe hinunter und schien mit jedem Schritt langsamer und schwerer zu werden. Sie will nicht gehen, dachte Luke. Sie will nicht nach Hause kommen.

Am Fuß der Treppe sah sie endlich auf und entdeckte den Truck. Sie wandte sich ab, ging einen Schritt und blieb dann unschlüssig stehen. Sie wartete einen Moment.

Luke stieg aus.

»Amanda«, sagte er. »Lass uns einen Spaziergang am Strand machen. Wir müssen miteinander reden.«

»Ich will nicht reden«, sagte sie, ohne ihn anzusehen.

»Dann geh mit Sweetpea spazieren. Bitte.«

Widerwillig drehte Amanda sich um und machte die Beifahrertür auf. Sweetpea stürmte heraus, sprang vor ihr hin und her und tanzte um sie herum. Amanda beugte sich hinunter und streichelte den Hund, dann stieg sie ein. Sweetpea rollte sich zu ihren Füßen zusammen.

Luke stieg ebenfalls ein und fuhr zum Strand. Er ließ Amanda am Radio herumspielen. Ich muss sie wieder für mich gewinnen, dachte er. Ganz von vorne anfangen. Er war erschöpft, hatte seinen Kater noch nicht ganz überwunden, wusste nicht recht, wer hier um wen warb. Sie hätte nicht in seinem Computer lesen dürfen.

Schweigend fuhren sie zum Strand, und als sie am Fort Funston parkten, sprang Amanda aus dem Wagen und führte Sweetpea die lange Treppe zum Strand hinunter, ehe Luke den Wagen abgeschlossen hatte und ihr folgen konnte.

Er ließ sie gehen. Blieb zurück, beobachtete, wie sie sich vom deprimierten Teenager in ein fröhliches Kind verwandelte, das mit seinem Hund am Strand herumtobt. Sie braucht das, dachte er. Und dann war er selbst überrascht von seinem nächsten Gedanken: Sie braucht mich.

»Amanda«, rief er. »Warte auf mich.«

Wie durch ein Wunder blieb sie stehen. Er rannte zu ihr, tänzelte wie Sweetpea an Amandas Seite.

»Hast du über mich je so gedacht?«, fragte sie ihn, ohne ihn anzusehen.

Er dachte einen Augenblick nach, wollte versuchen, dem Gespräch, das sie führen würden, eine Richtung zu geben. Er ging in Gedanken ihre Unterhaltung vom

Morgen durch, wünschte sich, dass sein Verstand klarer, schärfer wäre – doch er fühlte sich gefangen im Nebel seines Katers, der inzwischen schlimmer als am Morgen war.

»Nein«, sagte er schließlich. »Die Geschichte handelte nicht von dir.«

»Das weiß ich«, sagte sie.

»Ich kenne keine sechzehnjährige Tochter einer Gastwirtin in den Bergen«, sagte er.

»Zu schade«, erwiderte sie.

»Nein, das ist nicht schade. Ich habe eine Kurzgeschichte geschrieben. Mehr nicht.«

»Merkwürdige Thematik«, sagte sie.

»Schriftsteller schreiben über alles Mögliche. Das Schreiben ist für uns eine Herausforderung. Ich habe die Geschichte als Herausforderung geschrieben.«

»Warum?«

Luke antwortete nicht sofort. Er hob einen Stock auf und warf ihn weit weg über den Strand. Sweetpea rannte hinterher, brachte ihn allerdings nicht zurück, sondern tobte damit herum, bis sie ihn irgendwo in weiter Ferne fallen ließ. Sie hatte das Prinzip des Apportierens nie richtig begriffen.

»Wusstest du, dass *Pescadero* die Geschichte deiner Mutter ist? Der Plot jedenfalls. Ich kannte ihre Geschichte eigentlich nicht, aber das Wenige, das ich wusste, hat mich aufgewühlt. Ich konnte sie nicht vergessen, es hat mich nicht losgelassen. Also habe ich meine eigene Version erfunden. Am Ende hatte *Pescadero* nichts mehr mit der Realität zu tun.«

»Vielleicht solltest du uns in Ruhe lassen«, sagte Amanda.

»Ich kann euch nicht in Ruhe lassen«, erwiderte Luke. »Ich liebe deine Mutter.«

»Und was hat das mit mir zu tun?«, fragte sie trotzig.

»Ich möchte mit ihr zusammen sein. Die ganze Zeit«, erklärte Luke. »Und bis heute Morgen wollte ich dich auch dabeihaben. Jetzt bin ich sauer, weil du an meinen Computer gegangen bist, und es ist mir unangenehm, dass du denken könntest, die Geschichte sei wahr.«

»Die Geschichte ist nicht schlecht«, sagte sie.

Er sah sie an. Sie blickte stur auf ihre Füße.

»Glaubst du mir?«, fragte er.

»Ich weiß nicht. Wahrscheinlich.«

»Gut«, sagte er.

»Du kannst doch mit meiner Mutter ausgehen, ohne dass ich dabei bin«, sagte Amanda.

»Das will ich aber nicht«, sagte er. »Du bist für deine Mutter das Wichtigste in ihrem Leben. Ich will mit ihr zusammen sein, aber ich will sie dir nicht wegnehmen.«

»Aha.« Mehr sagte sie nicht. Lange Zeit liefen sie am Wasser entlang. Sweetpea rannte voraus, kam zurück, vergewisserte sich, dass sie noch da waren, und verschwand erneut.

Nach einer halben Stunde kehrten sie um und machten sich auf den Rückweg. Es war ein kalter, windiger Tag – sie zogen ihre Sweatshirts und Jacken eng um sich. Nur wenige Menschen waren am Strand unterwegs, und Luke fühlte sich wohl in der Stille, die nur vom Pfeifen des Windes unterbrochen wurde.

»Deine Mutter wird heute Abend kündigen«, sagte Luke, als sie sich der Treppe zum Parkplatz näherten.

»Warum?«

»Der Arzt meinte, es wäre besser so. Sie muss sich schonen.«

Amanda schwieg.

»Ich kann euch unterstützen. Finanziell, meine ich. Deine Mutter kann sich mal verwöhnen lassen.«

»Was hat der Arzt noch gesagt?«

»Dass sie gut aussieht. Im Moment. Aber dass sich das ändern wird.«

»Sie liebt ihre Arbeit«, sagte Amanda.

»Das weiß ich. Es wird schwer für sie werden.«

»Verdammt«, murmelte Amanda und versetzte dem Sand einen Fußtritt.

»Lass uns heute Abend zusammen in ihrem Restaurant essen gehen«, schlug Luke vor.

Amanda warf ihm einen argwöhnischen Blick zu. Dann schüttelte sie den Kopf und sah weg.

»Ich habe zu viele Hausaufgaben auf«, sagte sie.

»Letzte Gelegenheit«, sagte Luke.

»Lass mich in Ruhe«, sagte sie, fing an zu rennen, Sweetpea auf den Fersen, und blieb erst stehen, als sie oben auf dem Parkplatz angekommen war.

Luke schleppte sich langsam die Stufen hoch, der Wind peitschte ihm ins Gesicht, und sein Heulen hallte wie ein Echo in seinen Ohren: Lass mich in Ruhe, lass mich in Ruhe.

Als er beim Auto war, erwartete er, dass Amanda nicht mit ihm sprechen würde. Vielleicht nie wieder. Jedes Mal vermasselte er es. Jedes Mal sagte er genau das Falsche, konnte sich einfach nicht vorstellen, was sie fühlte, was sie dachte. Doch als er im Wagen saß und den Zündschlüssel ins Schloss steckte, spürte er ihre Hand auf seinem Arm.

»Ich hätte schon Lust«, sagte sie. »Abendessen in Moms Restaurant.«

Er schaute sie an, doch sie war wieder mit dem Radio beschäftigt. Er nickte und fuhr zurück zum Cottage.

Luke gab Blair einen Abschiedskuss, als sie sich in Arbeitskleidung auf den Weg zum Restaurant machte. Einen Augenblick lang drückte er sie an sich.

»Du kannst immer noch für mich kochen. Jeden Abend. Ich bin der dankbarste Gast der Welt«, sagte er.

»Das ist nicht dasselbe.«

»Ich weiß.«

»Ich liebe das Kochen. Egal wie lang und lausig die Nacht ist. Stell mich in eine Küche, und ich bin glücklich.«

Vor ein paar Stunden hatte sie Daniel angerufen, um ihm mitzuteilen, dass es ihr letzter Abend sein würde, und ihm das Versprechen abgenommen, kein Tamtam um ihren Abschied zu veranstalten. Sie hatte versucht, nicht zu weinen. Dann hatte sie ihn gebeten, für Luke und Amanda einen Tisch zu reservieren.

»Ich wünschte, ich könnte dich noch viele Jahre lang zum Abschied küssen«, sagte Luke. »Dir nachsehen, wenn du in deinem sexy Köchinnen-Outfit abdüst. Auf dich warten, bis du nach Hause kommst.«

Blair schmiegte sich eng an ihn, dann löste sie sich, öffnete die Tür und machte sich auf den Weg.

»Bis später, Amanda«, rief sie ins Haus.

Aus Amandas Zimmer kam eine gedämpfte Antwort.

»Wir kommen um sieben«, sagte Luke. »Ich will das beste Schokoladendessert von der Karte.«

»Es gehört dir«, sagte Blair und verschwand in die Nacht.

Luke goss sich ein Glas Wein ein, setzte sich ins Wohnzimmer und vertiefte sich in ein Buch, während er wartete, bis Amanda mit ihren Hausaufgaben fertig war – die sie heute in ihrem Zimmer erledigte und nicht auf dem Fußboden im Wohnzimmer – und sich zum Abendessen umgezogen hatte.

Als sie auftauchte, war er überrascht. Aus dem Teenagerpunk war eine umwerfende junge Frau geworden. Sie trug einen langen schwarzen Rock und ein rotes Top. Über die Schultern hatte sie einen Seidenschal drapiert – ihre Mutter hatte so etwas in der Highschool getragen. Statt der Armeestiefel trug sie hochhackige Sandalen mit Riemchen, die sich um ihre Fesseln schlangen. Und sie hatte ihre Augen mit dunklem Eyeliner umrandet und roten Lippenstift auf ihre vollen Lippen aufgetragen.

»Wow«, sagte Luke. »Du siehst umwerfend aus.«

»Na ja.« Sie hatte das Gesicht halb abgewandt, doch Luke sah, dass sie verlegen lächelte.

»Deine Mutter wird sich freuen.«

Amanda warf ihm einen schnellen Blick zu und sah gleich wieder weg.

»Bist du fertig?«, fragte Luke.

»Ich glaube schon.« Sie klang ängstlich. Unsicher. Diese Seite kannte Luke an Amanda noch nicht. Sie sah älter aus und wirkte in ihrer Unsicherheit trotzdem jünger. Er stellte sie sich bei einem Date vor und wusste, dass ein Junge ziemlich lange brauchen würde, um sie wirklich kennen zu lernen.

»Gehen wir.«

Sie gingen zu Fuß zum Restaurant, kamen nur langsam voran, weil Amanda auf ihren hohen Absätzen unsicher einen Fuß vor den anderen setzte. Sie sah aus, als ob ihr kalt wäre, und Luke bot ihr sein Jackett an, doch sie lehnte ab und verfiel wieder in Schweigen.

Im Restaurant begrüßte sie Daniel. Er küsste Amanda und machte ihr so viele Komplimente, dass sie errötete, dann führte er sie zu ihrem Tisch in einer Ecke.

Daniel sprach nicht mit Luke. Luke fragte sich, ob er zum Feind geworden war, weil er Blair vom Restaurant fernhielt oder weil er sie Daniel wegnahm. Ein Schwuler konnte sich in eine heterosexuelle Frau verlieben – da war sich Luke sicher. Er würde vielleicht niemals mit ihr schlafen, aber dann sollte es gefälligst auch kein anderer tun.

Rianne eilte an ihren Tisch, küsste Amanda und küsste Luke. »Wir haben uns schon kennen gelernt. An dem Abend, an dem du sie sitzen lassen hast«, erklärte sie atemlos.

»Das tut mir heute noch Leid«, sagte Luke.

»Tu das nie wieder«, sagte sie.

»Versprochen.« Sie musterte ihn schelmisch – ein Test? –, dann gab sie ihm noch einen Kuss. »Du bist so hübsch, wie sie gesagt hat«, flüsterte sie und eilte zu einem anderen Tisch.

»Was hat sie gesagt?«, fragte Amanda.

»Sie hat gesagt, dass deine Mutter kocht wie eine Wilde.«

»Hat sie nicht.«

»Was ist gut hier?«

Philippe tauchte mit einer Flasche Champagner an ihrem Tisch auf. »Ein Geschenk von Daniel«, sagte er. »Und die hübsche junge Dame darf auch ein Glas haben.«

Amandas Augen leuchteten auf.

»Bon soir, Monsieur«, sagte Philippe und bot Luke die Hand. Luke spürte, wie der Kellner ihn begutachtete – in seinem eigenen oder in Blairs Interesse? Wohl beides, dachte Luke.

»Schön, dich kennen zu lernen«, sagte Luke.

»Wenn von dem Champagner was übrig bleibt, bring es nach dem Essen in die Küche«, flüsterte Philippe.

»Wenn nötig, kaufe ich noch eine«, versprach Luke.
»Ich habe morgen Schule«, sagte Amanda.
»Du, Chérie, musst lernen, ein Teenager zu sein. Ein Glas Champagner ist etwas sehr Gutes. Ich wette, ich höre dich heute Abend noch kichern.« Er wandte sich an Luke. »Amanda kichert nämlich nicht, und ein junges Mädchen muss einfach kichern.«
Mit einem Winken zog er ab.
»Ich glaube nicht, dass du bei Philippe Unterricht im Teenagersein nehmen solltest«, sagte Luke.
»Er ist sooo süß«, sagte Amanda und lehnte sich über den Tisch zu Luke.
»Und tabu«, sagte Luke. »Aus verschiedenen Gründen.«
»Du bist nicht mein Vater.«
Luke sank auf seinem Stuhl in sich zusammen. »Das weiß ich, Amanda.«
Amanda griff nach ihrem Champagnerglas und nippte daran. Sie krauste die Nase und trank noch einmal. »Eigentlich müsste ich jetzt kichern«, sagte sie, und dann – o Wunder – kicherte sie tatsächlich.
Luke lächelte und stieß mit ihr an. »Ich rufe gleich wieder Philippe an unseren Tisch«, sagte er.
»Wehe«, sagte Amanda und kicherte wieder.
Luke atmete tief durch.
Und dann spürte er Blairs Hand auf seiner Wange und drehte sich um.
»Willkommen«, sagte sie strahlend. Sie trug ihre Köchinnenjacke, aber keine Mütze – das fand sie lächerlich, hatte sie ihm erklärt. Sie beugte sich hinunter und küsste ihn.
»Wenn du nicht zu uns gekommen wärst«, sagte Luke, »wäre ich in die Küche gekommen und hätte Daniels Zorn riskiert.«

»Hast du schon alle kennen gelernt?«

»Rianne hat mit ihm geflirtet«, sagte Amanda.

»Nein, hat sie nicht. So ist sie immer. Du siehst super aus, meine Kleine.« Blair gab ihr einen Kuss.

»Daniel hat uns Champagner gebracht«, sagte Amanda und hob ihr Glas.

»Lass sie nicht mehr als ein Glas trinken«, sagte Blair und lächelte Luke an. »Hey, ich freue mich so, dass ihr da seid.«

»Ich mich auch.«

»Ich muss wieder in die Küche. Daniel hat mir drei Minuten gegeben. Er regt sich so sehr über meine Kündigung auf, dass er nicht mehr weiß, was er tut.«

»Geh«, sagte Luke. »Komm nach dem Essen noch mal wieder. Bitte.«

»Mache ich.« Sie verschwand in Richtung Küche.

Amanda trank von ihrem Champagner. »Schmeckt wirklich gut«, sagte sie. »Der erste Schluck war eklig, aber jetzt mag ich es.«

»Oh-oh«, sagte Luke lächelnd.

»Meine Klassenkameraden betrinken sich ständig. Ich habe in meinem ganzen Leben nur zwei Bier getrunken.«

»Und jetzt hast du Champagner gekostet. Ich wette, deine Klassenkameraden trinken keinen Champagner.«

Amanda lächelte. Sie war wunderschön, und Luke wünschte, sie hätte die Geschichte nicht gelesen, wünschte, sie wären woanders, und nicht hier, an einem Tisch für zwei in einem romantischen Restaurant.

»Erinnerst du dich an die Geschichte von dem Jungen, der mich mit aufs Dach genommen hat?«

»Ja, klar erinnere ich mich«, sagte Luke.

»Er schleicht neuerdings wieder um mich rum. Redet mit mir.«

»Ich hoffe, du redest nicht mit ihm«, sagte Luke.

»Er ist in Ordnung.«

»Er ist nicht in Ordnung. Er hat dich auf diesem Dach allein gelassen. Und du hast was Besseres verdient.«

»Also, er hat mich am Samstag zu einer Party eingeladen.«

»Nein.«

»Du kannst es mir nicht verbieten.«

»Das weiß ich. Ich rede mit dir als Freund, nicht als Vater. Der Typ ist ein Idiot.«

»Das werden wir dann schon sehen.«

»Amanda.«

»Ich kann auf mich selbst aufpassen.«

»Ich weiß, dass du das kannst.«

Rianne erschien, bereit, ihre Bestellung aufzunehmen.

»Wir haben noch nicht in die Karte geschaut«, sagte Luke.

»Ich kenne die Karte auswendig«, sagte Amanda.

»Na, dann fang du an«, sagte Luke. »Ich suche mir schnell was aus.«

Sie bestellten, und als Rianne gegangen war, saßen sie stumm da und tranken Champagner. Philippe tauchte wieder auf und schenkte beiden nach. Amanda warf Luke einen warnenden Blick zu. Er protestierte nicht.

»Meine Mutter wird fix und fertig sein, wenn sie nicht mehr arbeitet«, sagte Amanda. »Du glaubst vielleicht, sie ist glücklich, wenn sie jede Minute mit dir verbringen kann, aber das stimmt nicht.«

Luke nickte. »Ich weiß, dass es schwer für sie werden wird.«

»Du glaubst, du kannst einfach auftauchen und dich um alles kümmern«, sagte Amanda.

»Nein, Amanda. Das glaube ich nicht, und das will ich auch nicht.«

Amanda trank ihr Glas aus und stellte es etwas zu heftig wieder hin.

Rianne kam mit dem ersten Gang – Salat für Luke und Suppe für Amanda. Schweigend aßen sie.

»Das ist köstlich«, sagte Luke.

»Probier mal die Suppe. Eine von Moms Spezialitäten.«

Luke probierte.

»Wunderbar«, sagte er.

»Ich habe ihr geholfen, sie zu kreieren. Vor Jahren. Wir haben in der Küche herumgealbert, und plötzlich hatten wir Blairs Bohnensuppe erfunden.«

»Du hast wirklich Glück gehabt«, sagte Luke, »dass du so aufwachsen durftest.«

»Was meinst du damit?«

»Mit einer Mutter wie Blair. So nah.«

»Na ja. Ich fand mein Leben immer schrecklich. Alle anderen, die ich kannte, hatten Väter. Dann haben sich alle Eltern getrennt, und plötzlich mussten die anderen auch damit zurechtkommen, dass ihre Mutter an dem einen Ort und ihr Vater ganz woanders lebt.«

»Hast du dir gewünscht, dass deine Mutter heiratet?«

»Dass sie sich verliebt, heiratet und dann bis an ihr Lebensende mit dem Typ glücklich ist? Das ist ein Märchen. So was gibt es nicht.«

»Doch, das gibt es.«

»Wenn man hier aufwächst, fällt es einem schwer, an Märchen zu glauben. Fast jeder ist geschieden. Oder verheiratet, aber unglücklich. Die Kids reden über nichts anderes. Niemand will wie seine Eltern sein. Meine Mutter hatte wenigstens Spaß.«

»Ich wünschte, ich hätte deine Mutter schon vor langer Zeit kennen gelernt.«

»Du warst mit deiner Ehe beschäftigt.«

»Stimmt. Schlechtes Timing.«

»Hast du denn deine Frau nicht geliebt?«

»Doch. Früher.«

»Also geht die Liebe verloren. Verpufft. Alles nur ein Traum.«

»Nein«, beharrte Luke. »Nicht, wenn sie echt ist. Wenn ich könnte, würde ich deine Mutter heiraten und lieben, solange ich lebe. Da bin ich mir sicher. Man findet wahre Liebe und stellt sie in den Mittelpunkt seines Lebens. So wie deine Mutter dich zum Mittelpunkt ihres Lebens gemacht hat. Diese Liebe hält.«

Amanda aß den letzten Löffel ihrer Suppe und griff nach ihrem Champagnerglas. Es war leer. Sie sah Luke an, sagte aber nichts. Er beobachtete sie. Sie griff nach der Flasche und goss sich noch ein Glas ein.

»Du wirst morgen früh schwer aus dem Bett kommen«, sagte Luke.

»Das ist ja wohl mein Problem, oder?«

»Amanda, ich wünschte, du wärst nicht so böse auf mich. Wir haben uns schon mal ganz gut verstanden.«

»Du bist im Weg. Meine Mutter stirbt, und du bist überall.«

»Ich kann euch beiden helfen.«

»Ich will deine Hilfe nicht. Ich will mit meiner Mutter allein sein.«

Diesmal schwieg Luke, aß seinen Salat auf, trank Champagner und bat Rianne, als sie kam, um die Teller abzuräumen, dem Küchenchef ein Kompliment auszurichten.

In den Genuss des zweiten Gangs kamen sie nie. Amanda wollte nach ihrem Glas greifen, das Glas kippte um, und der Sekt ergoss sich auf Lukes Hose. Sie sprang auf, raste auf ihren hohen Absätzen unbeholfen zur Toilette und blieb eine ganze Weile verschwunden. Schließlich ging Rianne ihr nach und kam mit ihr zusammen zurück. Amanda war aschfahl, und ihr Haar klebte nass am Kopf, weil Rianne ihr Wasser ins Gesicht gespritzt hatte.

»Sie hat sich übergeben«, berichtete Rianne. »Bring sie lieber nach Hause.«

Also gingen sie nach Hause, und obwohl er gerne den Arm um sie gelegt hätte, um sie zu stützen, rührte er sie nicht an. Sie schwankte zum Cottage.

Als sie zu Hause waren, gab Luke ihr ein Aspirin und ein Glas Wasser und sagte ihr, sie solle ins Bett gehen. Sie sah ihn an – mit ihrem Du-bist-nicht-mein-Vater-Blick, sagte aber nichts. Sie war schon auf dem Weg in ihr Zimmer, als sie sich noch einmal umdrehte: »Darf ich mich in Moms Bett legen und noch ein bisschen fernsehen? In meinem Kopf dreht sich alles.«

»Natürlich«, sagte Luke. Ihm fiel auf, dass sie ihn um Erlaubnis gebeten hatte.

Amanda verschwand in Blairs Zimmer. Er hörte den Fernseher. Sie hatte die Tür nicht zugemacht.

Er wechselte seine champagnergetränkten Kleider, suchte sein Buch und ging ins Wohnzimmer, um auf Blair zu warten. Er wusste, dass sie enttäuscht sein würde – er war es auch –, aber er würde Blair und Amanda irgendwann in ein hübsches Restaurant zum Essen ausführen – nur sie drei –, um es wieder gutzumachen.

Eine Stunde später klingelte das Telefon. Amanda hob im Schlafzimmer nicht ab – wahrscheinlich war sie längst eingeschlafen. Er griff nach dem Hörer und sagte: »Hallo?«

»Luke?« Es war Emilys Stimme. »Ich brauche Hilfe. Ich blute. Ich habe Schmerzen. Im Bauch. Ich kann kaum atmen. Ich habe solche Angst. Ich will das Baby nicht verlieren.«

Einen Augenblick lang war er sprachlos.

»Bitte, Luke. Komm und hol mich ab. Ich will nicht allein ins Krankenhaus.«

»Ich bin gleich da.«

Kapitel 11

Ein wenig beschwipst von dem Champagner, den sie mit der Belegschaft am Ende des Abends getrunken hatte, lief Blair durch die kühle Nacht nach Hause. Leon, der Chef de Patisserie, den sie nie getroffen hatte, war auch da gewesen. Er war unverschämt hübsch und unverschämt charmant, und sie küsste ihn glücklich zum Abschied, weil sie endlich nach Hause zu Luke gehen konnte. Ein Mann hat dein Herz erobert, hatte er sie geneckt. Ja, hatte sie geantwortet. Er hat mein Herz erobert.

Zu viele Gefühle verwirrten sie – Schmerz über den Abschied von ihren geliebten Freunden im Restaurant, Sorge um Amanda, und erotische Spannung, weil sie gleich zu Luke ins Bett kriechen würde. Außerdem spürte sie eine tiefe, nagende Erschöpfung.

Sie ging langsam, atmete die kühle Nachtluft ein und versuchte, einen klaren Kopf zu bekommen. Sie wollte nach Hause – Luke würde da sein –, und gleichzeitig wollte sie noch Stunden so weiterlaufen in der Stille der Nacht. Wenn sie erst zu Hause war und sich ausgezogen hatte, würde sie keine Köchin mehr sein. Hier, in ihrer Arbeitskleidung, schmutzig nach stundenlanger harter Arbeit am Herd, war sie immer noch Köchin. Jeder, der ihr begegnete, sah das. Was man nicht sah – noch nicht, nicht heute Nacht –, war, dass sie aufgehört hatte zu arbeiten, um sich aufs Sterben vorzubereiten.

Sie war beim Cottage angelangt und ging langsam die Stufen zur Haustür hinauf. Das Haus war dunkel – selbst Luke schien schon zu schlafen, doch er würde bestimmt aufwachen, wenn sie neben ihn ins Bett schlüpfte.

Sie öffnete die Tür und hörte etwas – ein Geräusch, bei dem ihr beinahe das Herz stehen blieb. Eine Art Heulen, fast schon unmenschlich, ein lang gezogenes Klagen, und obwohl es gedämpft war, klang es immer noch so schrill, dass Blairs überhitzter Körper plötzlich eiskalt wurde.

Sie lauschte ganz kurz, dann rannte sie in ihr Schlafzimmer. Die Tür stand auf. Im Zimmer war es dunkel. Doch in der Ecke auf dem Boden kauerte Amanda – das Heulen kam von ihr.

»Mein Gott«, rief Blair und rannte zu ihrer Tochter. »Was ist passiert?«

Amanda versteifte sich und zog sich zurück. Sie hatte den Kopf zwischen den Knien vergraben, und als sie aufsah, spiegelte ihr Gesicht blanken Horror wider. Sie sah aus wie ein Tier, das in der Falle saß.

»Amanda«, sagte Blair und zog ihre Tochter an sich. »Was ist passiert?«

Endlich gab Amanda nach und fiel gegen ihre Mutter. Immer noch zusammengerollt wie ein Ball, klammerte sie sich an die Beine ihrer Mutter, und ihr Heulen wurde lauter.

»Rede mit mir!«, rief Blair. »Sag mir, was passiert ist.«

Amanda schüttelte den Kopf und weinte noch lauter.

»Wo ist Luke?«, fragte Blair, und das Weinen wurde stärker.

Schließlich packte Blair Amanda an den Schultern, richtete sie auf, hielt sie vor sich fest und sah sie an. »Was ist hier los?«, fragte sie mit fester, ruhiger Stimme. »Erzähl mir, was passiert ist.«

Amanda blinzelte, als hätte Blair einen Scheinwerfer auf sie gerichtet. Ihre Augen schienen den forschenden Blick ihrer Mutter nicht fokussieren zu können. Ihr Gesicht war tränenüberströmt. Sie trug nur ein T-Shirt und Boxershorts und hatte die Arme eng um ihren Körper geschlungen.

»Amanda«, sagte Blair wieder.

Das Mädchen nickte. Wieder blinzelte es. Wischte sich mit dem Unterarm einen neuen Tränenstrom aus dem Gesicht. Dann schlang Amanda erneut die Arme um sich, als wäre ihr kalt. Sie nickte wieder.

»Er – er – er hat versucht – Luke –« und dann schüttelte sie wieder den Kopf und begann am ganzen Körper zu zittern.

Blair fasste sie unterm Kinn und hob ihren Kopf, damit Amanda sie ansah.

»Er hat was versucht?«

»Mit mir zu schlafen.« Diesmal sah sie ihre Mutter an, die Augen riesig und voller Angst.

»Amanda«, sagte Blair.

Amanda nickte, dann fiel sie ihrer Mutter in die Arme.

Blair hielt sie fest, versuchte zu begreifen, was sie gesagt hatte. Amanda schluchzte in ihren Armen.

»Wo ist er?«, fragte sie schließlich.

Sie spürte, wie Amanda in ihren Armen mit den Schultern zuckte.

»Hat er – hast du –?«

»Nein«, sagte Amanda, das Gesicht an Blairs Schulter vergraben. Dann hob sie den Kopf, und die Geschichte sprudelte aus ihr heraus. »Nein. Ich habe geschlafen. Ich dachte, es wäre ein Traum. Eine Hand auf meinem Körper. Jemand lehnt sich an mich. Es war dunkel. Ich konnte nichts sehen. Er war nackt. Er stieg einfach ins Bett, und ich habe sein Ding auf mir gespürt, und da wusste ich, dass ich nicht träume. Er hat mich überall angefasst, unter meinem Hemd und in meiner Hose und hat sich die ganze Zeit an mich gedrückt –«

Irgendwann hörte sie auf zu reden und begann wieder in klagenden Lauten zu weinen, tief aus dem Innern heraus und voller Schmerz.

Blair wiegte sie in ihren Armen. Sie kämpfte gegen die Bilder, die sofort in ihrem Kopf auftauchten – die Männer am Strand, die an ihr zerrten, als wäre sie ein Nichts. Einer hatte zuerst seine Finger in sie hineingesteckt, dann seinen Penis hineingestoßen, fast durch sie hindurch, wie es ihr schien. Sie dachte an den Schmerz, die Angst.

»Erzähl mir alles, Amanda«, sagte Blair.

Amanda wurde ruhiger, das Schluchzen verebbte. Sie richtete sich auf, löste sich von Blair und fing mit gesenktem Kopf leise an zu reden.

»Ich bin aufgewacht. Ich meine, mittendrin. Ich wusste, dass es kein Traum ist. Aber ich hatte furchtbare Angst. Ich wusste nicht, was ich tun sollte. Ich meine, ich hätte schreien sollen oder irgendwas, aber das wollte ich nicht. Keine Ahnung, warum, vielleicht war es mir peinlich oder so. Ich weiß, das klingt absurd, aber ich hatte Angst. Ich habe ihn weggestoßen, runter, aber seine Hände waren überall. Und dann hat er meine Hose runtergeschoben und sich auf mich gelegt, und ich habe es gefühlt, es war hart, und er hat sich an mich gedrängt – und dann habe ich endlich geschrien. Er hat aufgehört und ist weggerannt, einfach aus dem Zimmer. Ist einfach abgehauen. Ich habe gehört, wie die Haustür zufiel. Vielleicht hat er gedacht, ich wollte es, und als ich angefangen habe zu schreien, ist er ausgeflippt oder so. Oh, mein Gott.«

Sie sank in sich zusammen. Blair zog sie an sich und hielt sie ganz fest.

»Schhh«, machte sie.

»Ich hatte solche Angst«, sagte Amanda, und jetzt weinte sie leise, das Gesicht im Schoß ihrer Mutter verborgen.

»Es ist gut«, sagte Blair und strich ihr über die Haare. »Schhh.«

Blair sah Luke vor sich, nicht die Männer, die sie vergewaltigt hatten, nicht irgendeinen Mann, sondern Luke, den Mann, den sie liebte. Vielleicht hatte er getrunken, vielleicht hatte er immer nur Amanda gewollt, und Blair hatte es nicht erkannt. Vielleicht war sie blind vor Liebe.

Amanda wird darüber hinwegkommen, sagte sich Blair. Er hatte ihr Angst eingejagt, etwas Schreckliches getan, aber sie hatte ihm rechtzeitig Einhalt geboten. Dann dachte Blair an sich selbst als Sechzehnjährige und wusste, dass diese Nacht nicht spurlos an ihrer Tochter vorübergehen würde. Diese Erfahrung, selbst wenn er es nicht zu Ende gebracht hatte, konnte ihre Seele zerstören.

»Wann ist es passiert?«, fragte sie ruhig.

Wieder zuckte ihre Tochter mit den Schultern.

»Vor einer Stunde?«

»Kann sein«, sagte Amanda.

»Er wird nicht wiederkommen«, sagte Blair und spürte, wie sich die Worte schwer auf ihre Seele legten. »Er kann nicht wiederkommen.«

Amanda sagte nichts.

Und dann dachte Blair an den Streit, den die beiden am Morgen gehabt hatten, an Amandas Wut auf Luke, weil er jetzt immer da war. Die ganze Zeit.

»Du hast dir das aber nicht ausgedacht?«, fragte sie so sanft sie konnte.

Amanda schob sich von Blair weg, rappelte sich auf, drehte sich um und rannte aus dem Zimmer.

Blair wartete, bis sie hörte, wie eine Tür zugeschlagen wurde, ließ den Kopf hängen und seufzte tief. Sie raffte sich auf und ging ihrer Tochter nach. Oh, mein Gott, dachte sie. Beide Gedanken sind furchtbar. Dass Luke so etwas tun könnte. Oder dass Amanda sich so etwas ausdenken könnte.

Sie klopfte an Amandas Tür. Nach einer Weile rief sie: »Es tut mir Leid, Amanda. Du würdest niemals lügen. Es tut mir Leid, dass ich das gesagt habe.«

Stille. Blair lehnte erschöpft den Kopf an die Tür.

»Darf ich reinkommen? Bitte.«

Sie hörte die Antwort nicht. Plötzlich war da ein Geräusch an der Haustür, dann bellte Sweetpea. Blair ging langsam zur Haustür.

In dem Augenblick ging die Tür auf, und Luke stand vor ihr, den Schlüssel in der Hand.

»Du verdammter Mistkerl«, sagte Blair.

»Wie bitte?«

»Ich sollte die Polizei rufen. Ich werde es nicht tun, wenn du aus unserem Leben verschwindest. Geh jetzt und komm nie wieder.«

»Blair –«

Luke wollte auf sie zugehen, und sie griff nach dem

Telefon neben sich. »Ich rufe die Polizei. Jetzt sofort. Geh. Bevor ich dich zerfleische.«

»Was ist passiert –«

Blair starrte ihn an. Sie wartete einen Augenblick. Schaute auf die verschlossene Tür hinter sich. »Amanda –«, setzte sie an, hielt inne und beobachtete seine Reaktion.

»Was ist mit Amanda?«, fragte er.

»Du weißt, was passiert ist.«

»Wenn ich es wüsste, würde ich nicht fragen.«

»Mistkerl«, sagte sie kopfschüttelnd. »Raus hier. Sofort.«

»Blair. Was ist mit Amanda passiert?« Er stand wie festgewachsen an der Tür und rührte sich nicht.

»Du hast versucht, sie zu vergewaltigen«, sagte Blair. Ihre Stimme klang tief und drohend.

»Was? Jemand hat versucht, sie zu vergewaltigen?« Er wollte ins Haus gehen, und Blair hielt das Telefon hoch, doch er ließ sich nicht beirren und ging an ihr vorbei auf Amandas Zimmer zu.

»Bleib stehen! Mach, dass du rauskommst«, schrie sie.

Luke blieb vor der verschlossenen Tür zu Amandas Zimmer stehen. »Amanda! Amanda!«

»Raus«, sagte Blair, packte ihn am T-Shirt und versuchte, ihn von der Tür wegzuziehen.

»Ich habe nicht versucht, sie zu vergewaltigen«, schrie Luke jetzt wütend. »Verdammt noch mal, Blair. Sag mir, was passiert ist!«

Blair zog an seinem Hemd, dann ließ sie los und fiel gegen die Wand.

»Wie konntest du das tun?«, sagte sie.

Er beugte sich zu ihr hinüber. »Ich habe nichts getan. Ich habe keine Ahnung, wovon du redest. Emily hat angerufen. Sie hatte eine Fehlgeburt. Sie brauchte jemanden, der sie ins Krankenhaus fährt.«

»Lügner«, sagte Blair.

»Blair, hör mir zu. Vielleicht lügt deine Tochter.«

»Verschwinde aus meinem Haus«, sagte Blair.

»Ruf im Krankenhaus an, wenn du mir nicht glaubst.«

»Amanda würde bei so einer Sache niemals lügen«, sagte Blair.

Luke wandte sich ab und ging wieder auf die Tür zu. Nach ein paar Schritten blieb er stehen. »Blair, lass nicht zu, dass sie uns das antut.«

»Geh«, sagte Blair.

Wortlos verließ er das Haus.

Blair sank auf dem Boden in sich zusammen.

»Amanda«, sagte sie so laut, dass ihre Tochter sie durch die geschlossene Tür hören musste.

Amanda antwortete nicht.

Am nächsten Morgen weigerte Amanda sich, zur Schule zu gehen. Sie wollte nicht aufstehen, ließ aber zu, dass Blair ihr eine Schüssel mit Müsli brachte, sich zu ihr auf die Bettkante setzte und ihr über den Kopf strich.

Amanda sagte nicht viel, und ihr Gesicht war vom Weinen geschwollen. Blair beugte sich zu ihr und küsste sie. »Mach einen Tag blau. Das schadet dir nicht. Ich hole uns ein paar Videos.«

Aber Amanda blieb in ihrem Zimmer, verkroch sich im Bett, zog sich nicht an und kam weder zum Fernsehen noch zum Essen oder zum Duschen heraus.

Blair fühlte sich krank – vor Erschöpfung und Sorge und durch den dumpfen, pulsierenden Schmerz hinter den Augen. Sie erinnerte sich, wie lange es gedauert hatte, bis sie sich von der Vergewaltigung erholt hatte – sie war wochenlang nicht aus dem Haus gegangen, hatte ferngesehen, geschlafen, nicht gesprochen. Und als der Sommer zu Ende ging, hatte der Direktor sie zu Hause besucht und hatte sie überredet, wieder in die Schule zu kommen. Sie erinnerte sich an den Tag, an dem sie das erste Mal wieder zur Schule gegangen war. Prüfend hatte sie ihren Körper untersucht. Alle Wunden und Verletzungen waren in den vielen Monaten seit der Tat verheilt. Sie hatte sich im Spiegel betrachtet und gedacht: Es ist alles da drinnen. Alle Verletzungen verstecken sich da drinnen.

Blair ließ Amanda schlafen. Sie nahm eine Tablette Vicodin und versuchte, sich durch den Tag treiben zu lassen, versuchte, nicht an Luke zu denken, wo er war, was er dachte, was er getan hatte. Oder nicht getan hatte.

Aber Amanda würde nicht lügen. Er musste betrunken gewesen sein. Blair musste sich in ihm getäuscht haben. Er war eben doch nur ein Mann und, wie jeder Mann, hinter sechzehnjährigen Mädchen her.

Aber dann dachte sie an den Luke, der sie zum Arzt begleitete, an ihrem Bett saß und sie die ganze Nacht festhielt. Das war nicht der Mann, der zu ihrer Tochter ins Bett schlüpfte, der sich an sie drängte, sie zu Tode ängstigte.

Sie hasste das Chaos in ihrem Kopf, und das Vicodin half nicht dagegen.

Das Telefon klingelte, doch sie ignorierte es.

Sie ging mit Sweetpea spazieren – Luke hatte den Hund dagelassen, und sie würde ihn nicht zurückgeben. Sie ging langsam – jeder Muskel in ihrem Körper schmerzte. Sanft stupste Sweetpea sie immer wieder vorwärts, als wüsste der Hund, dass Blair krank war.

Gemeinsam schafften sie es bis zur Videothek, wo Blair ein paar Filme auslieh – Krimi, Fantasy, egal was, Hauptsache, sie würde nicht nachdenken müssen. Allein saß sie in ihrem Schlafzimmer, aß Popcorn, schaute einen Film nach dem anderen an und wartete darauf, dass Amanda aus ihrem Zimmer kam.

Auch am nächsten Morgen stand Amanda nicht auf und weigerte sich, zur Schule zu gehen.

»Du musst darüber hinwegkommen«, sagte Blair. »Du kannst dich nicht in deinem Zimmer einigeln.« Unheimlich hallte die Stimme ihrer eigenen Mutter in ihrem Kopf wider. Sie erinnerte sich daran, dass sie zu ihrer Mutter gesagt hatte: »Ich werde es niemals vergessen.« Hatte sie es vergessen? Kann man jemals über eine Vergewaltigung hinwegkommen? Oder wird aus der Wunde eine schmerzende Narbe, versteckt tief im Innern deines Körpers?

»Ich gehe nicht in die Schule«, sagte Amanda, zusammengerollt unter den Kissen, das Gesicht hinter ihren Haaren versteckt. Blair fasste sie an der Schulter und hätte sie am liebsten geschüttelt.

»Steh wenigstens auf«, drängte Blair sie. »Geh duschen. Zieh dich an.«

»Nein«, sagte Amanda.

»Was kann ich für dich tun?«, fragte Blair verzweifelt.

Amanda antwortete nicht.

»Komm und geh mit Sweetpea und mir spazieren«, schlug Blair vor. »Wir gehen an den Strand.«

»Nein«, sagte Amanda.

»Morgen gehst du wieder in die Schule«, erklärte Blair.

Sie ließ sie im Bett und ging mit Sweetpea zur Videothek, um neue Filme auszuleihen und mehr Popcorn zu kaufen. Sie nahm ein Vicodin und kaufte eine Flasche Wein. Sie ging nicht ans Telefon.

Als Amanda sich am nächsten Tag immer noch weigerte, zur Schule zu gehen, erklärte Blair ihr, dass sie irgendetwas unternehmen müssten. »Wir gehen zum Arzt«, sagte sie. »Zu einem Psychologen.«

»Nein«, sagte Amanda. »Ich will nur schlafen.«

»Das geht nicht. Du musst wieder zu deinem normalen Leben zurückfinden. Ich weiß, dass es schrecklich war, Amanda, aber du musst stark genug sein, es zu überwinden.«

Amanda antwortete nicht.

»Wie wäre es, wenn wir ein paar Tage wegfahren?«, schlug Blair vor.

Amanda sah auf.

»Ich frage Luke, ob wir in seine Hütte fahren können. Nächste Woche sind Ferien. Ich arbeite nicht mehr. Wir werden eine Weile in den Bergen leben.«

»Nein«, sagte Amanda, »nicht Luke –«

»Wir werden ihn nicht sehen. Ich sage ihm, dass ich ihn umbringe, wenn er auftaucht. Das ist er uns schuldig.«

Amanda widersprach nicht. Blair verließ ihr Zimmer und suchte das Telefon. Sie fand Lukes Nummer von der Hütte und wählte.

»Hallo?«

»Ich bin es.«

»Blair.« Sie hörte die Trauer in seiner Stimme, hörte ihn tief atmen und hatte einen Augenblick lang das Gefühl, er stünde neben ihr. Sie konnte ihn beinahe riechen.

»Ich will nicht mit dir reden. Ich will deine Hütte. Amanda ist völlig durcheinander. Sie will nicht zur Schule gehen. Leih uns für eine oder zwei Wochen deine Hütte. Vielleicht hilft das. Ich weiß nicht, was ich sonst noch tun kann.«

»Kannst du mir bitte zuhören?«

»Nein, kann ich nicht. Du sagst, dass meine Tochter lügt, und das glaube ich nicht. Es ist leichter zu glauben, dass du ein Monster bist und ich eine Idiotin bin, weil ich es nicht erkannt habe.«

»Ich würde Amanda nie anfassen«, sagte Luke.

»Ich rufe nur an, um dich um die Hütte zu bitten. Können wir sie haben?«

»Ja. Natürlich.«

»Du kannst nicht dableiben. Ich will dich nie wieder sehen.«

»Blair –«

»Geh einfach und leg den Schlüssel unter die Matte. Wenn du auftauchst, bringe ich dich um. Wir bleiben eine Weile – keine Ahnung –, bis es ihr besser geht.«

»Ich ertrage das nicht, Blair.«

»Wir kommen morgen. Und du tätest gut daran, weit weg zu sein.«

Sie legte auf.

Zitternd saß sie da. Sie spürte, wie ihr Herz klopfte, und fühlte sich so schwach. Sie könnte auf der Stelle zusammenbrechen. Sie wollte nicht aufstehen, wollte nicht nach dem Glas Wein auf dem Regal greifen, wollte nicht mit Amanda reden.

Sie würde sich Caseys Auto leihen. Morgen würden sie fahren.

Amanda schien sich ein wenig gefangen zu haben und saß aufrecht, als sie in die Berge von Santa Cruz fuhren. Sie mied den Blick ihrer Mutter und schaute die ganze Zeit aus dem Fenster.

Blair fühlte sich krank, mehr als bisher, und wusste, dass die Krankheit in ein neues Stadium eingetreten war, spürte tief im Innern, dass sie sich nie wieder wirklich gesund fühlen würde.

»Ich liebe diese Gegend«, sagte Amanda leise, als sie in eine der kleinen Straßen einbogen, die in die Berge führten. Wald umgab sie und schuf ein Dach aus Blättern über ihren Köpfen. »Es fühlt sich so sicher an«, erklärte sie.

Blair lächelte. Dicht an den Bergen fuhr sie die kurvige Straße entlang und versuchte, die Nervosität, die der Gedanke an Luke auslöste, zu verbergen. Würde er da sein? Würde allein die Vorstellung von ihm in der Hütte Amanda stören? Sie rief sich ihre eigene Begegnung mit Luke in der Hütte ins Gedächtnis, und ihr wurde klar, dass sie auch wegen ihrer eigenen Gefühle besorgt war. Sie hatte Angst davor, dass der Schmerz um den Verlust sie hier einholen würde. Und dafür war sie noch nicht bereit.

Sie erinnerte sich an die Abzweigung, die lange Zufahrt zur Hütte, den warmen Glanz des Holzes in den ersten Sonnenstrahlen am frühen Morgen. Er war nicht da – kein Truck weit und breit. Sweetpea jaulte auf dem Rücksitz – als wäre sie das Echo zu dem Geräusch in ihrem Herzen.

Sie parkte den Wagen. Sweetpea drängelte sich nach vorne und drängte sie auszusteigen.

»Sie ist froh, zu Hause zu sein«, sagte Amanda.

Blair nickte, den Blick auf die Hütte gerichtet.

»Verrückt«, sagte Amanda. »Jetzt sind wir die Einsiedler.«

»Für eine Woche«, sagte Blair. »Länger nicht.«

Amanda öffnete die Beifahrertür, und Sweetpea sprang über sie hinweg und raste zwischen Amanda und der Hütte hin und her. Blair blieb sitzen und schaute ihr zu. Ob Sweetpea Luke wohl vermisst?, überlegte Blair. Fühlt sie seine Abwesenheit auch als diesen Schmerz im Herzen?

Sie sah, wie Amanda vor der Haustür stehen blieb und sich abwartend umdrehte. Blair musste sich zwingen auszusteigen. Was für eine idiotische Idee, dachte sie. Der Preis für die Heilung meiner Tochter ist mein eigener Ruin.

Sie stieß die Wagentür auf und stieg endlich aus. Die kühle Luft traf sie wie ein Schlag und rüttelte sie auf. Wach auf! Du hast die Kraft. Er ist nicht da. Er ist weg.

Sie ging zur Haustür, hob die Fußmatte an und fand den Schlüssel. Sweetpea tanzte ungeduldig um sie herum.

Blair schloss auf und ließ Licht in die Hütte.

»Wow«, sagte Amanda. »Cool.«

Es war sauber und aufgeräumt. Nicht wie Blair es das letzte Mal gesehen hatte. Das half ein wenig. Und es war ein wunderbarer Ort mit dem warmen Holz, dem Sessel, dem kleinen Esstisch mit den beiden Stühlen. Als hätte er all die Monate hier gegessen und nur auf Blair gewartet.

Sie wagte nicht, zum Bett zu schauen. Wagte nicht, sich Luke im Sessel vorzustellen, am Herd oder Pfannkuchen essend mit ihr am Tisch. Sie atmete tief ein und stellte sich vor, dass die Hütte den Geruch verströmte, nicht der Mann, der sie bewohnt hatte.

»Ich will spazieren gehen«, sagte Amanda. »Es ist alles so schön hier.«

»Geh nur«, sagte Blair, erleichtert, dass Amanda sich wieder wie Amanda benahm. »Nimm Sweetpea mit.«

»Willst du nicht mitkommen?«, fragte sie.

Blair konnte ihr nicht in die Augen sehen, wollte

den dringenden Wunsch ihrer Tochter nicht an sich heranlassen.

»Geh allein. Ich packe aus und richte uns ein bisschen ein.«

»Wo soll ich hingehen?«

»Nimm den Weg hinter der Hütte. Er führt eine Weile bergauf. Da kommst du zu einer Wiese, die voller Wildblumen ist.«

»Cool«, sagte Amanda. Mit Sweetpea auf den Fersen verließ sie das Haus. Als sie gegangen war, ging Blair zum hinteren Fenster und beobachtete ihre Tochter, wie sie ums Haus kam und sich auf den Weg machte. Amanda sah endlich wieder besser aus, ihr Schritt war leichter, fröhlicher. Sie wird sich erholen, dachte Blair und wandte sich vom Fenster ab.

Sie schaute zum Bett. Es war ordentlich gemacht, die Kissen aufgeschüttelt. Zögernd ging sie darauf zu. Dann legte sie sich hin, presste die Hände auf ihr Herz und begann zu weinen.

Kapitel 12

Luke fuhr bergab und wählte den längeren Weg zum Highway, damit er Blair auf der Fahrt zur Hütte nicht begegnete. Er hatte den ganzen Morgen geputzt, ein paar Sachen in den Truck geworfen und sich auf den Weg in die Stadt gemacht, nur einen einzigen Gedanken im Kopf: Er würde herausfinden, was Amanda zugestoßen war.

Er glaubte nicht, dass sie log – so viel Vertrauen hatte er. Sie war betrunken gewesen. Aber so betrunken, dass sie fantasiert und geglaubt hatte, es wäre Wirklichkeit gewesen?

Doch er würde mit der Möglichkeit beginnen, dass tatsächlich etwas geschehen war, dass jemand ins Haus eingedrungen war und versucht hatte, sie zu vergewaltigen. Er musste zuerst alle anderen Möglichkeiten ausschließen, ehe er der Tatsache ins Auge sah, dass ihr Hass so tief saß, dass sie die Geschichte tatsächlich erfunden hatte, um ihn fertig zu machen.

Er fuhr auf dem Highway in die Stadt und wünschte, er wäre auf dem Weg zu Blair, anstatt sich von ihr zu entfernen. Er wusste nicht, wo er hinfahren und was er tun sollte. Emily war sicher wieder in das Haus in Potrero Hill gezogen. Sie hatte an jenem Abend eine Fehlgeburt gehabt – und während er sich die ganze Zeit im Krankenhaus um sie gekümmert hatte, hatte irgendjemand das Leben, das er sich mit Blair geschaffen hatte, zerstört. Am liebsten hätte er Emily dafür verantwortlich gemacht, dass er an diesem Abend weggefahren war, und auch für alles, was danach geschehen war. Doch das konnte er nicht. In ihm war nur Trauer und Mitgefühl.

Als der Arzt ihnen mitteilte, dass sie das Kind verloren hatte, hatte Emily lange geweint.

»Ich habe das Baby gewollt«, sagte sie traurig.

»Ich weiß«, sagte er. Sie lag in der Notaufnahme, das Haar klebte feucht an ihrem Kopf, ihr Gesicht hob sich blass von dem weißen Kissen ab. Er saß an ihrer Seite und dachte an die Monate mit Blair, die vor ihm lagen. Er hatte geschworen, sie nicht ins Krankenhaus zu bringen.

»Du kannst zurückkommen«, hatte Emily geflüstert. Er saß auf der Bettkante, seine Hand lag auf ihrem Arm. »Wir können versuchen, eine Familie zu gründen.«

»Nein«, hatte Luke sanft erwidert.

Als die Ärzte anordneten, dass sie die Nacht über zur Überwachung in der Klinik bleiben musste, hatte Luke sich verabschiedet. Er hatte sich zu ihr hinuntergebeugt und sie auf die Wange geküsst, sie hatte die Arme um seinen Hals gelegt und ihn an sich gedrückt.

Und dann war er zurück zu Blair gefahren. Als er durch die Straßen von Haight fuhr, fiel ihm eine Szene aus der Highschoolzeit ein. Der Lehrer in dem Kurs für kreatives Schreiben hatte Blair Clemens aufgerufen, das Mädchen, das erst vor wenigen Monaten am Strand vergewaltigt worden war. »Ms. Clemens«, hatte seine Stimme durch den Klassenraum gepoltert. »Was ist das Schlimmste, das Ihrer Hauptperson passieren kann?« Und Blair hatte mit klarer Stimme geantwortet: »Eine Vergewaltigung.«

Als Luke in jener Nacht bei Blairs Cottage angekommen war, hatte sie ihn einen Vergewaltiger genannt.

Luke nahm die Route 101 in die Stadt und fuhr wieder nach Haight. Er fand einen Parkplatz vor dem Cottage und starrte aus seinem Truck auf die lange Auffahrt hinter dem lilafarbenen viktorianischen Haus. Casey, der Vermieter, fiel ihm ein, und er warf einen Blick auf die Veranda des großen Hauses. Vielleicht hatte er etwas gehört. Wenn er nicht zu bekifft gewesen war. Luke würde mit ihm anfangen.

Er stieg aus. Das Haus wirkte auf den ersten Blick verlassen, doch das war immer so. Es gab keine Vorhänge an den Fenstern. Nackt starrten die Scheiben ihn an. Vielleicht wanderten Gespenster im Haus herum, von innen kam jedenfalls kein menschliches Geräusch, kein Licht war zu sehen, keine Bewegung.

Luke ging zur Tür und blieb einen Augenblick lang stehen. Er hasste den Kerl, wenn auch möglicherweise zu Unrecht. Weil er versucht hatte, Luke von Blair fern zu halten? Weil er für sich eine Vertrautheit mit Blair in Anspruch nahm, die ihm nicht zustand? Nur weil er der Vermieter war? Vielleicht war er auf jeden Mann eifersüchtig, der Blair all die Jahre vor ihm gekannt hatte. Das klang wirklich irrational. Der Typ war nur ein reicher Hippie mit einem hübschen Häuschen.

Er klingelte. Das Läuten hallte im Haus wider. Er wartete einen Moment und klingelte noch einmal. Als er sich wieder zur Straße wandte, sah er Casey gemächlich den Bürgersteig entlangschlendern.

Mit langen, schlaksigen Schritten, eine Einkaufstüte in den Armen, kam er auf Luke zu. Er warf ihm einen Blick zu und nickte kurz, als würde er ihn kaum kennen, dann ging er aufs Haus zu.

»Hallo, ich bin Luke. Ich glaube, wir sind uns offiziell noch nicht vorgestellt worden.«

»Kann sein. Ich bin Casey. Hey, wo ist Blair? Sie hat mein Auto genommen und ist verschwunden.« Er stand ein paar Schritte von Luke entfernt am Fuße der Treppe und beäugte Luke, die Tüte wie einen Schutzschild vor dem Bauch. Er blinzelte, obwohl ihn die Sonne nicht blendete.

»Sie und Amanda sind für eine Woche in meine Hütte in den Bergen gefahren.«

»Wie kommt's?«

»Ferien.«

Casey wandte den Blick ab und hievte die Tüte auf die andere Seite.

»Willst du ein Bier?«, fragte er.

Luke schüttelte den Kopf. Er hatte noch nicht mal gefrühstückt.

»Alles in Ordnung? Mit Blair und Amanda, meine ich.«

»Ja«, sagte Luke. »Alles in Ordnung.«

Casey fummelte an der Tüte herum, dann stellte er sie ab. Er griff hinein, holte eine Dose Budweiser heraus, öffnete sie und trank. Als er sie wieder absetzte, hockte er sich mit dem Rücken zu Luke auf die Stufen.

»Was willst du?«, fragte er mit belegter Stimme.

Luke ging eine Stufe hinunter und setzte sich neben Casey.

»Warst du letzten Dienstagabend zu Hause?«

»Was soll das? Bist du ein verdammter Bulle?«

Luke griff in die Tüte und zog ein Bier heraus. »Nein, Mann. Ich bin kein Bulle. Ich versuche nur, ihnen ein wenig Arbeit abzunehmen.«

Er riss die Dose auf und nahm einen großen Schluck. Er war schon jetzt total erschöpft und hatte noch nicht einmal den geringsten Anhaltspunkt.

»Was ist mit den beiden?«

»Hast du Dienstagabend irgendwas gehört? So gegen kurz nach zehn?«

»Was denn?«

»Schreie. Kann sein, dass Amanda geschrien hat.«

Casey warf Luke einen schnellen Blick zu und schaute gleich wieder weg.

»Sie hat nicht geschrien«, sagte er. »Sie schreit nie.«

Casey stellte die Bierdose neben seine Füße. Er stützte seine Arme auf die Knie und ließ den Kopf dazwischen herunterhängen. Luke beobachtete, wie sich sein Rücken beim Atmen hob und senkte. Er wartete. Schließlich richtete Casey sich wieder auf und starrte auf die Straße.

»Ich war high. Habe auf eine Frau gewartet – Fran, ich treffe mich manchmal mit ihr –, aber sie kam nicht. Ich wollte mit ihr ins Bett und war irgendwie total fertig bei dem Gedanken, dass ich die ganze Nacht allein verbringen muss, ohne Frau. Wenn ich high bin, will ich Sex, so wie andere Leute was Süßes. Und Blair ist Klasse – ich meine, sie war es, bis sie krank wurde. Da wollte sie plötzlich nicht mehr vögeln. Und du warst die ganze Zeit da. Ich habe draußen gesessen und geraucht, als du weggefahren bist. Dachte, ihr hättet Streit und sie hätte dich rausgeschmissen. Dachte, sie liegt im Bett und will Sex, genau wie ich.«

Er machte eine Pause, und Luke schloss die Augen. Den Rest der Geschichte konnte er sich auch ohne weitere Erklärungen zusammenreimen. Aber Casey redete weiter, leise und monoton, als wäre es nichts von Belang.

Luke konnte nicht mehr richtig durchatmen, bekam kaum noch Luft.

»Ich habe einen Schlüssel. Verdammt, das ist meine Hütte. Ich gehe rein und sehe, dass Blairs Tür offen ist. Es ist dunkel, aber ich denke, dass sie im Bett liegt und sich freut, wenn ich ihr Gesellschaft leiste. Also gehe ich in ihr Zimmer. Es ist ganz still, sie schläft, man hört sie nur atmen. Also ziehe ich mich aus und krieche zu ihr unter die Decke. Ich bin so bekifft wie schon lange nicht mehr. Da gibt's nichts Besseres, als eine Frau so zu wecken. Das ist ein Kick, Mann. Ich bin also bereit für sie, und sie bewegt sich im Schlaf, als wollte sie es auch. Als ich mich auf sie drauflege, stößt sie mich plötzlich weg und rutscht ganz an die andere Seite. Scheiße, da seh ich, dass es Amanda ist. Woher sollte ich denn wissen, dass es die Kleine ist? Ich meine, im Bett ihrer Mutter. Die beiden sind gleich groß, das Licht war aus – und da liegt auf einmal Amanda.«

Er griff nach der Bierdose und wollte sie gerade an den Mund setzen, doch Luke schlug sie ihm aus der Hand. Die Dose flog an ihm vorbei, und Bier spritzte heraus.

»Was zum Teufel –«, murmelte Casey.

Luke stand auf und zerrte Casey am Hemd hoch.

»Du verdammter Mistkerl«, zischte er, so wütend, dass er am ganzen Körper zitterte. »Sie ist noch ein Kind. Ein sechzehnjähriges Mädchen.«

Luke verpasste ihm einen Kinnhaken. Casey sackte in sich zusammen, ein Bündel Knochen, das auf den nächsten Schlag wartete. Er flog nach hinten und ging rückwärts zu Boden. Ohne sich zu bewegen, das Gesicht im Dreck, blieb er schwer atmend liegen.

Luke betrachtete ihn einen Augenblick lang. Sein ganzer Körper vibrierte von dem Schlag. »Du bist ein Monster«, presste er voller Verachtung hervor.

»Sag ihr, dass es mir Leid tut«, murmelte Casey kaum hörbar.

Luke ging weg. Er stieg in seinen Truck und machte sich auf den Weg zurück in die Berge.

Als Luke die lange Zufahrt zur Hütte entlangfuhr, sah er Blairs Auto und hörte Sweetpea bellen. Seine Wut auf Casey war noch nicht verflogen. Doch jetzt regte sich für einen Moment ein anderes Gefühl in ihm. Erleichterung. Vielleicht auch Hoffnung.

Er parkte hinter Blairs Wagen und ging zur Haustür. Sie flog auf, noch bevor er ganz da war.

»Verschwinde sofort wieder«, sagte Blair.

Sie trat heraus und zog die Tür hinter sich zu. Blockierte den Weg zu ihrer Tochter.

»Ich weiß, wer es war«, sagte er.

Sie starrte ihn an.

»Hör mir zu, Blair.«

Sie schüttelte den Kopf, sagte aber kein Wort und bewegte sich keinen Zentimeter.

»Es war Casey«, sagte Luke. »Er hat gesehen, wie ich weggefahren bin, ist mit seinem Schlüssel reingegangen und wollte mit dir schlafen. Amanda lag in deinem Bett.«

Blair sah ihn verwirrt an. Sie sah so wütend aus, als würde sie jeden Moment zuschlagen – dann verwandelte sich ihr Ausdruck in Angst. Sie war schrecklich blass, und ihre Augen waren verquollen, als hätte sie geweint.

»Casey?«, fragte sie, langsam begreifend.

Luke nickte. »Ich würde niemals –«

Blair sank in die Knie und hockte sich auf den Boden.

»Casey«, sagte sie schwach.

»Ich glaube, ich habe ihm den Kiefer gebrochen«, sagte Luke.

Sie schaute zu ihm auf. Ihre Augen waren immer noch dunkel. Wütend.

»Wie konntest du nur denken –«, setzte Luke an.

»Ich weiß es nicht«, sagte Blair. »Es war verrückt. Sie war sich so sicher.«

Blair klopfte neben sich auf den Boden. Luke ging auf sie zu, setzte sich neben sie und nahm sie in die Arme. Sie fing an zu weinen, und er drückte sie an sich. Weinkrämpfe schüttelten sie. Sie ist so dünn geworden, dachte Luke, als er sie umarmte und ihre Rippen spürte.

»Es tut mir Leid, dass ich dachte, du wärst es gewesen«, sagte sie an seinem Hals.

»Schhh«, machte Luke. »Du musstest ihr glauben.«

»Aber ich konnte es nicht«, sagte Blair und sah zu ihm auf. »Das alles hat überhaupt keinen Sinn ergeben.«

»Und ich konnte mir nicht vorstellen, dass sie lügt«, sagte Luke. »Das würde sie niemals tun.«

»Warte hier«, sagte Blair. »Ich gehe rein und sage es ihr.«

Sie stand auf, wischte sich mit dem Ärmel die Tränen ab und ging ins Haus.

Luke wartete lange. Sweetpea lag zu seinen Füßen und schaute in den Wald hinaus. Sweetpea schien glücklich, wieder zu Hause zu sein. Vielleicht bin ich auch zu Hause, dachte Luke.

Endlich ging die Tür auf. Es war Amanda, die herauskam und sich neben ihn setzte. Er schaute sie an, sah Casey vor sich, wie er sich auf Amanda legte, und spürte die Wut wie einen Stein im Magen.

»Ich dachte, du warst es«, sagte sie leise.

»Ich würde dir niemals so etwas antun«, sagte Luke.

Sie wandte den Blick ab und starrte in den Wald.

»Es war schrecklich«, sagte sie.

»Das glaube ich dir.«

»Ich war so durcheinander. Ich dachte, vielleicht magst du mich –«

»Ich liebe dich, Amanda«, sagte Luke. »Wie eine Tochter. Weißt du das denn nicht?«

Sie warf ihm einen Blick zu und senkte den Kopf. Meine Tochter, dachte er.

Amanda sah wieder auf und zuckte mit den Schultern. »Ich glaube schon. Ich meine, das habe ich gemerkt. Aber du bist trotzdem ein Mann. Und du hast diese Geschichte geschrieben. Ach, ich weiß nicht.«

»Weißt du, was ich in den letzten Tagen immer wieder gedacht habe?«, fragte Luke. Er spürte, dass Amanda ihn ansah, doch er schaute stur geradeaus. »Ich konnte es nicht ertragen, Blair zu verlieren. Es würde mich umbringen. Aber dann kam noch etwas dazu. Etwas Neues. Ich konnte den Gedanken nicht ertragen, dich auch noch zu verlieren.«

Amanda legte die Hand auf seinen Ellbogen. Einen Augenblick lang schwiegen sie beide.

»Und du hast ihn zusammengeschlagen?«, fragte sie schließlich.

Luke lächelte. »Ein gezielter Schlag. Er hat allerdings mehr verdient.«

»Gut«, sagte Amanda und nickte.

Luke legte seine Hand auf ihre.

»Ich will da nicht mehr hin«, sagte sie.

»Du kannst hier bleiben«, sagte Luke.

»Ich habe Schule«, wandte sie ein.

»Das kriegen wir schon hin.«

Die Tür ging auf, und Blair kam heraus. Sie schaute auf die beiden herunter.

»Ich habe Suppe gekocht«, sagte sie. »Sollen wir den Einsiedler zum Essen einladen?«

Amanda nickte.

Luke hatte noch einen Stuhl aus der Werkstatt geholt, und zu dritt saßen sie nun um den Tisch. Sie gingen behutsam miteinander um. Amanda berichtete von ihrem Spaziergang mit Sweetpea am Morgen. Blair erzählte, wie sie einmal einen Sommer mit ihren Eltern in einer Hütte in der Sierra verbracht hatte, als sie klein war. Luke beobachtete die beiden, hörte zu und lächelte. Nie hätte er sich träumen lassen, sie beide hier, in seiner Ein-Zimmer-Hütte zu haben. Er fand, dass er unglaubliches Glück hatte.

Nach dem Essen setzte sich Amanda mit einem Buch nach draußen. Luke stand an der Tür, während Blair ihr ein Glas Limonade brachte. Ihm fiel auf, wie sehr sich Blairs Körper in diesen paar Tagen verändert hatte. Sie wirkte noch dünner, noch zerbrechlicher. Sie bewegte sich, als hätte sie bei jedem Schritt Schmerzen. Ihr Anblick brach Luke beinahe das Herz.

Amanda nahm das Glas und stellte es auf die Stuhllehne. Blair beugte sich hinunter und küsste sie auf den Scheitel. Sie ließ ihre Wange auf Amandas Kopf liegen, als könne sie sich nicht losreißen.

Sie musste Lukes Blick gespürt haben, denn sie sah auf und lächelte.

»Wollen wir spazieren gehen?«, fragte sie.

»Schaffst du das?«

»Wenn wir langsam gehen«, sagte Blair.

Hand in Hand, mit Sweetpea an ihrer Seite, machten sie sich auf den Weg.

»Kannst du Amanda und mir noch eine Nacht für uns allein geben?«, fragte Blair Luke.

»Natürlich«, sagte Luke. Zu schnell, wie er fand, und er spürte den Schmerz der Enttäuschung. »Du fehlst mir«, fügte er hinzu.

»Ich weiß«, sagte sie. »Aber ich brauche eine Nacht allein mit Amanda. Um zu sehen, wie es ihr geht. Wenn wir zusammen hier sind.«

»Sie hat keine Probleme mit mir«, sagte Luke. »Das sehe ich.«

»Ich weiß, dass du Recht hast«, sagte Blair. »Vielleicht brauche ich es für mich.«

Luke sah sie an, doch Blair hatte den Blick auf den Weg geheftet.

»Warum?«, fragte Luke.

»Nur eine Nacht«, sagte Blair. »Komm morgen wieder.«

»Aber ändere morgen ja nicht deine Meinung«, sagte Luke und griff nach ihrer Hand. »Ich habe schon zu viel Zeit mit dir versäumt.«

»Ich spüre jetzt, wie krank ich bin«, sagte Blair. »Es geht so schnell.«

»Ich werde für dich sorgen«, versprach Luke.

Sie sah ihn an und lächelte. »Ja, das wirst du«, sagte sie. »Das weiß ich.« Sie senkte den Kopf und schaute auf den Boden. »Aber ich habe Angst. Furchtbare Angst. Und dich zu lieben bedeutet, noch mehr zu verlieren.«

Luke fuhr zurück in die Stadt. Diesmal hatte Blair ihm erlaubt, im Cottage zu übernachten. Er würde ein paar Sachen für sie einpacken, um sie mit in die Berge zu nehmen. »Wenn du Casey siehst, verpass ihm noch eine«, hatte Blair vorgeschlagen. Doch Casey war nirgends zu sehen. Luke parkte vor Blairs Cottage, aber er schaffte es nicht hineinzugehen.

Er lief durch Haight und kaufte ein paar Dinge für die Hütte. Blumen für Blair. Was sind ihre Lieblingsblumen?, dachte er. Würde er noch genug Zeit haben, es herauszufinden? Kleine Rituale zu entwickeln? Er wählte blaue Iris.

Er kaufte Lebensmittel ein. CDs für Amanda, eine wärmere Decke für ihr Bett. Beladen mit Päckchen, lief er durch die Straßen der Stadt. In einem Hauseingang sah er ein knutschendes Pärchen. Er wünschte, er wäre wieder sechzehn und in der Highschool, mit Blair Clemens in seinen Armen. Er wünschte sich Jahre, die er nicht haben konnte.

Als er bei Blairs Häuschen ankam, spürte er schmerzlich ihre Abwesenheit. Er ging direkt zum Telefon und rief sie an. Schon beim ersten Klingeln hob sie ab.

»Hallo?«

»Habe ich dich geweckt?«

»Nein. Ja. Du darfst mich für den Rest meines Lebens jeden Tag wecken, und ich werde nicht sauer sein.«

»Ich kann die Nacht nicht ohne dich verbringen«, sagte Luke. »Ich habe schon zu viel Zeit versäumt.«

»Dann komm nach Hause«, sagte sie.

Kapitel 13

Amanda, Blair und Sweetpea wollten einen neuen Wanderweg ausprobieren. Der Weg schlängelte sich über den Kamm der Santa-Cruz-Berge durch dichte Wälder und über Wiesen und Lichtungen. Wenn man nach unten schaute, konnte man im Westen den Pazifik an die Küste der Half Moon Bay lecken sehen, im Osten sah man die San Francisco Bay und die Ausläufer von Silicon Valley.

Es war ein überraschend warmer Tag, obwohl vom Meer her bereits Nebel aufzog.

Amanda hatte sich für den Rest des Schulhalbjahres beurlauben lassen, lernte für sich in der Hütte und fuhr nur zu den wichtigen Klassenarbeiten in die Stadt. Sie hatte der Schulleitung erklärt, dass ihre Mutter im Sterben lag und sie diese letzten Monate mit ihr verbringen wollte, und sie waren einverstanden gewesen. Amanda war diszipliniert und clever genug, das zu schaffen. Sie richtete sich in der Werkstatt eine Ecke ein, hängte Tücher vor die Fenster, um ein wenig Privatsphäre zu haben, und schlief mit Sweetpea dort. Tagsüber lernte sie, saß lesend in der Sonne oder ging mit Luke wandern. Blair schaffte alle paar Tage einen kurzen, langsamen Spaziergang, danach war sie allerdings so erschöpft, dass sie mehrere Stunden schlief.

Diesmal waren Blair und Amanda zusammen losgezogen, während Luke ein kaputtes Waschbecken reparierte. Amanda hatte Blair erklärt, dass sie ihr etwas zeigen wollte.

»Mom?«, rief Amanda, als sie sich einer Biegung näherten. Vor ihnen lag eine Baumgruppe.

Blair hatte Mühe, mit ihrer Tochter Schritt zu halten – das Atmen fiel ihr schwer.

»Da vorne«, sagte Amanda. »Ich will dir meine Lieblingsstelle zeigen. Mein Versteck.«

Blair nickte und lief ihrer Tochter nach. Amanda quetschte sich zwischen zwei Bäumen hindurch und streckte die Hand nach ihrer Mutter aus, um ihr zu helfen. Dann standen sie, von Redwoods umringt, an einer Stelle, die gerade so groß war, dass sich eine Person auf dem Waldboden ausstrecken konnte. Sanftes, durch die Bäume gefiltertes Licht fiel auf sie herab.

»Aber jetzt kenne ich die Stelle«, sagte Blair. »Du wirst dich hier nicht mehr verstecken können.« Sie hatte das Gefühl, sie müsste flüstern. Die Geräusche der Außenwelt schienen gedämpfter, und Stille erfüllte den Ort.

»Ich verstecke mich nicht vor dir«, sagte Amanda.

Blair zuckte innerlich zusammen. Vor Luke? Aber Amanda und Luke verstanden sich inzwischen gut. Die ersten Tage in der Hütte waren sie vorsichtig miteinander umgegangen, hatten sich umkreist, nur mit Blair geredet, nicht miteinander. Luke ließ Amanda Zeit, wollte, dass sie von sich aus zu ihm kam. Und das tat sie – Blair merkte, dass Amanda ihm jeden Tag ein bisschen mehr vertraute. Sie bat ihn, ihr beim Aufhängen der Vorhänge in der Werkstatt zu helfen. Sie half ihm, einen Picknicktisch im Garten aufzustellen. Sie zeigte ihm ihren Aufsatz über amerikanische Filmregisseure. Und ihm hatte der Aufsatz gefallen. Sie sei schlauer als die meisten Regisseure, die er kannte, hatte er gesagt.

»Vor wem versteckst du dich?«, fragte Blair.

»Vor der Welt«, antwortete Amanda. »Wenn ich den ganzen Tag gelernt habe, bin ich immer total durchgedreht. Weiß nicht mehr, was ich will. Warum lese ich diese ganzen Bücher? Warum lerne ich das Zeug überhaupt? Ich habe einfach zu viel im Kopf. Also komme ich hierher. Meine Flucht vor der Welt. Dann sitze ich hier ein paar Minuten, und mir wird klar: Das ist die Welt. Ich sehe die Baumstämme, die Insekten, die Blätter, und wenn ich mich hinlege, sehe ich durch die Zweige über mir den Himmel und die Wolken, und schon habe ich das ganze Zeug vergessen, das mich so durcheinander bringt. Ich kann mich einfach ausruhen.«

Blair lächelte.

»Du glaubst, ich spinne, oder?«, sagte Amanda.

»Ich glaube, du bist wahnsinnig klug«, sagte Blair. »Genauso geht es mir, solange ich mit euch beiden hier in der Hütte wohne. Alles ist unwichtig – die Vergangenheit oder die Zukunft. Ich kann mich einfach ausruhen.«

»Man nennt so etwas eine Kathedrale«, erklärte Amanda. Sie lehnte sich zurück und schaute nach oben.

»Das verstehe ich«, sagte Blair. Die Äste der Redwoods streckten sich wie ein Gewölbe in den Himmel.

»Ich finde es richtig gemütlich«, sagte Amanda. »Ich habe das Gefühl, als würden mich die Bäume bei sich aufnehmen.«

»Ja, es ist ein wundervolles Versteck«, stimmte Blair ihr zu.

Amanda quetschte sich wieder durch die Bäume, und Blair folgte ihr.

»Sollen wir zurückgehen?«, fragte Amanda.

»Ich glaube schon«, sagte Blair. »Ich bin ziemlich geschafft.«

Sie machten sich auf den Rückweg. Sweetpea stürmte voraus. Amanda folgte ihr mit schnellen Schritten.

»Warte mal«, rief Blair schließlich. Amanda drehte sich um und sah sie besorgt an.

»Alles in Ordnung?«

»Ja. Ich bin nur müde. Mehr nicht.«

Amanda wartete, bis Blair sie eingeholt hatte.

»Sollen wir eine Pause machen?«, fragte sie.

»Ich weiß nicht«, sagte Blair. Sie spürte einen Schmerz hinter den Augen, der ihr seltsam vertraut vorkam – war er auch da gewesen, als sie die ersten Male das Bewusstsein verloren hatte? Vielleicht sollte sie sich nicht so weit von der Hütte entfernen.

»Kommt Luke bald zurück?«, fragte sie. Sie konnte sich nicht daran erinnern, wo er hingefahren war. Einkaufen? Zurück nach San Francisco? Warum war es Anfang Mai noch so kalt?

»Mom, setz dich hin«, drängte Amanda sie. »Du siehst schrecklich aus.«

Blair setzte sich mitten auf den Weg. Sweetpea kam über die Wiese zu ihr gerannt.

»Wo ist Luke?«, fragte Blair. Am Rand ihres Gesichtsfelds sah sie glitzernde Lichtpunkte, als braute sich am Horizont ein Gewitter zusammen.

»Er ist zum Eisenwarenladen gefahren«, sagte Amanda. »Ruh dich ein bisschen aus, und dann gehen wir nach Hause.«

Blair erinnerte sich wieder. Irgendwas war mit den Rohren – das Abflussrohr vom Waschbecken in der Küche tropfte. Aber als sie es sich vorzustellen versuchte, sah sie nur das Spülbecken in ihrem Cottage vor sich und nicht das in Lukes Hütte. Der Gedanke an Lukes Hütte beruhigte sie irgendwie. Seit ein paar Wochen wohnten sie jetzt dort, Wochen, in denen Amanda sich von ihrem Schreck erholt hatte, während sie selbst immer hinfälliger wurde. Luke. Sie brauchte Luke.

Sie zitterte am ganzen Körper.

»Mom? Mom? Was soll ich tun?«

»Warte. Es geht gleich vorbei.«

Amanda zog ihre Jacke aus und legte sie Blair über die Schultern. Als ihr wärmer wurde, atmete Blair leichter und dachte: Meine Tochter wird sich um mich kümmern. Sie kann das. Mein wunderbares Mädchen.

Sie ließ die Augen geschlossen, und trotzdem schienen Lichtblitze vor ihren Augen zu tanzen und kleine Schmerzpfeile abzuschießen.

Sie spürte, wie Amanda ihren Rücken massierte, und wohlige Wärme breitete sich entlang ihrer Wirbelsäule. Früher habe ich ihr den Rücken massiert, damit sie einschläft. Mein Baby.

»Soll ich zur Hütte rennen?«, fragte Amanda. »Ich schaue nach, ob Luke schon wieder da ist.«

Blair schüttelte den Kopf. Verlass mich nicht.

»Kannst du aufstehen?«

Wieder schüttelte Blair den Kopf. »Ich kann die Augen nicht aufmachen«, sagte sie schließlich.

Sie spürte, wie Amandas Hand sich in langsamen, warmen Kreisen auf ihrem Rücken bewegte. Sie hörte Sweetpeas Hecheln an ihrem Ohr. Armer kleiner Hund, dachte sie. Sie hat Angst. Sie haben beide Angst. Ich nicht. Ich will mich nur hinlegen.

Doch jemand hob sie hoch, es schien ganz leicht zu gehen, bis sie wieder auf beiden Beinen stand.

»Stütz dich auf mich«, sagte Amanda. »Wir gehen ganz langsam. Wir können hier nicht sitzen bleiben.«

Sie merkte, wie Amanda den Arm um sie legte und sie unterhakte. Als Amanda sich in Bewegung setzte, folgte Blair ihr irgendwie mit schlurfenden Schritten. Meine Tochter ist so groß, dachte Blair, und ich bin so klein geworden.

Sie brauchten eine Ewigkeit. Blair machte die Augen nicht auf, und trotzdem schmerzten sie vom Licht. In ihrem Kopf war ein Dröhnen, als würde irgendwo ein Rasenmäher laufen.

Sie konnte die Stimme ihrer Tochter hören, während sie gingen. Amanda erzählte ihr irgendetwas über die Berge, wie schön es hier war und dass sie hier bleiben und sich um sie kümmern würden. Luke. Immer wieder sagte Amanda seinen Namen. Luke würde da sein, wenn sie zu Hause waren. Sie waren auf dem Heimweg.

Amanda, ihr kleines Baby, brachte sie nach Hause. Das habe ich gut gemacht, erzählte Blair in Gedanken ihrem Schutzengel aus der Bar. Sie stellte sich sein Gesicht vor, wie es sie anlächelte und der Ring in seiner Lippe sie blendete. Habe ich dir doch gesagt, sagte er. Du hast genug getan. Sie kann jetzt auf dich aufpassen. Schau nur genau hin. Das tue ich, erklärte sie ihm. Ich werde keine Minute ihres süßen Lebens verpassen.

***

Blair zwang sich, aus einem Albtraum zu erwachen. Sweetpea jaulte. War das im Traum, oder jaulte der Hund wirklich? Tat jemand dem armen Tier weh? Das Merkwürdige war nur, dass Blair die Schmerzen fühlte. Sie öffnete die Augen und sah Sweetpea, die sie anschaute und jaulte.

»Du hast im Schlaf geweint«, erklärte Luke. Er saß am Bett und strich ihr über den Kopf. »Sweetpea ist unruhig geworden.«

»Ich habe geträumt«, sagte Blair. Ihr Mund war schrecklich trocken, und Luke hob ein Glas Wasser mit einem Strohhalm an ihre Lippen. Sie lächelte dankbar. Sie hatte gar nicht darum gebeten.

Sie hatte nicht gedacht, dass die Krankheit so schnell fortschreiten würde, von ihrem Körper Besitz ergreifen und sie in einen sterbenden Menschen verwandeln würde. Seit dem Anfall auf der Wanderung war sie bettlägerig, und die Tage hatten sich verändert. Meistens schrieb Luke tagsüber an dem kleinen Tisch in der Hütte auf seinem Laptop. Er sagte, dass er gut vorankäme, wollte aber nicht darüber reden, wollte seine Arbeit nicht mit ihr teilen. Doch er dankte ihr jeden Tag dafür, dass sie seine Muse war.

Amanda lernte vormittags, und nachmittags gingen sie und Luke mit Sweetpea spazieren, während Blair schlief. Sie hatte das Gefühl, stundenlang zu schlafen, sogar mitten am Tag. Abends las Amanda ihr und Luke Kurzgeschichten vor, die sie gerade in ihrem Leistungskurs besprachen. Anschließend diskutierten Luke und sie über die Geschichte oder die Charaktere, und Blair döste ein und träumte sich ein neues Ende für die Geschichte. Ein glückliches Ende. Niemand starb.

»Habe ich lange geschlafen?«, fragte sie Luke und ließ den Kopf wieder aufs Kissen fallen.

»Nein. Nur ein paar Minuten.«

Sie schüttelte den Kopf. »Ich bin aufgewacht, weil ich mit dir zusammen sein will.«

»Willst du dein Morphium jetzt nehmen?«

»Nein. Noch nicht. Wo ist Amanda?«

»Sie lernt in der Werkstatt. Ich muss sie nachher zu einer Mathearbeit fahren.«

»Ich schlafe, wenn ihr losfahrt.«

Sie schloss die Augen und spürte, wie Luke ihr die Hand auf die Stirn legte und seine Lippen auf ihren trockenen Mund drückte.

»Komm zu mir ins Bett«, flüsterte sie.

Er wollte unter die Decke schlüpfen.

»Nicht mit Kleidern, du Dummkopf.«

»Ich muss bald los. Ich werde dich die ganze Nacht festhalten, wenn ich zurück bin.«

»Halt mich jetzt fest.«

Sie spürte, wie er sie in seine Arme zog, fühlte, wie sie sich entspannte, so als könnte er ihr die Schmerzen nehmen. Sie schlief wieder ein, ganz leicht jetzt, in seinen Armen schwebend.

Sie war in ihrem Kinderzimmer und lag auf dem Bett. Ihre Mutter kam herein. Blair spürte einen Anflug von Glück, als sie ihre Mutter nach so langer Zeit wiedersah.

»Ich bin hier, um mich um dich zu kümmern«, sagte ihre Mutter.

»Du kannst dich nicht um mich kümmern«, erklärte Blair. »Du bist schon lange tot.«

»Du brauchst mich«, sagte ihre Mutter.

Blair erschrak und wollte sich von dem Traum lösen. Im Halbschlaf hörte sie, wie eine Tür aufging. Amanda.

»Mom«, sagte Blair, immer noch im Traum gefangen, in den Schatten ihres Kinderzimmers.

»Ich bin ja da«, sagte ihre Mutter ungeduldig. »Ich habe nicht den ganzen Tag Zeit.«

Blair schaute ihre Mutter blinzelnd an und sah, dass sie ihre Schürze trug, bereit für die Arbeit in der Küche. Die Schürze hatte ich vergessen, dachte Blair im Halbschlaf. Eine weiße Schürze mit roten Erdbeeren darauf.

»Ich habe jetzt Luke, Mom.«

»Luke?«, fragte ihre Mutter argwöhnisch.

»Er kümmert sich um mich.«

»Niemand konnte sich je um dich kümmern.«

»Doch, du, Mom. Weißt du noch, der Sommer –«

»Sprich nicht darüber«, sagte ihre Mutter.

Und im Traum wusste sie, dass sie vergewaltigt worden war, schon vor Wochen, und dass ihr Körper immer noch schmerzte und ihr Geist wie taub war. Ihre Mutter hörte nicht auf, ihr Dinge zu bringen – Briefe von Lehrern, Zeitschriften, eine neue Schallplatte. Nichts interessierte sie. Sie wollte nur schlafen.

»Komm schon, Blair. Steh auf«, drängte ihre Mutter.

»Ich sterbe, Mom. Lass mich schlafen.«

Luke bewegte sich in ihren Armen, und sie wachte auf. Sie machte die Augen nicht auf. Sie merkte, wie er sich von ihr löste, und spürte, wie sie ins Dunkel fiel. Bleib bei mir, wollte sie sagen. Doch dann hörte sie Amanda reden und erinnerte sich an die Klassenarbeit.

Endlich öffnete sie die Augen. Amanda stand mit dem Rücken zu ihr und suchte ihre Bücher zusammen.

»Viel Glück, Liebes«, sagte sie.

Amanda drehte sich um und sah sie an. Sie beugte sich hinunter und küsste ihre Mutter auf die Wange.

»Eine meiner leichtesten Übungen«, sagte sie. »Ich werde ihnen beweisen, dass ich die Schule absolut nicht brauche.«

»Im September gehst du wieder zur Schule, mein Mädchen«, sagte Blair. »Denk bloß nicht, du kannst die Schule schmeißen.«

Amanda wandte sich ab. Blair wusste, sie wollte nicht über den September reden. Denn im September würde ihre Mutter nicht mehr leben.

Jetzt träumte Blair häufig von Momenten, die sie so gerne noch erlebt hätte. In einem Traum hatte Amanda ein Baby in den Armen, ein rothaariges Mädchen, ein süßes Ding, das sie, vor Stolz strahlend, ihrer Mutter zeigte. Blair war sich sicher, dass der Traum einen wahren Kern hatte – ein glücklicher Blick in die Zukunft. In einem anderen Traum malte Amanda auf einer riesigen Leinwand, füllte sie mit großen Farbtupfern, und der Effekt war so spannend, dass Blair am liebsten in das Gemälde hineingekrochen wäre. Am Morgen fragte sie Amanda: »Hast du je daran gedacht, Malerin zu werden?«

»Du spinnst, Mom«, hatte Amanda nur gesagt.

»Was willst du mal sein?«, hatte Blair gefragt, ungeduldig, weil sie sich alles vorstellen wollte.

»Deine Tochter«, hatte Amanda geantwortet.

Meine Tochter, hatte Blair gedacht. Du wirst immer meine Tochter sein.

In wieder einem anderen Traum küsste Luke eine andere Frau. Als Blair aufwachte, erzählte sie ihm davon. »Du wirst eine andere Frau lieben.«

»Nicht so wie dich«, hatte er gesagt und sie viel intensiver geküsst als die Frau im Traum.

»Ich muss los, Mom.« Amandas Stimme rief Blair wieder in die Gegenwart zurück. Sie stand an der Tür und warf ihr eine Kusshand zu. Es war neuerdings so schwer, wach zu bleiben. In der Gegenwart zu bleiben.

Luke stellte ein frisches Glas Wasser auf ihren Nachttisch.

»Nimm jetzt dein Morphium«, sagte er. »Lass den Schmerz nicht die Oberhand gewinnen.«

Sie drückte auf den Knopf der Pumpe neben sich, um das Morphium in ihren Blutkreislauf zu lassen. Erschöpft lehnte sie sich zurück.

»Wie lange werdet ihr brauchen?«, fragte sie.

»Ein paar Stunden«, sagte er. »Soll ich jemanden holen, der bei dir bleibt?«

Blair schüttelte den Kopf. »Wen? Den Barkeeper aus der Kneipe in der Stadt? Ich glaube nicht.«

»Wenn ich heute zurück bin, lasse ich dich nicht mehr allein. Es ist Amandas letzte Prüfung.«

»Englisch?«

»Das war gestern.«

»Ach so.«

»Kannst du wieder schlafen?«

»Nein«, sagte Blair. »Nicht ohne dich. Ich schaue mir einen Film an.«

Luke hatte einen Fernseher, einen Videorecorder und eine Sammlung alter Filme gekauft. Blair war inzwischen zu müde zum Lesen und zu schwach, um irgendetwas anderes zu tun. Filme füllten die Stunden. Luke ging zum Fernseher.

»Welchen Film?«

»Leg *Pescadero* ein. Ich will deinen Film noch einmal sehen.«

»Mein Lieblingsfan«, sagte Luke lächelnd.

»Deine Hauptdarstellerin«, korrigierte sie ihn.

Er legte den Film ein und küsste sie zum Abschied.

Sie zog sich im Bett hoch und winkte Amanda zu.

Dann schob sie ein Kissen hinter ihren Rücken und lehnte sich an die kühle Wand. Sie wollte nicht schlafen, fürchtete sich vor den Dämonen, vor dem Alleinsein in der Hütte, nachdem sie sie abgewehrt hatte.

Sie drückte auf den Startknopf des Videorecorders. Inzwischen hatte sie den Film schon Dutzende Male gesehen.

Während der Film lief, döste sie, im Bett sitzend, wieder ein. Als die Männer in den Dünen auftauchten, befahlen sie ihr, nicht wegzulaufen. Sie hatte keine Angst, sondern beobachtete die Männer mit einer Leichtigkeit, die sie sich nie hätte vorstellen können.

»Er läuft weg«, sagte einer der Männer, und sie drehte sich um und sah ihrem Freund nach, wie er über die Dünen flüchtete.

»Er hat Angst«, erklärte sie den Männern. »Ich habe keine Angst.«

»Vielleicht bringen wir dich um«, sagte einer.

»Ich weiß«, sagte sie.

Als sie diesmal auf sie zukamen, wehrte sie sich nicht. Sie schrie nicht. Sie sank tiefer in ihren Traum und dachte, ich werde sterben. Ich kann machen, dass ich sterbe.

Und dann wachte sie schweißgebadet auf. Sie griff nach dem Handtuch neben dem Bett und trocknete sich den Schweiß ab.

Ich kann sterben, dachte sie. Ich kann sterben, ohne zu kämpfen.

Bis zum Ende des Films blieb sie wach. Mühsam stand sie auf, schleppte sich zum Bad und wieder ins Bett. Völlig erschöpft von der Anstrengung, sank sie in die Kissen und schlief, bis Sweetpeas Bellen sie weckte. Sie waren wieder zu Hause.

Luke tauchte neben ihrem Bett auf und setzte sich zu ihr. Er beugte sich hinunter, um sie zu küssen und zu streicheln. Sie liebte es, wenn er sie berührte, wenn er nicht aufhörte, sie zu streicheln, als spräche er mit seinen Fingern zu ihr. Am liebsten würde sie seine Hände ständig auf ihrem Körper spüren.

»Ich liebe deinen Film«, sagte sie.

Er reichte ihr das Wasserglas, und sie trank einen Schluck.

»Hast du ihn bis zu Ende gesehen?«

»Irgendwann bin ich eingeschlafen. Im Traum war ich bereit zu sterben.«

Luke nickte. »Ja, das merkt man«, sagte er. »Ich wünschte, ich könnte auch von mir sagen, dass ich bereit bin.«

»Du warst ein Narr, dich in mich zu verlieben«, erklärte Blair.

»Nein«, widersprach Luke. »Es war das Klügste, was ich je getan habe.«

Eine Weile hielten sie einander fest im Arm.

»Du bist so gut zu mir«, sagte Blair.

»Ich bete dich an.« Luke lehnte sich ein wenig zurück und betrachtete Blair. »Ich dachte, ich liebe Emily. Ich wusste gar nichts über die Liebe, bevor ich dich kennen gelernt habe.«

»Du hast sie geliebt«, sagte Blair. »Aber diese Liebe war nur eines von vielen Dingen in deinem Leben. Und jetzt ist die Liebe das Einzige für dich.«

Er lächelte. »Mein Fulltimejob«, sagte er.

»Vielleicht gebe ich dir ja eine Gehaltserhöhung«, sagte Blair grinsend.

Er küsste sie sanft. »Du bist wunderbar«, sagte er und strich ihr liebevoll über die Wange.

Süße Lügen, dachte sie. Sie war abgemagert und grau. Sie wusste, dass sie schrecklich aussah, doch er erwähnte es nie.

»Wenn ich *Pescadero* anschaue, stelle ich mir immer

vor, dass ich aussehe wie die Schauspielerin. Sie ist ich.«

»Es tut mir noch immer Leid, dass ich dein Leben oder deine Geschichte für meinen Film benutzt habe«, sagte Luke.

»Nein«, sagte sie. »Du musst dich nicht entschuldigen.«

»Und im richtigen Leben kann ich dich auch nicht retten«, sagte er traurig.

»Du hast mich gerettet«, sagte Blair, und sie sah, dass er wusste, was sie meinte.

Wieder küsste er sie.

»Rate mal, was heute in der Post war«, sagte er.

»Erzähl's mir.«

»Eine Einladung zum Klassentreffen.«

»Du machst Witze. Sollen wir hingehen?«, neckte sie ihn.

»Unbedingt«, sagte er mit heiserer Stimme. »Ich will die ganze Nacht mit dir tanzen.«

»Endlich komme ich dazu, einmal mit Luke Bellingham zum Ball zu gehen«, sinnierte Blair.

»Auf der Rückseite steht die Liste der unauffindbaren Ehemaligen. Meine Liste der verlorenen Seelen«, erzählte Luke lächelnd. »Du stehst auch noch drauf.«

»Lass es dabei«, sagte Blair. »Ich werde dein Geheimnis sein.«

»Wir veranstalten unser eigenes Klassentreffen«, flüsterte Luke und zog sie an sich.

»Wo ist Amanda?«, fragte Blair.

»In der Werkstatt. Sie kommt gleich und hilft mir, Abendessen zu machen.«

»Wie war ihre Prüfung?«

»Leicht«, berichtete Luke. »Und jetzt hat sie Ferien. Bis September.«

»Und dann ist sie in der Oberstufe.« Blairs Stimme zitterte.

Luke verbarg seine Tränen nicht, und Blair lächelte.

»Was wird –«

»Wir haben auf der Fahrt darüber geredet«, sagte Luke. Seine Hand lag auf Blairs Wange.

»Erzähl es mir«, sagte Blair leise.

»Ich würde mich gerne um sie kümmern. Solange sie mich braucht.«

Er legte den Kopf an ihre Brust, und eine Weile schwiegen sie beide.

»Was hat sie gesagt?«, fragte Blair schließlich.

»Sie meinte, das würde ihr gefallen«, erzählte Luke.

»Mir auch«, sagte Blair.

Luke legte sich neben sie und hielt sie in seinen Armen. Sie stellte sich eine Szene vor: Luke fährt Amanda in seinem Truck zum College. Hinten türmen sich ihre Habseligkeiten. Amanda plappert aufgeregt über das, was vor ihr liegt. Luke lächelt sein wunderbares Lächeln. Er würde ihr liebevoll beistehen. Glückliche Amanda.

Blair schlief eine Weile, und als sie aufwachte, war es dunkel. Er lag immer noch neben ihr.

»Schläfst du?«, flüsterte sie.

»Nein«, sagte er. »Ich halte mich an dir fest, um zu überleben.«

Sie drehte sich in seinen Armen um und küsste ihn.

»Du und Amanda braucht etwas zu essen«, sagte sie. »Und ich will genau hier sitzen und euch in der Küche herumscheuchen.«

Luke erhob sich und stand auf. Sie spürte, wie sie um Atem rang, als bekäme sie ohne ihn keine Luft. Er sah sie an.

»Essen«, drängte sie.

Luke ging in die Werkstatt, um Amanda zu holen, und Blair setzte sich im Bett auf, stellte die Morphiumpumpe an und trank einen Schluck Wasser. Als Amanda und Luke zurückkamen, machten sie sich daran, eine komplizierte Paella zuzubereiten. Luke hatte die Zutaten in der Stadt gekauft, während Amanda ihre Prüfung gehabt hatte.

Blair sah den beiden zu. Sie bewegten sich, als hätten sie ihr ganzes Leben zusammen gekocht.

»Deine Köche warten nur auf deine Befehle«, rief Luke ihr vom Herd aus zu.

»Ihr macht das schon«, erwiderte Blair.

Luke schnitt und Amanda rührte. Ihre fleißigen Hände schienen überall gleichzeitig zu sein. Sweetpea hatte den Kopf in Blairs Schoß gelegt. Blair schloss die Augen und ließ das Morphium wirken. Vor ihren Augen tauchte eine kreisförmige Lichtung auf, die von Bäumen geschützt war. Die Redwoods. Amandas Kathedrale. Blair lag in der Mitte, atmete leicht und lauschte: Luke summte eine längst vergessene Melodie, Blätter raschelten, Töpfe und Pfannen klapperten, eine Eule landete in den Bäumen, Sweetpea seufzte zufrieden. Und da war die Stimme ihrer Tochter, kräftiger jetzt.

Geborgen in Amandas und Lukes Armen und im Schimmer des letzten Tageslichts schlief Blair ein.

Epilog

Luke war beim ersten Klingeln am Telefon – hatte er überhaupt geschlafen? Er war sich nicht sicher. Sein Buch lag neben ihm im Bett, und das Licht brannte noch. Vielleicht war er nur eingedöst. Aber die Uhr zeigte 1:25.

»Hallo?«

»Entschuldige. Ich konnte nicht schlafen.«

Einen kurzen Moment lang dachte er, ,es wäre Blair. Er schüttelte den Kopf, als könnte er dann klarer denken. Amanda. Ihre Stimmen waren sich so ähnlich. Erstaunlich, dass er, wenn auch im Halbschlaf, vergessen konnte, dass er Blairs Stimme nie wieder hören würde. Seit fünf Jahren hatte er ihre Stimme nicht mehr gehört.

»Schon gut. Was ist los?«

»Nichts.«

»Amanda.«

»Ich war mit einem Typ aus meinem Filmseminar essen.«

»Und?«

»Und jetzt bin ich wieder zu Hause. Und kann nicht schlafen. Keine Ahnung.«

»Hm.«

»Ich würde so gern mit Mom reden.«

»Das will ich auch so oft«, sagte Luke. »Es passiert irgendwas, und ich denke, das muss ich Blair erzählen.«

»Genau.«

»Erzähl es mir.«

Einen Augenblick lang sagte sie nichts.

»Wenn du willst«, fügte Luke hinzu.

»Ich mag ihn«, sagte Amanda leise. »Er ist richtig klug, und er ist süß, er sieht irre gut aus, und er will mir bei meiner Abschlussarbeit helfen. Er versteht wirklich viel vom experimentellen Film – vielleicht lernst du ihn ja mal kennen, und er erzählt dir, was er macht.«

»Ich würde ihn wahnsinnig gerne kennen lernen.«

»Wie geht es Sweetpea?«

Luke schaute zum Fußende seines Bettes. Als hätte sie Amandas Stimme gehört, hob Sweetpea kurz den Kopf, legte ihn gleich wieder hin und schlief weiter.

»Sie wird alt und müde. Aber sie ist wunderbar.«

»Ich war mit ihm bei Daniel. Daniel hat einen Freund.«

»Das kann nicht wahr sein.«

»Er hat mir erklärt, das sei nur Moms Schuld. Sie hat ihn verdorben.«

Luke lächelte. »Wie war das Essen?«

»Gut. Nicht wie in alten Zeiten, aber …«

»Wie heißt dein neuer Freund?«

»Victor.«

»Bring ihn am Wochenende mit auf die Hütte.«

»Das ist noch zu früh«, sagte sie.

»Glaubst du, ich vergraule ihn?«

»Nein.« Wieder schwieg sie. Dann sagte sie: »Ich würde lieber allein kommen.«

Luke lächelte. »Wer war noch im Restaurant?«

»Rianne. Und ein neues Mädchen. Daniel ist wieder in der Küche. Sonst ist niemand mehr da.«

»Das überrascht mich nicht.«

»Luke?«

»Hmm?«

»Sie fehlt mir.«

»Ich weiß.«

»Geht's dir gut?«

Luke legte sich zurück und schloss für einen Augenblick die Augen.

»Ich komme ganz gut zurecht«, sagte er. »Nächste Woche fangen sie mit der Produktion meines neuen Films an.«

»Wahnsinn.«

»Aber ich bleibe hier. Sie rufen mich an, wenn sie mich brauchen.«

»Wollen wir am Sonntag auf den Loma Prieta wandern?«

»Sehr gern, Amanda.«

»Tut mir Leid, dass ich dich geweckt habe.«

»Vollkommen in Ordnung«, sagte Luke. »Sweetpea fing gerade an, sich Sorgen um dich zu machen.«

»Sag ihr, das muss sie nicht.«

Danksagung

Danken möchte ich Jonathan Strong und John Barth, meinen begnadeten Lehrern.

Einige Freunde haben frühe Entwürfe des Buches gelesen, und ich danke Susan Goodman, Ken Sonenclar (der Traumfreund eines jeden Schriftstellers), Kimberly und Les Standiford und Jeanne Duprau für ihre Geduld und Ermutigung.

Mein Dank gilt auch Dr. Bruce Wintroub für die medizinische Beratung.

Viele meiner Studenten haben mich über die Jahre hinweg inspiriert und gefordert. Ich danke ihnen allen.

Großes Glück hatte ich mit meiner wunderbaren Agentin und meiner brillanten Lektorin. Ich danke Elyse Cheney und Jamie Raab.

Und dir, Neal, danke ich für alles, was du mich über die Liebe gelehrt hast.